FURUKAWA Hideo

ALORS BELKA, TU N'ABOIES PLUS ?

Roman traduit du japonais
par Patrick Honnoré

Éditions
Philippe Picquier

Ouvrage sélectionné par le Programme de Publication
de Littérature Japonaise (JLPP),
sous l'égide de l'Agence des Affaires Culturelles Japonaises.

Titre original : *Beruka hoenainoka?*

Mas de Vert
B.P. 20150
13631 Arles cedex
www.editions-picquier.fr

Conception graphique : Picquier & Protière

Mise en page : Atelier EquiPage – Marseille

ISBN : 978-2-8097-0316-0

A Boris Eltsine
Je connais ton secret…

Vous autres, vous appellerez ça de la fiction.
Et moi, je serai d'accord. Oui, mais de quoi est fait le monde selon vous, sinon de fiction ?

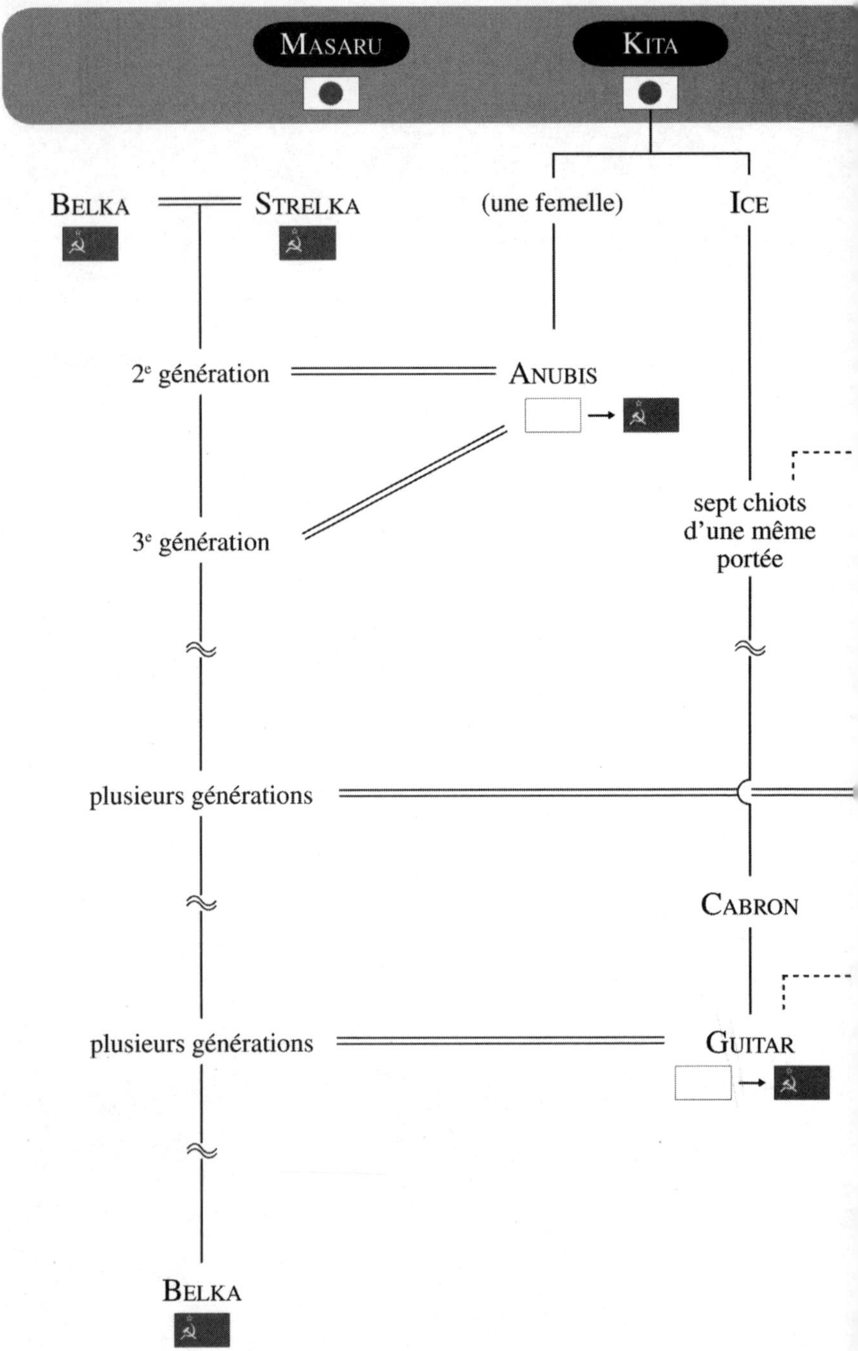

MASARU
KITA
BELKA
STRELKA
(une femelle)
ICE
2e génération
ANUBIS
3e génération
sept chiots d'une même portée
plusieurs générations
CABRON
plusieurs générations
GUITAR
BELKA

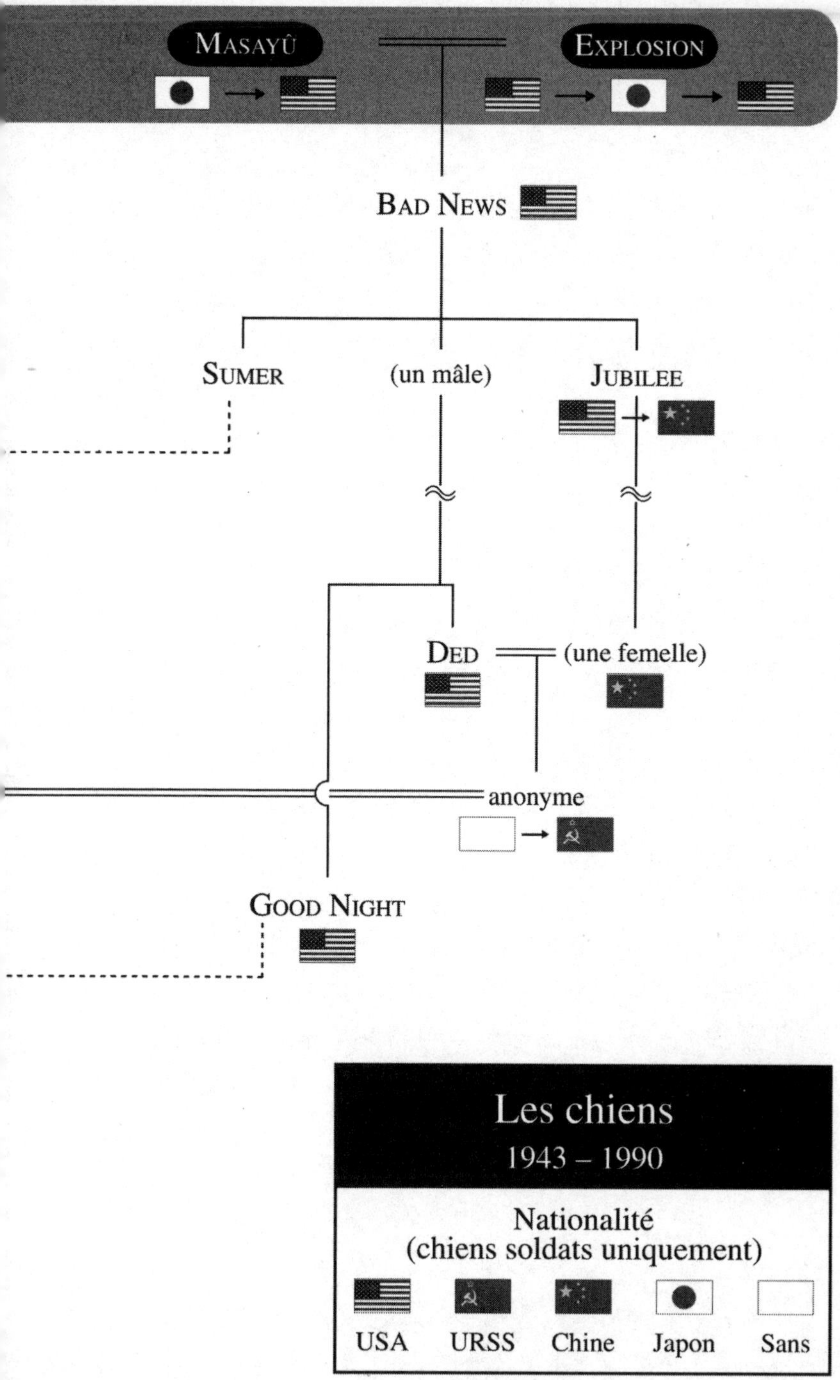
Masayû
Explosion
Bad News
Sumer
(un mâle)
Jubilee
Ded
(une femelle)
anonyme
Good Night
Les chiens
1943 – 1990
Nationalité
(chiens soldats uniquement)
USA
URSS
Chine
Japon
Sans

« Je leur ôterai leurs laisses... »

Sibérie – terre en friche, 199*x*

La neige avait cessé. Mais la température avoisinait moins vingt degrés Celsius. Des deux côtés de la route, la forêt de bouleaux. L'homme, jeune, maintenait son col serré. Ses pas crissaient dans la neige. Cela faisait déjà une heure qu'il marchait. Enfin, il tomba sur une maison. Une humble masure en bois. Quoi qu'il en soit, des humains habitaient là. La preuve, de la fumée s'élevait de la cheminée.

Le visage de l'homme s'illumina de joie.

Cette cabane en troncs bruts et madriers mal dégrossis appartenait sans doute à un chasseur. L'homme remarqua les quatre planches de ski appuyées contre le mur. Deux chasseurs. Ou alors une paire de rechange. Il devait y avoir un chien de garde quelque part, mais il n'était pas visible. En revanche, le propriétaire de la cabane avait dû percevoir l'arrivée d'un visiteur inattendu au bruit des pas dans la neige, car il fit son apparition. La porte s'ouvrit.

C'était un vieux. Un vieil homme. Quand le jeune le salua, il répondit d'un air aimable. Qu'est-ce qui vous arrive ? En cette saison, venir se perdre dans ce coin en pleine forêt sans une seule datcha à la ronde…

Le jeune lui demanda s'il était bien dans la direction du village.

Certainement, répondit le vieux. Avant d'ajouter : Mais à pied, vous en avez encore pour cinq heures.

Les roues arrière de la voiture se sont enlisées dans la rivière, répondit le jeune. J'ai laissé mon compagnon sur place et je suis parti chercher de l'aide…

— Bah, entrez quand même, dit le vieux, ça vous réchauffera.

Le jeune remercia d'un signe et entra dans la maison. A l'intérieur, il faisait plus de vingt degrés Celsius. Soit une différence d'au moins quarante degrés avec l'extérieur. Le jeune ôta sa chapka de vison, ses gants épais et son manteau. Puis il balaya la pièce d'un regard curieux. Près de la porte, une hachette, des haches et des cognées d'usages divers. Dans le fond, un fusil de chasse. Plusieurs bouteilles d'alcool sur des étagères et… une mappemonde. Un planisphère fixé au mur. Mais pas récent : on reconnaissait l'immense Union des républiques socialistes soviétiques sur le continent eurasiatique. Autour, quelques photos de famille, des bustes des « Pères de la Patrie ». Ça faisait un bout de temps que le jeune homme n'avait pas revu le profil de Lénine.

— Vous n'avez pas souvent l'occasion de voir comment vit un chasseur, pas vrai ? Prenez une chaise.

— Merci.

Le vieil homme ajouta qu'il était justement en train de préparer le repas de midi. Du ragoût de chevreuil, vous en voulez ? Volontiers, volontiers, répondit le jeune. Un verre de vodka lui fut servi. Les deux hommes trinquèrent. C'est trop calme ici, ça me fait plaisir d'avoir un visiteur, dit le vieux pour le détendre.

— Vous êtes seul ici ? demanda le jeune.

— Oui. J'ai toujours eu pour principe qu'un chasseur sachant chasser doit chasser sans équipier.

— Et vous n'avez pas de chien non plus ?

— Exactement. Pas de chien.

Pendant que le vieil homme le servait, le jeune observa son visage. Il n'aurait su dire exactement son âge. La soixantaine ? Soixante-dix ? Ses cheveux comme sa barbe étaient entièrement blancs. Mais pas le blanc des anciens bruns. Il avait été blond, sans aucun doute. Type slave caractéristique.

Le jeune, lui, avait une tête d'Asiatique d'Asie centrale.

Encore un verre ! dit le vieux en lui servant la vodka.

Dehors, un pic cendré poussa son cri.

Le jeune reprit son observation. Il regarda autour de lui dans la pièce, tout en alimentant la conversation avec ce qui lui passait par la tête, du genre : Le chevreuil, c'est vous qui l'avez attrapé, monsieur ? Sur les étagères à côté de la table, des stocks de nourriture, surtout des bocaux de conserves, cornichons, champignons. Le vieux avait commencé à parler de la faillite du système des retraites, sur un ton détaché, léger. J'ai longtemps été cheminot, mais ce n'est plus comme avant, les temps sont vraiment durs, dit-il. Bah, je me suis toujours fait balader.

Il y avait un transistor contre le mur. Et vous vous tenez au courant grâce à la radio alors ?… demanda le jeune. Ouaip. Je fais attention à économiser les piles quand même, dit le vieux en riant, mais ça suffit pour savoir dans quel sens le monde tourne. Même au fond des bois comme ici.

— Vraiment ? dit le jeune.

Bien sûr. On va prendre un peu de poisson aussi. J'avais complètement oublié que j'avais du saumon fumé ! Il faut quelque chose qui aille avec la vodka. Décidément, je me fais vieux. Il vida son verre d'un coup et se leva. Il prit le chemin de la cuisine. Le jeune se leva à sa suite. Ne vous donnez pas cette peine, dit-il, je vous en prie, revenez vous asseoir. Parce que… il y a un fusil là-bas, et un peu trop d'outils capables de fendre une bûche en deux !

— … N'est-ce pas, l'Archevêque ?

Dans la main droite du jeune, il y avait un pistolet de fabrication autrichienne. Le canon était dirigé vers le vieil homme.

Le vieux s'immobilisa. Net.

Levez les mains en l'air, ordonna le jeune homme, et retournez-vous vers moi.

Le vieux obéit. Il n'était ni ébahi, ni pâle, ni tremblant. Même si, à l'évidence, il ne riait pas.

Le jeune fit un pas dans sa direction. Il souriait, lui.

Puis quelque chose se produisit. Le jeune n'était pas un amateur et s'était bien gardé de s'approcher trop près du vieux. Il avait tendu le bras et braqué son arme en conservant une certaine distance. Il était encore dans la zone de sécurité. Il le croyait. Quelque chose de mobile entra soudain dans son champ de vision. Que se passe-t-il ? se demanda-t-il. Il perçut une odeur d'alcool. Je suis en train de me faire asperger de vodka, se répondit-il. Ah, le vieux vient de me cracher dessus la vodka qu'il avait gardée dans sa bouche.

La balle sortit du canon.

Mais à cet instant, le jeune avait le genou plié. Il avait pris un coup de pied dans le genou, qui dessinait maintenant un segment brisé vers l'arrière. Il se sentit partir en avant. Le jeune. Sa jambe droite le maintenait toujours debout, mais celle-là aussi fut balayée peu après. Il fut un instant à flotter en l'air, puis s'écroula sur le plancher. Tout en douceur. Aucune sensation de pesanteur. Mais à partir de là, les effets de la pesanteur se firent sentir. D'abord quand le vieux lui sauta dessus et lui envoya un coup de pied dans la nuque. Puis quand il lui écrasa la main et que le pistolet vola.

Puis de nouveau quand quelque chose de dur percuta sa moelle épinière.

Il reconnut l'effet d'un coup de coude vertical. Ses membres s'immobilisèrent.

Il sentit alors des bras lui entourer la tête. Sa tête tourna avec un craquement, mais ce craquement, le jeune ne l'entendit pas.

Parce qu'il était mort.

— Ça y est, grommela le vieux en se dégageant du cadavre affalé par terre, vous avez finalement reniflé ma cachette. Pas trop tôt, disons ! C'est que vous en avez, du flair !

Il grommelait avec un certain plaisir.

Pour ça, vous êtes de vrais chiens.
Mais qu'est-ce que vous y connaissez aux vrais chiens, en réalité ?
Le vieil homme se déplaça dans la pièce. Vers l'étagère des bouteilles d'alcool. Vers l'étagère en face de lui, le mur avec le planisphère, les photos de famille et les bustes des Pères de la Patrie. Il saisit la mappemonde.

— Non, vous n'avez aucune idée de ce que c'est, un vrai chien ! Vous, vous n'êtes que des faux !
Le vieux déboîta l'hémisphère supérieur en métal et ouvrit la mappemonde. A l'intérieur, il y avait un crâne. Un crâne d'animal. Celui d'un chien de taille moyenne. Quelques lambeaux de peau collée, calcinée y adhéraient encore. L'intérieur du globe était tapissé d'une matière antichoc et le crâne reposait sur un support. La mappemonde était un écrin. Le vieil homme regarda le crâne avec tendresse.

La voiture… Il a parlé d'un compagnon qui l'attendait dans la voiture. Bon, il va falloir que j'aille faire le ménage là-bas aussi.

— C'est vrai, j'en conviens… dit le vieil homme, qui cette fois s'adressait peut-être au crâne du chien. Je suis fou, oui. Et c'est vrai, j'aimerais les libérer, les lâcher, leur ôter leurs laisses. A toutes les forces anciennes. Avant de mourir. Avant que ma… que notre temps finisse à jamais.

Pas vrai, mon chien ?

Mon chien. Mon héros. Mon héros de l'Union soviétique.

Voilà qu'il parlait dans sa tête maintenant. Puis il sortit.

Mille neuf cent quarante-trois

Plus personne ne sait ces choses-là. Par exemple, que le territoire des Etats-Unis d'Amérique fut occupé par un pays étranger au cours du XXe siècle, tout le monde l'a oublié. Une unique fois au cours du XXe siècle. Dans le Pacifique Nord, deux îles de l'archipel des Aléoutiennes furent occupées par l'armée japonaise : l'île Attu, à l'extrémité occidentale de l'archipel, et, un peu plus à l'est, l'île Kiska. Le drapeau du Soleil Levant y fut dressé en juin 1942 et les deux îles reçurent un nom japonais : Attu devint Atsuta, et Kiska, Narukami.

A vrai dire, l'occupation de ces deux îles n'était à l'origine qu'une manœuvre de diversion destinée à détourner l'attention des Américains de l'attaque sur Midway. Une attaque aérienne sur Dutch Harbour, dans l'île d'Unalaska, au centre de l'archipel, fut d'abord lancée le 4 juin, c'est-à-dire très exactement la veille de la bataille de Midway. L'invasion surprise de Kiska et Attu eut lieu entre le 7 juin au soir et le 8 à l'aube.

L'opération se déroula sans difficultés, et les Etats-Unis perdirent une portion de leur territoire au profit de l'ennemi.

Néanmoins, le Japon n'avait aucune intention de s'approprier ces îles sur le long terme. L'attaque des Aléoutiennes n'était en effet qu'une diversion, et l'intérêt stratégique de ces îles était douteux. L'état-major n'envisageait qu'une occupation limitée, dans un premier temps jusqu'à l'hiver. Ensuite, une reconnaissance du terrain menée dès le début de l'occupation ayant conclu à la possibilité d'hiverner sur place, la mission évolua vers une occupation longue. Mais cette décision ne fut prise que fin juin.

Les conditions climatiques étaient épouvantables. Les Aléoutiennes passent généralement pour l'endroit le plus inhospitalier de la planète. Le brouillard ne se dissipe jamais. Sur ce chapelet d'îles se rencontrent les eaux froides de la mer de Béring et les eaux chaudes du Pacifique. Le soleil ne s'y montre quasiment jamais. Avec ça, le blizzard. Et la pluie incessante. Et la neige.

Vint alors le terrible hiver.

Et pourtant, l'hiver 1942 n'a encore rien de tragique. La maîtrise du ciel est perdue, les attaques aériennes continuelles des Américains font prendre du retard à la construction des défenses terrestres, mais la véritable tragédie est encore à venir. Ce sera pour l'année suivante.

En mai 1943, les forces d'occupation d'Atsuta-Attu sont anéanties. Protégés par un tir de barrage de l'escadre américaine, onze mille Marines ont pris pied et écrasent les deux mille cinq cents Japonais. Refusant d'être fait prisonnier, tout le bataillon lance une attaque suicide, une *Banzaï Attack*.

Restait encore Kiska.

C'est-à-dire l'île japonaise de Narukami.

La garnison japonaise de Kiska-Narukami était deux fois plus importante que celle d'Attu. Evidemment, une répétition de la tragédie précédente devait être évitée par tous les moyens. Bien que le Japon ait d'ores et déjà perdu la maîtrise des mers, le plan K est mis à exécution. La première phase, évacuation des malades, des blessés et des troupes d'infanterie par sous-marins, est achevée en juin. La seconde phase prévoit, au jour Z, l'embarquement en une seule fois de toute la garnison restante par une escadre détachée de la flotte. Le jour Z est d'abord fixé au 11 juillet, mais cette date est reportée pour cause de mauvaises conditions météorologiques. Enfin, le 29 juillet, l'escadre d'évacuation composée de deux croiseurs et neuf destroyers fait son apparition dans la baie de Kiska-Narukami et évacue sains et saufs la totalité des cinq mille deux cents hommes des forces d'occupation.

Le plan K fut un succès. Cachée par l'épais brouillard, l'opération passa totalement inaperçue de l'armée américaine.

Mais seuls les hommes furent évacués.

Les Japonais avaient abandonné des vies sur l'île.

Des chiens. Quatre chiens soldats. L'un de race hokkaïdo (anciennement appelée race aïnou), une bête musculeuse et résistante au froid, répondant au nom de Kita (Nord). Il dépendait de la marine. Sa mission était de vérifier si les plantes sauvages de l'île que les soldats récoltaient étaient comestibles. Deux autres faisaient partie de l'infanterie, des bergers allemands répondant aux noms de Masayû (Courage) et Masaru (Victoire). Et un troisième berger allemand, qui n'appartenait à l'origine ni à la marine ni à l'infanterie japonaises. C'était un prisonnier de guerre, un membre de l'armée américaine. Explosion était son nom.

Jusqu'au débarquement de l'armée japonaise l'année précédente, l'île abritait une station de radiotélégraphie et un observatoire météorologique américains. Dix hommes au total y travaillaient. Huit d'entre eux avaient péri lors de l'attaque surprise japonaise, les deux autres avaient été faits prisonniers et la garnison japonaise avait hérité d'Explosion.

A l'époque, l'armée américaine déployait sur tous les fronts des chiens militaires hautement entraînés dans chacune de ses bases. Le premier centre d'entraînement cynophile avait été créé en 1935 en Caroline du Nord dans ce qui deviendrait plus tard le camp Lejeune, le camp de base des Marines. Dix ans plus tard, il y avait cinq centres d'entraînement cynophile, et à l'issue de la Seconde Guerre mondiale, quarante mille chiens soldats avaient été formés. Explosion, le berger allemand qui fut incorporé dans l'armée japonaise en juin 1942, était l'un d'eux.

Pour ce qui est d'utiliser des chiens sur les théâtres d'opérations militaires, le Japon avait trente ans d'avance sur les Etats-Unis. C'est en 1904, pendant la guerre russo-japonaise, que le Japon avait enrôlé des chiens dans l'armée pour la première fois. Il s'agissait alors de chiens de races autochtones dressés en Allemagne. Plus tard, des bergers allemands avaient été importés en nombre, puis en 1919 un groupe de recherche de l'école d'infanterie dans le département de Chiba s'était mis à étudier sérieusement le sujet. En 1931, après les troubles en Mandchourie, diverses expériences furent menées avec plus ou moins de succès, comme la création de l'Association impériale des chiens militaires, un organisme privé soutenu par le ministère de l'Armée de terre, ou bien, outre-mer, la Brigade cynophile de défense pour l'indépendance du Mandchoukouo.

Mais il va sans dire que la première nation à avoir fait usage de ces chiens avait été l'Allemagne. En 1899 fut fondée la Société du berger allemand, qui commença à développer une lignée de bergers allemands de race pure. Pendant la Première Guerre mondiale, les chiens soldats modernes furent employés à grande échelle. Dans les derniers temps de la Grande Guerre, leur nombre se montait à plus de vingt mille. Et pour tout dire, les chiens firent merveille.

Toutes les armées du monde en furent impressionnées et c'est ainsi que s'imposa la doctrine du chien soldat : « Dans la bataille, lâchez les chiens. »

Le XXe siècle connut deux guerres mondiales. A ce titre, ce fut le siècle de la guerre. Ce fut aussi le siècle du chien soldat.

Des centaines de milliers de chiens furent déployés sur tous les fronts, et en juillet 1943, quatre furent abandonnés sur cette île.

Une île qui n'avait plus de nom. Les forces japonaises s'étaient repliées, remportant le drapeau du Soleil Levant. Dès lors ce n'était plus l'île Narukami. Mais l'armée américaine croyait que les Japonais étaient toujours là, et tant qu'ils ne la récupéraient pas, elle restait un territoire indûment occupé par le Japon. En d'autres termes, ce n'était pas non plus l'île Kiska.

C'était donc une île sans nom, rien que pour quatre chiens oubliés.

Une île grande comme la moitié des vingt-trois arrondissements de Tôkyô. Une terre de toundra au milieu d'un océan continuellement nappé de brouillard. Une île blanche. Pourtant, la neige ne tenait encore que sur les hauteurs, une eau froide et pure jaillissait dans les vallons, un tapis d'herbe couvrait la terre. Perpétuellement humidifiée, arrosée de brume. *Les humains sont partis*, pensèrent les quatre chiens. *Il n'y a plus personne*. Ils comprenaient que les Japonais s'étaient retirés, qu'ils avaient été abandonnés. Cela, tous les quatre le savaient. Kita, Masayû, Masaru et Explosion.

C'est la fin, pensèrent-ils.

Néanmoins, leurs points de vue différaient quant à la façon d'appréhender cette réalité.

L'île sans nom était comme prise au milieu du temps zéro. C'était le lieu de la fin du monde, mais aussi le lieu d'où pouvait naître un nouveau monde. La pluie tombait à verse quasiment en permanence. Le vent soufflait en rafales incessantes et rien n'indiquait que le brouillard eût envie de se lever. Mais la prairie s'était couverte de petites fleurs jaunes. L'armée japonaise avait laissé plusieurs semaines de nourriture pour les chiens. Quand la pluie était trop forte, ils restaient dans les casemates perdues dans le brouillard.

Les fleurs pourpres des chardons s'étaient ouvertes.

Les canons de gros calibre continuaient à cracher leurs obus, comme pour symboliser la fin du monde. Ignorant que l'armée japonaise avait abandonné la position, les Américains pilonnèrent l'île plusieurs jours de suite, pour rien. Les escadrilles aéroportées arrosèrent l'île de tracts appelant à déposer les armes. Plus de cent mille bouts de papier. Les chiens les regardaient tomber du ciel.

Traversant le brouillard, la pluie tombait, les bouts de papier tombaient, les obus tombaient.

Les obus tombaient et crevassaient le sol.

Mais en même temps, un monde était en train de naître. De l'œuf du temps zéro, un monde allait éclore. Plusieurs le comprirent ainsi. Ces chiens soldats qui ne dépendaient plus des hommes ressentirent l'imminence d'un monde nouveau, libre. Des chiens endurants, en pleine possession de leurs facultés sensorielles, qui avaient par-dessus le marché appris à résister au froid ; ils étaient sur une île qui n'avait pas de nom et ils étaient libres.

Explosion était une femelle ; Kita, Masayû et Masaru, des mâles. Explosion et Masayû s'accouplèrent. La reproduction des chiens militaires est d'ordinaire très strictement contrôlée, mais ce coup-ci, il n'y avait plus d'humains. Explosion agréa l'approche nuptiale de Masayû et accepta de se faire monter. Il n'est pas impossible que le fait qu'ils aient été tous deux de purs bergers allemands ait joué quelque rôle dans le succès de leur histoire d'amour libre. Quoi qu'il en soit, il est notable que Kita, qui se trouvait souvent avec eux, n'essaya jamais de monter Explosion.

L'autre berger allemand, Masaru, frayait rarement avec leur groupe. Masaru appréciait peu cette liberté. *Nous avons été abandonnés sur cette île, nos maîtres ne reviendront pas*, il le savait, mais il avait fait son terrier d'un blockhaus de l'infanterie et y passait le plus clair de ses journées.

Tout est fini. Il le savait, mais n'avait pas envie de l'accepter.

Explosion, Masayû et Kita, eux, batifolaient dans la prairie.

Ils gambadaient, ils aboyaient.

L'armée américaine programma un débarquement de grande ampleur, histoire de mettre fin à ce temps zéro. Le 15 août 1943, un contingent mit pied sur l'île, décidé à rétablir l'île Kiska. Un contingent conjoint, renforcé de cinq mille trois cents soldats canadiens, débarqua également. Trente-cinq mille hommes au total. Le 17 août, ils atteignirent le poste de commandement japonais. Il était désert. Jusqu'au 22 août, les trente-cinq mille hommes fouillèrent les moindres recoins de l'île à la recherche de la garnison ennemie.

Ils découvrirent trois chiens.

Explosion retrouva les soldats américains, ses premiers maîtres, après plus d'un an de séparation. *Come on !* Elle répondit avec joie à l'appel, Masayû et Kita l'imitèrent. Oui, ils répondirent aux soldats américains en remuant la queue. Certes, ils savaient qu'il s'agissait des adversaires contre qui on leur avait appris *Keikai seyo !* (Alerte !) et *Shûgeki seyo !* (Attaque !). Mais ils avaient été libérés de leurs obligations, alors, *qu'est-ce que ça peut faire ? Qu'y a-t-il de mal à les accepter ?* Les chiens savaient que le temps de l'île sans nom était fini. Elle était redevenue l'île Kiska. Et ils allaient peut-être être récupérés.

Après l'abandon, puis le temps zéro, cette fois ils allaient être repris.

Voilà pourquoi les trois chiens, dans un bel ensemble, firent bon accueil à la compagnie : *Bonjour ! Bienvenue chez vous !*

Le dernier chien, bien que pour une raison différente, les accueillit aussi avec joie. Masaru reçut les Marines dans son terrier. Ses maîtres ne reviendraient pas, c'étaient les ennemis qui arrivaient, il en fut heureux. Dans son blockhaus, il attendit les Américains et frappa. *J'avais tort de désespérer ! Ma mission n'est pas terminée !* Masaru bondit et mordit le premier soldat américain qui s'était approché sans méfiance, puis s'enfuit par le trou qu'avait ouvert une grenade. Plusieurs hommes se lancèrent à sa poursuite, décidés à « attraper le chien japonais », et sautèrent sur des mines. Masaru mourut dans sa *Banzaï Attack* à lui tout seul.

Explosion, Masayû et Kita ne meurent pas.

Ils reçoivent à manger, sont adoptés. Dorénavant ils sont dans le camp américain. De nouvelles vies entrent au service de l'Amérique. Au bout de neuf semaines, Explosion met bas. Sur l'île Kiska, c'est le mois d'octobre. En général les mises bas donnent rarement lieu à des complications, mais dans un environnement extrême, des difficultés peuvent survenir. Le médecin militaire dut procéder à une césarienne pour sauver la mère et les chiots. Neuf chiots. Cinq survécurent.

A la fin de 1943, en comptant les chiots d'Explosion, ils étaient huit. Huit chiens. Toujours sur l'île.

« Dors bien, *vor* »

Une splendide résidence entourée d'un mur d'enceinte. Deux mètres cinquante de haut en moyenne, surmonté d'un grillage métallique. Pas du barbelé, non. Electrifié. Tous les huit mètres environ, une caméra de surveillance. Les objectifs pointés vers l'extérieur de la résidence, bien sûr.

La lentille de l'un des objectifs est fêlée.

Un lourd silence pèse sur l'ensemble de la propriété. Une atmosphère artificielle, une impression de quelque chose qui manque.

La neige tient encore par endroits dans le jardin, formant des congères dans les angles du mur d'enceinte. Par-ci par-là, de petites traces de pas. Pas des traces humaines. Des traces d'animal, à quatre ou cinq coussinets. L'animal s'est promené autour de la maison.

Le soleil est déjà couché. Mais il fait encore jour dans la propriété. Des projecteurs en hauteur éclairent le sol, sans laisser aucun angle mort. Il fait plus sombre à l'extérieur que dans le jardin, en fait. On voit de la lumière dans les tours de logements, au nord-est, sur la gauche quand on regarde la résidence de face. La cité a été construite dans les années 1970.

Mais à droite il n'en reste plus que des silhouettes. Des silhouettes de toits. Là se trouvait la zone industrielle. A l'époque, les usines fonctionnaient jusque tard dans la nuit. C'était il y a bien longtemps, au temps de l'Union soviétique. Ces usines recevaient des commandes secrètes du ministère de la Défense et fabriquaient en masse des chars d'assaut, des armes automatiques légères. Pour répondre à la demande militaire, les machines tournaient à plein régime. Cette demande n'existe plus. Le capitalisme de la nouvelle Russie ne fait plus vivre la région.

Le fric inonde d'autres marchés maintenant.

Les marchés clandestins.

Par exemple, de ce côté-ci du mur d'enceinte. La résidence.

A la tombée de la nuit, le propriétaire de la résidence rentre chez lui. Deux automobiles s'arrêtent devant l'entrée principale. Une Volvo et une BMW, les vitres de la seconde sont fumées. Le garde dans sa guérite reconnaît les deux véhicules et actionne le bouton d'ouverture du portail.

Le portail glisse en douceur, laisse passer la Volvo et la BMW, se referme.

Les deux véhicules continuent au pas dans l'allée, jusqu'à la plateforme pivotante qui se trouve devant la porte d'entrée de la maison. Quarante secondes plus tard, les roues avant de la Volvo passent sur quelque chose. Ecrasent un déclencheur. Un dispositif sophistiqué, caché sous une fausse dalle de pierre, qui allume un détonateur. A cet instant précis, le chauffeur de la Volvo a comme la sensation qu'il passe sur un nid-de-poule. Non, sur un cassis ? Le temps de réfléchir... De toute façon, cette réflexion il n'en verra pas le bout car il est projeté en l'air et fait le grand soleil. Son siège est animé de la même translation verticale, ainsi que le toit de la carrosserie.

Derrière, la BMW pile. Du siège passager et de la banquette arrière surgissent trois hommes. Ouverture des portières à coups de latte, bond et dispersion instantanée. L'un des hommes porte une chapka aux oreillettes remontées, les deux autres sont nu-tête, cheveux très courts. Ils portent qui un manteau de fourrure, qui un costume sombre de luxe ; tous trois ont laissé le premier bouton de leur vêtement ouvert. Leur main droite est enfouie dans l'échancrure. L'un en extrait un pistolet-mitrailleur, les autres sortent des pistolets et se mettent en position de tir. Mais ils sont en état de choc. De la moitié arrière de la Volvo, qui n'a pas été volatilisée dans l'explosion, deux rescapés roulent hors de la carcasse. Il y a du sang et des cris.

Les survivants de la Volvo se traînent à terre en braillant de façon inintelligible.

Le chauffeur de la BMW, comme s'il avait pris une décharge électrique, enclenche la marche arrière et écrase l'accélérateur. Le propriétaire de la résidence est assis au milieu de la banquette arrière. Le chauffeur doit s'imaginer pouvoir le sortir de l'enfer qu'est devenu le jardin devant la maison.

Soudain, toutes les lumières à l'intérieur de la maison s'éteignent.

Comme si le disjoncteur avait sauté, la maison disparaît dans les ténèbres.

Il y a eu un léger bruit d'explosion à l'intérieur de la maison, mais ceux qui se trouvent dehors ne l'ont pas entendu.

Les frissons qui parcourent leurs corps se sont faits plus intenses, c'est tout.

L'un des hommes qui ont jailli de la BMW, ne sachant d'où vient l'attaque, se met à courir par réflexe. Il quitte l'allée devant la maison et part en zigzag jusqu'au porche pour dénicher les agresseurs. Il a soudain une étrange sensation à la jambe gauche. Il a été catcheur de compétition, il a encore une belle musculature qui lui a permis de se faire engager comme garde du corps. Je suis en train de me faire feinter, se dit-il en faisant remonter les souvenirs de ses pires expériences de combat, à l'époque où il était encore en activité. Il sent tous les poils de son corps se hérisser. C'est l'instant où sa cheville gauche rencontre un filin. Un câble tendu à environ dix centimètres du sol. Qui déclenche le piège. Quelque chose part de sa gauche et vient se planter dans son corps. Méchamment. Sous l'effet de la douleur et de la tétanisation musculaire, le pistolet qu'il a en main se met à tirer dans tous les sens.

Ses copains qui rampaient au sol prennent quelques balles.

La BMW a reculé jusqu'au portail. Le chauffeur ouvre la vitre et gueule au garde dans sa guérite : « Ouvre, bordel ! Ouvre ! » Mais le garde ne bouge pas. Dans sa guérite, il est couché. La gorge ouverte.

Un trait parfaitement horizontal.

Le chauffeur se dit que le garde est sorti de sa guérite. Il décide de descendre de voiture et d'actionner lui-même le portail, mais il entend un coup de feu et appuie sans réfléchir sur l'accélérateur. Il endommage un peu le portail avec son pare-chocs arrière, change de vitesse et repart en marche avant.

Un projecteur du jardin s'éteint, puis un autre. Avec un bruit de verre cassé. Quelque chose est en train de mettre les éclairages hors service. Comme la maison, le jardin disparaît presque entièrement dans les ténèbres.

De nouveau un vrai coup de feu.

Puis deux.

Puis trois. Quatre… Sept coups de feu.

Un homme est en train de changer de chargeur. Bien qu'il lui reste des balles, il jette le vieux et en remet un autre chargé à bloc. Il voit la BMW rouler au hasard comme si elle cherchait la sortie et il agit. Vite, mais pas seulement. En anticipant l'évolution de la situation.

De nouveau, plusieurs coups de feu se succèdent. L'un d'eux arrache la gueule du chauffeur de la BMW derrière le pare-brise, la voiture s'arrête comme si elle avait percuté un arbre. L'homme qui était assis à l'arrière et qui vient de s'extraire prend un coup de feu dans les reins. Puis dans la tête.

Grand silence.

Un seul homme bouge encore. Il tient toujours un pistolet dans chaque main. Les phares de la BMW découpent sa silhouette. Son profil se dévoile. De magnifiques cheveux blancs. Ils ont perdu leur couleur depuis de longues années déjà. Il y a deux semaines à peine, il était au fin fond de la forêt. Dans la cabane de chasseur où il vivait depuis qu'il est à la retraite. Mais ce qu'il tient dans ses mains gantées, ce ne sont pas n'importe quels pistolets. Ce sont des pistolets automatiques 9 mm de l'armée.

Le vieil homme s'approche du cadavre.

Celui qu'il a abattu en dernier. Le propriétaire de la résidence. Le vieux dénude le haut du corps. Il vérifie que se trouvent bien tatoués une grande croix sur l'épaule gauche et un squelette sur la droite.

L'emplacement des tatouages indique qu'il s'agit d'un gros poisson de la mafia russe.

Oui, les tatouages prouvent qu'il s'agit d'un cadre territorial. Mais de l'ancienne mafia, celle qui était active sous le régime soviétique.

Sa vérification terminée, il rit en silence. A peine un sourire, presque inexpressif. Puis il murmure :

— Dors bien, *vor*.

Le vieil homme ne perd pas de temps. Deux minutes plus tard, il se trouve à l'intérieur de la maison. Toutes les lumières sont éteintes. Dans le salon, deux malabars tués au milieu de leur partie de cartes et le cadavre d'une jeune femme dans une robe sexy, maquillée avec soin, sur le sofa derrière eux. Mais ceux-ci ne sont plus de la première fraîcheur… Cela fait déjà plus d'une heure qu'ils sont morts.

Il y a encore un mort dans la maison.

Le vieil homme entre dans le poste de contrôle, une pièce presque secrète derrière le salon.

Un jeune homme se trouve là. Il est vivant. Mais mort de peur. Inondé de sueur. Sa nuque ruisselle littéralement. Il est assis sur une chaise, étrangement raide, comme s'il se forçait à rester droit.

— Si tu as chaud, pourquoi t'enlèves pas ton pull ? demande le vieux.

— Je peux pas bouger, répond le jeune.

— Pourquoi t'enlèves pas ton pull, je te dis ! répète le vieux.

Le jeune hoche la tête et, très précautionneusement, ôte son pull. Dessous, il porte un maillot à rayures horizontales comme ceux des troupes parachutistes.

Le mur de la pièce derrière lui est tapissé d'une dizaine de moniteurs. Ils transmettent les images des caméras de surveillance. Ou rien… Certains écrans sont noirs. De sa place, le jeune gère le système d'enregistrement des images. Il dispose également d'un transmetteur pour répondre aux appels extérieurs.

Tu vois bien que tout s'est passé comme prévu, dit le vieux en guise de remerciement.

Ben, j'ai tout fait comme vous m'avez dit, dit le jeune. Tout comme il faut…

Tu es un bon, toi, répond le vieux.

— S'il vous plaît… dit le jeune dans un souffle. Sur la chaise où il est assis, il y a quelque chose mais ce n'est pas un coussin. Une grenade. La goupille a été ôtée. Ses fesses sur la chaise maintiennent le levier de sécurité replié. S'il se déplace ne serait-ce que d'un chouïa, la grenade explose instantanément.

Le vieux se tourne vers le mur de moniteurs. Pendant quelques secondes, il vérifie tous les écrans… même les noirs. Le jeune transpire de plus belle. Bien que le vieux se trouve juste à côté de lui, il ne peut pas changer de position. Du côté du système d'enregistrement, il entend un bruit, comme un ruban adhésif qu'on arrache. Avec tous ces systèmes qu'ils se payent, pourtant, merde… dit le vieux comme s'il parlait tout seul. Le jeune n'a entendu que les derniers mots et se demande en se chiant dessus : Pourtant, merde quoi ?

— Quelle bande d'amateurs ! Tous. De vrais rigolos, dit le vieux, comme en réponse à la question informulée du jeune.

Le jeune reconnaît le bruit de la goupille de grenade qu'on arrache, c'est un bruit qu'il connaît déjà. Une fois, puis deux, puis trois…

Hein ?

Le vieux se dirige vers la porte. Sur le point de quitter la pièce, il se retourne, loge tranquillement une balle de 9 mm dans la tête du jeune. Celui-ci est pris d'un soubresaut, s'effondre, la grenade sous son coccyx explose. Une seconde plus tard, les trois grenades fixées sur le système d'enregistrement détonent à leur tour. Les enregistrements sont effacés.

Deux minutes plus tard, le vieux se trouve à l'arrière du jardin.

Devant un petit bâtiment gris, en béton armé, bas de plafond. Avec une série de portes grillagées. Ce sont des cages pour animaux. Certaines portes sont ouvertes, d'autres fermées. Le vieil homme compte au total quatre dobermans morts. Empoisonnés. Il est bien placé pour le savoir, c'est lui qui a mis la substance mortelle dans leur gamelle. Mais il reste des vivants. Il a tué tous les chiens adultes, donc effectivement, ceux-ci n'en sont pas.

Ils jappent. D'une petite voix. Le vieux les regarde de l'autre côté du grillage.

Après les avoir observés une trentaine de secondes, il hoche la tête, ouvre la porte, entre dans la cage et disperse les chiots.

Le lendemain, les médias rendent compte de l'événement. Dans un premier temps de façon assez vague, sans s'éloigner du communiqué officiel des autorités. A la fin de la semaine, un journal satirique en fait une affaire bien plus sensationnelle. Sous le titre « Affrontements entre gangs ». La résidence du boss d'une grande organisation criminelle qui contrôle deux banques, trois chaînes d'hôtels et une multitude de restaurants a fait l'objet d'une attaque en règle. L'acte ne peut avoir été perpétré que par un de ces groupes « qui pratiquent les explosifs », affirme le journal. Suit alors un développement fort suggestif concernant les vols et la revente de matériel dans les arsenaux de l'armée, avec force détails sur le profil de ces criminels qui se sont attaqués à celui qui détenait la quasi-totalité du pouvoir dans cette métropole de Sibérie extrême-orientale. En conclusion, dit l'article, au sein de la pègre qui grouille en Sibérie, les tenants de la modernité et ceux de l'ancien système ont commencé à jouer « mafia russe contre mafia tchétchène ».

Mille neuf cent quarante-quatre
Mille neuf cent quarante-neuf

Hé ! Les chiens ! Où êtes-vous ?

Les quarante premiers jours de 1944, ils sont toujours à Kiska. Mais ils ne sont plus que sept. Explosion est morte le 2 janvier. L'hiver des Aléoutiennes s'est avéré trop dur pour la femelle berger allemand qui venait de subir une césarienne. Six ou sept semaines après avoir donné naissance à cinq chiots en bonne santé, autrement dit après les avoir allaités jusqu'au sevrage en faisant preuve d'un courage exemplaire, elle s'est affaiblie rapidement. Puis elle a expiré, avant le lever du soleil.

Les Américains savaient d'où elle venait. L'année précédente, avant l'évacuation des troupes de l'île de Kiska-Narukami, l'armée japonaise aurait dû détruire les ateliers, les véhicules, les munitions et tout le matériel militaire qui se trouvait sur l'île. Mais le travail n'avait pu être achevé. Le temps avait manqué. Les quelque cinq mille deux cents hommes de la garnison n'avaient eu que cinquante-cinq minutes pour embarquer sur les bâtiments de la flotte venus les chercher. Les hommes n'avaient pu emporter avec eux que le strict minimum, ce qui expliquait qu'ils aient laissé un grand nombre de carnets et de journaux personnels derrière eux. Toute la paperasse était restée, elle aussi. Seuls les papiers confidentiels avaient été détruits. Mais tout n'avait pas pu disparaître.

Dès qu'ils eurent récupéré leur île, les Américains firent immédiatement traduire cette masse documentaire par les services de renseignements de l'US Army. Plusieurs pièces leur apprirent ainsi qu'Explosion était à l'origine un chien militaire américain adopté par les troupes japonaises. *Nous avons pris en charge une chienne appartenant aux Américains présentement prisonniers employés à la station radiotélégraphique. Elle s'appelle Explosion.* Ces notes furent communiquées au corps de défense de la 13e division de l'US Navy en Alaska.

En conséquence de quoi, Explosion redevint chien soldat américain.

Et les autres ? Ils furent bien entendu adoptés, nourris et soignés. Mais on ne peut pas dire qu'ils devinrent tout de suite des chiens militaires américains. Les cinq chiots étaient devenus les mascottes de la garnison en poste sur l'île, mais n'étaient affectés à aucune mission militaire. Quant à Masayû, le berger allemand, et Kita, le hokkaïdo, s'ils étaient incontestablement des chiens soldats, ils étaient surtout de ce point de vue des chiens japonais et furent donc considérés comme prisonniers de guerre.

Mais quel mal y a-t-il à ça ?

Les préceptes des *Instructions militaires* de Tôjô Hideki, du temps où il était ministre de l'Armée, en particulier le fameux : *Ne jamais subir la honte d'être fait prisonnier*, ne leur avaient jamais été imposés. Aussi Masayû et Kita ne subirent-ils aucune honte. Ils observèrent attentivement la façon dont Explosion réagissait aux ordres en anglais, et une ou deux semaines plus tard, ils savaient faire pareil et répondre presque parfaitement aux demandes des soldats de la garnison de Kiska. Ils étaient énormément appréciés pour cela. Non seulement ils n'éprouvaient aucune honte, mais ils étaient devenus des vedettes.

Donc, le 10 février 1944, ils sont sept chiens. Quand, après environ six mois de mission à Kiska, la garnison est envoyée sur un autre front, les sept chiens embarquent avec elle.

Le siècle de la guerre et du chien soldat, dit aussi XXe siècle. Sur le champ de bataille, les chiens servaient à tuer et étaient tués. Ils volaient et étaient volés. Ils étaient même très souvent capturés. Entraînés au combat, ayant fait l'objet d'améliorations et perfectionnements divers en fonction de leur race, ils représentaient une arme secrète de grande valeur. Pendant la Première Guerre, l'Allemagne, où les chiens de trait n'avaient jamais existé, avait réquisitionné tous les mastiffs de la Belgique occupée. De même, les unités du front est-ouest avaient raflé de toute urgence « tous les chiens n'appartenant pas à nos forces armées ». Dans les années 1940, pendant la Seconde Guerre mondiale, la situation restait globalement inchangée. A titre d'exemple, le temps que l'Allemagne, à la pointe dans le domaine de l'utilisation des chiens soldats, impose la capitulation à la France, elle avait retourné à son profit la quasi-totalité des chiens soldats français.

Les sept chiens de Kiska furent donc envoyés en Amérique. Deux en tant que « prisonniers de guerre », les cinq autres pour faire leurs classes comme « cadets ». La compagnie cynophile du corps des Marines s'intéressait particulièrement à ces chiots. On était très curieux de voir quelles pouvaient être les aptitudes des descendants d'un berger allemand dressé au Japon (Masayû), dont les Américains reconnaissaient la supériorité en termes de sélection et de dressage, et d'un berger allemand élevé par les Américains (Explosion). C'est pourquoi on avait expressément demandé que les chiots soient acheminés sur le continent.

Même si certains d'entre eux durent attendre d'effectuer un passage au camp de base des Marines pour redressement et mise à niveau, les sept chiens furent tous déclarés aptes pour le service comme « chiens soldats américains ».

Et cette fois-ci, plus du tout comme « prisonniers de guerre », ni même comme « cadets ».

Mais pour l'instant, le navire sur lequel ils embarquaient ne possédait ni chenil ni cabines aménagées pour eux. A défaut, ils furent enchaînés sur le pont. Les chiots étaient âgés d'un peu moins de quatre mois, ils avaient bien grandi. Evidemment, le navire prit le large sans se préoccuper de ce que les chiens pouvaient penser. Il devait faire d'abord escale à Dutch Harbour, sur l'île d'Unalaska, distante de plus de sept cents kilomètres.

Les sept chiens quittèrent la baie de Kiska. Cet endroit. Pour toujours.

Une fois en pleine mer, ils furent malades comme des chiens.

Un mal de mer carabiné. Le navire traversait le Pacifique Nord d'ouest en est, en longeant le chapelet des îles Aléoutiennes. Il roulait et tanguait tant et plus, le climat si particulier de la région se jouant de lui. Le brouillard empêchait de voir la surface des flots à plus de dix mètres, un terrible blizzard balayait le pont. Par-dessus le marché, le ciel changeait encore et encore, à tout bout de champ. Au début, les chiots furent comme assommés. Ils vomissaient, étaient pris de tremblements, yeux révulsés. Qu'avons-nous fait pour mériter une telle punition ? Ils se trouvaient d'autant plus choqués qu'ils ignoraient la signification de ce mal de mer. Progressivement, les symptômes empirèrent chez Kita, le seul des sept qui ne fût pas un berger allemand. En revanche, Masayû, lui, ne ressentait aucun malaise. Il avait déjà fait l'expérience de ce genre de traversée, quand il était venu sur les Aléoutiennes. Il était arrivé du lointain golfe de Mutsu, sur un navire de transport de troupes ou un cargo, en tant que membre de la flotte de l'armée du Nord. Cette expérience lui évitait maintenant de souffrir. Bien sûr, Kita possédait la même expérience, mais cela ne lui fut d'aucun secours.

Kita était même gravement malade.

Quand ils le regardaient, les hommes sur le pont trouvaient que son état évoquait ces chiens qui ont vécu des situations atroces et restent ensuite prostrés.

Dépression nerveuse. Dans les cas graves, le chien perd toute volonté de vivre.

Les marins mettaient tout sur le compte du mal de mer. A vrai dire, tous les hommes à bord sans exception, ceux qui appartenaient à la garnison montante comme ceux de la garnison descendante, rendaient tripes et boyaux dans tous les coins du bateau et avaient perpétuellement sous les yeux leurs vomissures et celles des autres. Mais en réalité, leur diagnostic était erroné. Kita avait la nausée, mais ce qui le mettait dans un tel état, ce n'étaient pas les mouvements du navire. Avant l'embarquement, les chiens avait subi la vaccination obligatoire. Les escadrons d'approvisionnement des compagnies d'attaque de l'infanterie avaient acheminé les doses, en sus de leur mission générale. Les vaccins en eux-mêmes ne posaient pas de problème, non. Mais pour Kita, c'était la troisième fois. Et sa dernière inoculation remontant à la veille de son départ pour Kiska-Narukami, le délai était un peu court.

Hé oui, en fait, il souffrait de survaccination. Il était terrassé par les effets secondaires. Fièvre. Epuisement général. Perte d'appétit. Bouffées d'angoisse. Dépression. Et là-dessus, une belle erreur de diagnostic.

A Dutch Harbor sur l'île d'Unalaska, il débarqua avec les six autres chiens, mais ne fut pas remis au corps des Marines des Aléoutiennes. « Pas lui, ça ne sert à rien de l'envoyer au pays, celui-là », et il fut séparé des six autres. Kita resta donc sur Unalaska, sans même voir ses six compagnons embarquer avec la garnison de Dutch Harbor pour le camp de Caroline du Nord.

On le laisse là.

Kita reste tout seul dans les Aléoutiennes.

Il ne se rétablit pas. Les symptômes ressemblent fort à ceux d'une dépression. Apparemment, plus aucun appétit de vivre. Mais il n'est pas euthanasié. On n'abat pas un chien. On l'attache pour monter vaguement la garde à côté d'un hangar à bateaux.

Kita ! Hé, Kita ! Quel effet ça te fait ?

Tu étais un chien soldat au pedigree reconnu. Et solide avec ça, un corps d'athlète. Un chien d'élite. Pendant ton entraînement, tu avais appris *Keikai* et *Shûgeki*, à donner l'alerte et attaquer, à retrouver et sauver les blessés, tu avais appris à remplir toutes sortes de missions. Puis tu avais été envoyé sur le front, et là, à Kiska-Narukami, quelle mission t'avait-on donnée ?

Goûteur. Tu bouffais de l'herbe à la place des humains, et si tu n'en mourais pas, c'était la preuve que cette herbe était comestible. Ah oui, pour sûr, une mission de la plus haute importance ! Grâce à toi, les troupes de défense de Kiska-Narukami, en poste dans les Aléoutiennes où il n'était pas facile de trouver de la nourriture en quantité suffisante, avaient évité le scorbut. Tes maîtres, toi tu leur avais juré fidélité, mais eux, ils avaient mis en œuvre le plan K et s'étaient barrés. Ils t'avaient abandonné avec trois autres compagnons d'infortune. Alors tu avais vécu là avec tes semblables. Sur l'île sans nom, le temps de la liberté. Le temps zéro. Puis de nouveaux maîtres étaient venus. Ils t'avaient nourri et remercié pour avoir pigé leurs ordres en anglais. Tu leur avais donné ta confiance.

Hé oui, tu es un chien, après tout.

Et un chien, ça fait confiance à ses maîtres.

Et maintenant, tu es malade. Ici. Mais tes maîtres ne sont plus là. Tu ne connais plus personne. Te voilà de nouveau abandonné. De nouveau on t'a laissé tomber. Et tes semblables… ceux qui ont partagé ton expérience sur l'île, les seuls qui te comprenaient, t'ont été enlevés. *Pourquoi ?* grogne Kita. En même temps qu'il grogne de froid, comme s'il était atteint de rage. *Qu'ai-je fait pour subir cela ?* A peine les maîtres arrivent-ils qu'ils disparaissent. Ils font naître la loyauté dans un cœur de chien, puis l'abandonnent cruellement. Ils le dressent comme un chien soldat d'élite, sans en tirer parti. Inutilement. Et vous ne voudriez pas tomber malade et déprimer avec ça ?

Pourquoi je vis ?

Apathie totale. Du fond de la baie, Kita n'a quasiment aucune notion du monde extérieur. Kita ne sort plus de son cauchemar, Kita vit à l'intérieur de son délire. Autrement dit, le réel est devenu illusoire.

Mais il continue à recevoir sa pâtée. On ne le laissera pas crever de faim.

Kita ne le sait pas, mais un jeune homme a décidé de s'occuper de lui. Il a vingt-deux ans, il appartient au personnel non navigant de l'US Air Force. Il a été mobilisé en 1942. Il aime les chiens, c'est pour ça. Plus précisément, l'aspect de Kita l'intrigue. Là d'où il vient, il n'a jamais vu de chiens de cette race, ça n'a pas l'air non plus d'être un samoyède ni un malamute, des races de chiens nordiques qu'il connaît. C'est la première fois qu'il voit un chien de race japonaise indigène. Oreilles dressées, queue enroulée comme celle d'un spitz ; et surtout les chiens de race hokkaïdo sont d'un courage et d'une agressivité à toute épreuve face au danger, on les utilise pour la chasse à l'ours, et ça se sent. Qu'est-ce que c'est que ce chien ?

Le jeune est tellement intrigué qu'il rend visite à Kita deux fois par jour.

Kita ne meurt pas.

Il récupère. Mais il vit toujours dans son univers illusoire, comme si le délire de la maladie continuait. Son esprit reste enfermé à l'intérieur du cauchemar.

Avril 1944. Deux hommes viennent trouver Kita. L'un d'eux est celui qui vient tous les jours, l'autre est un pilote de l'aéropostale. Il a trente ans.

— Terrible ! dit le pilote, jamais vu un chien pareil.

Il le regarde sous toutes les coutures. A ses côtés, le jeune lui raconte.

— Le pauvre, on l'a laissé ici pour rien, on ne lui a même pas donné une niche, juste deux couvertures, en plein dans les Aléoutiennes, quand même ! Je te jure… Tu crois que tu pourras t'en occuper ?

Le pilote relève la tête.

— Bien sûr. Tu parles !

— Il te plaît ?

— Tu parles ! Je le mettrai au chenil de mon bureau de poste. Moi, mon truc, c'est de posséder un chien de chaque race. Et avec un chien rare comme ça, je vais te dire que je vais pouvoir parader !

— Eh bien, tu vois, dit le jeune à Kita. Tu vas te faire des potes ! Des chiens de poste.

Trois jours plus tard, le pilote revient. Cette fois, il a fait les démarches auprès du bureau de l'armée pour obtenir l'autorisation de récupérer Kita. Un simple document à remplir. Kita monte dans un avion. On le case dans l'espace libéré par les sacs de courrier distribué, et il devient chien volant.

La masse d'un chien de cette race dans un appareil de l'aéropostale, en lieu et place de quelques centaines de plis postaux.

Mais Kita n'est toujours pas revenu de son univers illusoire. Deux mois après les nausées de la traversée, il n'a aucune conscience qu'il est maintenant en train de voler vers l'extrémité est de l'archipel des Aléoutiennes. Il ressent seulement les embardées de l'appareil, les étranges effets de la pesanteur.

L'appareil se dirige vers la péninsule d'Alaska. Destination Anchorage.

En 1944, l'Alaska n'était pas encore un Etat américain. A peine une zone frontière, un « territoire ». Mais qui représentait tout de même un cinquième de la superficie des Etats-Unis. Ici, en été le soleil se lève au nord-nord-est et se couche au nord-nord-ouest, et en hiver il se lève au sud-sud-est et se couche au sud-sud-ouest.

Au début, Kita habita le chenil de la poste. Il y avait une sacrée ambiance, là-dedans. Le chenil comprenait déjà un setter, un barzoï, un malamute, un husky sibérien, un groenlandais et un mastiff bleu. Il se fit plus d'une fois prendre à partie et renifler les roustons. Kita retrouvait peu à peu le sens de la réalité. Mais il ne se passa aucun événement notable pendant trois mois.

Le 22 juillet, à Fairbanks, au cours d'un cambriolage, le pilote se fit tirer dessus.

Dans un bar, la veille de sa mort, il avait justement dit à un vieil ami :

— Viens voir mes chiens ! Viens donc faire un tour à Anchorage, toi tu sais apprécier la valeur des bêtes, pas vrai ?

Cet ami était le fils d'une véritable légende de la poste de l'Alaska, un pionnier du transport de courrier par traîneau à chiens. Quarante ans plus tôt, dans cette région en ébullition du fait de la ruée vers l'or, où ni le chemin de fer ni aucun moyen de transport motorisé n'étaient encore en mesure de circuler, le courrier était acheminé par traîneaux à chiens jusqu'aux villages éparpillés de l'intérieur. Le pilote était souvent allé témoigner son respect à cet homme de légende et était ainsi devenu l'ami de son fils. Celui-ci se consacrait à son traîneau et ses chiens dès qu'il avait un moment de liberté, et dormait même parfois dans le chenil au milieu de ses bêtes, prenant son père comme modèle depuis l'âge de raison. Grand connaisseur de chiens, il était devenu tout naturellement un *musher*, un conducteur de traîneau, alignant les victoires dans les courses locales. Il arrivait à vivre de ses gains de compétition en sus de ses revenus de trappeur.

Une semaine après le décès du pilote, son ami *musher* vint à Anchorage, pour honorer sa promesse. Il passa voir le chenil du bureau de poste. Maintenant que le pilote n'était plus là, la charge des chiens dont il avait été si fier s'avérait un peu trop lourde pour ses collègues. Deux ou trois bêtes leur auraient largement suffi, aussi bien pour le travail que pour l'agrément. Quand le *musher* apparut et se présenta comme un ami du mort, ils lui firent une proposition.

— D'accord, dit le *musher*. Je vous prends tous ceux qui ont l'air capables de tirer un traîneau.

En août, Kita fit donc partie de l'héritage du pilote et déménagea dans un endroit à l'écart de tout groupement humain, à plusieurs dizaines de kilomètres au nord-ouest de Fairbanks.

Une demi-année s'était écoulée depuis qu'il avait quitté Kiska. On montait encore en latitude, il était tout près du cercle polaire arctique, maintenant. Kita ! Hé, Kita ! Quel effet ça te fait ? Comme si ton nom t'y prédestinait, te voilà au nord pour de bon cette fois, hein ? Tu te formes. Tu apprends à progresser en tirant un traîneau. Tu apprends à tirer la *pulka*, le traîneau de compétition, et toutes sortes d'autres techniques. Ah ouais, ça faisait longtemps, je manquais d'exercice, tu te dis. J'apprends des choses. Quelque part dans ta tête, c'est comme si on enclenchait un bouton. Les autres « chiens de poste » qui ont déménagé avec toi sont vite hors course, mais pas toi. Tu ne donnes pas la moindre impression que cela t'est pénible. Au contraire, on dirait que tu prends plaisir à retrouver un environnement hostile.

Quand vient l'hiver, on te met le harnais et tu cours. A l'unisson des autres chiens devant le maître… Tu cours sans sortir de la trace. D'aspirant chien de traîneau, te voilà devenu chien de traîneau à part entière. Tu connais les rapports de force au sein de l'équipe, tu obéis au leader et tu cours. Parce que tu sais que là est ta mission.

Pour la prochaine course, le maître de Kita, le *musher*, vise une nouvelle victoire. Bien sûr, on est toujours en guerre, mais ici en Alaska, le gouvernement n'est pas idiot au point d'interdire les courses de tradition ancienne et de risquer de s'attirer le mécontentement de la population locale. Alors, même au plus fort de la guerre, on ne manque pas d'organiser des courses. Le *musher* ne prend pas une seule journée de repos, autrement dit, les chiens non plus. C'est en février 1945 que cette fièvre va se trouver chauffée à blanc. Le maître et ses chiens sont presque constamment de sortie. Ils ont déjà arpenté pas loin de la moitié des étendues blanches de l'Alaska. Kita a arpenté. Ces paysages monotones, il les a désirés. Et les épicéas, et l'haleine blanche de ses camarades, sur le grand fleuve gelé. Telle est la Voie du Traîneau Sublimement Préparé.

L'incident survient le 17 février. Dans une région où les chutes de neige sont particulièrement abondantes. Soudain, le traîneau se renverse. Les chiens hurlent. Un horrible monstre apparaît. C'est un élan que l'épaisseur de la couche de neige a rendu affamé et qui attaque les chiens bille en tête, par le travers, alors que ceux-ci sont sanglés dans leurs harnais. Une femelle de plus de sept cent soixante-dix kilos. Harcelée par la faim, elle est devenue agressive, un vrai fauve. Le chien de tête est tué, ainsi que deux autres. A cet instant précis, de nouveau, c'est comme un déclic dans la tête de Kita. Alors que les autres chiens ne pensent qu'à fuir, pour Kita c'est l'éveil.

Attaque !

C'est l'instinct qui parle. Ce qu'on lui a inculqué du temps où il était chien soldat se réveille. C'est ça ! Il comprend, avec une rare acuité. Mais oui, bien sûr ! C'est ça ! C'était ça ! Voilà la putain de mission qu'on aurait dû me donner sur cette putain d'île ! Kita frémit de tout son corps en aboyant. Eh bien, c'est ici que je vais l'accomplir. C'est ici que je vais enfin vivre pour de bon. Parce que je suis vivant !

Kita s'est totalement éveillé de son univers illusoire. Et il passe à l'action. Son harnais, devenu lâche, le tient à peine. Kita bondit. Pas question de faillir devant un ennemi même très supérieur en masse. Le combat dure un certain temps. Kita évite les sabots et serre à la gorge. Et c'est l'élan qui perd le sang. C'est l'élan qui brame à la mort. Trente minutes de combat. Kita en sort victorieux, il n'est qu'à peine blessé.

Côté traîneau, les pertes s'élèvent à trois chiens. Et six blessés. Plus un en fuite. Le traîneau est à moitié disloqué.

Quand survient le blizzard, Kita se presse contre son maître blessé pour lui communiquer sa chaleur, pour lui éviter de geler. Lui fait une couverture de son corps. Ses camarades survivants se regroupent autour de lui.

Et vous, les autres, où êtes-vous ?

Avant même que la guerre eût pris fin, dans les plaines enneigées de l'Alaska, Kita était devenu un chien de traîneau émérite. Et vous, alors, vous qui l'aviez quitté à Dutch Harbor ? Eh bien, les autres étaient restés chiens soldats. Pour toute la durée de la guerre, et même après. Sauf qu'un seul était encore vivant à la fin de la guerre. Les autres avaient laissé leur peau aux quatre coins du Pacifique. Plus précisément sur le front des Mariannes, les Philippines, Iwojima et Okinawa.

Les six chiens qui avaient été transportés sur le sol des Etats-Unis avec escale à Dutch Harbor en février 1944, à savoir le prisonnier de guerre Masayû et les cinq cadets de race pure, furent consignés dans un immense centre d'entraînement du camp de base des Marines. Tous les six furent incorporés en tant que chiens soldats américains, comme à la parade. Par hasard, l'union d'Explosion avec le chien japonais Masayû avait donné une portée de qualité exceptionnelle. Les chiots présentaient les critères parfaits de leur race, cela va sans dire. En fait, un sang hors pair coulait dans leurs veines. Comme si les technologies de pointe japonaises et américaines dans le domaine des chiens militaires s'étaient combinées pour multiplier leurs atouts. Toutes leurs dispositions furent testées, et tous les cinq répondaient aux critères de la classe A. Masayû possédait même des aptitudes supérieures à celles qu'on aurait été en droit d'espérer. Le père de la portée eut donc vite fait de maîtriser les points clés de l'éducation militaire américaine. Parfaitement conscient qu'il ne pourrait obtenir la nationalité américaine sans répondre à un questionnaire d'immigration serré, il avait blindé son dossier. Le père et les fils avaient ainsi vécu deux mois ensemble.

Mais pour être déclaré apte au service de chien soldat, il y avait également un critère d'âge à remplir. Les trop jeunes n'étaient pas admis. C'est pourquoi les cinq cadets ne furent envoyés au front qu'à l'automne de cette année-là, quand ils eurent atteint leur douzième mois. Jusque-là, ils furent soumis à un entraînement intensif. Ils maîtrisaient toutes les missions : monter la garde, surveiller, aller à l'assaut, approvisionner. Sur le terrain de manœuvres, on les habitua au bruit des obus, à la fumée et aux flammes. Ils savaient passer sous un fil de fer barbelé. Ce sont des chiens d'élite qui furent envoyés dans les îles du Pacifique. Masayû, lui, les y avait précédés de plusieurs mois. Et il n'avait aucune hésitation, même si, maintenant, c'est l'armée japonaise qu'il attaquait.

Depuis la seconde moitié de l'année 1943, une gigantesque force armée américaine se trouvait dans le Pacifique. Le 1er novembre de la même année, les Américains débarquent sur l'île Bougainville, dans l'archipel des Salomon du Nord, puis détruisent la base qui abritait un groupe de chasse de la marine japonaise à Rabaul, sur l'île de Nouvelle-Bretagne, ramenant le théâtre de la guerre au nord de l'équateur. En février 1944, les îles Marshall et les îles Truk tombent. Puis c'est le débarquement à Saipan le 15 juin et la prise des Mariannes dans les deux mois qui suivent. L'armée américaine poursuit son avancée sur les Philippines. Bataille terrestre à Leyte, où le Japon est complètement défait. Bataille de position à Luzon. Nous sommes déjà en 1945. Les atolls sont défendus pied à pied, avant le déplacement de la guerre à Okinawa.

Combien d'hommes sont morts là-dedans ?

Et combien de chiens ?

Des dizaines de milliers. Des dizaines de milliers de chiens sur la totalité du secteur du Pacifique. Et parmi eux, nos fameux chiens. Cinq d'entre eux. Ils tombèrent l'un après l'autre, aux quatre coins du front. Le 8 août 1945, après qu'une bombe à l'uranium baptisée Little Boy, puis une seconde, au plutonium, baptisée Fat Man, eurent été larguées successivement sur Honshû, l'île principale du Japon, puis sur celle de Kyûshû, il n'en restait déjà plus qu'un.

Ce ne fut pas Masayû. Mais l'un de ses enfants. Ses quatre frères et sœurs nés des amours de Masayû et Explosion, à ce moment précis, n'étaient déjà plus. Il revint seul au pays.

C'est-à-dire sur le sol des Etats-Unis. Parti du Pacifique Ouest, il retourna dans le Pacifique Est. Son nom était Bad News. Un mâle.

Les recherches sur l'utilisation des chiens militaires se poursuivirent même après la victoire des Etats-Unis. Bad News fut affecté au centre d'entraînement cynophile. Il s'y montra fort utile. Il fallait les faire se reproduire, ces chiens, en prévision de la prochaine guerre. Obtenir des chiens encore plus forts, bourrés de prédispositions encore plus extraordinaires. Pour cela, on sélectionnait des « étalons » parmi les chiens soldats du service actif. Au titre de mâle d'élite, on octroya à Bad News le droit de tirer des coups.

De monter en levrette d'accortes femelles.

Pendant ce temps, en Alaska, il y avait Kita.

En 1945, Kita était devenu leader d'attelage. Détenteur d'un pouvoir incontesté au sein de l'équipe du traîneau.

Son maître le *musher* le considérait comme son meilleur ami, il avait en lui une confiance totale. Kita lui avait sauvé la vie. L'homme et le chien étaient liés par quelque chose de très fort, ce qu'on appelle la communication d'esprit à esprit. De par son mérite propre, le maître était déjà un *musher* hors pair, et prendre Kita comme leader d'attelage lui fit gagner encore plus de courses. Kita ne correspondait pas aux critères de race des chiens de traîneau. Mais il était invincible. Quatre fois par jour, avant et après les courses, son maître lui massait les muscles avec de l'alcool. Il ne connaissait pas la fatigue, se donnait entièrement à l'exécution de sa mission. Cet hiver-là et le suivant, il remporta un nombre record de compétitions. Son maître était célèbre, sa suprématie reconnue partout, et on parlait de Kita comme du chien le plus fameux du territoire de l'Alaska.

Le *musher* reçut évidemment de nombreuses propositions pour que Kita fasse des petits. Il devint un étalon dont les saillies portaient l'espoir d'une lignée d'exception. Ne lui étaient présentées que des femelles de la meilleure extraction. Mais aucune de sa race. C'étaient en général des huskies sibériens ou des malamutes. Depuis le temps que l'on sélectionne des chiens de traîneau en Alaska, on sait que les sang-mêlé sont supérieurs à n'importe quel chien pur sang. Ce qui explique qu'en Alaska, pour les attelages de traîneaux de compétition, on produise des alaskan huskies. De ce fait, Kita était l'étalon idéal.

Les enfants de la star se vendaient des fortunes. Les petites graines de Kita rapportaient gros à son maître… et à ses copains.

Après la fin de la Seconde Guerre mondiale, une ère nouvelle commença pour le monde des courses de traîneaux. En 1948 fut fondée l'Alaska Dog Mushers Association, puis en 1949 l'Alaska Sled Dog and Racing Association. Les réunions sportives prirent une ampleur inconnue jusqu'alors. Les équipages se multiplièrent, et la demande pour des pedigrees de champions aussi.

En 1949, Kita avait cent vingt-quatre enfants.

Et l'autre ?

Bad News en avait deux cent soixante-dix-sept. S'il avait pris sa retraite du service militaire actif, il continuait néanmoins à planter ses petites graines dans toutes les chattes canines de l'armée des Etats-Unis.

« Allez crever, les Russes ! »

— Très intéressant article, monsieur le rédacteur en chef.

— Celui de la semaine dernière sur le « train de la mort » en Tchétchénie ? Ha, ha, ha ! Si vous saviez les réactions que nous a values ce papier !

— Remarquablement... très remarquablement rédigé.

— Bah, une recension de la vérité, voilà tout.

— La situation ne fait aucun doute, c'est indéniable.

— Ces Tchétchènes nous cassent les pieds, et depuis bien avant l'époque soviétique ! Des séparatistes ! Des russophobes ! Evidemment que c'est indéniable ! La situation dans le Nord-Caucase est déplorable. Actuellement, depuis que nous leur avons... que le président leur a coupé l'aide budgétaire de la Fédération de Russie et que les techniciens de la prospection de pétrole et de la pétrochimie ont été rappelés, leur « nation indépendante », comme ils l'appellent, dépend surtout de l'économie illégale. D'où notre titre, « Le train de la mort », sur le bain de sang dans ce train attaqué par des bandits ! Ha, ha, ha !

— Vous avez de l'esprit, monsieur le rédacteur en chef.

— Comme tout Russe qui se respecte, voyons.

— Un esprit qui trouve toujours un grand écho parmi la population… C'est important, pour un homme de médias.

— Je ne vous le fais pas dire.

— Quelle époque magnifique nous vivons !

— Magnifique, en effet, pour ce qui me concerne. Tenez, par exemple, moi, quand je vois les valeurs que défendent ces Tchétchènes, j'en tombe par terre ! Et quand moi, je tombe par terre, mes lecteurs en redemandent.

— De fait, ça a l'air de leur plaire, à vos lecteurs…

— Dieu soit loué ! Dieu soit loué ! Les chiffres parlent d'eux-mêmes. C'est au cœur des chiffres que réside le principe même du capitalisme. La logique libérale du marché : les chiffres !

— Logique non communiste.

— Tout à fait. Antitotalitarisme rouge. Ceci dit… l'autre jour, un prophète islamiste arborant des tatouages a été assassiné, non ? Un gros bonnet tatoué…

— Ah bon ?

— Oui oui.

— Eh bien, si vous le dites.

— C'était un des principaux représentants de la mafia tchétchène en Extrême-Orient russe, un proche parmi les proches du dernier cercle. J'aurais bien aimé… publier une photo du corps sur le lieu de l'assassinat, par exemple.

— Dans votre journal ?

— Dans mon journal.

— Dans un tabloïd comme *La Liberté* ?

— En première page.

— En lieu et place d'un dessin humoristique ou d'un scoop ésotérique, voire de la photo du cadavre d'un extraterrestre ?

— Notre nouveau cœur de cible ne se satisfait plus de ces choses-là, voyons.

— C'est tout à votre honneur.

— Assurément !

— Et une photo de ce genre donnerait un coup de fouet à votre tirage… reprit le vieil homme.

— A propos… ce restaurant n'est-il pas un peu trop fréquenté ?

— Mais n'est-ce pas mieux ainsi, monsieur le rédacteur en chef ?

— Harengs marinés ! Anguilles fumées ! Langue de bœuf en salaison ! Des entrées de choix, dites donc ! Je veux dire… On ne risque pas de nous entendre ?

— Tant que nous conversons normalement. Regardez… n'avons-nous pas tout à fait l'air d'un vieil oncle et de son neveu en train de fêter leurs retrouvailles après quelques années de séparation ? Le neveu est maintenant admis dans les cercles les plus huppés de la cité capitaliste. Moi, je suis sorti de ma forêt et je me fais inviter à déjeuner par mon neveu.

— De votre forêt, dites-vous ?

— Oui. Disons que le vieil oncle vit de la chasse.

— Synopsis intéressant. Un chasseur ! Eh bien, buvons un deuxième verre à notre santé.

— Santé !

— Hum, fameuses, ces lamelles de lard salé !

— J'ai un neveu merveilleux. Il m'invite dans un restaurant de grande classe !

— Ha, ha, ha, chapeau bas ! Poursuivons donc notre banale conversation… Le mois dernier, un aigle tatoué se fait supprimer, alors que le mois d'avant c'était un chat tatoué. Un vilain chat.

— Des Russes, alors.

— Mafia russe. Des *vori*. Depuis sept mois, la guerre des gangs a pris des proportions stupéfiantes...

— Rappelez-vous que c'est l'édito d'un certain journal qui a mis le feu aux poudres.

— Je ne vous le fais pas dire ! Le tabloïd n'y est pas allé de main morte. Ceci dit, il n'y avait pas un seul mot de mensonger. Quelques extrapolations, je vous l'accorde. Mais le temps d'arriver à la conclusion, toutes les preuves étaient dûment présentées, et voilà le travail : de la vérité pure. Toute la force de persuasion de l'article tenait dans le fait qu'il ne mentait pas. Vous ne pensez pas ?

— Si si.

— Mais bien sûr ! C'est pourquoi nous avons embrayé avec notre série de reportages du même tonneau sur les Tchétchènes, et c'est pour ça que les réactions sont si positives. Depuis le tout premier de la série.

— Le tout premier...

— Pourquoi les mafieux passent-ils pour des « héros de leur village natal » ?... Oui, d'accord, eux-mêmes préfèrent dire les « héros de la patrie », mais qu'y a-t-il derrière ce schéma mental ? Rien que d'y penser, j'en reste par terre. Allez, encore un verre !

— Buvez, vous.

— Merci, mon oncle. Ha, ha, ha ! Eh bien, tout bonnement, c'est que la mafia est leur patrie, en définitive. Du moment qu'ils s'acquittent de l'impôt révolutionnaire au Front de libération, c'est-à-dire du moment que cet argent participe au financement de l'indépendance tchétchène, son origine n'a aucune importance. Assassiner les intrus et leur voler leurs richesses, pour eux c'est faire le Bien, c'est ce qu'ils appellent une action héroïque ! Les membres de la mafia tchétchène à Moscou, à Saint-Pétersbourg, à Ekaterinbourg sont les bandits d'honneur de la libération nationale. Dans le Nord-Caucase, ce sont de purs « héros de la patrie » ! Voilà l'éthique de ces gens ! Voilà leurs idées !

— Et ça, ça vous renverse ?

— Ça me met par terre, oui ! Baba. Par terre. Vous n'imaginez pas de quoi ces gangs sont capables, ça dépasse de très très loin notre imagination, à nous autres Russes. C'est ce qui leur a permis de se faire une place au soleil dans le monde du crime, sous notre nez, et c'est ce qui explique comment ils sont parvenus à une telle puissance. En à peine dix ans. La mafia tchétchène avait établi le marché de la voiture volée dans le… comment s'appelle-t-il déjà ? Le port, là, sur la Moskova. Ah oui, le port Yuzhny. En dix ans à peine ! Non, même pas…

— Effectivement. Moi aussi ça m'a surpris.

— Ah, vous aussi…

— Bien sûr ! répondit le vieil homme.

— Le fait est qu'ils ont réussi à foutre tout le système en l'air. Le système caché du système soviétique. Ah bon, alors même vous, mon oncle… cela vous a surpris… Un système qui avait pris forme dès les années trente. Les *vori* encadraient les détenus. Je veux dire, ils étaient employés dans les prisons et les camps de concentration. Là où on envoyait les politiques à la pelle. L'Etat s'est servi des *vori* pour garder un œil sur les groupuscules d'opposants antisoviétiques. Il s'est appuyé sur la solidité des organisations mafieuses, si vous préférez.

— Sur les organisations criminelles russes de tradition séculaire.

C'est exactement ça ! Et à partir de là, le Parti communiste était cul et chemise avec la mafia russe, l'un dépendant de l'autre et réciproquement. La politique sociale soviétique a perduré, en jouant un double jeu. D'où l'apparition d'une bureaucratie corrompue jusqu'à l'os. Ha, ha, ha ! Et c'était du solide. C'était parti pour durer éternellement. Moi je me disais... parce que... j'étais journaliste pour *Troud*, l'organe du syndicat ouvrier, quand j'étais jeune, je me disais que l'économie souterraine resterait éternellement entre les mains de la mafia russe.

— J'y ai cru, moi aussi.

— Ah oui, vous aussi ? Alors, levons encore nos verres !

— A la vôtre.

— Hum, un hors-d'âge fameux ! Et donc... de quoi parlions-nous ? Ah oui... Mais c'est à partir de là que la mafia tchétchène a montré le bout de son nez. Et voyez où ils sont arrivés en dix ans, c'est proprement incroyable... A vrai dire, cette puissance émergente a dès le début été une force guerrière. Ils se sont pointés à Moscou avec grenades, roquettes antichars et tout le toutim. Et surtout avec leur russophobie pour soutenir psychologiquement leurs actions armées ! Qui s'y frotte s'y pique. Je veux dire, les *vori* s'y sont piqués. Les vieilles structures de la mafia en ont tremblé. Parce que soudain, les vieux codes d'honneur du monde de l'ombre russe n'avaient plus cours ! De vrais malades, prêts à la guerre totale ! Et là, deuxième acte, les *vori* déclarent la chasse aux cerveaux de la mafia tchétchène, aussi bien à Moscou qu'à Leningrad, qui venait de reprendre son ancien nom de Saint-Pétersbourg. Expulsion radicale de tous leurs territoires. Mais, car il y a un mais, c'était sans compter avec la loi clanique des Tchétchènes. La loi de la *Krovnaya Mest* : la vendetta ! Un truc à faire froid dans le dos ! Les chefs de la mafia russe ont commencé à se faire descendre les uns après les autres... A l'arme de poing au cœur même de leurs ruches, ou à la bombe... On a même eu le fameux attentat...

— Quoi donc ?

— Le massacre des douze.

— Des douze quoi ?

— Douze grosses légumes des *vori* de l'actuelle Fédération de Russie s'étaient réunies, pour une *shodka*, un rassemblement. Car lors de l'effondrement du régime soviétique, la Fédération de Russie a été divisée en douze districts établis selon les critères de la pègre. Avec à leur tête les douze *vori* en titre du moment. Ordre du jour : mettre au point une stratégie contre les Tchétchènes. Mais la *shodka* a été victime d'une attaque. Zigouillés, les douze ! Ha, ha, ha ! Quel carton ! L'auteur de l'attentat était nécessairement un sacré pro. Recruté par les Tchétchènes, bien évidemment. En tant que journaliste, j'ai fait mon enquête, mais j'ai seulement réussi à apprendre son surnom : l'Archevêque.

— L'Archevêque...

— C'est ça, oui. L'alcool a moins bon goût, tout d'un coup, hein... Ha, ha, ha ! Le plus drôle, c'est qu'à peine ses douze cibles dégommées, il a trahi la mafia tchétchène. Ne restaient alors en présence que les deux forces, qui avaient déjà perdu la face, et le jeu « mafia tchétchène contre mafia russe » est devenu encore plus ingérable. En plus, quelques petits brigadiers des *vori* ont vu là une chance inespérée de faire carrière, sans compter les Ukrainiens ou les Kazakhs qui font des pieds et des mains pour se caser à la table de jeu. Que ce soit pour mettre la main sur la recette du jour, de la semaine ou du mois, l'Ouest de notre chère Russie était déjà à feu et à sang depuis des années. Mais cette année, l'antagonisme entre les deux parties s'est radicalisé et l'incendie s'est communiqué jusqu'en Extrême-Orient russe.

— C'est ce que votre journal *La Liberté* a écrit. Il y a sept mois.

— Et je persiste et signe ! Quel scoop ! Et depuis lors, quel spectacle ! Bon, évidemment, quelques centaines de citoyens innocents en ont fait les frais, mais disons que c'est la faute à pas de chance. Il n'empêche que la mafia tchétchène s'est répandue jusqu'en Extrême-Orient russe pour contrôler le commerce des voitures d'occasion, du pétrole et des armes à feu, et ça, c'est la réalité – je dirais même plus, c'est la *vérité* –, tout comme le fait que la mafia tchétchène a véridiquement brûlé la politesse à la mafia russe. Il n'y avait pas un mot de mensonger, je vous dis ! Je n'ai jamais laissé mes journalistes écrire ni publier la moindre fable !

— Tout au plus quelques extrapolations, c'est ça ? dit le vieux.

— Certainement ! Des extrapolations.

— Et la situation a pris de l'ampleur sous nos yeux. Ici même. Les parrains du milieu, les vrais, circulent maintenant en blindés lourds, ce qui ne les empêche pas de faire le grand soleil avec leurs gardes du corps.

— Mais je n'ai pas l'intention de mettre un terme à mes extrapolations, ha, ha, ha !

— Récemment, votre journal a écrit que la menace s'étendait aux raffineries de pétrole, non ?

— Que la mafia tchétchène cherchait à prendre le contrôle des raffineries, c'est exact, c'est exact. Notre article a pris quelque peu les Russes à rebrousse-poil. Mais encore une fois, il n'y a là rien de proprement mensonger. Même si ce n'est pas de vous que je tiens l'information, mon cher oncle, je dois l'avouer. Parce que tout de même…

— Qu'y a-t-il, mon cher neveu ?

— Vous n'appartenez à aucune des forces en présence, vous.

— C'est le moment de porter un quatrième toast, alors.

— A la vôtre !

— Il est sacrément bon !

— En effet.

— Trop d'enquête tue l'enquête. Je me fais comprendre ? Je vous prête mon concours, parce que vous êtes un homme de valeur. Vos articles font des remous. Mais il pourrait être dangereux que vous vous trompiez de nom à propos de moi. Et ne me demandez pas de quel nom je veux parler. C'est compris ? Pas de faute d'inattention, c'est un conseil que je vous donne. Je vous tiens avec l'argent, ne l'oubliez pas.

— C'est tout naturel.

— Pourquoi naturel ?

— Pourquoi ? Mais parce que je tiens à la vie !

— Et pas seulement.

— Pas seulement ?

— Votre tirage augmente.

— En effet, il augmente, conformément à la logique capitaliste ! Ha, ha, ha !

— J'aime beaucoup votre façon de rire.

— C'est vraiment un excellent restaurant, ici.
— Plutôt animé, non ?
— Juste comme il faut.
— Très calme aussi, parfois.
— Vraiment ?
— Je vais vous en dire une bonne.
— Oui ?
— Les yakuzas vont arriver.
— La mafia japonaise ?
— Oui. Echanges internationaux. Vous avez remarqué, récemment, la mafia russe semble avoir repris du poil de la bête ? Depuis le début du mois, elle a lancé une contre-offensive à destination des Tchétchènes. Pourquoi, d'après vous ? L'important n'est-il pas de trouver un point d'équilibre ? Eh bien justement, on entend dire que les yakuzas arrivent. Dans ce cas… attention, c'est une prédiction, l'Extrême-Orient russe va se transformer en un magasin d'armes à ciel ouvert.
— Alors là, si cette prédiction se réalise, moi je change le titre de mon journal.
— *La Liberté* ?
— Oui… et je le rebaptise *La Peur*. A la vôtre !

Trois jours plus tard. Dans le même restaurant, on percevait une conversation en langue étrangère entrecoupée de russe. Du japonais. Des grossièretés, des clappements de langue, des rires gras en réaction à des répliques obscènes, t'as pas un champagne un peu meilleur que ça, hé ducon ? Tu me prends pour un cave ? Ça a tout l'air d'être un mousseux de la Moldova, Président. De la Molquoi ? C'est quoi ce truc ? Au goût, on dirait un médicament pour le rhume.

Les rires fusent.

Les rires de ceux qui gravitent autour de l'homme assis à la place d'honneur.

L'homme qui se fait appeler Président, cheveux longs plaqués en arrière, petite moustache, costume croisé, bide en avant. Il n'a pas encore quarante ans. Des petits yeux de reptile qui n'arrêtent pas de bouger.

Président, voilà autre chose.

Du cognac !

Fabriqué en Arménie, paraît-il.

Ça, c'est mieux. Ah, et puis du caviar. Du vrai caviar de la Caspienne. Allez allez, vous aussi les jeunes, bouffez-moi ça ! Finalement, l'homme qui se fait appeler Président déclare : Bah, c'est pas si mal que ça ici, même les casinos ont des licences officielles… Ils sont en avance sur nous, les Russes ! Puis ses yeux changent de couleur et il se tourne vers la table voisine.

— Qu'est-ce que tu as fait, aujourd'hui ?

A cette table-là est assis quelqu'un qui n'est manifestement pas à sa place. A première vue, il s'agit d'une fillette japonaise d'une dizaine d'années. Onze ou douze ans, au plus. A l'orée de l'adolescence. Elle répond sèchement qu'elle a pris le tramway.

A côté de la gamine est assise une jeune femme de type slave, joli visage, qui répond en japonais :

— Moi emmené elle.

— Tu t'es bien amusée ?

— Bof, répond la gamine à son père d'un air indifférent.

La gamine est plutôt boulotte. Pas vraiment obèse, mais il y a de la chair en trop sur les joues et le menton. Les mains boudinées, elles aussi. On dirait un nouveau-né qui aurait subitement gonflé en quelques jours.

Sur la table de la gamine et de la jeune femme russe, un gâteau à l'ananas, un flan aux pommes, un steak de viande de renne et un pirojki. Les plats n'ont pas l'air très élaborés. On a touché à chacun, aussi bien le dessert que la viande, sans en finir un seul.

— Ouais, fait son père. Bah, demain aussi tu demanderas à Sonia de te faire visiter la ville.

Puis le gros yakuza reprend son attitude de tout à l'heure et se tourne vers l'entrée du restaurant. Des gorilles géorgiens se tiennent à l'entrée. Deux. Des carrures d'athlète. C'est la mafia russe qui a fourni cette escorte au Japonais venu en « négociation commerciale ». Depuis les tout débuts de l'ère soviétique, les Géorgiens sont totalement intégrés à la mafia russe et vouent une loyauté absolue aux *vori*.

Ils sont bien fringués, dit le père de la gamine, l'homme qui se fait appeler Président.

Ils doivent se faire pas mal de blé. Aujourd'hui, je n'ai vu que des costumes italiens.

Et collier en or, bague en or, bracelet en or.

Mais pas d'anneau aux narines.

La remarque est d'un des types qui l'entourent. Celui qui se fait appeler Président éclate d'un rire gras. Vous savez qu'il y a trois catégories de caviar ? Le prix est fonction de la grosseur des grains, celui-là c'est du gros, hein, fait-il en ramenant son regard sur la table. Les fruits de mer aussi, c'est une opportunité. Parce que la mer Caspienne, on dirait pas mais c'est une mer pour de vrai, hein. Alors on va démarrer un commerce de fruits de mer. L'homme fait un topo pour ses jeunes, importation au Japon de la pêche clandestine en provenance de Russie, crevettes, crabes, oursins. Et exportation de voitures d'occasion volées. Il fait son speech. L'heure est à la coopération nippo-russe. En plus, c'est facile à camoufler en commerce légal, ça tombe bien. Le Japon et cette Russie-là partagent la même mer, la mer du Japon, alors quand on aura pris pied ici, hein, on va pas s'arrêter à la Sibérie.

Il y a Sakhaline, derrière.

Et le Kamtchatka. C'est une presqu'île dans la mer d'Okhotsk, putain, j'ai toujours l'impression de me baiser la langue avec leurs noms pourris.

Là-bas aussi c'est la mafia russe qui… ?

L'organisation est présente, bien sûr. La preuve, ils ont un *oyabun* sur place, un *vor* ils appellent ça.

Alors, vivent les amitiés nippo-russes, quoi !

L'homme qui se fait appeler Président éclate d'un rire gras. Encore une fois. L'avenir est rose, je vous le dis, les jeunes. Moi, je veux vous donner le goût de l'ambition, faut avoir un rêve dans la vie. Sur la facilité avec laquelle on blanchit de l'argent dans la nouvelle Russie aussi, il fait son speech. Vivent les amitiés nippo-russes, quoi ! il répète en reprenant à son compte le slogan qu'a trouvé l'un des jeunes qui gravitent autour de lui. On est à fond pour la fusion de la mafia russe et des yakuzas, nous !

Nouvel éclat de rire gras. Le troisième.

Ensuite, l'homme qui se fait appeler Président déclare sans sourire que les objectifs du premier round de négociations commerciales sont acquis.

La maison mère sera contente, répondent les jeunes.

Mais quand même, dit l'homme, il nous faut l'exclusivité sur toutes les relations avec la Russie, cette fois.

Le ton de sa voix est légèrement tombé. Il parle à voix basse. Les Russes, maintenant, c'est nos frères. On va même pouvoir passer aux bizness illicites. C'est le magasin d'armes du monde, ici ! Vous avez vu le prix d'un Tokarev 9 mm déclassé ? Pas de lézard pour se procurer une kalachnikov dernière version à crosse repliable ! Et tout le reste pareil, ça se négocie à grosso merdo un dixième du prix international.

On va se faire des couilles en or.

Des couilles en or, ouaip, reprennent les jeunes en écho.

Avec ça, on va se faire confier le Hokuriku, au moins.

Au moins, ouaip, reprennent les jeunes dans un souffle.

Le seul souci, c'est les Tchétchènes, reprend l'homme qui se fait appeler Président. La mafia tchétchène. Ceux-là, c'est pas des blondinets. Cheveux noirs, yeux noirs comme nous autres, des noirauds plus noirs que noirs. Ils sont en train de marcher sur les plates-bandes des Russes, les noirauds. A Moscou et à l'Ouest, ils écoulent de la voiture volée. On a même vu leurs cargos dans la mer du Japon, hein ! Si jamais une organisation chinoise, tiens, les siphonnés d'une Triade par exemple, et ces noirauds-là s'avisaient de jouer à s'échanger des toasts, au nom de l'amitié russo-chinoise, tu vois… non, je veux dire de l'amitié tchétcho-chinetoque, notre bizness à nous, hein… ça craint. Alors, vous, va falloir faire gaffe. Vous allez me refouler proprement le moindre Tchétchène de notre espace vital…

C'est à ce moment que la délégation commerciale japonaise sent quelque chose de bizarre. Tout est devenu trop calme. Il n'y a plus personne en cuisine.

Tous les clients sont partis, sauf eux. Plus un seul employé de salle en vue. Plusieurs des Japonais se retournent en même temps vers l'entrée. Ils cherchent des yeux les gorilles géorgiens qui devraient s'y trouver. L'un des deux est allongé par terre. Du sang. Le larynx et la jugulaire ouverts. Au couteau sans doute, silencieusement. Son copain n'est pas là. Lui aussi doit crever quelque part. Deux ou trois jeunes yakuzas se lèvent, bouche ouverte. Ils sortent leur flingue par l'échancrure de leur costume. Le Makarov à prix discount qu'ils viennent juste de s'offrir. A la même seconde, un machin genre minuteur de cuisine sonne du côté de l'office et détourne leur attention. Derrière leurs tables, il y a soudain un type cagoulé, un pistolet-mitrailleur équipé d'un silencieux dans la main gauche, un couteau à lame courbe dans la droite. Plein de sang. En un éclair, il loge une balle dans la nuque de chacun des Japonais. *Pfun. Pfun. Pfun.* Pas plus bruyant que ça. C'est simple, silencieux, presque beau. A la table de l'homme qui se faisait appeler Président, il ne reste précisément que lui, et à la table voisine, la gamine et l'interprète payée pour s'occuper d'elle. L'assaillant cagoulé contourne la table pour faire face à l'homme qui se faisait appeler Président. Le bout du silencieux au bout du pistolet-mitrailleur est pointé sur le front de l'homme. Entre les deux, il doit y avoir un mètre environ de vide sidéral.

Ce qui explique que l'homme qui se faisait appeler Président ne fasse pas un geste.

Il *ne peut pas* faire un geste.

La jeune femme en fait un. La Russe. Elle décolle très légèrement les fesses de son siège.

Le couteau que l'assaillant tenait à la main droite décrit une courbe baroque et vient se planter dans la poitrine de la jeune femme avec un petit bruit. Pas dans le cœur. Ce qui explique qu'elle ne meure pas sur le coup. Elle s'affaisse, transpercée. Ah… ah… ah… dit-elle. Mais sans vraiment gémir. Ah… ah… ah.

Le bout du pistolet-mitrailleur n'a pas tremblé. Seule la tête de l'assaillant s'est tournée vers la jeune femme, pour vérifier.

Il voit la gamine.

La petite Japonaise.

A travers la cagoule, les pupilles de l'assaillant sont fixées sur elle. Un peu boulotte. Fringues de marque, coiffée à la mode. Rien que l'argent qui a dû passer dans les vêtements et la coiffure d'une fille de cet âge a quelque chose de décalé, de déplacé. Et il la regarde.

Il la regarde.

Il revient vers l'homme qui se faisait appeler Président et pose une carte sur la table devant lui.

Une carte à jouer, avec quelque chose marqué en russe.

C'est écrit *Allez crever, les Russes !*

Mais l'homme qui se faisait appeler Président ne sait pas lire le russe.

Evidemment qu'il ne sait pas ce qui est marqué.

— Tu ne lis pas le russe, je suppose, dit l'assaillant cagoulé au yakuza qui ne comprend sans doute pas plus le russe qu'il ne le lit. Et j'imagine que tu ne comprends pas ce que je dis ? Pas grave. Moi non plus je ne lis pas le japonais et je ne le parle pas. Tu vois, on est pareils. Tu te feras traduire par ton interprète tout à l'heure. Pour l'instant elle est épinglée à son fauteuil, mais elle en a encore pour un bout de temps avant de se vider de son sang. C'est calculé.

L'homme qui se faisait appeler Président ne répond rien.

Evidemment qu'il ne répond rien.

La femme transpercée halète. Ah… ah…

— Mais quel con, quand même, dit l'assaillant. Tu es un boss yakuza, non ? Tu trimballes ta famille quand tu sors en négociation commerciale, toi ? Non mais, franchement, qu'est-ce qu'elle fait ici ? Il ne te vient pas à l'idée que c'est dangereux, toi, un yakuza ? Les Japonais sont stupides à ce point ? En Russie, il y a un vieux principe valable pour les *vori* comme pour les soldats : « Pas de femme, pas de gosse. » J'ai pas besoin de te dire que si elle tombe entre des mains hostiles, tu seras pas dans la merde… Tu comprends ? Non ? Tu es dans la même branche que les *vori*, tu es un *oyabun* yakuza et tu ne comprends pas ça ? Tant pis pour toi, cette fois, tu vas comprendre ! Je la prends en otage et tu vas voir l'effet que ça fait. Non, je ne vais pas te tuer cette fois. Peut-être même que je ne te tuerai pas du tout. Mais tu vas sentir ta faiblesse…

L'assaillant cagoulé se tourne à nouveau vers la table d'à côté. Son objectif, la gamine, est toujours là.

Elle rend son regard à l'assaillant cagoulé.

— Ça, ça va te coûter un doigt.

Voilà ce qu'elle dit à l'homme qui a opéré ce massacre en silence. En japonais.

Avec sa voix de gamine de onze, douze ans.

Mille neuf cent cinquante
Mille neuf cent cinquante-six

Hé ! Les chiens ! Où êtes-vous ?

Dix-sept étaient en Corée. Ils y avaient débarqué tous ensemble en septembre 1950, en tant que combattants auxiliaires américains engagés dans les opérations de maintien de la paix des Nations unies. De valeureux chiens soldats d'élite désireux de s'illustrer au feu. Tous des enfants de Bad News, demi-frères et sœurs de mères diverses. Leurs noms portaient parfois la trace de leur pedigree paternel, et parfois pas. C'est ainsi qu'il y avait Big News et Hard News. Hot News et Gospel. Mais également Speculation. Et Listener. Et Jubilee, Argonautes et Gehenna. Sur un collier était gravé E-venture (le E dans un rond) mais le chien mâle qui le portait était enregistré sous le nom de News News. Les autres s'appelaient Natural Killer, Fear, Atmosphere, Ogre, Bonaparte, Raisin, et enfin News News News (porteur d'un collier marqué Mentallo).

La péninsule de Corée avait grandement besoin d'une opération de maintien de la paix. Du point de vue américain, tout au moins. C'est ainsi que commença cette guerre sans déclaration de guerre. Le 25 juin 1950, l'armée de la République démocratique populaire de Corée, ou Corée du Nord, équipée de chars de combat soviétiques, envahit le territoire de la République de Corée, ou Corée du Sud. Avec comme objectif l'unification de la nation et l'instauration par voie militaire d'un système collectiviste sur la Péninsule entière.

La péninsule de Corée, sous occupation japonaise depuis 1910, aurait dû être libérée en 1945. Mais elle était partagée en deux. On l'avait partagée, disons. En deux moitiés, Nord et Sud, selon une ligne de démarcation provisoire au niveau du 38e parallèle. Le Sud était occupé par l'armée américaine. Le Nord par l'armée soviétique, qui y avait mis en place la collectivisation. Tout cela avait été réalisé avec une simplicité géométrique. En 1948, la République de Corée avait proclamé l'indépendance du Sud et s'était dotée d'un gouvernement libéral. Les pays capitalistes, Etats-Unis d'Amérique en tête, avaient immédiatement reconnu cette « nation ». Moins d'un mois plus tard, le gouvernement socialiste du Nord proclamait l'indépendance de la République démocratique populaire de Corée, reconnue identiquement comme « nation » par l'ensemble des pays socialistes, au premier chef desquels l'Union soviétique. Moins de deux ans plus tard, c'était la guerre pour la réunification du pays.

Nos chiens y furent envoyés au moment où les forces des Nations unies tentaient de reprendre Séoul. Les forces onusiennes dans la péninsule de Corée étaient composées pour l'essentiel d'un contingent américain placé sous le haut commandement du maréchal Douglas MacArthur, qui cumulait alors cette fonction avec celle de commandant suprême des forces d'occupation alliées au Japon. Les chiens participèrent au débarquement à Incheon, au cours de la fameuse Operation Chromite.

L'audacieuse opération fut un succès. Séoul redevint la capitale du territoire de la République de Corée. Néanmoins cela ne mit pas fin au conflit. Les ambitions américaines se firent jour. Les nouveaux objectifs visaient cette fois l'unification par voie militaire de la péninsule Coréenne. En d'autres termes, la réunification du pays sous le régime libéral de la Corée du Sud. Les forces onusiennes franchirent le 38e parallèle et envahirent la Corée du Nord. Pyongyang, la capitale, tomba rapidement. Les forces progressèrent vers le nord jusqu'à proximité de la frontière chinoise.

En octobre 1950, les Américains firent une petite erreur de calcul et plus de cent quatre-vingt mille soldats de l'Armée des volontaires du peuple chinois entrèrent en guerre. Aux côtés de la Corée du Nord, sous le slogan « Résistance contre l'Amérique, aide à la Corée ».

La République populaire de Chine, c'est-à-dire la Chine, existait depuis un peu moins d'un an. Ce pays n'était pas né immédiatement après la défaite japonaise en 1945. Du temps de la guerre sino-japonaise, le Parti nationaliste de Tchang Kaï-chek et le Parti communiste de Mao Zedong s'étaient alliés et avaient formé un front commun, sous le solgan « Résistance commune contre le Japon ». Mais à peine cet objectif atteint, leur coalition s'était fissurée. Un an plus tard, tout en se livrant à des échauffourées, les deux camps s'activaient à s'assurer qui le soutien de l'Union soviétique, qui celui des Etats-Unis. A partir de juillet 1946, la guérilla était devenue une véritable guerre civile, causant trois millions de morts en trois ans. Malgré le soutien total des Etats-Unis aux troupes nationalistes, les troupes du Kuomintang s'avéraient très inférieures en nombre. En 1949, le Kuomintang dut trouver refuge à Taiwan, colonie japonaise depuis 1895 mais dont le retour à la Chine avait été décidé en 1943 lors de la conférence du Caire entre les Etats-Unis, l'Angleterre et la Chine. Et c'est Tchang Kaï-chek qui avait représenté la Chine à cette conférence.

Mao Zedong proclama l'indépendance de la République populaire de Chine en octobre 1949.

Les pays socialistes reconnurent immédiatement la nouvelle « nation ».

Les Etats-Unis, en revanche, n'établirent avec elle aucune relation diplomatique et continuèrent de reconnaître le gouvernement du Kuomintang de Tchang Kaï-chek, reconstitué à Taiwan.

En février 1950, Mao Zedong et Staline signèrent le traité sino-soviétique d'assistance et d'amitié mutuelle.

La guerre de Corée éclata quatre mois plus tard. Encore quatre mois et la Chine intervenait en Corée. En réalité, le bras de fer dans le secteur occidental de l'océan Pacifique n'avait jamais cessé, depuis cinq ans que la Seconde Guerre mondiale était terminée. C'était ici que se matérialisait l'antagonisme entre les Etats-Unis et l'Union soviétique. C'est à cette époque que le président Harry Truman déclara : « Nous lutterons par la force contre la menace communiste. » Truman haïssait Staline. Staline haïssait Truman. Il n'est pas impossible que tout le reste ne fût que joujoux entre leurs mains pour régler leur inimitié personnelle.

Le Pacifique.

L'Histoire.

Les chiens.

Oui, même les chiens.

Parce que nos dix-sept chiens ne s'imaginent pas à quel point ils sont le jouet des hommes. Dans cette péninsule de Corée qui sert de théâtre à la guerre par procuration que se livrent l'Est et l'Ouest, malgré l'imbrication des destins humains et animaux, les chiens ne se rendent compte de rien. C'est juste l'âge de la guerre. C'est le XXe siècle, le siècle du chien soldat. Ils sont ballottés comme des ludions. La guerre par procuration s'intensifie, s'éternise, s'enlise, et des chiens sont recrutés localement pour être affectés aux forces des Nations unies. En janvier 1952, l'US Air Force en Extrême-Orient acheta au Japon des chiens pour usage militaire. Soixante bergers allemands. Sélectionnés parmi deux cents de toute la région du Kantô réunis dans le parc d'Ueno. Après une série de tests réalisés en quatre phases – mensurations et conformation générale, test d'obéissance et de maintien d'une attitude inébranlable face à un tir à balle réelle à très courte distance, test d'agressivité et de mordant face à un homme en vêtements de protection qui leur donnait de vrais coups de pied, puis examen médical, prise de température et parasitologie –, plus d'un tiers des candidats furent déclarés aptes. Ce taux exceptionnellement élevé surprit même les officiers et les vétérinaires de l'US Air Force. Mais quoi d'étonnant, vu leur pedigree ? Rien que des descendants de chiens qui avaient survécu à quinze années de guerres (y compris la guerre sino-japonaise et la guerre du Pacifique). Tous des bergers allemands du Japon.

Dans les premiers temps qui suivirent la défaite, il n'y avait pour ainsi dire plus aucun chien à Tôkyô. Ni à Osaka. Ni à Hakata, ni à Nagoya, ni à Kanazawa. Les chiens avaient complètement disparu de toutes les grandes villes japonaises depuis au moins deux ans. D'abord, il n'y avait plus rien à manger pour eux. La situation alimentaire des humains était déjà suffisamment désastreuse sans avoir à se préoccuper des chiens. Les chiens soldats étaient la seule exception. Pour eux, il existait un rationnement. Mais eux partaient d'office au front. Finalement, dans les derniers temps de la guerre, la mobilisation de tous les chiens fut ordonnée, y compris de races qui n'étaient pas susceptibles d'être employées comme chiens soldats. Il ne s'agissait pas de sélectionner d'éventuels futurs chiens soldats. Mais de pourvoir à l'effort de guerre. On avait besoin de fourrures. C'est ainsi que tous les chiens de rue furent réquisitionnés par l'armée du Japon, tués et dépecés. Seuls dix ou vingt pour cent survécurent. Uniquement les chanceux des campagnes, où ils pouvaient encore se nourrir.

Quant aux chiens soldats, les chanceux étaient les plus costauds, les vétérans qui avaient survécu aux combats.

Les bergers allemands qui furent rassemblés dans le parc d'Ueno en janvier 1952 étaient quasiment tous des descendants de ces chiens-là. C'est pourquoi il advint cette chose étrange. Les chiens soldats américains croisèrent sur le front les chiens soldats des forces des Nations unies d'origine japonaise. Et parmi eux, il y avait un chien qui se trouvait être l'arrière-arrière-petit-fils du père de Masaru. Oui, Masaru, celui-là même qui avait été affecté sur les positions de défense antiaérienne de l'île de Kiska-Narukami. Celui qui s'était tenu à l'écart des autres, qui avait attiré les Américains dans un champ de mines à leur débarquement sur l'île, le berger allemand mort dans cette mémorable *Banzaï Attack*. Ce n'est pas tout, plusieurs autres étaient liés à Masayû par les femelles. Masayû, le père de Bad News, bien sûr, autrement dit le grand-père de nos dix-sept chiens. Oui, d'accord, et alors ? Les chiens se trouvaient réunis sur cette terre improbable, drôle de coïncidence certes, mais dont eux-mêmes n'avaient aucune conscience.

Leurs maîtres avaient connaissance du pedigree des chiens, mais pas les chiens. Les chiens ne tiennent pas d'état civil ni de généalogie. Voilà, c'est bien pour cela qu'ils étaient ballottés au gré des humains, parce qu'il était admis que de toute façon, ils ne pigeaient pas.

On profitait d'eux, aussi bien sous prétexte de l'antagonisme américano-soviétique post-1945 qu'en raison de l'inimitié personnelle entre Truman et Staline.

Mais le funeste destin des enfants de Bad News ne se limita pas à la péninsule de Corée.

A l'automne 1951, dans la banlieue de Chicago, Illinois, une chienne a déjà commencé à mettre bas des chiots qui prétendront au trône. Son nom est Sumer, elle est la sœur de Gospel et Jubilee, nées de la même mère et présentement en Corée. Sumer, elle, ne fut pas envoyée sur le théâtre des opérations en Corée. Elle n'était pas un chien soldat d'élite. Pour tout dire, elle n'était pas un chien soldat du tout. A l'âge de six mois, elle avait échoué aux tests de sélection. Parmi les chiots d'une même portée, il va sans dire que les aptitudes ou les performances peuvent varier. A la fin de 1949, Bad News avait deux cent soixante-dix-sept descendants de seconde génération, dont seuls cent cinquante avaient été déclarés « aptes au service armé ». Oui, mais sur les cent cinquante aptes, un sur deux avait obtenu des notes ou des états de service exceptionnels. Les chiots qui apparaissaient soit trop doux, soit au contraire trop turbulents étaient distribués gratuitement aux familles qui en faisaient la demande. Ou bradés. Il y avait des acheteurs. C'étaient des bergers allemands de race pure, tout de même. Peut-être pas doués pour la guerre, mais munis d'un pedigree sans tache. Et puis, ils étaient encore jeunes. C'est mignon, un jeune chien.

C'est ainsi que des chiots devenaient de simples animaux de compagnie et quittaient le centre cynophile de l'armée pour être dispersés dans le bas monde.

A vrai dire, pour Sumer, cela ne fit pas un gros changement. Elle se retrouva dans une autre cage au sein d'un autre chenil.

C'était une jeune femme qui s'occupait d'elle maintenant. Elle gérait son chenil en indépendante. Elle était éleveur mais échangeait souvent sa casquette d'éleveur contre celle de conductrice. Autrement dit, elle présentait ses chiens aux conventions de conformité et les faisait évoluer elle-même au bout d'une longe sur la piste. Les conventions de conformité, c'est-à-dire les *dog shows*. C'était une jeune femme énergique et ambitieuse, une habituée des expositions canines de tous les Etats-Unis, qui commençait à jouir d'une solide réputation de gagnante.

Cela faisait déjà deux ans que les chiots réformés lui tapaient dans l'œil. Elle en était à son vingt-quatrième. Et elle les choyait comme des trésors. Car ils avaient peut-être été éliminés du programme de reproduction à visée militaire, mais ils convenaient parfaitement aux concours canins centrés sur les critères esthétiques. Un jugement de « conformité physique décevante » porté par un instructeur cynophile de l'armée était presque un gage de conformité aux caractères précisément recherchés par les concours canins de la société civile, un port de futur roi !

Pureté de la race reconnaissable au premier coup d'œil, proportions idéales.

La beauté physique pure.

Sur les vingt-quatre qu'elle avait acquis par cette filière, la moitié étaient des descendants de Bad News. Et la beauté de Sumer dépassait toutes les espérances. Elle n'avait certes pas la valeur fonctionnelle que l'on demandait aux chiens soldats. Mais question prestance en tant qu'animal de compagnie… Quelle robe ! s'écria la jeune femme. Quelle dentition ! Ceci dit, son point faible ne lui échappa pas non plus. Car assurément, depuis qu'elle avait terminé ses études secondaires, « miss Jeunesse Ambitieuse » progressait sans faillir dans la voie de l'éleveur de chiens de concours. A vingt-cinq ans à peine, c'était une vraie pro. Elle fit concourir Sumer dans quelques expositions canines de province, où elle ne put obtenir mieux qu'un troisième prix au jury de groupe (par utilité et caractéristiques). C'est bien ce que je pensais, se dit-elle. Il lui manquait cette sorte de sex-appeal qui plaît tant aux juges. Si elle pouvait remédier à ça, elle tenait là un véritable champion.

Autrement dit, un chien à même de devenir la *trade mark* de son chenil.

Pour que Summer acquière cette qualité, la jeune femme se lança dans un programme de reproduction. Elle était persuadée qu'à la génération suivante, en rajoutant juste ce petit truc à cette chienne, elle pouvait briguer la couronne. Deux fois par an, Sumer mit bas des chiots de pères différents. Elle était entourée de tous les soins et se donnait entièrement à ses petits.

Pendant cinq ans, Sumer fut montée par une flopée de bergers allemands dûment certifiés. Sept mâles différents. Et elle ne mit jamais au monde autre chose que des bergers allemands.

Elle maintint la pureté de la race.

Oui. La lignée des bergers allemands de race pure se poursuivait. Bon, et les autres, alors ?

Hé, les chiens ! Vous, les descendants de Kita, où êtes-vous ?

Pour ce qui est des cent vingt-quatre en vie fin 1949, vous êtes pour ainsi dire tous en territoire de l'Alaska. Vous tirez des traîneaux. Dans vos veines coule une moitié de sang hokkaïdo, une moitié de sang d'une autre race nordique. Tous sans exception, vous êtes des bâtards, des sang-mêlé. Oui, mais des bâtards de grande classe. Vous êtes les enfants du fameux Kita, qui a marqué toutes les courses de la seconde moitié des années 1940. Et tous les hommes du territoire de l'Alaska pratiquant de près ou de loin la compétition vous ont couvés du regard. De grande classe et très chers. On vous a parfois vendus pour deux cents dollars, parfois pour cinq cents, parfois pour mille. Tous sans exception, on vous a achetés pour faire de vous des leaders d'attelage. Dans le monde en pleine expansion du traîneau à chiens de compétition, ce sont les nouveaux *mushers*, les plus ambitieux, ceux qui avaient la rage de vaincre qui vous achetaient.

Ainsi vous avez essaimé aux quatre coins du territoire de l'Alaska.

Et votre pedigree s'est de plus en plus mélangé.

Parmi vous, il y en eut une pour prendre ses distances avec cette sphère d'influence et s'établir loin au Sud. Ice était son nom. Une mère husky de Sibérie lui avait donné sa tête de renard et ses yeux bleus. Mais la mère de sa mère avait du sang samoyède, et c'est d'elle qu'elle tenait, après un saut d'une génération, une robe à poils longs, blanche comme neige. Bien épaisse, surtout au niveau de la crinière et du dos. Un peu l'air d'un loup des neiges. Si Ice prit quelque distance avec les héritiers de Kita, cela ne veut pas dire qu'elle s'égara. A vrai dire, comme on le verra bientôt, elle allait connaître une situation similaire ou peu s'en faut... Le *musher* qui avait acheté Ice s'était dit qu'il serait imprudent (aussi bien pour Ice que pour les autres chiens de son équipage), compte tenu de sa faible expérience, de s'engager dans une course d'endurance. Il prit donc la décision, somme toute très sage, de ne la faire participer dans un premier temps qu'à des courses de courte et moyenne distances. Ce qu'il fit les deux premiers hivers. Les résultats ne furent pas mauvais du tout. Ice menait proprement son équipe, faisait preuve de fierté, déployait une belle intelligence. Il pouvait passer à l'étape suivante. Ice partit pour le Sud, ou plutôt fut envoyée au Sud, pour participer à une convention dans le Minnesota, en janvier 1953. Son maître avait cherché une course locale qu'elle puisse gagner à coup sûr. Mais il avait dû renoncer. Trop de concurrence, tant en Alaska américain qu'en Alaska canadien. Chances de victoire, zéro. Et ça, ça lui filait le bourdon, au maître de la chienne... Son idée, c'était, d'abord de tester Ice sur courte et moyenne distances, et prouver ses qualités, puis si possible faire un début en fanfare sur longue distance. Poussé par l'ambition, il chercha donc *la* course qui convenait. Il la trouva. Les plateaux du Minnesota en hiver, où les compétitions de traîneaux à chiens commençaient justement à se développer. La frontière avec le Canada se trouvait juste au nord.

Qui se donnerait le mal d'y aligner un véritable équipage, hein ?

Personne.

A part moi.

Il loua donc un camion et y transporta ses douze chiens.

En janvier de cette année-là, Ice et ses coéquipiers se lancent donc dans le *300 miles Minnesota Sled Dog Marathon*.

Leur condition physique était impeccable et la course se déroula sans problème particulier, sauf qu'ils ne terminèrent que second, à quinze minutes de l'équipage de tête. Pour Ice et ses camarades, second, c'était plutôt bien, le maître doit être content, se dirent-ils, mais le maître en question, lui, était complètement abattu. Pas de médaille, pas de prix en argent, il n'allait même pas couvrir ses frais de transport pour les chiens. Son projet avait échoué. Le *musher* se trouva fort désappointé. Deux jours plus tard, il avait repris du poil de la bête. C'est qu'il avait rencontré la femme de sa vie. Une célibataire de vingt-huit ans qui vivait à dix-huit miles au sud de Minneapolis. Elle n'avait pas de chiens. Elle avait des chats. Vingt chats, avec lesquels elle habitait dans la propriété que lui avait laissée sa tante. A peine leurs regards s'étaient-ils croisés par hasard qu'ils s'étaient instantanément reconnus comme l'amour de leur vie, et tout était dit. Ils commencèrent par se marier. Puis le *musher* débarqua avec ses douze chiens de traîneau dans la propriété et posa définitivement ses bottes dans l'Etat du Minnesota. Les courses de traîneaux ne l'avaient jamais vraiment passionné, somme toute. La compétition ? Et alors ? Dans la vie, la seule chose qui compte, c'est l'amour ! Les médailles ? Les prix ? Et alors ? Dans la vie, l'important c'est l'amour ! Le traîneau ? Bah, laisse tomber, c'est fini tout ça.

Les quarante premiers jours de 1953 n'étaient pas encore passés que Ice et les onze autres chiens étaient devenus animaux d'agrément dans les plaines du Minnesota. L'atmosphère générale crépitait sous les effets de la chasse aux sorcières du sénateur McCarthy. L'Amérique cherchait l'ennemi de la guerre de Corée à l'intérieur. Tout le monde s'extasiait en regardant *I Love Lucy* à la télévision, l'Amérique se prélassait dans l'eau tiède. Le territoire de l'Alaska était bien loin, ici c'était le Sud.

Le stress s'accumula.

Pas de banquise. Pas d'immenses toundras. On ne peut pas courir. Ce n'est pas qu'on ne peut pas, on vous interdit de courir. Qu'est-ce que c'est que cette histoire ? Ice pensait, *mais qu'est-ce que je fais ici ?* L'un de ses camarades fut frappé de prostration. La dépression nerveuse devint contagieuse. Mais les chiens avaient juré fidélité au *musher*. Enfin, peut-on encore appeler ça un *musher* ? Un type qui laisse tomber ses chiens de traîneau n'est plus un *musher*. C'est juste un propriétaire de chiens, disons. L'ex-*musher* ressentait bien un léger sentiment de culpabilité. Il avait vaguement conscience que ses chiens souffraient psychiquement du fait qu'il ne leur demandait plus de tirer le traîneau. Oui mais l'amour est le plus fort, n'est-ce pas ? Sa jeune épouse passait avant les chiens. Au bout de quatre morts, l'ex-*musher* propriétaire de chiens se dit que finalement, entretenir des chiens, c'était plus une corvée qu'autre chose.

Leur maître n'avait plus d'amour pour eux. Mais Ice et ses sept compagnons, eux, aimaient encore leur maître.

Le pire, c'étaient les chats. Les vingt chats de la maisonnée venaient à tour de rôle attaquer Ice et les sept autres chiens enchaînés. Un malamute se fit charcuter une oreille. Un husky se fit lacérer un œil. Et ils ne pouvaient pas répliquer. La chérie du maître les adorait, ses chats. La chérie du maître, là était le vrai problème. Le maître était le numéro un de leur meute, normal. Le numéro deux, en principe, c'était Ice, mais voilà que le maître exigeait maintenant qu'elle obéisse à sa chérie. En numéro trois, alors ? Oui, mais les vingt chats à leur mémère les regardaient avec un sourire en coin : Si vous levez la patte sur nous, gare à la madame, hé hé !

Donc finalement, les chiens… les chiens se trouveraient-ils tout en bas de l'échelle ?

Deux autres chiens moururent, incapables d'admettre cette nouvelle hiérarchie.

Un an passa. Devant la neige immaculée, les survivants retrouvèrent un peu d'énergie. Mais pas autant que leur maître. Lui, il venait justement de rencontrer une serveuse de dix-neuf ans en ville. Ces deux-là étaient amoureux et ne pensaient qu'à ça. Eh quoi, dans la vie, l'important c'est l'amour, pas vrai ? C'est sur ces mots qu'il abandonna sa jeune épouse. Et ses chiens, cela va sans dire. Ice et ses cinq compagnons.

Les chiens n'avaient désormais plus de maître.

Mais se retrouver ravalés en dessous des chats, alors ça non !

Février 1954 : Ice conduit l'opération évasion. Quelques aboiements un peu appuyés pour se faire emmener en promenade, et finalement, l'ex-chérie (présentement jeune divorcée, vingt-neuf ans) vient en traînant les pieds détacher les chaînes. A peine ses compagnons sont-ils sortis de l'enclos que Ice attaque l'ex-chérie. *Fuyez ! Vite !* aboie Ice avec autorité à ses cinq camarades. C'est le moment de courir ! Les six chiens se déploient spontanément en formation et se mettent à courir gaillardement sur l'asphalte de la banlieue résidentielle.

Espoir.

Enfin, ils ont pris le départ.

Alors commence pour les six chiens errants une période où il s'agit de survivre. Fondamentalement, leur idée est de retrouver le *Wild*. La ville, c'est juste un peu trop chaud pour eux. Et puis, leur race aussi bien que leur parcours font qu'ils ont de longue date une grande aptitude à supporter le froid. Ils filent donc sur les hauteurs, sans pour autant retrouver le froid de l'Alaska. Mais ils s'habituent. Ice est intelligente. Elle gère sa meute en distribuant équitablement les parts de nourriture. Ils profitent autant que possible de la vie urbaine. Ils s'introduisent parfois dans les zones résidentielles, comme les grizzlys en période de famine. Ils ne s'éloignent jamais beaucoup du territoire des humains mais passent la majeure partie de leur temps dans la forêt. Quand arrive la période des amours, aussi bien Ice que les cinq autres laissent parler leur instinct. Bien sûr, Ice trouve à se faire saillir au sein du groupe, mais va aussi chercher en ville. Des chiens de compagnie, qui vivent au milieu des humains. Quand elle flaire une odeur de mâle qui lui plaît, elle saute les barrières. Dressée devant une niche, elle invite son partenaire à passer à l'acte.

Elle devient grosse.

Passe un premier printemps, puis un second. Elle a mis bas deux portées. La troisième génération issue de Kita est encore plus mélangée. Hé, les chiens ! Vous vous moquez pas mal de votre pedigree, c'est pour ça que votre lignée en voit de toutes les couleurs, hein ? Les humains de la ville commencent à vous avoir dans le collimateur, vous, les chiens errants. Ils sont en alerte. Tu es si belle, Ice… Avec ton museau de renard et ta crinière blanche, tu leur flanques la frousse. Une bête sauvage ! s'écrient ceux qui t'aperçoivent. Tu es un quasi-loup !

Les chiens de la forêt attaquent la ville.

Votre éradication est à l'ordre du jour. Vous êtes trop dangereux, des « chiens sauvages ». Et pour la légende urbaine, « chien sauvage » c'est la même chose que « loup ».

Ils vous pourchassent avec des fusils. C'est la guerre qui continue.

En parlant de loup… La meute de Ice ne le saura jamais, mais dès 1952, la lignée de Kita avait acquis du sang de loup. D'un vrai, celui-là. Quelque temps plus tard, l'un des descendants de cette branche partirait pour la zone la plus au nord du territoire de l'Alaska. L'appel du nom de son grand-père Kita (Nord), sans aucun doute. Le destin dans toute sa rigueur. Voilà comment les choses s'étaient passées. Nombreux étaient les *mushers* qui avaient placé leurs rêves dans la réputation du fameux Kita et désiraient acquérir un de ses descendants (frères et sœurs de Ice, qu'ils fussent de la même mère ou pas), mais tous n'étaient pas assez riches. Faisant jouer la corde sensible à propos d'un certain service rendu dans le passé, l'un d'eux réussit à acquérir ce sang illustre au vil prix de vingt dollars. Mais cela n'allait pas rendre meilleurs ses autres chiens, de sacrés tocards à vrai dire. C'est là que le *musher* novice eut l'idée de faire se reproduire son chiot sans que cela lui coûte un *cent*. Dans son idée, c'était une sorte de coup de poker gagnant pour un programme d'élevage. Passé l'euphorie de découvrir que le chiot de Kita qu'il venait d'acquérir était une femelle, il attendit d'abord que sa bête eût neuf à dix mois. Puis il partit en forêt, où il établit un campement pour une durée indéterminée. Volontairement, il attacha sa chienne dehors. Pour la faire engrosser par un loup. Une pratique qui avait cours autrefois en Alaska ou au Groenland afin d'obtenir des chiens de traîneau plus vigoureux et plus endurants. Une méthode primitive de croisement, en quelque sorte. C'est celle que choisit le *musher* désargenté. Grâce à ce seul enfant de Kita obtenu pour une mise de fond dérisoire, il se voyait bientôt au firmament des *mushers*. Un romantique, quoi.

Hé, les chiens ! Vous les chiens de la lignée de Kita ! Quel formidable tournant prend votre race trempée dans le sang du loup ! Par la vertu du roman qu'un homme voulait faire de sa vie, sept chiens-loups sont venus se greffer à votre lignée.

Avec ces sept-là, je vais enfin pouvoir me refaire ! s'excita le romantique. Il était sur le point d'aligner devant son traîneau non seulement une descendante directe du fameux Kita, mais encore sept de ses petits-enfants, obtenus par le croisement le plus puissant qui puisse exister. Alors ? Alors ? Ces sept chiots, ils ont quoi dans les pattes, exactement ? De quoi est capable le miracle de la génétique ? Celui qui était maintenant leur maître n'en pouvait plus d'attendre. Sans ménagement, alors que les sept chiens-loups étaient âgés d'à peine trois mois, il leur passa un harnais et commença leur entraînement. Que pouvaient-ils dire ? Ils encaissèrent. Quand ils eurent dix mois, le romantique se laissa séduire par un nouveau roman. Cette fois, c'est pour de bon.

Non, il ne se présenta pas à une course.

Pour tester la valeur de son équipe, il choisit la voie de la tradition. Près d'un demi-siècle auparavant, en territoire de l'Alaska, un *musher* de génie avait fait courir son traîneau jusqu'à une île sur l'océan Arctique, dans les eaux canadiennes, et en était revenu vivant. Eh bien, moi, je vais faire pareil. Ouais, il était homme à défier la légende. Il ne se posa pas la question de savoir si c'était cruel ou pas, son rêve passait avant tout.

Si je reviens vivant de mon périple, mon équipage se trouvera propulsé hors catégorie !

Les chiens encaissèrent. Les sept chiots venaient d'atteindre leurs dix mois, et sous la conduite de leur mère, avec quatre autres chiens en renfort, mais des tocards ceux-là, ils s'élancèrent à l'assaut de l'océan Arctique pris par les glaces. Cet exploit, presque un demi-siècle auparavant, un *musher* de génie l'avait réalisé au risque de sa vie. Le romantique, lui, ne songeait pas sérieusement y risquer sa vie. L'homme et ses douze chiens passent la chaîne Brooks et arrivent devant l'océan Arctique. C'est alors que commencent quarante jours d'enfer. Un chien meurt en marchant sur une glace mince. Un chien est emporté sur un glaçon dérivant pendant la halte de nuit. Un chien meurt en tombant dans une crevasse, plusieurs manquent subir le même sort. Un chien s'emmêle dans son harnais et meurt étranglé. Sur les sept chiens-loups, seuls deux atteignent leur onzième mois. Et leur état de fatigue à ce stade a déjà atteint l'extrême limite. Leur dressage avait commencé à trois mois et demi, c'était trop tôt. Trop dur, trop sévère. Ils avaient souffert prématurément.

Même leur mère meurt.

Le traîneau ne progresse quasiment plus. Les chiens sont frigorifiés, chacun de leurs poils est transformé en stalactite. Un jour, pris dans le blizzard, leur maître le romantique attrape une pneumonie. Ah, je vais crever, pense-t-il. C'est le *blanc dehors*, je ne sais même plus où je suis.

Je meurs.

Et effectivement, c'est ce qui lui arrive. Il meurt, à son quarantième jour sur l'océan Arctique. Des chiens-loups, il n'en reste plus qu'un seul. Un mâle de bientôt un an, portant le nom d'Anubis. Aussi étonnant que cela puisse paraître, trois des tocards sont toujours en vie. Les quatre survivants entourent le cadavre de leur maître. De toute façon, ils ne peuvent pas fuir, ils sont encore harnachés. Pendant quatre jours, ils se nourrissent du corps de leur maître. Cela les maintient en vie.

Et là, du secours arrive.

Ce sont des chasseurs appartenant à l'un de ces peuples indigènes des terres boréales que l'on désigne par le terme générique d'Inuits. Ces habitants des pôles n'appartiennent à aucun Etat. Ils ne sont ni canadiens ni américains. Ni russes. Jusqu'en 1960, ils étaient nomades. Pendant l'hiver, ils se déplaçaient de hameau en hameau, à chasser le phoque annelé et l'ours polaire, ou même, lors de leurs expéditions les plus lointaines, le bœuf musqué. Leur moyen de transport était le traîneau à chiens. Plus tard, ce fut la motoneige, mais à l'époque où Anubis et les trois autres chiens furent sauvés, c'était encore le traîneau. Ils comprirent vite ce qui s'était passé. Un imbécile de Blanc était mort. Sans doute un aventurier, venu chercher la mort par manque total de préparation. Il avait laissé des chiens. Quatre.

Alors là, bravo.

Ils donnèrent un petit peu de nourriture aux chiens presque morts de faim et d'épuisement, et se les approprièrent.

Deux ans passent. Anubis vit toujours. A part l'un d'eux mort dans un accident, les autres tocards aussi. Leurs nouveaux maîtres les chasseurs conduisent leurs traîneaux au fouet. Ça cingle, mais les chiens s'y font. Anubis a appris à deviner le temps qu'il va faire. Non seulement il tire le traîneau jusqu'aux lieux de chasse et retour, mais il se démène pour trouver des proies, pister une trace, donner l'assaut. Il a remarqué que les maîtres le traitaient un peu mieux quand il se montrait efficace à la chasse, alors il se donne à fond. Il révèle également des aptitudes à prévoir toutes sortes de dangers. Les chasseurs comprennent qu'ils n'ont pas affaire à un chien ordinaire. Il est bien différent de ceux qu'ils ont récupérés avec lui. Quelque part… tout au fond de lui, ce chien est animé du désir de mener à bien une mission. En outre, bien que parfaitement loyal envers les humains, il possède l'instinct agressif de la bête sauvage.

Telle est la réputation d'Anubis au bout de deux ans.

En novembre 1955, le village des maîtres d'Anubis (enfin, l'un des villages où ils résidaient temporairement) reçoit la visite d'un étrange individu. Si les maîtres d'Anubis ne possédaient aucune nationalité, celui-ci en avait une : il était citoyen soviétique. Il était chercheur à l'Institut de recherches arctique et antarctique de Leningrad, familièrement appelé l'AARI. A l'époque, l'Union soviétique collectait des données très précises sur les mers polaires dans un but militaire. Elle n'était pas la seule à s'intéresser à ce domaine. En face, les USA utilisaient l'armée et les agences d'information pour obtenir des données similaires. Les deux côtés s'activaient en secret. L'URSS possédait un nombre à deux chiffres de bases polaires installées sur la banquise, des bases « flottantes » dont la position bougeait en permanence. Les dangers étaient nombreux. Sur la base où travaille le chercheur de l'AARI, les ours polaires qui rôdent aux alentours posent un problème, c'est pourquoi il est venu voir les maîtres d'Anubis. Il arrive en autoneige. Il faut préciser que si la base d'observation et le village se trouvaient aussi proches (*proches* au sens arctique, c'est-à-dire séparés d'une petite trentaine de kilomètres), cela n'était dû qu'au hasard de la dérive de la banquise d'une part, de leurs déménagements de l'autre. Le chercheur de l'AARI s'enquiert de la possibilité d'acheter un chien capable de mettre les ours en fuite.

La négociation aboutit. Le chercheur reçut le chien le plus à même de résoudre son problème, contre un lot d'ustensiles qu'il venait de recevoir par avion-cargo une semaine plus tôt.

Anubis était alors âgé de trois ans et un mois.

Pendant près d'un an, il dériva sur l'océan Arctique. Entre 73° et 84° de latitude nord, 120° de longitude est et 160° de longitude ouest. Début décembre 1956, il se trouvait à l'est de l'île Wrangel, face à la mer des Tchouktches. Loin au sud se trouvaient le détroit, puis la mer de Béring. A l'autre bout s'étirait le chapelet des îles Aléoutiennes. Mais cela ne provoquait en lui aucune nostalgie.

Je suis un chien de l'Arctique, moi, se disait-il.

Mais cette certitude allait disparaître. La campagne d'études s'acheva comme prévu, le démontage de la base commença. On embarqua Anubis sur un brise-glace. Et c'est tout. Le chercheur de l'AARI le revendit dans un petit port de l'Extrême-Orient sibérien. Tous les habitants étaient habillés de peaux de renne. Ils utilisaient des os de renne pour faire tomber la neige de leurs peaux de renne. Ce furent les quatrièmes maîtres d'Anubis.

Anubis avait mis le pied sur le territoire principal de l'Union soviétique… sur le continent eurasiatique.

Hé, les chiens ! Les autres chiens… Et vous, alors ?

Trois autres se trouvaient également dans le monde communiste. Dans la péninsule de Corée, Jubilee, News News (dit E-venture) et Ogre étaient tombés aux mains de l'Armée populaire de libération. Les trois bergers allemands de race pure avaient donc pris la nationalité chinoise. Depuis 1953, la situation avait changé du tout au tout. Truman n'était plus le président des Etats-Unis. Le 5 mars de cette année-là, Staline avait été terrassé par une hémorragie cérébrale. L'inimitié personnelle de ces deux-là n'était définitivement plus un problème. Et, au plus fort des combats pendant la retraite jusqu'au 38e parallèle, trois chiens avaient été abandonnés de l'autre côté. Ils ne reviendraient pas. L'armistice fut signé en juillet, mais les trois chiens étaient restés prisonniers.

En 1956, au sein de la compagnie cynophile de l'Armée populaire de libération, se trouvaient donc deux mâles châtrés, News News (dit E-venture) et Ogre, ainsi qu'une femelle, Jubilee, qui n'avait encore jamais mis bas.

Et dans le monde capitaliste ?

Eh bien, au cœur du monde capitaliste, en Amérique, nous trouvons deux lignées.

Celle de Sumer et celle de Ice.

« C'est des noms de chiens, ça ? »

Toujours l'hiver, dit la gamine. L'hiver ! L'hiver ! L'hiver ! scanda-t-elle sur un ton manifestement irrité mais morne, en japonais. Bien sûr qu'elle était irritée. Assise sur son lit qui ne faisait même pas cinquante centimètres de large, elle faisait la gueule. Son regard s'arrêta sur le pauvre manteau jeté sur le plancher, non mais, c'est quoi ça ? Trop minable, lâcha-t-elle. Faudrait voir à prendre un peu plus soin de tes otages si tu veux faire dans la demande de rançon, ducon... Il me faut du Louis Vuitton, moi...

Mais personne ne répondit à ses jérémiades.

L'hiver, l'hiver, l'hiver ! L'hiver, l'hiver, l'hiver, l'hiver, l'hiver ! répéta la gamine.

On se les gèle, merde.

Sa coupe de cheveux avait perdu de sa netteté. Déjà, la première chose qui l'avait énervée ici, c'est qu'il n'y avait même pas de sèche-cheveux, fait chier ! La Russie, c'est l'âge des cavernes, merde ! Même pas de salle de bains ! Juste une vague cabane pleine de vapeur dans laquelle on l'avait plusieurs fois obligée à entrer. Mais elle n'avait pas fait le lien avec le concept de « sauna ». Elle avait pris ça pour une salle de torture.

Connards.

Ça ne l'avait pas aidée à maigrir pour autant. Elle était toujours aussi boudinée, boursouflée sans aucune harmonie. Elle se remit à vociférer des insanités en japonais. Pas une seule fois ça n'avait servi à quelque chose. Ce qui ne l'étonnait pas, d'ailleurs, c'était fait pour.

Elle regarda par la fenêtre. Le blizzard de ce matin avait cessé, maintenant c'était une neige à gros flocons épars. L'image d'un appétissant dessert s'imprima un instant sur sa rétine, puis s'évanouit. Un truc gonflé, sucré, fondant… Disparu. C'était quoi comme gâteau, d'ailleurs ? Fait chier. Elle l'aurait volontiers écrabouillé.

Elle se trouvait à l'étage. De la fenêtre, en face, à droite et à gauche elle voyait le terrain d'entraînement uniformément blanc. Autrement dit, il occupait la totalité de son champ de vision. S'il y avait un terrain d'entraînement, c'est qu'il y avait des entraînements. Et quelqu'un qui s'entraînait. Qu'il neige ou pas, que le blizzard souffle ou pas. Mais aujourd'hui, elle ne les avait pas encore entendus aboyer.

C'était immense. Comme une petite ville. Fermée. Entourée d'un mur de béton qui la coupait de l'extérieur. De l'autre côté de l'enceinte, il y avait tout un fouillis d'énormes choses. De ce côté-ci du mur, des arbres nus occupaient un coin.

Vers la droite de la fenêtre, dans le fond, la ville s'étendait. Plusieurs bâtiments blancs, des miradors, des artères goudronnées passablement défoncées. La neige remplissait les ornières. Au bout de la piste, le mur de béton barrait la vue, et plus loin, se trouvait une zone déboisée. Mais c'était la seule.

C'était comme une « Ville de la Mort qui Tue » ensevelie sous la neige. Pour la gamine, disons.

Mais sinon, à part la petite zone nue sur la droite, la ville semblait sur le point de se faire avaler par la taïga.

Et en même temps, la vision de ce mur qui l'isolait du monde extérieur lui évoquait un mot qui lui était très familier. Elle avait été mise à l'écart de la société. Elle était incarcérée ici, elle purgeait une période de détention. Oui, ce à quoi ressemblait le plus cette ville absurde, c'était à une prison. De cela, elle avait une conscience physique.

C'est tout ce qu'elle savait. On lui avait peut-être expliqué autre chose, mais en russe. Ça n'avait aucun sens. Connard, répétait-elle au moins vingt fois par jour. C'est toujours toujours toujours l'hiver, ici… Les hivers durent au moins un million d'années en Russie, qu'est-ce qu'on se les gèle, merde…

Et tout en maugréant des imprécations en japonais, elle prit la direction de la pièce chauffée.

Elle avait le droit d'aller où elle voulait à l'intérieur du bâtiment. La pièce où se trouvait son lit n'était pas fermée à clé. Pas de chaînes, pas de boule de fonte aux chevilles. Cette liberté aussi la mettait en rogne. Elle voyait bien qu'on la considérait comme quantité négligeable, mais que pouvait-elle faire ? Tenter une évasion ?

Pfff, un truc où il faut se donner du mal, ça va pas la tête ?

Elle descendit au rez-de-chaussée. Elle avait à peu près compris la disposition de l'espace. Le bâtiment devait être plus ou moins semblable à tous les autres. C'étaient des sortes de dortoirs dans un camp d'entraînement sportif, un endroit où on case des dizaines de mecs ensemble. Des dortoirs pour les nuls qui aiment ça, le sport. Son intuition n'était pas fausse, d'ailleurs. Sans être tout à fait dans le vrai, elle n'était pas tombée loin. En fait cette Ville de la Mort qui Tue avait été fondée dans les années 1950, elle avait porté un numéro jusqu'en 1991. C'était un de ces lieux qui ne figuraient pas sur les cartes. Un de ces camps ou quartiers militaires comme il en existait un nombre incalculable dans l'ancienne URSS. L'entrée en était rigoureusement interdite à tout personnel étranger à l'armée ou au Parti. Mieux que ça, les citoyens ordinaires (les citoyens ordinaires de l'Union soviétique, s'entend) n'en connaissaient pas l'existence. Pas même dans les alentours. Le secret absolu avait tenu près de quarante ans.

Jusqu'à ce que, ayant perdu tout intérêt stratégique, elles fussent abandonnées.

Bref, la gamine se trouvait dans une caserne.

La ville… cette Ville de la Mort qui Tue ne figurait sur aucune carte, mais le vieux qui avait enlevé la gamine, lui, la connaissait depuis longtemps.

Le vieux aussi habitait la Ville de la Mort qui Tue. Elle ne savait pas s'il logeait également dans un des bâtiments de la caserne, mais il venait régulièrement prendre ses repas avec elle. Et, environ une fois par semaine, il venait dans sa chambre avec du matériel vidéo. Il la filmait. Sans doute pour prouver que l'otage était toujours en bonne santé. Bref, pour demander une rançon. Face à l'objectif, elle disait chaque fois : « P'pa, sors-moi de là ! » « Qu'est-ce que tu fabriques merde ? » « Si c'est cent millions de yens qu'il te demande, tu peux bien casquer pour libérer ta fille, quoi ! T'as qu'à braquer la Banque du Japon, au besoin… T'es un yakuza, oui ou merde ? »

Connard. Tu vas la libérer, ta princesse, oui ?

Quand il avait fini de filmer, le vieux disait quelques mots à la gamine. Par exemple, qu'on parlait de soldats japonais qui avaient assassiné des Russes. En russe.

Faut-il qu'il t'aime, ton père ! disait-il.

Bah… Tu as quand même raison de rester avec moi. Pour l'argent au moins.

La séance de vidéo devait avoir lieu à peu près une fois par semaine. La gamine ne tenait pas le compte des jours. Elle n'avait jamais pensé rester enfermée ici aussi longtemps. Le quatrième ou cinquième jour de captivité, elle s'était dit que cela n'avait aucun intérêt de savoir si elle en était à son quatrième ou cinquième jour, ou seulement au troisième. Plus tard, elle l'avait regretté. Elle ne savait pas si son anniversaire était passé ou pas. Elle avait vaguement l'impression d'avoir douze ans maintenant, mais elle n'en était pas sûre. Fini les onze ans !… Mais elle n'en était pas sûre. Ce n'était peut-être ni l'un ni l'autre, si ça se trouve.

Elle était peut-être dans les limbes… Dans un temps zéro.

Il y avait quelque chose qu'elle parvenait à compter. Environ deux fois sur trois, le vieux venait manger avec elle. Pas seulement le vieux. Dans la Ville de la Mort qui Tue vivaient d'autres habitants, et eux aussi mangeaient tous à la même table. D'abord, une vieille qui tenait la cuisine. Avec un bon tour de taille, des fesses énormes et des lunettes épaisses comme des culs de bouteille. Elle préparait trois repas par jour et s'occupait de la lessive de la gamine. Puis deux femmes d'âge moyen, qui devaient être les filles de la vieille parce qu'elles lui ressemblaient beaucoup. Puis un homme chauve, sans doute le fils de la vieille. Mais à table, l'atmosphère n'était pas comme s'ils étaient de la famille du vieux. On n'avait pas l'impression que le vieux et la vieille étaient mariés.

Pourtant, dans la Ville de la Mort qui Tue, ils mangeaient tous ensemble. Et la gamine avec eux. D'ailleurs, elle avait justement l'âge de passer pour sa petite-fille, au vieux, sauf que pour le coup ils n'étaient pas du tout de la même famille. Ils n'étaient pas non plus de la même race.

Cette fausse famille mangeait ensemble, donc. Le plus souvent, tous se retrouvaient autour de la table.

Oukha (soupe de poisson), saumon fumé, bortsch, et des espèces de raviolis chinois à la vapeur.

Du pain aigre.

Et d'éternels champignons marinés au vinaigre. Ils marinent tout dans le vinaigre dans ce pays.

La gamine fusilla du regard les quatre ou cinq autres à table.

Personne ne lui rendit son regard noir. Ils étaient tous très affables.

Le vieux lui souriait, même.

— Vous me faites gerber. Vous êtes des zombies ou quoi ? dit la gamine en japonais.

— Tu en veux encore ? demanda la vieille en russe.

La vieille ne faisait pas seulement la cuisine pour la gamine. Ni pour la fausse famille. Elle préparait de grosses quantités de nourriture. Mais pas pour des humains. Pour des chiens. Après son abandon par la Fédération de Russie, la Ville de la Mort qui Tue était restée un long moment sans habitants, et si maintenant elle en comptait de nouveau quelques-uns, il y avait beaucoup plus de non-humains que d'humains.

Des dizaines de chiens.

Dehors, dans des cages spéciales.

On les laissait dehors exprès. Dans cette région glaciale, pour que leur énergie et leur instinct combatif ne s'émoussent pas. Dans le même ordre d'idée, dans sa cuisine, la vieille leur préparait régulièrement du mouton. Derrière le bâtiment, s'entassaient des carcasses de moutons, achetées en gros et congelées sous terre. Une fois tous les deux jours, elle en sortait une et la cuisinait. Des pattes de mouton, des têtes de mouton, des viscères de mouton, du gras de mouton. Elle les saupoudrait juste d'aromates, à la mode d'Asie centrale. Bouffer du mouton préparé de cette façon conservait aux chiens leur instinct sauvage. Comme ça, ils n'oubliaient pas l'odeur de la viande.

Comme ça, ils n'hésiteraient pas à l'attaquer vivante, la viande.

La vieille préparait de la cuisine russe pour chiens.

Et ils buvaient du lait de vache.

De la grande pièce du rez-de-chaussée où se trouvait le poêle, la gamine assistait au repas des chiens. A bonne distance. Les vitres étaient blanches de buée, mais elle en essuyait une avec trois doigts d'un air dégoûté, puis elle observait le spectacle, immobile, à travers ces trois lignes transparentes. Elle savait que c'était l'heure quand les chiens commençaient à aboyer. Il n'y avait plus personne dans la grande salle, les autres étaient sortis pour nourrir les bêtes. Elle regardait dans la direction des aboiements. Les deux femmes d'âge moyen portaient une grosse marmite de lait. A deux. Cette gamelle de métal gris lui rappelait les repas de la cantine, à l'école. Ces gens étaient employés à la cantine des chiens, pensait-elle. C'est pour ça qu'ils apportaient la nourriture jusqu'aux cages. Sur le menu affiché, il devait y avoir marqué : *lait de vache*.

Les chiens aboyaient furieusement. Donnez-nous à bouffer, semblaient-ils dire.

Donne ! Donne le lait !

Dès qu'on ouvrait les cages, ils devenaient fous. Blanche l'haleine de la meute, blanche l'écume qui leur pendait aux babines, blanc le lait. Pour ça, vous êtes bien des Russes, se disait la gamine. Vous seriez prêts à bouffer n'importe quoi, minables chiens russes que vous êtes.

Trop blanche cette haleine, d'abord. Et cette salive.

Connards.

Toutes ces couleurs froides, ça fait chier, d'abord.

Mais elle ne pouvait détacher ses yeux du spectacle derrière la vitre. Elle continuait ses injures dans sa tête, de toute façon elle savait bien qu'en tant qu'otage elle n'avait rien d'autre à faire. Alors elle regardait les chiens. Elle regardait la scène du repas des chiens, après elle regarderait l'entraînement des chiens sur le terrain d'entraînement. La grande réunion sportive des chiens… à moins que ce ne soit la grande répétition, pensait la gamine. L'entraînement durait deux bonnes heures, rien que pour la séance du matin.

Ils dressent des chiens.

Il y en avait de toutes sortes. Toutes sortes d'exercices et aussi toutes sortes de chiens. Des dobermans, des bergers allemands. C'étaient les deux seules races qu'elle reconnaissait, en fait. La grande majorité, elle n'avait aucune idée de ce que ça pouvait être. Pas des chiens de races occidentales en tout cas. Ils avaient des allures bizarres. De taille moyenne pour la plupart, oreilles dressées, poil relativement long, train arrière puissant. De couleurs diverses. Mais on remarquait une certaine unité. Une dizaine ou une vingtaine d'entre eux devaient être du même sang.

Le sang ?

Une dizaine ou une vingtaine de chiens possédaient la même aura, la même présence altière. Vous valez des sous, vous… marmonnait la gamine.

En tout cas, vous devez sortir du *bon milieu*.

Les chiens aboyaient, l'entraînement commençait. Les chiens couraient autour de la piste, la gamine les regardait sans bouger. Dans l'espace entre les chiens mobiles et la gamine immobile, un puis deux humains apparaissaient. Ils subissaient les mêmes vingt degrés Celsius en dessous de zéro que les chiens, ils entraient sur le même terrain que les chiens et ils entraînaient les chiens.

Ils leur criaient dessus sans arrêt.

Le vieux était là, c'était le chef.

C'est lui qui commandait. Il dressait les chiens aux techniques d'attaque mortelle. Au signal, tous les chiens se mettaient à courir à soixante ou soixante-dix kilomètres à l'heure. Ils fonçaient de toutes leurs forces vers l'objectif, et quand ils l'atteignaient, ils le renversaient. L'objectif, c'était un humain. Il attendait, en vêtements de protection. C'était le chauve, celui qui avait l'air d'être le fils de la cuisinière. Mais à ce moment-là, on ne voyait pas sa tête, cachée dans la protection intégrale de la combinaison. Son cou aussi était enrobé de plusieurs épaisseurs. C'est là que les chiens visaient. Les chiens le mordaient à la gorge, le tordaient, le tiraient et le renversaient. En principe, les chiens policiers ou les chiens soldats sont entraînés à s'attaquer aux poignets, on ne leur donne donc qu'un bras ou le tronc à attraper à l'entraînement. Parce qu'on cherche prioritairement à désarmer l'adversaire, et pour cela briser les poignets suffit. Mais le dressage du vieux était différent. Son but n'était pas de choper les poignets, mais de tuer l'adversaire. Attaque à la face : prise au cou et égorgement.

Technique létale, pure, nette, fulgurante.

Le chien le plus rapide percutait l'objectif avec une telle force qu'il faisait pivoter l'homme et le renversait en lui imprimant un mouvement de torsion, puis l'instant d'après il lui sautait à la gorge avec une telle force qu'il lui aurait séparé la tête du tronc.

Mais ce n'était encore qu'un échauffement.

Les chiens étaient appariés en formation d'attaque « contre personnel ». Le premier chien, pattes écartées, fixait la cible. L'autre portait le coup fatal. Les rôles étaient répartis en fonction du caractère de chaque chien. Le vieux formait rapidement les équipes en évaluant le tempérament des chiens. A avec B. C avec D. E avec F. C avec B. A avec F. Puis, plus difficile, seuls ou à deux, ils devaient récupérer l'arme. Habitués à l'odeur de la poudre, ils désarmaient l'adversaire en lui brisant le poignet, récupéraient l'arme que l'homme avait lâchée et la rapportaient dans leur gueule jusqu'à leur maître.

Leur instinct les portait à foncer sur l'objectif en ligne droite (c'est-à-dire par le chemin le plus court). Ce qui était parfait pour une attaque frontale orthodoxe. Parce que, de toute façon, aucun homme n'est capable, voyant débouler sur lui un chien de taille moyenne à soixante ou soixante-dix kilomètres à l'heure, de réagir avec sérénité… d'ajuster son pointeur laser et de riposter tranquillement. Mais, en plus de ça, le vieux les forçait à contrarier leur instinct. Au signal, ils bondissaient non pas en ligne droite mais en zigzag, d'abord sur le côté, puis en diagonale vers l'objectif. Ainsi, même si l'adversaire tirait en rafale avec un pistolet-mitrailleur, ils attaquaient selon l'axe hétérodoxe resté libre.

Mais les entraîner contre une cible unique aurait été trop facile. Tout cela n'était que la deuxième partie de l'échauffement.

Une demi-heure après le début de l'entraînement aux techniques d'attaque, le vieux les faisait passer aux choses sérieuses.

Et là, c'était la guerre pour de vrai.

Il désignait à dix chiens un immeuble désert de quatre étages et leur donnait l'ordre de l'investir. Les chiens se dispersaient dans toutes les directions et apprenaient à mener un assaut. Il les entraînait à franchir les escaliers, les portes, les fenêtres, entrer et sortir, communiquer entre eux de la voix. A l'exemple de trois chiens de berger menant un troupeau de plusieurs dizaines de moutons, ils se mettaient en formation et nettoyaient l'immeuble dans un laps de temps fixé à l'avance.

Il y avait aussi les exercices de saut. Les chiens étaient postés en attente dans les allées de la Ville de la Mort. Une voiture arrivait et ils devaient sauter dessus ou par-dessus. Ou l'obliger à faire un détour. Ou à ralentir. Ils sautaient sur le capot. Dans ce cas, l'objectif était d'obstruer le champ de vision du conducteur en s'étalant sur le pare-brise, et de le pousser à l'accident.

Techniques de déstabilisation urbaine.

Guérilla urbaine.

Voilà ce qu'ils apprenaient dans la Ville de la Mort. Graduellement.

Au fur et à mesure que le vieux les dressait, on aurait dit que leur niveau d'intelligence augmentait. Peu à peu, les chiens prenaient conscience de leur spécialité. Si une échelle avait été posée contre le mur, ils y seraient montés. D'ailleurs, ils avaient appris à grimper aux arbres. Cachés dans des feuillages, ils attendaient, retenant leur souffle, et quand un humain passait, ils lui sautaient dessus.

Ce matin-là, ils s'étaient entraînés à transporter une branche enflammée dans leur gueule. Sept jours qu'ils y travaillaient.

La vingtaine de chiens s'immobilisèrent. Ils se mirent à hurler, tous tournés dans la même direction. Alerte. Un intrus s'approchait du terrain d'entraînement. Stop, dit le vieux. On ne bouge pas. Quelques-uns continuèrent à hurler à la lune.

— Acha, suffit ! Putachka, suffit ! Ponka, suffit ! ordonna le vieux.

Ils s'arrêtèrent à l'appel de leur nom.

— Aldébaran !

Le dernier s'arrêta.

Au bout du regard des chiens maintenant couchés, il y avait l'intrus : une gamine en manteau. Elle était encore à sept ou huit mètres de l'endroit où le vieux entraînait ses chiens.

C'est des noms de chiens, ça ? Tu peux pas les appeler Potchi, comme tout le monde ? cria la gamine en japonais.

Couchés, vous autres ! On bouge pas ! ordonna le vieux à ses chiens, en russe.

La meute le comprenait.

Faut pas vous arrêter, je suis juste venue vous voir faire mumuse avec vos chiens-chiens, dit la gamine en japonais.

Quelle surprise ! dit le vieux en s'approchant d'elle. Mes chiens t'intéressent, fillette ?

T'approche pas trop, le vieux, dit la gamine.

Si tu t'intéresses à mes chiens, continua le vieux, je te ferai visiter le chenil, tout à l'heure.

Putain d'hiver, fait chier !

Il y a même des chiots…

Je te dis de pas t'approcher, connard !

Mais la gamine ne recula pas. Le vieux était arrivé juste devant elle, il s'arrêta pour poursuivre cette charmante conversation en russe et japonais où pas une réplique ne correspondait à l'autre. La gamine leva la tête vers le vieux. La différence de taille entre eux deux correspondait à peu près à celle d'un chien adulte.

T'es une marrante, fillette.

Si tu crois que je sais pas que t'es en train de me traiter de petite merdeuse en russe, ducon, répondit la fille. Un jour, je te tue.

Le vieux lui fit un grand sourire.

Hum ? grommela soudain le vieux.

Pas en réaction à ce que la gamine venait de dire. Il avait senti quelque chose et ne la regardait plus. De même que la gamine regardait en l'air vers le vieux, le vieux lui aussi leva la tête. Vers le sommet d'un des immeubles. L'un de ceux où une dizaine de chiens s'entraînaient régulièrement à donner l'assaut, donc en principe désert. Une ombre passa sur le toit. L'ombre d'un chien. Un seul.

Le chien apparut soudain nettement.

De là-haut sur le toit, il paraissait fixer le vieux et la gamine.

Il semblait légèrement plus grand que les autres mais plus tout jeune, pour autant que la distance permît d'en juger. L'impression de puissance qu'il dégageait venait d'ailleurs. Car une impression d'autorité émanait de lui. On la sentait malgré la distance.

— Belka ! s'écria le vieux.

Le chien ne répondit pas.

Celui-là, il est très vieux, commenta le vieux pour la gamine. Comme moi. Mais pas encore assez pour être sourd…

Le vieux le héla une deuxième fois, plus fort.

— Alors Belka, tu n'aboies plus ?

Cette fois, le chien jappa d'une voix grave en direction du vieux et de la gamine.

Wouff.

Une seule fois.

La gamine n'avait pu se retenir de regarder vers le toit elle aussi. Elle était en rogne. Manifestement, le chien avait répondu au vieux. Et ça, c'était insupportable.

— Enfoiré de vieux ! dit-elle sans plus se préoccuper du chien.

Le vieux tourna de nouveau les yeux vers elle, attiré par le ton de sa voix.

— Putain, ce que je te déteste ! T'es rien qu'un *Rosuke* de merde, c'est comme ça qu'on vous appelle chez nous. Tu peux crever !

Comme s'il réfléchissait aux paroles de la gamine, le vieux répéta en japonais :

— Tpiu crrrevé !

— Ta gueule, connard ! Je t'ai pas autorisé à me parler !

Mille neuf cent cinquante-sept

Hé, les chiens ! Où êtes-vous ?

En 1957, le destin des deux lignées présentes sur le Mainland des Etats-Unis d'Amérique se complique quelque peu. D'un côté, la lignée de Sumer, de race pure. De l'autre, celle de Ice, de sang-mêlé. Ice et Sumer, l'une comme l'autre, n'en sont pas à leur première portée.

Sumer était belle. Un rapport de 10 sur 10 entre la longueur de la boîte crânienne et la longueur du museau : la perfection absolue du berger allemand de pure race. Si elle commençait à prendre de l'âge, sa beauté n'avait point encore faibli. Pour l'instant, elle se trouvait toujours dans une cage de chenil de la banlieue de Chicago, Illinois.

Ice était terrible. Père hokkaïdo, mère husky de Sibérie, grand-mère samoyède. Museau de renard aux yeux bleus, une ossature solide et une impressionnante crinière. Aucunement conforme à aucun standard d'aucune race. Elle n'était le chien de personne et rôdait dans les limites de l'Etat du Minnesota. Aucune chaîne ne la retenait, mais les fusils étaient à sa recherche.

Sumer avait mis bas des chiots destinés à briguer le trône. Une flopée de descendants de pères tous différents, porteurs d'espoirs de victoire en concours canins, où la perfection de leur pedigree était censée faire merveille. Malgré son âge, Sumer poursuivait son programme de gestations et naissances programmées, et s'occupait de ses chiots généralement jusqu'à l'âge de quatre ou cinq mois. Une vraie mère.

Ice suivait les injonctions de son instinct, s'appariant avec des chiens domestiques des quartiers résidentiels, sélectionnant des mâles, selon sa convenance, pour leur aspect, leur vigueur et leurs aptitudes. Les chiots qui en étaient issus étaient encore moins purs qu'elle. Avec des caractéristiques physiques indéfinissables et une sauvagerie brutale. Non seulement elle avait autorité sur ses enfants, mais aussi sur ceux de ses camarades, les cinq anciens chiens de traîneau du temps du territoire de l'Alaska. Toute cette meute que les humains considéraient maintenant comme des chiens sauvages, elle en était le leader suprême.

D'un côté, la belle bergère allemande tout entière à son rôle de mère.

De l'autre, bien que mère elle aussi, la reine bâtarde d'une bande de *freaks*.

O Ice, toi que les fusils recherchent. Toi que les hommes de la ville détestent. Ils vous haïssent, toi et ta bande. Il n'y a aucune place pour toi dans la société humaine, tu représentes le mal. Tu es un monstre urbain, un *freaks*. Chien sans chaîne n'est que bête sauvage et doit être éradiqué. Mais toi, ils ne t'auront pas. Tu es trop intelligente pour ça. A certains moments tu vis dans les bois, à d'autres tu descends en ville. Tu évites de rester trop longtemps à la même place. Danger. Ce danger, tu en as parfaitement conscience. Tu ne le sais pas, bien sûr, mais un sang de vainqueur coulait dans les veines de ton père, tu descends d'un hokkaïdo, une race de survivants. Les Aïnous, premier peuple de l'île de Hokkaïdo, qui y vivaient de la chasse depuis des millénaires, utilisaient les ancêtres de ton père pour la chasse au gros gibier. Tes ancêtres étaient des chasseurs. Tes ancêtres se sont battus contre les ours et n'ont point péri. Ils ont exterminé les daims. Tous sans exception sont le produit de la sélection naturelle, tous sans exception ont survécu par la chasse. Voilà pourquoi tu sens ces choses, toi. Tu as le sens de la chasse, tu pressens les situations. Tu n'es pas loin de prédire les mouvements des humains. Toi, ils ne t'auront pas.

Les fusils gaspillent leurs munitions à te tirer dessus.

Pauvres idiots ! leur dis-tu. Et en chef, tu dis à tes troupes : *Ils ne nous auront jamais !*

Nous courrons !

Oui, vous continuez à courir. Vous, les chiens sauvages, vous continuez à bondir éternellement, comme si vous en étiez encore à parcourir les terres du territoire de l'Alaska, les grandes étendues neigeuses et la banquise. Déjà Minneapolis est loin. Vous avez sillonné en tous sens l'Etat du Minnesota, mais n'avez pu aller vers le nord. Les contingences (la réalité fort concrète d'un décret d'éradication et la réalité de la fuite) vous ont entraînés vers une autre direction. Le sud. Hé oui, le sud. Tu sais ce que c'est, ça ? Ice ? Et vous autres, anciens compagnons de traîneau de Ice ? Tous rejetés loin vers le sud, évidemment, encore une fois vers le sud, toujours plus au sud.

Tu sais ce que c'est, ça ? Exactement : le destin.

C'est maintenant devenu un groupe de plusieurs dizaines de têtes. Menés comme toujours par la reine

Ice, sa science et son instinct, les *freaks* de plus en plus bâtards – la bande des chiens sauvages – franchissent quatre frontières d'Etats, passant du sud du Minnesota au Wisconsin, puis à l'Iowa, puis à l'Illinois.

Ils courent.

Ils sont toujours vivants et ils courent éperdument. Non, vous ne mourrez pas.

Mais dans l'Amérique de 1957, les canons des armes à feu vous pourchassent.

Ice court. Sumer, non. Sumer, dans une vaste et très hygiénique cage, se dévoue entièrement à ses devoirs de mère. D'un geste auguste, elle présente ses mamelles à ses chiots. Elle aide ses chiots nouveau-nés à faire leurs besoins. Elle est là, majestueuse. Majestueuse comme une déesse mère. Dans la gloire de ses grossesses multiples et de sa fertilité. Et dans cet environnement parfaitement *clean*, elle pond des petits bergers allemands parfaitement *clean*, eux aussi.

Parce que, dans son monde, un sang-mêlé, ça n'a aucun droit, même pas celui de naître.

Toi, Sumer, tu ne cours pas. On est à ton service. Tu comptes beaucoup pour cette humaine, la propriétaire du chenil, ta maîtresse, parce que tu es la mère de son futur champion. Telle est la définition suprême de ton existence pour elle. C'est dans cet objectif qu'elle prend soin de toi. Toi tu t'occupes de tes chiots, et ta propriétaire humaine s'occupe de toi.

Parce que tu dois donner naissance à l'« élite de la beauté ».

Parce que, même si toi tu ne te soucies pas du regard acéré des juges, tu vas donner naissance à des chiens surdoués qui présenteront la totalité des critères recherchés dans les concours canins, de petites perfections de beauté absolue.

Ils sont justement en train de téter.

Quand ils auront le ventre plein, ils joueront sous ton aura protectrice, à faire des galipettes et se rouler les uns sur les autres.

Mais, en 1957, c'est le destin qui va se jouer de toi.

Que s'est-il passé ? Ta maîtresse a fait une grosse bêtise. Ta propriétaire, la propriétaire de tes camarades, la maîtresse de tes chiots, la tenancière de ce chenil très *clean*, a fait quelque chose de pas *clean* du tout. Sa patience avait atteint ses limites. Mais maintenant, elle ne remportera jamais la coupe de la victoire. Alors qu'elle avait fait se reproduire ses chiens dans le seul but de remporter le titre suprême, alors qu'elle touchait au but, son espoir s'est envolé. Elle restera à jamais une éternelle seconde. Oh, certes, elle a gagné des prix par catégorie. Et haut la main. Mais jamais elle ne possédera le titre de champion toutes catégories. Bref, elle ne montera jamais sur le trône du « plus beau chien-chien des Etats-Unis d'Amérique ». Pourtant son style de conduite si subtil, son aisance à ne faire qu'un avec son chien lui avaient valu le surnom de « fleur des concours canins de l'Amérique d'après-guerre ». Oui, mais pas la couronne. Sa signature apparaissait régulièrement dans les colonnes des magazines canins. Oui, mais pas la couronne. Son amour-propre enflait chaque fois qu'on l'annonçait aux yeux de tous comme « notre jeune (et ravissante) conductrice », mais la blessure n'en était que plus vive quand le grand prix une fois de plus lui échappait. D'ailleurs, elle commençait à ne plus être si jeune que ça. Alors elle avait essayé d'acheter le jury. Et avait échoué. Qu'à cela ne tienne, elle avait proposé des parties de jambes en l'air aux membres influents des comités d'organisation ; mais il en fallait de plus jeunes que ta maîtresse pour faire bander un président de société canine. De beaucoup plus jeunes en effet, dut convenir ta maîtresse, et l'impatience la fit s'engager sur une pente très glissante. C'est que, vois-tu, Sumer, le fait que tu allais bientôt atteindre l'âge fatidique où il deviendrait difficile de te faire mettre bas lui travaillait la cervelle comme un signal, une révélation. C'était maintenant ou jamais. Troisième tentative donc : ta maîtresse essaya d'empoisonner les autres candidats au titre (le doberman pinscher, le cocker épagneul, le scottish terrier, le boxer, l'afghan, le toy caniche) et, par précaution, en ajouta un peu aussi dans le déjeuner des maîtres. Quatre chiens morts, deux humains hospitalisés. Le crime fut vite élucidé et ta maîtresse prestement jugée coupable et incarcérée.

Elle ne peut plus garder son chenil.

Sumer, celle qui s'occupait de toi vient de subir une exécution sociale.

Cela se passe à la fin de 1957.

L'été de cette même année, que faisait Ice ? Que faisait la meneuse de la bande de fauves, l'égérie des avaleurs de frontières, la reine des *freaks* bâtards ?

Elle faisait des chiots. Elle avait une nouvelle fois mis bas, elle allaitait ses chiots, mère en service actif. Ice, combien de portées as-tu déjà eues ? Tu n'en sais rien, hein… C'est vrai, tu ne sais pas compter. Compter, c'est un truc d'imbécile à dix doigts. Un numéro exclusif des humanoïdes de la civilisation de la base dix. Toi, tu as deux pattes antérieures à la place des mains, et chacun de tes doigts est muni d'un coussinet, ils sont faits pour courir. Pour courir à perdre haleine. Pas pour compter. Tu n'as pas besoin de compter un plus un pour suivre ton instinct. Tu suis l'intuition de ton sang… Ton sang de chien dominant.

Donc tu l'ignores, mais ce doit-être la quatrième.

O Ice ! A la fin de cet été-là, votre vie d'errance, à toi et ta meute, va prendre fin.

Tu restes au « nid », si l'on peut dire. Tu n'aimes pas l'été. La moindre goutte de sang dans tes veines fait de toi un chien du Nord, et l'été est ton ennemi. Si tu veux savoir la vérité, ton véritable ennemi, c'est le Sud. Mais descendre dans le Sud était ton destin, il est impossible de changer ça. Ta crinière prévue pour te faire supporter les pires températures, elle te sert maintenant à doucement caresser tes chiots. Elle pousse pour exprimer ton amour de mère. Toi et ta meute êtes tous au « nid ». Tes chiots sont nés à la charnière entre août et septembre (au point que, selon la zone horaire à laquelle on se réfère, ils sont nés en août ou en septembre. Disons que c'était dans la nuit du 31 août. Il t'a fallu sept heures pour mettre bas sept chiots), pendant la première semaine, ce sont les soins intensifs. La deuxième semaine, ce sont toujours les soins intensifs mais tu commences déjà à leur apprendre à marcher. Et puis tu leur inculques ce grand principe : *Ce monde est chaud. Ici il fait terriblement chaud. Il faut donc changer pour vivre.* En d'autres termes, tu leur ordonnes de métisser encore plus leur race. *Le salut est dans la sainte bâtardisation. Métissez-vous ! Croissez et impurifiez-vous ! Refusez tout standard de la race canine !*

L'idée selon laquelle l'intégrité de la race vaudrait mieux que le métissage, c'est une invention d'humains.

Mais tout de même, Ice, cette décision soudaine de mettre un terme à votre vie errante, pour toi et ta meute, était bien un peu risquée. Tu avais fait plusieurs fois l'expérience de mettre bas, mais dans l'Amérique de 1957, vous étiez considérés comme des ennemis publics. Toi-même étais l'ennemie publique numéro un. Rester au même endroit plus de quinze jours, c'était un peu léger comme calcul. Ah c'est vrai, de toute façon tu n'as jamais su calculer. Même pas compter.

Oui, les humains sont bien des *imbéciles* à dix doigts. Leurs dix doigts leur servent à compter les choses, mais aussi à tenir une crosse et appuyer sur la détente.

Alors, que se passe-t-il ?

Vous êtes dans la nasse. Toi et ta meute ne courez plus. Vous commencez à réduire votre territoire de chasse à un seul endroit. Un seul point sur la carte des Etats-Unis d'Amérique. Un point du territoire national, indiqué au bout d'un doigt. Repéré par ses coordonnées en latitude et longitude. Le lieu où se trouvent ces fauves à éradiquer est enfin connu. Lentement mais sûrement, la nasse se referme. Cette fois, ils vous tiennent par la queue. Ils vous tiennent avec leurs dix doigts, les imbéciles… les humains, Ice ! Ils ont ton intelligence en très haute estime, tu sais. Aucun chasseur amateur parmi eux. Ils ont fait appel à des pros pour te chasser.

Ils ont fait intervenir l'armée de l'Etat.

Compte tenu de la situation, c'est-à-dire de la gabegie qui a perduré toutes ces années, le concours de l'armée a été requis. C'est comme ça que ça se passe dans l'Amérique de 1957. Sur un mot du gouverneur de l'Etat : *Go !*, les humains à dix doigts empoignent leurs fusils militaires. Bien entendu, quand on parle de l'armée de l'Etat, il ne s'agit que de troupes de réserve, mais en vertu de leur armement et de l'autorité qui leur est conférée, ce sont bien des pros.

O Ice ! O meute des chiens sauvages sous le commandement de Ice ! Si vous aviez couru à cet instant-là, vous ne seriez pas morts. Mais vous n'avez pas couru. Vous n'avez pas pu courir. Voilà ce qui se passe : un bataillon de l'armée de l'Etat posté sur la frontière ouest du Wisconsin referme le piège et c'est la curée. Tous les coups sont permis. Ice n'est pas libre de ses mouvements. Elle est restée au « nid » avec ses chiots de même pas trois semaines, elle ne peut pas compter sur sa prémonition pour diriger la manœuvre. Elle ne peut pas mener ses troupes en première ligne. En cet instant, elle ne peut pas déclarer : *Ils ne nous prendront pas.* Elle ne peut pas dire : *Nous nous échapperons.*

Et voilà ce qui se passe.

C'est la panique, ta meute s'éparpille.

En cet instant, Ice n'est plus qu'une mère. Elle n'est plus le chef de meute, juste la mère de sept chiots. Que se passe-t-il ? Ice est lente. Les autres chiens ont déguerpi, ils sont bien plus rapides. Et évidemment, on repère surtout ceux qui sont rapides. Même en s'éparpillant, ils ne peuvent se défendre tout seuls, ils débarquent comme des perdus en ville, par groupes de plusieurs, meute sans chef. Ils sont repérés, ils sont massacrés. Ils sont dénoncés, ils sont massacrés. Et puisque l'efficacité de la manœuvre a fait ses preuves, l'armée de l'Etat ne s'occupe plus que d'eux, pendant que Ice et ses petits, autrement dit pendant qu'une simple mère et ses enfants vivent encore.

Jusqu'à la toute fin, ils sont encore vivants.

Ils sont sortis du « nid ». Bien sûr. Ice ordonne à ses petits : *Avancez ! Un pas après l'autre. Nous allons nous échapper. Nous survivrons.* Lentement, mère et enfants progressent. Ice grogne d'une voix sourde. *Grrrrr*… en cherchant un chemin pour échapper à l'extermination.

Elle cherche.

Devant elle : la route. La *State Highway*. Il suffirait de traverser pour effacer notre odeur. Camoufler nos traces. *D'abord, attendez ici*, dit Ice à ses chiots. *Je vais voir, attendez-moi.* Ice s'élance sur la *State Highway*. Elle commence la traversée. Ceci ne présente aucune difficulté pour elle. Ces rivières qui portent le nom de « routes pour humains », elle en a traversé des quantités. En un instant, la première voie est traversée. Le trafic est assez dense sur la *State Highway*, mais pas au point de ne pouvoir passer à gué. Parvenue au milieu, Ice se retourne. Elle s'est arrêtée et a regardé en arrière. Un chiot a crié. Comme s'il allait se mettre à courir sur la route pour rejoindre sa mère. *Non ! Ne viens pas ! Il ne faut pas !* ordonne Ice. Elle lui fait les gros yeux jusqu'à ce qu'il soit retourné à sa place. Et c'est là que…

Un pick-up lancé à cent vingt kilomètres à l'heure l'envoie valdinguer à trois mètres de hauteur.

Elle retombe sur la voie. Elle est morte sur le coup, mais pendant dix minutes, un nombre incalculable de véhicules lui passent dessus et l'aplatissent. Un nombre incalculable, oui. De toute façon, même de son vivant, elle n'a jamais su compter.

Ice, cette fois tu es bien morte.

Tu es morte, mais Sumer est toujours vivante.

Elle aussi est une mère. Elle est là dans sa cage très *clean*, telle la déesse de la maternité, à mettre au monde l'« élite de la beauté », des bêtes à concours. Mais à vrai dire plus personne ne s'occupe de la cage. Celle qui en prenait soin est elle-même dans une autre cage, plus grande. Le chenil n'est plus entretenu. Bien sûr, les choses n'en restent pas là. Les chiens du chenil ne sont abandonnés que deux jours sans nourriture ; ensuite, les autorités se rendent compte qu'il y a un problème.

Le troisième jour, tout est presque réglé.

Liquidation judiciaire du chenil. Dispersion des animaux. La plupart des chiens trouvent facilement preneur. C'est que la propriétaire du chenil était tout de même la « fleur des concours canins » (plutôt fanée maintenant, la fleur) et les chiens avaient tous un authentique pedigree de première classe en bonne et due forme. Une dizaine de personnes proposent de devenir les parents adoptifs des jeunes bergers allemands nouveau-nés, fils de Sumer. Au prix de diverses manœuvres, éventuellement. Car, sachant que la maîtresse de Sumer faisait des entourloupes à ses rivaux, les habitués des concours canins regardent maintenant d'un œil torve l'ex-fameuse rédactrice des revues professionnelles. Seuls des fanatiques de concours de beauté canins peuvent imaginer le prix de vente très *bubbly* du chenil.

Ce qui explique pourquoi la quasi-totalité des problèmes sont résolus en moins de vingt-quatre heures après la décision de liquidation du chenil. Un exécuteur judiciaire est nommé. Les chiens sont attribués apparemment en toute impartialité, mais sans qu'ils aient leur mot à dire. L'exécuteur touche des commissions, évidemment. Conformément aux décisions des magistrats, l'actif est mis en lots et dispersé.

Et toi, Sumer ? Où es-tu ?

Tu ne peux pas répondre. Tu es trop abasourdie pour le faire. On coupe. On coupe dans les liens maternels, dans les liens du sang. Tes petits encore à la mamelle sont retirés de ta vue. Ils te sont enlevés de force et emportés loin de ton aura protectrice. Et toi ? Que deviens-tu ? Aucun repreneur ne se présente pour toi. Zéro candidat pour te servir de parent adoptif. Ce qu'ils veulent, tous, c'est un « chien susceptible de devenir un champion », pas une « chienne qui commence à se faire vieille et dont on n'est même pas certain qu'elle puisse encore avoir une portée ». Sumer, tu es toujours belle, mais tu as passé l'âge de concourir dans un *dog show*. Par conséquent, tu n'as plus aucune valeur. Inutile de te consacrer de l'argent et des efforts, voilà ce que tout le monde pense. Ton ancienne maîtresse n'aurait sans doute pas pris une telle décision. Mais puisqu'elle a été mise en cage, ce sont les autorités qui décident à sa place.

Où es-tu ?

C'est la fin de l'été 1957. L'exécuteur judiciaire se débarrasse de toi. Plusieurs autres de tes camarades n'ont pas non plus trouvé preneur. Mais dans son rapport, l'exécuteur déclare vous avoir tous placés. Pour éviter les complications. Donc maintenant il lui faut se débarrasser de toi. Toi et tes camarades êtes envoyés à la mort.

Un camion est loué pour ce faire.

On va vous euthanasier dans un autre Etat. En toute discrétion.

Autour de toi, les chiens qui comprennent la situation commencent à paniquer. Toi, tu restes abasourdie. Ton cœur est pris dans un bloc de glace. Sumer, tu es devant la vitre de la remorque. Pour éviter que vous salissiez le sol, on vous a attachés ensemble dans un coin. Avec un tapis en mousse sous vos pattes. Le camion démarre. La remorque tractée se met à rouler.

Vers la mort.

Et voilà ce qui se passe.

Le camion roule sur la *State Highway*. Il est sorti de l'Illinois pour passer dans le Wisconsin. Nous sommes à la fin de l'été 1957, disons même au début de l'automne. Toujours parfaitement calme, tu regardes par la vitre, les yeux vides. Tu ne t'en rends pas compte, mais une roue du camion passe sur le cadavre d'un animal. Il est déjà tout raplapla, c'est le cadavre d'un chien écrasé. C'est à ce moment-là. Quelque chose passe soudain dans ton œil vide. Une image fortes s'imprime dans tes prunelles. Oui, tu aperçois des chiots abandonnés sur le bord de la route. Sept chiots tétanisés, tremblants, et tu *vois* l'image de ces petits qui disent : *Nous ne bougerons pas ! Nous resterons ici ! Comme tu nous l'as dit ! Nous t'attendons !* Tu reconnais cette image. A cet instant, quelque chose prend le contrôle de toi.

Et cette chose te dit : *Vas-y !* Elle te dit : *Réveille-toi !*

Oui, en un instant, tu t'éveilles et comprends. Tu as vu ces sept chiots affamés attendant le retour du fantôme de leur mère. Ça déclenche tout.

Soudain, Sumer, ton sang se réveille. Non, tu n'es pas qu'un chien décoratif. Tu es la fille de Bad News. Le chien soldat le plus méritant de la Seconde Guerre mondiale, qui revint sain et sauf de toutes les batailles du Pacifique. Petite-fille d'Explosion et de Masayû. Qui survécurent au temps zéro dans l'île à l'extrémité occidentale de l'archipel des Aléoutiennes, l'Américaine et le Japonais. Tout au fond de toi dormait une force d'attaque. C'est cette force qui vient de s'éveiller. Tu as des dents, c'est pour couper la corde qui t'enchaîne. Quatre pattes puissantes, c'est pour donner des coups dans la cloison de la remorque, lui imprimer un mouvement de balancier et la faire basculer. Et ta rage, c'est pour la communiquer à tes camarades qui roulent vers leur extermination et les pousser à la mutinerie. Malgré leurs liens, tous les chiens cognent ensemble les parois de la remorque. Le semi-remorque commence à tanguer méchamment. Les chiens aboient. Le chauffeur du camion freine, se demande ce qui se passe, l'exécuteur descend de la cabine, ouvre la porte pour voir. A cet instant, tu bondis. Tu lui sautes dessus. *Dégage !* lui dis-tu. *Casse-toi de mon chemin ! Tu encombres ! Casse-toi ou je te tue.*

Hé oui, Sumer ! Tu es enfin éveillée ! Tu lui fais une belle marque de dents, à l'exécuteur, puis tu t'enfuis. Pas question de rester là un instant de plus.

Et tu cours !

Les sept chiots au bord de la *State Highway* voient foncer vers eux le mirage de leur mère. Non pas qu'elle ressemble à Ice, pour ça non, mais c'est une chienne et elle vient leur offrir sa protection, alors ils l'accueillent avec joie.

Une mère leur est revenue !

Une mère aux lourdes mamelles, gonflées de lait nourricier, une mère remplie d'amour, surtout.

Mais en réveillant le sang de son père, la déesse mère est aussi devenue déesse de la destruction.

Alors, Sumer, tu dis. Tu dis aux sept chiots qui tendent le cou vers Ta Face :

Buvez. Buvez mon lait. Venez vous réfugier en mon sein, mes mamelles sont là, sous mon ventre.

La fuite commence la nuit même. Mère et enfants, c'est ce que vous êtes d'ores et déjà. La nuit, quand le trafic s'est tari, vous traversez la *State Highway*. Vous traversez la rivière jusqu'à l'autre bord. Oui, la volonté de Ice se réalise enfin. Ce que votre première mère avait voulu, votre seconde mère l'a mené à bien. Certes, pour une mère et ses petits, vous avez une drôle de touche. Une mère berger allemand qui n'a jamais vécu que pour la beauté d'un sang pur, et sept petits *freaks* nés de celle qui ne jurait que par le métissage, des petits qu'un seul coup d'œil suffit à identifier comme des bâtards. Certains ont le sourire du samoyède, d'autres une crinière rousse, d'autres une tête de labrador, un poitrail de husky de Sibérie ou la queue fortement plantée et enroulée verticalement du hokkaïdo.

Vous représentez la conjonction de deux mondes, de deux chiens aux valeurs totalement opposées.

Mais plus rien ne compte que les liens de l'amour.

Les destins des deux lignées se sont noués, dorénavant vous êtes une seule et même famille.

Ladite famille passe un mois quelque part à l'abri. Un wagon inutilisé, laissé là sur une voie de garage, à proximité d'un aiguillage. Quasiment aucun homme ne venait dans ce coin à l'écart de la voie terminale. C'est ce wagon à bestiaux que Sumer a choisi comme « nid ». Elle y a fait entrer ses enfants par la porte entrouverte : *Entrez à l'ombre, prenez refuge dans le noir,* leur dit-elle. *Ici sera notre nid*. Elle a l'intuition que l'endroit est sûr. Et en effet, c'est solide comme un camp fortifié. Un châssis en acier monté sur des bogies. Ce n'est pas exactement *clean*, mais ça rappelle à Sumer la cage du chenil. Ce sera très bien pour élever les petits. La cage du chenil était très claire, ici c'est très sombre. Mais ça aussi, c'est mieux comme ça. Sumer s'occupe des chiots. De ses petits bâtards. Cette fois, personne ne prend soin d'elle. Elle doit trouver elle-même sa nourriture. En tant que mère, elle doit rapporter à manger pour toute sa famille. Ils ont bientôt l'âge d'être sevrés. Elle sort fouiller les poubelles autour de la gare, la nuit. Dans l'Amérique de la fin des années 1950, le capitalisme triomphant s'affirme en jetant des monceaux de bouffe. C'est l'époque où les légumes surgelés commencent à devenir monnaie courante. Voilà qui va permettre à Sumer de pourvoir convenablement à l'économie de son foyer. Sumer n'a jamais eu l'air d'un chien errant, elle n'a jamais vécu en bande, les humains ne la pourchassent pas. Elle ne se fait pas remarquer. Elle gère modestement son nid. Les enfants grandissent. Ils sont là à leur place, dans le wagon à bestiaux, ils jouent sous l'aura protectrice de Sumer, à faire des galipettes et se rouler les uns sur les autres.

O Sumer, toi qui fus le jouet du destin, tu as trouvé ta place maintenant : ta place, c'est d'être la mère de ces sept chiots.

Au moins pendant un mois.

Mais le destin n'a pas fini de jouer.

Nous sommes en 1957. Une année marquante dans l'histoire du chien.

Un jour, revenant au nid avec la nourriture, surprise ! la porte du wagon est grande ouverte. Un humain est assis à l'entrée. Un humain mâle, manifestement. Les ongles longs, des bottes de cow-boy ballant dans le vide, une clope aux lèvres, il lit un livre. Il a un drôle de chapeau, le visage mangé de barbe. Un air de caïd, dans la bonne trentaine. De toute façon, toi, l'âge des humains, ça t'échappe. La surprise, c'est de voir tes enfants autour de l'humain. Ils ont presque l'air de s'amuser. L'humain lève la tête. Tu le regardes d'un air méfiant, ramassée sur toi-même.

— Qui t'es, toi ? demande l'humain en premier. T'es un berger allemand… Ça te regarde, ces petits ?

Un peu que ça me regarde ! aboies-tu. Mais à quoi cela servirait-il de montrer les dents ? L'humain tient tes petits à portée de main, et surtout rien n'indique qu'il leur ait fait du mal. Et puis il y a l'odeur de l'homme, une odeur de tabac. Cette odeur imprégnait déjà les murs du nid quand tu l'as trouvé. Tu as le flair assez aiguisé pour la reconnaître.

Dès que les petits te voient, ils se mettent à aboyer : *Maman ! Maman ! Maman !*

— Non ? J'y crois pas ! dit l'humain. Tu es leur père ? Ou leur mère ? demande-t-il en riant.

Oui, ce sont mes enfants, réponds-tu.

— Alors écoute, fait l'humain mâle en refermant son livre. Ça, c'est mon wagon !

Le 22 octobre 1957, le wagon à bestiaux qui était devenu ton foyer, ton nid à toi et à ta famille est accouplé à une motrice électrique. Il forme une partie d'un convoi long, long, très long. Tu es dedans. Tes petits ne sont pas encore assez grands pour faire leur vie tout seuls, ils n'ont pas encore deux mois, par conséquent ils sont là, eux aussi. L'homme aime bien les petits chiens et il t'a acceptée, toi aussi. Il t'a acceptée comme un berger allemand de toute beauté qui dissimule un sang terrible. Il t'a donné à manger. Bref, il a adopté toute la famille. Tu sais monter la garde, non ? t'a-t-il demandé. Mais tu n'as pas bien compris ce qu'il voulait dire par là.

En tout cas, toi aussi tu as adopté cet humain, tu as accepté de rester avec lui. D'une façon générale, tu n'éprouves aucune difficulté à vivre avec les humains. Et puisque c'était son wagon, après tout...

Vous avez donc circulé sur le chemin de fer. Vous avez traversé les Etats-Unis sans bouger de votre nid. Vous vous êtes dirigés vers le sud.

L'homme qui s'était présenté comme le propriétaire du wagon dirigeait un réseau de travailleurs itinérants. Il graissait un peu la patte aux conducteurs de trains. Il était une sorte de contrebandier du rail, en fait. Son trafic, c'était de faire passer la frontière sud à tout un tas de bricoles qu'il ramassait aux quatre coins du continent. Un bizness suffisamment développé pour dépasser les capacités d'un seul individu et requérir les moyens financiers et humains d'une véritable organisation. L'humain avait un sponsor. Un type connu au Texas, un citoyen américain d'origine mexicaine, installé là avant la guerre américano-mexicaine, fervent catholique. Cet homme avait inventé un ingénieux système d'irrigation pour son exploitation de citronniers et d'orangers. C'était lui que le patron du wagon pourvoyait en travailleurs saisonniers, gringos et mexicains. La loi fédérale n'interdisant pas d'employer des étrangers une fois qu'ils avaient pris pied (même illégalement) sur le territoire des Etats-Unis, il continuait à employer ses ex-compatriotes – en souvenir d'une époque qui remontait aux années 1840. Ce qui était interdit, c'était de faire passer la frontière à des immigrants clandestins, et c'est là qu'il avait mis au point toute une logistique.

Le wagon appartenait réellement à celui qui avait adopté Sumer et sa famille. D'habitude, il le remplissait de marchandises. D'hommes, parfois. C'était d'ailleurs le cas pour tous les autres wagons du train, mais dans celui-ci, un coin avait été ménagé pour la famille chien.

Le 26 octobre, le voyage prit fin. L'homme, Sumer et les sept chiots entrèrent dans la zone frontalière américano-mexicaine. L'homme déclara à Sumer :

— Tu es intelligente, toi, je vais te donner l'occasion de mener la belle vie, d'accord ? T'es pas un chien comme les autres, je le vois bien, alors ça marche ? Je vais t'offrir au parrain du coin pour lui garder son orangeraie, tes petits aussi bien sûr, mais il faudra bien bosser, hein ? Tu sauras faire ? Si tu fais bien ton boulot, il me remerciera aussi, tu me dois bien ça, non ?

Il suffit juste de montrer de quoi tu es capable, quoi !

A la gare, les hommes de main du parrain, fusil au poing, firent une escorte à l'homme, à Sumer et aux sept chiots. C'est ainsi que tu fis ton entrée dans l'orangeraie, à la tête de tes enfants. Maintenant tu as compris ce qu'on attend de toi. Le premier jour, le deuxième, le troisième, tu prends possession de l'orangeraie. Le quatrième jour, le cinquième, le sixième, les enfants grandissent : ils ont deux mois maintenant, ils sont tous les sept en bonne santé.

Nous sommes en novembre. Novembre 1957.

Les chevaux hennissent. Les grenouilles coassent. Le coq chante au lever du soleil. Une dizaine de canards nagent dans la mare au milieu de la basse-cour. Pendant un certain temps, la brume recouvre toute l'orangeraie et tu trouves ça beau. Et puis, tes enfants, qui ont une bonne quantité de sang nordique dans les veines, aiment bien la brume. *Oh ! C'est frais ! C'est bon !* disent-ils.

L'orangeraie en novembre, c'est de toute beauté.

Novembre 1957, un moment historique pour *canis lupus*, apparu sur cette Terre il y a une quinzaine de milliers d'années.

C'est la nuit. Le parrain a la télévision et la regarde en famille. Dans le salon, on entend des cris émerveillés. Des cris d'effroi, des cris incrédules. Les employés sont dehors dans le jardin et regardent le ciel. D'un œil sévère, ils cherchent une preuve de la réalité. Là-bas ? Non, là. Imbécile, tu confonds avec une étoile filante !

C'est alors que Sumer et ses enfants sentent quelque chose.

Un frémissement, et vous aussi vous vous tournez vers le ciel rempli d'étoiles.

Un satellite artificiel passe dans le ciel. Sur son orbite, il fait le tour de la Terre en cent trois minutes. Un mois plus tôt, l'Union soviétique avait devancé les Etats-Unis dans la course à la conquête spatiale. Le premier satellite artificiel de l'histoire de l'humanité, Spoutnik 1, pour environ le coût d'un supercuirassé, avait été lancé avec succès. Moins de trente jours s'étaient écoulés depuis. Pour démontrer au monde entier l'avantage incontestable du système socialiste, un nouveau lancement encore plus incroyable avait été effectué. Spoutnik 2 avait été pourvu d'une capsule hermétique à l'intérieur de laquelle avait pris place un être vivant. Le premier être vivant de la planète Terre à participer à un vol spatial. Pas un humain, non. Une chienne. Oui, c'est une chienne que l'on mit dans la cabine.

La cabine hermétique était munie d'un hublot.

La chienne put regarder la Terre de haut.

Une femelle de race russian laika. Des informations contradictoires avaient commencé à circuler dans la presse à propos de son nom. Plusieurs noms avaient été annoncés : Limontchik, Damka ou Koudryavka… Puis tous se mirent d'accord sur le nom de Laïka. Laïka la laika. Qui devint Laïka, la chienne de l'espace. En Union soviétique, tout ce qui la concernait était classé top secret.

En apesanteur, elle vous regardait.

Vous avez senti son regard.

Oui, vous, toi Sumer et tes enfants, vous avez senti son regard. Vous étiez dans la zone frontière entre les Etats-Unis et le Mexique, et c'est ainsi que vous avez levé les yeux vers le ciel. Des milliers d'autres chiens regardaient également le ciel cette nuit-là. Le 3 novembre 1957, trois mille sept cent trente-trois chiens descendant de Kita, hokkaïdo, et deux mille neuf cent vingt-huit chiens de la lignée de Bad News, berger allemand, de tous les endroits de la Terre où ils se trouvaient dispersés en se fichant pas mal de la ligne de démarcation entre le monde communiste et le monde capitaliste, regardèrent d'un même mouvement la voûte céleste.

Faut pas prendre une princesse yakuza pour une dinde !

Non mais il me prend pour qui ? se demanda la gamine.

Il se fout de ma gueule, ce con, me laisser enfermée ici dans ce pays de l'âge des cavernes avec ce putain de froid de merde… se dit-elle du haut de son âge *x*, quelque part entre onze et douze ans.

Va falloir que je joue l'otage encore longtemps ?

Je suis l'homme invisible ou quoi ?

Depuis qu'elle était sortie sur le terrain pour assister à l'entraînement des chiens, un changement s'était produit. La gamine avait dit au vieux : « Tu peux crever ! », le vieux lui avait retourné : « Tpiu crrrevé ! » et à cet instant précis, quelque chose d'inexplicable s'était déclenché. Elle avait de plus en plus souvent mis le manteau pour sortir. Maintenant elle quittait sa petite chambre pour elle toute seule (qu'elle prenait pour une cellule de mitard), la cuisine, la salle à manger et le reste du bâtiment pour aller se balader dans la Ville de la Mort qui Tue. C'était devenu un programme quotidien. C'est ce qui est prévu dans mon emploi du temps, disait-elle. Auparavant, elle restait assise sur son lit à pleurnicher ou piquer des crises. Ou, pendant les repas, à faire la tête et à marmonner des injures en japonais. Mais plus maintenant. Elle sortait souvent. Elle allait faire un tour de son propre chef dans la Ville de la Mort qui Tue où elle était incarcérée, ou autour du carré de béton qui la retenait prisonnière. Elle arpentait l'une après l'autre les allées asphaltées qui quadrillaient l'espace. Elle marchait dans les ornières pour imprimer ses traces dans la neige. Et personne ne lui en faisait reproche.

Alors quoi, je suis votre otage, oui ou merde ?

Vous vous foutez de ma gueule, hein…

Faites un peu plus attention à moi, quoi… Je suis l'homme invisible ou quoi ?

Parce que si c'est ça, vous allez voir, je vais vous en donner, moi, de l'homme invisible. C'est d'ailleurs ce qu'elle fit, et elle se mit à suivre les autres habitants de la Ville de la Mort qui Tue et à les observer de près. Elle leur attribua un nom à chacun. Comme il fallait s'y attendre, le vieux devint *le Vieux*. La vieille à lunettes qui squattait la cuisine, *la Vieille*. Dite aussi *Babarusse*. Les deux femmes avec la même tête et toujours ensemble, compte tenu de leur manque de personnalité, devinrent *Femme 1* et *Femme 2*, qui évoluèrent rapidement en *Ichiko* et *Niko*[1]. Le dernier, le fringant dégarni, *Opéra*. Parce qu'il fredonnait souvent tout seul. Des chants ouvriers, des chants révolutionnaires, des trucs avec des airs que la gamine trouvait horribles et qu'il chantait à plein volume. En fredonnant mais à plein volume. Y a pas de karaoké dans ce pays, merde ? Ça me fout la gerbe, fait chier… D'où *Opéra*, donc.

1. De *ichi*, « un », et *ni*, « deux », et *-ko*, suffixe courant pour un prénom féminin.

Le Vieux, *la Vieille*, *Ichiko*, *Niko*, *Opéra* et *Moi*.

Le classement des très rares habitants de la Ville de la Mort qui Tue, c'est fait.

Les ayant classés, elle les observa.

D'un côté, les observer, cela signifiait les fréquenter de très près. Pour autant, elle n'avait absolument pas l'intention de chercher à se figurer leurs sentiments ou le cheminement de leurs pensées. Elle se plantait simplement devant eux comme si elle était l'homme invisible et étudiait leurs mouvements et leurs paroles.

Pareil avec les chiens.

Les dizaines de chiens qui constituaient l'autre population de la ville qui, depuis sa naissance, n'avait jamais figuré sur aucune carte et était maintenant oubliée de l'histoire.

Plusieurs heures de son emploi du temps étaient en effet consacrées à l'observation des chiens.

Tous les jours, elle assistait à leur entraînement. Il y avait la séance du matin et la séance de l'après-midi. L'entraînement aux techniques d'assaut se déroulait sur le territoire entier de la Ville de la Mort qui Tue. D'une façon générale, les chiens se déployaient sur un vaste périmètre, et la gamine suivait à la trace la grande répétition de la destruction. Oui, c'était une répétition. C'est pour ça qu'ils s'entraînent, comme pour la fête du sport. La répétition de la putain de fête du sport des clebs, avait bien vu la gamine. Elle n'était pas loin de deviner qu'il s'agissait plus exactement de la répétition d'une opération de guérilla urbaine.

Elle respectait les distances. Elle restait toujours à quelques mètres pour regarder l'entraînement des chiens. Non mais quels abrutis !… Non mais vous êtes pas fatigués de courir en rond en gueulant comme des cons ? Moi, les cours de gym, je les passe sur le banc… A dire vrai, les chiens n'aboyaient pas tant que ça. Ils couraient et attaquaient la cible en silence. Parce que la stratégie de l'assaut discret était inscrite dans leur chair. Le vieux qui les dressait – *le Vieux* – leur avait fait rentrer le métier. Mais il faut admettre que leur action était d'une telle violence que cela faisait ressentir comme un immense rugissement.

En revanche, ce qui résonnait pour de vrai, c'étaient les coups de feu.

Pas à balles réelles. A blanc. Ainsi les chiens acquéraient l'habitude des détonations.

Maintenant, la gamine, toute intruse qu'elle fût, ne provoquait plus leurs aboiements. La première fois, le vieux avait fait taire ses chiens, et ceux-ci avaient intégré la consigne. Seuls quelques-uns avaient de nouveau aboyé quand elle était venue assister à l'entraînement la deuxième fois, et c'est elle-même qui les avait fait taire.

— La ferme ! leur avait-elle dit en faisant les gros yeux.

Et elle n'avait pas dévié le regard avant qu'ils se soient tus.

Le vieux avait éclaté de rire à cette scène.

Plus de quarante chiens prenaient part à l'entraînement et peaufinaient leur technique. Généralement, il y avait sept ou huit chiens de repos. Ils obtenaient un jour de relâche avant que leur état de fatigue ne devienne trop extrême. Le vieux savait juger la condition physique de chacun et octroyait des dispenses à tour de rôle. Ceux-là restaient dans leur cage pour la journée.

Au chenil.

Dans les cages du chenil, en plein air.

Elle passait là-bas aussi. Une case de son emploi du temps était bien sûr consacrée à visiter le district des chiens. Leur nombre augmentait petit à petit au fil du temps. Avaient-ils été ramassés quelque part ? Essentiellement des jeunes, en tout cas. Le temps qu'ils se fassent à leur nouvel environnement, ils passaient leurs journées dans les cages, avec les chiens de repos. Des chiots, de vrais bébés chiens étaient là aussi. Il y a quelques jours encore, ils étaient avec leur mère dans une cage, à téter, ils étaient nés ici, la Ville de la Mort qui Tue était leur lieu de naissance.

Maintenant, ils étaient juste entre eux, entre frères et sœurs, dans une grande cage.

Ils restaient seuls toute la journée.

Agés de sept ou huit semaines à peine, ils n'avaient encore aucune défiance. La gamine les regardait à travers le grillage. La première fois qu'elle les avait vus, elle avait compris. Ici, il y avait des vieux chiens et des jeunes chiens, comme ceux-là. Elle avait eu une révélation : quand le Vieux lui avait dit : « Tu peux crever » en japonais, le chien qui lui avait aboyé dessus du haut du toit, c'était un vieux. Une chose était sûre : gens ou chiens, les vieux, elle n'aimait pas.

— Alors bon, allez pas vous figurer que je vous trouve mignons, surtout… dit-elle aux chiots à travers le grillage.

En japonais.

A partir de ce jour, elle vint quotidiennement devant leur cage pour maugréer et cracher sa frustration. Objectivement, ils étaient terriblement mignons, ces bébés chiens. Ils se roulaient les uns sur les autres, leurs petites oreilles aiguisées se dressaient comme deux pointes sur leur tête ronde, leur poil était tout gonflé partout. Mais la gamine les insultait : « Connards... connards de clebs de merde... Vous êtes des vrais cons, vous n'avez pas d'amour-propre, les chiens, ça s'écrase devant la main qui les nourrit, d'abord, pfff... », en passant un doigt à travers le grillage. A leur collier pendait une breloque. Elle était incapable de lire les mots gravés en russe, mais les chiffres oui. Les chiffres arabes, elle pouvait les lire : 44, 45, 46, 47, 48 et 113, 114. Sept chiens. Pour elle, puisque chaque chien portait une breloque avec un numéro, il était évident que ces numéros étaient les noms des chiens. Cela lui permit de les identifier.

Voilà, pour les chiots de la Ville de la Mort, elle venait de piger un truc.

Cela l'encouragea à se concentrer sur leur observation. Et il est exact qu'elle restait souvent devant la cage, comme fascinée, à faire des mimiques. Et en même temps, elle ne se lassait pas de regarder les bébés chiens faire des choses incroyables.

C'est pourquoi elle continua à maugréer devant la cage.

Et l'autre qui se casse encore la gueule... disait-elle.

Non mais quels cons, ces clebs... Vous mordre entre vous, c'est tout ce que vous savez faire... disait-elle.

Et vous vous prenez pour des hommes avec ça ! disait-elle.

Trop nuls ! disait-elle.

Elle avait vraiment bien tiré profit de cette heure de son emploi du temps.

Un jour, la gamine voulut vérifier à quel point les bébés chiens étaient vraiment trop cons. Elle effectua un raid dans la réserve de la cuisine. Elle savait ce qu'on leur donnait à manger. Je l'ai bien observée, la Vieille. Elle voulait juste vérifier son hypothèse.

Les chiens, ça s'écrase pour de la bouffe, d'abord. Pas vrai, Quarante-quatre, Quarante-cinq, Quarante-six, Quarante-sept, Quarante-huit, Cent treize et Cent quatorze ? Vous boufferez même si vous la recevez de ma main, pas vrai ?

C'était une hypothèse toute personnelle.

Le résultat fut un grand chant choral.

Donne ! dit numéro 44.

Donne ! dit numéro 114.

Donne, donne, donne, donne, donne ! dirent les numéros 45, 46, 47, 48 et 113.

A peine eut-elle fait passer quelque chose à travers le grillage qu'ils se jetèrent dessus en chœur sans même vérifier ce que c'était et l'avalèrent.

Effectivement, les chiots ne se méfiaient pas du tout. Et puis, comme ils étaient sevrés, ils étaient vraiment prêts à accepter n'importe quelle cuisine russe pour chiens. Elle leur avait donné des bas de pattes de mouton. Ils avaient rongé les restes. Ils léchaient les bouts de viande et de cartilage qui restaient encore accrochés.

— Vous êtes contents ? demanda la gamine.

Ils avaient l'air contents.

— Vous êtes contents, même avec ce truc qui pue ?

On est contents, répondirent les bébés chiens.

— C'est bien ce que je disais, dit la gamine. Mais alors même qu'elle clamait sa victoire, son expression s'était légèrement adoucie.

— Qu'est-ce que je disais, vous vous écrasez devant la main qui vous nourrit. Regardez votre queue, comme elle remue. Vous êtes vraiment des cons sans aucun amour-propre. Vous êtes que de la merde. Des *Rosuke*. Même de la viande de mouton pourrie, vous bouffez ça, vous.

Et elle recommença tous les jours à confirmer son hypothèse. Chaque fois qu'elle venait voir les chiots, elle leur apportait à manger de la nourriture volée. Elle la leur donnait. Les sept petits lui faisaient fête. Quand ils la voyaient arriver, c'est vrai, ils agitaient la queue. Ils jappaient. Et en voyant les chiens manger de bon appétit, elle grommelait toujours les mêmes choses. Toujours en japonais. D'une voix monocorde.

— Moi aussi, des fois, ils me donnent du mouton à bouffer. C'est dégueulasse. C'est putain de coriace. Et ça vous plaît, à vous ? Ouais, ça vous plaît. Moi, je... connards, moi je dis que le mouton, c'est une viande d'hiver. Quand on en mange, après on se sent chaud, pas vrai ? Moi j'ai compris. Merde, moi aussi j'apprends des choses, qu'est-ce que vous croyez... disait-elle en glissant sa main sous le grillage.

Quatre ou cinq chiens se rassemblaient autour de ses doigts.

Et les léchaient.

Une fois, elle réussit à en caresser vaguement un.

— Regarde, tu es chaud, toi ! Pas vrai, Cent quatorze ?

Un ou deux autres, voulant se faire cajoler, frottèrent leur tête et leur flanc. Contre la main de la gamine. Contre ses doigts.

— J'te l'avais dit, pas vrai ?

Ouais.

— J'te l'avais dit, hein ?

Donne.

Voilà ce que prévoyait son emploi du temps. Observation des chiots, distribution de nourriture, grommellements de japonais aux oreilles des chiots. Déversement de frustration en japonais. D'une voix monocorde. Les chiots s'étaient habitués à cette voix.

Le programme se poursuivit, puis un jour, ça débloqua.

Ce fut assez dramatique. A ce moment, depuis combien de jours... ou combien de semaines cet emploi du temps était-il devenu une routine établie ? Ce n'est pas clair. Inutile de demander à la gamine, elle n'en savait rien elle-même. Elle ne comptait toujours pas les jours. Elle *n'avait pas à.* A se demander depuis combien de temps elle était otage. J'ai pas onze ans, j'ai pas douze ans, j'ai *x* ans, tu comprends, connard ? Dégage, temps, fais chier !

Et donc, précisément ce jour-là, voici ce qu'il advint.

Le déjeuner venait de finir. La vieille faisait des confitures dans la cuisine. La gamine était dans son dos et l'observait. Elle était l'homme invisible et l'observait. L'observateur observé, t'as compris, la Vieille ? Qui est l'otage de qui, t'en sais rien en fait, pigé ? Mais en vrai, elle ne parlait pas. Tout ça restait dans sa tête. Ça sert à rien de parler, c'est du japonais. L'observation de la cuisine était capitale pour la gamine, du fait qu'elle avait l'intention de voler de la nourriture pour les chiots. C'est pour ça qu'elle ne la quittait pas des yeux. Se planter dans la même pièce que la vieille, la regarder sans bouger, conformément au programme. La regarder et c'est tout. La vieille et sa taille de barrique, ses lunettes épaisses, ce qu'il y avait à manger à la cuisine. Quelles sortes de légumes ou d'aromates dans le panier – des betteraves, de l'aneth, des poireaux. Non, l'aneth était plongé dans un verre d'eau. Comme un bouquet de fleurs.

Sarrazin en grains, farine de froment. Huile de… de tournesol. Avec une grosse fleur jaune sur l'étiquette, c'est de l'huile de tournesol. Et les ustensiles de cuisine : une marmite à double poignée, une poêle, des saladiers, une louche, un grand couteau de cuisine.

Mais pour la confiture, elle n'utilisait rien de tout ça.

Comme ingrédients, c'étaient des groseilles à maquereau et des fraises. Fruits et sucre en quantités égales qu'elle versait dans des bocaux et c'est tout. Facile.

Des fraises ?… pensa la gamine.

C'est la saison des fraises ?

Elle s'était promenée dans la majeure partie de la Ville de la Mort qui Tue et n'avait pas vu de cultures. Ils étaient allés les ramasser dans les bois ? A moins qu'ils les aient achetées au marché du coin ? Elle n'en savait rien. Et puis, c'est à quelle saison qu'on fait des confitures ? Avant l'hiver ? Mais en Russie, c'est l'hiver tout le temps !

C'est quoi finalement, les saisons ? Moi j'ai *x* ans.

Les fraises lui faisaient souci.

Evidemment, pas un mot n'était échangé entre la vieille et la gamine. Quelques minutes plus tard, la gamine était sortie. Elle partait toujours de la cuisine pour démarrer son errance dans la Ville de la Mort qui Tue. A deux blocs de là en sortant de l'immeuble, il y avait l'enceinte en béton. Le mur qui séparait l'ici du dehors. Du point de vue de la gamine, ce qui faisait de la Ville de la Mort une prison. Par hasard, elle aperçut Ichiko et Niko qui venaient de sortir une motocyclette d'un garage. C'était étrange. La moto avait deux selles et les deux femmes semblaient avoir l'intention d'y monter ensemble. Laquelle des deux tiendrait le guidon ? Allaient-elles faire les courses ? se demanda la gamine. Puis elle se mit évidemment à les observer. Mais, prise au dépourvu, elle n'eut pas le temps de se transformer en homme invisible. Par réflexe, elle se plaqua derrière le coin d'un immeuble. Fraises… pensait-elle. Une filature, ça entrait dans le cadre du programme, et elle voulait vérifier dans quelle direction elles allaient. Ramasser des fraises ou en acheter ? Et où ? Les deux femmes – Ichiko et Niko – ouvrirent une porte qui donnait sur l'extérieur. Une porte en métal à deux battants, l'une des sorties de la Ville de la Mort qui Tue. Sortie. Elle n'avait jamais songé à s'évader. Elle considérait qu'ici c'était une prison, et pas un seul instant l'idée ni le besoin de sauter le mur et de s'enfuir ne lui étaient venus. Trop fatigant. Parce qu'elle ferait quoi, une fois dehors ? Bouffer des champignons dans la forêt ? Se battre contre des ours ? Lutter pour survivre à la sueur de son front ? Non mais vous m'avez regardée ? Néanmoins, en cet instant précis, elle eut envie de jeter un coup d'œil dehors. Ichiko et Niko enfourchèrent la moto. La gamine s'approcha à pas de loup. En longeant le mur de l'immeuble le plus proche. Elle fit le tour du bâtiment et passa la tête au coin en se baissant. Fraises… pensait-elle.

Et si je suivais la moto ?

La porte. Pas de cliquetis.

Elle n'est pas fermée à clé.

Elle tenta le coup. Se remplir les yeux de la sortie d'Ichiko et Niko. Regarder à fond dans la direction où elles allaient.

Une forêt ? Des plantations ? Un marché ?

Elle ouvrit la porte. Elle commença à franchir le mur de béton. Elle avança la pointe du pied. La moitié de la pointe du pied.

Une énorme détonation éclata dans son dos. Pas une balle à blanc. Une balle réelle. Un coin du mur de béton s'effrita à côté d'elle. Mais elle ne le vit pas. Elle ne *put* pas le voir. La balle l'avait effleurée de très près. La vibration de l'air résonnait encore sous sa peau.

Elle trembla de peur.

… On me tire dessus ?

Elle se figea, tous les poils de son corps hérissés.

Alors seulement elle commença à rougir. Toujours tremblante, elle sentait le rouge lui monter jusqu'au bout des oreilles, lentement, lentement, comme une eau qui monte. Et en même temps, une mimique nouvelle lui vint. Elle se mordit la lèvre inférieure. Et, très lentement, elle se retourna.

Demi-tour droite.

A trois mètres à peine, un pistolet tenu à deux mains. Elle aurait dû être dans la cuisine. Le tablier taché de fruits écrasés.

— La Vieille ?… dit la gamine.

La vieille ne répondit pas.

— Alors comme ça, tu m'observais ? Finalement, j'étais pas l'homme invisible, quoi…

Les verres épais des lunettes l'empêchaient de voir l'expression de la vieille. Ses véritables émotions.

Mais c'est grâce à ces verres que la vieille pouvait observer. Comme une machine.

— Alors t'es contente, la Vieille ? Tu crois me faire peur avec ton flingue ? Tu me prends vraiment pour un cave ! Ces joujoux-là, j'en ai l'habitude, tu parles. J'y suis encore plus habituée que vos chiens. Tu croyais que *pan pan*, ça allait me faire peur ? Faut pas prendre une princesse yakuza pour une dinde ! cracha-t-elle.

En paroles.

Parce qu'en réalité…

Une tache sombre gagnait rapidement du terrain à l'entrejambe de son jean. Elle le savait. Et elle savait que l'autre l'avait remarqué. Alors, histoire de l'intimider, elle dit à la vieille, qui n'avait pas baissé sa garde d'un poil, le revolver toujours en main :

— Putain… un jour, je te plante, la Vieille, avec ton couteau de cuisine, je te promets…

Une petite dizaine de minutes plus tard, la gamine était de retour et se changeait dans la chambre qui lui avait été attribuée. Elle changea de slip. Jeta le jean trempé d'urine. Mit un pantalon qu'on lui avait donné comme rechange – que la vieille lui avait donné, parce qu'elle était chargée de son trousseau et de sa lessive. C'était la première fois qu'elle le mettait. Un pantalon de pauvre, trop minable, que la gamine haïssait. Vous vous foutez de ma gueule ? Vous allez pas me faire porter des fringues de gosse, merde ! Celui que je viens de jeter, c'était pas un truc nase de travailleurs ! C'était un Gucci, tu saisis la différence ? Des fringues de marque, quoi, fait chier ! C'est pour ça que je le mettais tous les jours, sans le laver une seule fois. Un jean délavé Gucci que je kiffais à mort, tu piges ?

Et maintenant, il est plein de pisse, fait chier…

La gamine ressentait quelque chose. Une sensation que ses mots ne pouvaient pas exprimer. Le déshonneur.

Elle met le manteau. Elle met le chapeau. Elle se protège du froid, comme pour cacher sa honte au monde extérieur, autrement dit elle se déguise en

« gosse russe ». En gamine d'une minorité mongoloïde de Sibérie, disons. Néanmoins, à l'intérieur bouillonnent des mots japonais. Des imprécations en japonais. Des insultes effrénées. Elle ne peut plus les contrôler. Pour réussir à cracher ce sentiment, elle a besoin des chiots.

Précisément de ces chiots-là.

De numéro 44, numéro 45, numéro 46, numéro 47, numéro 48, numéro 113 et numéro 114.

De la grande cage. De son heure quotidienne devant la cage.

Or, cet après-midi-là, les chiots étaient sortis. La gamine le savait. Trois jours plus tôt, quatre peut-être, le cours des choses avait commencé à se modifier. Dans ce sens, l'emploi du temps qui était devenu sa routine quotidienne était déjà entré dans une phase de changement radical, le synopsis en était déjà établi. Non pas que les chiots fussent en train de suivre l'entraînement militaire en conditions réelles. Ils étaient juste sortis de la cage pour un certain temps ; ils étaient sur le terrain d'entraînement. De façon à permettre au vieux de se faire une idée de leurs aptitudes. Avaient-ils hérité d'un instinct de combattants ? Comment réagissaient-ils au bruit des coups de feu ? A la fumée des armes ? Bref, ils étaient en test d'incorporation. L'étape qui succède au jeu de la baballe. Celle qui précède le dressage de base.

Les chiots suivraient-ils les mouvements des chiens adultes déjà entraînés ? Tenteraient-ils de les copier ?

Obéiraient-ils aux ordres de l'homme ? Les écouteraient-ils, au moins ?

Le moment était arrivé d'évaluer leurs aptitudes.

Pour cela, les petites boules de poils assistaient à l'entraînement de leurs aînés.

La réponse se dessinait déjà. Tous les sept possédaient une nature adéquate. Oui, c'est l'évidence, jugeait le vieux. Compte tenu de leur race, c'est-à-dire de leur pedigree, cela n'avait rien d'étonnant. D'ailleurs il avait déjà un peu forcé le test. Deux ou trois jours plus tôt, il avait commencé à observer leurs réactions aux ordres de base « va ! », « stop ! », « couché ! », ou en les faisant sauter, comme par jeu, sur une cible.

Bien sûr, sur le terrain, ils assistaient d'abord à une démonstration. Un ancien, un chien adulte, leur montrait une figure. Ils devaient humer l'odeur… sentir l'atmosphère. Qu'est-ce qu'une attaque ? De quels éléments fondamentaux se compose-t-elle ? Et leur corps encore jeune réagissait de façon éminemment appropriée. Ils se prenaient au *jeu*. Et c'est en cela que l'on pouvait juger des qualités et des défauts de leur tempérament.

Dans le but de…

La gamine était au courant. Elle savait qu'il était inutile de se rendre à la cage, les chiots n'y seraient pas. Dire que je les avais à ma main, fait chier. Tu les as sortis pour les dresser, c'est ça ? Voleur. C'étaient mes clebs à moi, voleur. Elle savait qu'ils seraient ramenés à leur cage d'ici une demi-heure à une heure. Mais elle n'avait pas envie d'attendre. Elle prit le chemin du terrain d'entraînement.

Sans hésiter.

Elle enfila le manteau, enfonça la toque contre le froid jusqu'aux oreilles et se remplit la tête des pires grossièretés qu'elle put trouver.

Elle vit. Les chiots entendaient les mots et réagissaient en fonction d'eux. Pourtant, je ne leur parle qu'en japonais, moi, je ne leur fais entendre que du putain de japonais, merde ! Le Vieux est en train de leur apprendre le russe, aux clebs ! Il veut les empêcher de me comprendre ? Elle écouta bien les ordres en russe, tous. Ça la foutait en rogne, mais elle se les incrusta dans le crâne. Le son des mots. Juste comme des bruits. Mais ce coup-ci elle ne garde plus ses distances. Elle ne reste plus à l'écart. Sans gêne, sans peur des chiens, elle se met juste derrière le vieux. Comme un défi. Remplie pour de vrai de haine véritable. Dans sa ligne de mire, il y a Opéra. Le partenaire du vieux. Dans sa combinaison de protection il joue la cible, torse et bras, mais sans la protection de tête. Il fait la cible pour le jeu des chiots. C'est de l'entraînement, ça, se dit la gamine. C'est du dressage pour tuer ! Tu crois que je le vois pas, connard ? Là, la gamine ressent une chose qu'elle ne peut pas exprimer en mots. Destruction. Désir de tout casser. Le vieux ne se soucie pas d'elle. Non pas qu'il l'ignore, mais il se concentre sur l'observation des chiots. Ses paroles ne s'adressent qu'aux chiots. Il leur lance des ordres en russe. La gamine se souvient. Elle se souvient que le vieux lui a parlé une fois à elle. Oui, « tpiu crrrevé », *tu peux crever*. Alors moi aussi je vais te parler. C'est mon tour, non ?

Et là, avec les sept chiots réunis, sans prévenir, la gamine lance un mot sec.

Un ordre en russe, dont elle copie seulement la prononciation, le son.

Elle voulait dire : « Attaque ! »

Ce qu'elle dit, c'est : « Va ! Fais-lui peur ! » Effectivement, c'est bien un ordre d'assaut, en russe. Pas très très fluide comme prononciation, mais parfaitement distincte tout de même.

Les sept chiots sont là, à leur place. Cela fait plusieurs jours qu'ils sont en phase de tests, ils se sont habitués aux ordres. Ils en comprennent vaguement le concept : un ordre, c'est un truc qu'un humain demande. D'autre part, ils connaissent aussi la voix de la gamine. Parce qu'elle leur parle tous les jours. Parce que parler aux chiots fait partie de son programme quotidien. Parce que…

Le plus intelligent des chiots réagit à l'ordre.

Il fonce.

C'est numéro 47. Il part à fond de train. En souplesse, en grognant. Il prend de la vitesse. En direction de la cible. Parce qu'une voix connue lui en a intimé l'ordre à plein volume. Il se dit qu'elle a dû lui crier « Saute dessus », ou bien « Cours vers cet humain ». Egorge-le, tue-le. Ma foi, il n'était pas loin de la vérité, numéro 47 !

Il avait bien compris ce que la fille avait dit.

Opéra, quant à lui, sursauta.

Le chiot attaqua et maintint l'attaque jusqu'à ce que le vieux lance : « Couché ! » Là, il se retourna *vers la fille*.

La gamine, bouche bée, le regardait.

Ça va, j'étais bien ? demanda le chiot avec les yeux.

Numéro 47 était un mâle.

La gamine acquiesça. C'est… c'est…

A cet instant précis, une conversation avait pris forme. Pour la première fois depuis le début de sa détention dans la Ville de la Mort qui Tue, la gamine venait de réussir à engager une communication véritable avec quelqu'un. Pas avec un être humain. Avec un chien. Indéniablement, entre le chien et la Japonaise, les *mots* étaient passés. Des mots russes juste imités avaient constitué la base de cette communication, mais la compréhension avait été quasiment parfaite, à un chouïa près.

Toutes les minutes, toutes les dix minutes, toutes les heures, ce qui venait de se passer s'imprimait dans la tête de la fille.

La pénétrait.

Le soir. A table, elle prit la parole. A la table où tous, le Vieux, la Vieille, Opéra, Ichiko et Niko prenaient leur repas, elle déclara : « Je veux ce chien. » En japonais, en détachant les syllabes. Evidemment, personne ne comprit. Tous se demandèrent ce qu'elle venait de dire, mais la gamine ne s'arrêta pas à ce détail.

— Compris ? Je le veux. Vous êtes d'accord, hein ?

Le vieux sentit quelque chose. C'est une déclaration, hum ? Qu'est-ce que tu as dit ? demanda-t-il.

En russe, et sans insister plus que ça.

A part ça, le repas se poursuivit comme d'habitude.

Salade de légumes aux betteraves, haricots rouges froids, bortsch, pain aigre.

Mais déjà, l'ancien programme était fichu. Après le dîner, la fille quitta l'immeuble. C'était la première fois qu'elle sortait après la tombée de la nuit. Elle se dirigea droit vers le chenil. Elle connaissait le chemin, elle ne risquait pas de se perdre. Dans sa main, quelque chose qu'elle avait volé. Des restes cartilagineux qu'elle chapardait toujours pendant que la vieille était occupée à débarrasser et préparer la nourriture pour le lendemain. Des restes, du rebut.

Elle s'arrêta devant la cage des chiots.

Les sept petits l'accueillirent avec des jappements. Certains étaient déjà à moitié endormis, mais l'odeur de la viande les réveilla. Dans les autres cages, les chiens adultes eurent plus ou moins la même réaction et se mirent à faire du boucan. Mais la gamine n'en donna qu'aux sept chiots.

Du cartilage de mouton.

Elle attendit que ses yeux s'habituent à l'obscurité. Elle n'avait pas de lampe de poche. Elle attendit d'être capable de distinguer les sept chiots groupés autour de son cartilage de mouton.

— Alors ? commença-t-elle en japonais, comme d'habitude. C'est du mouton. Je vous l'ai déjà dit, non ? Sucer du mouton, ça réchauffe. Alors ?

La gamine met la main sur la poignée de la cage. La porte est bloquée par une tige métallique passée dans un tube fixé aux barreaux. Un simple verrou en métal. Suffisant pour empêcher les chiens de sortir. La gamine l'ouvre. Elle pénètre dans la cage et attrape un chiot. Numéro 47. Elle le prend dans ses bras.

— Réchauffe-moi, dit-elle.

Le chien ne se débat pas.

— Tu viens dans ma chambre ? La nuit, tu seras ma bouillotte.

Le chien ne proteste pas.

Cette nuit-là, le mitard de la gamine accueille une humaine et un chien. La chambre de la gamine et de numéro 47. Dans le lit de moins de cinquante centimètres de large, la gamine serre numéro 47 contre elle un peu rudement mais avec un sentiment fort, inexprimable par des mots. Elle le caresse. Le chien ne se débat pas. Au contraire, il s'enfonce dans le ventre replet de la gamine.

L'humaine et le chien s'endorment.

Ils se réchauffent.

Au matin, la gamine se réveille tôt. Elle a préparé un nouveau programme. Elle a parfaitement conscience que l'ancien emploi du temps est fichu maintenant. Ça commence ici et tout de suite. Elle n'est plus l'homme invisible, et les dénommés le Vieux, la Vieille, Ichiko, Niko et Opéra ne sont plus ses matons, c'est fini tout ça. Elle a retenu la réalité, c'est-à-dire qu'ils la voient. Bon, et alors ?

Elle prend un nouveau départ, et cette fois, c'est elle avec son chien.

Elle s'autorisera des ajustements au fur et à mesure.

La gamine se lève et sort de la chambre avec le chien. Ils vont aux toilettes. A dix mètres à peine à l'extérieur du bâtiment, il y a les toilettes ; c'est là que, tous les matins, elle se débarbouille. Comme toujours, elle fait ses besoins. Numéro 47 fait de même dans le coin. Puis elle se dirige vers le chenil. Cette fois, elle ne le porte pas dans ses bras, elle le fait marcher à côté d'elle jusqu'à la cage des chiots. Elle s'arrête devant. De l'autre côté du grillage en fer, les frères et sœurs de numéro 47 font une drôle de tête.

Pourquoi toi ? demandent-ils à numéro 47.

— C'est moi qui l'ai choisi. Je l'ai sélectionné, dit la fille.

C'est vrai ? demandent les six chiens.

— C'est mon garde du corps. Quarante-sept est mon garde du corps, dit la gamine.

Numéro 47 répond *wouff* en silence.

Ah, c'est pour ça que tu n'étais pas là cette nuit, frère ? demandent les six chiens.

— Mais la journée, il sera avec vous dans la cage. Je le ramènerai. Il s'amusera avec vous, il s'entraînera avec vous. Compris ? Alors il ne faut pas l'embêter avec ça. Sinon, je vous flanque des coups de pied. Je vous frappe. Vous pouvez me croire. Parce que c'est mon gardien…

La gamine se tourne vers numéro 47.

— Je ferai de toi le meilleur. Un vrai chien. Tu as compris, Quarante-sept ? Quand tu es avec les autres chiens, tu es juste un clebs. Telle sera ta vie.

La fille lui ordonne de vivre.

A ses pieds, numéro 47 répond *wouff* en silence.

Puis elle remet numéro 47 à l'intérieur de la cage.

Ses six frères et sœurs, à tour de rôle, acceptent le retour de numéro 47 sans problème. Mais ils reniflent fortement son odeur.

Ce matin-là, numéro 47 mangea sa nourriture de chien comme d'habitude. Et la gamine mangea le repas qu'avait préparé la vieille. Numéro 47 dévora la nourriture russe pour chiens distribuée par Ichiko et Niko ; la gamine mangea le pain d'avoine et but la boisson aigrelette. Ce fut le point de départ du nouveau programme. Elle serait ferme. Je ne surveillerai plus et je ne serai plus surveillée. Ou si vous voulez me surveiller, démerdez-vous. Jamais ils ne l'approcheraient.

Toute la matinée, numéro 47 resta avec ses frères et sœurs dans la grande cage. Il se battit… il joua à se battre, disons. Ils jouèrent à se poursuivre. A se rouler les uns sur les autres.

Comme d'habitude, la fille les regarda et se dit que c'était bien comme ça.

Déjeuner.

Vint l'après-midi. La gamine assista à l'entraînement. De bout en bout et sans se cacher. Là résidait le point essentiel du nouveau programme, elle en était convaincue. La période de tests était terminée, les chiots en étaient maintenant à la première phase de dressage pour chiens de moins de quatre mois. Les rudiments. Elle venait sur le terrain d'entraînement assister au dressage sous la conduite du vieux et d'Opéra. Elle n'intervenait pas. Mais elle encourageait numéro 47, le soutenait. L'empêchait de manquer les cours, l'obligeait à rester concentré. Elle avait plusieurs façons de lui faire répéter les exercices. « C'est bien », « non ! », « à gauche », « à droite ».

En russe.

La fille avait commencé à retenir les ordres en russe selon leur sens et non pas seulement selon leur son.

L'entraînement des chiots ne durait pas longtemps.

Après moins de deux heures, ils étaient ramenés dans les cages.

Le Vieux veut éviter de les épuiser, se dit la gamine.

— Tu es fatigué ? demanda-t-elle à numéro 47, plantée devant la cage.

Le chien la regarda d'un air tout à fait normal. Mais elle le laissa se reposer quand même. Comme les autres… Comme ses six frères et sœurs.

Elle se dit que c'était bien comme ça.

Cette nuit-là, la fille sortit de nouveau numéro 47 de la cage. Pour qu'ils dorment tous les deux dans sa chambre. Pour que l'humaine et le chien s'enchaînent l'un à l'autre, enlacés dans la chaleur l'un de l'autre. Elle lui redemanda :

— Tu es fatigué ?

Le chien, de par son attitude et non avec des mots, lui répondit : *Pffou, je suis crevé !* et la fille le couvrit de sa grosse chair – de sa chair si *spécialement* grosse.

La nuit, le chien n'est pas un chien.

La nuit, la fille n'est pas une *petite* fille.

La fille et le chien, dans la Ville de la Mort, sont une troisième voie animale.

Toute la nuit, jusqu'au matin.

Puis le jour se lève. Le nouveau programme se répète. Evolue. Mais de façon générale, le contenu reste le même. Les matières obligatoires ne changent pas. La fille a fixé les horaires. L'emploi du temps est établi depuis le premier jour, à la première heure. Maintenant, elle n'a plus qu'à le suivre. Arrive le soir. Puis le matin. Puis le soir. Puis le matin. Les jours s'enchaînent, que la fille en son âge *x* ne compte pas.

Un après-midi, numéro 47 avait reconnu la fille comme son maître. Sans aucun doute possible, il avait obéi à un ordre qu'elle avait donné. La fille avait le contrôle de son excitation ou de son calme. Au moyen des mots. Par les ordres en russe qu'elle avait maîtrisés. A leur tour, et cela sans même qu'elle l'eût provoqué, les six frères et sœurs de numéro 47 obéissaient aux ordres de la fille. Les chiots étaient maintenant suffisamment grands pour être considérés comme de jeunes chiens. Un jour, le vieux regarda la fille. Il avait vu de ses yeux l'intelligence avec laquelle elle dirigeait numéro 47 et ses frères et sœurs.

— Qu'est-ce que tu veux ? dit la fille.

— C'est extraordinaire ! dit le vieux.

— T'as pas intérêt à me piquer Quarante-sept, dit la fille.

— Fillette, tu es une dresseuse née, j'ai l'impression ! dit le vieux.

— Si tu me le piques, je te tue, dit la fille.

— A moins que tu sois un chien, toi aussi ? demanda le vieux.

— Parce que je vais te dire, d'abord, c'est ta faute et celle de la Vieille. Vous m'avez tiré dessus, pas vrai ? Avec un flingue… Vous avez essayé de me fiche la trouille. Vous ne m'avez pas laissé le choix, fallait bien que je me défende par mes propres moyens, tu comprends ça, connard ? C'est pour ça que j'ai pris Quarante-sept comme garde du corps. Essaie de faire le mariole, maintenant. La prochaine fois, je dis à mon chien de te sauter dessus.

— Tu es un chien ? répéta le vieux en russe. Puis il pencha la tête sur le côté comme s'il se posait une question. Est-ce que par hasard tu serais…

Autodéfense. Le chien de garde de la fille. Le chien qu'elle avait pris pour sa sécurité rapprochée. Il y eut un soir. Il y eut un matin. Puis un soir. Puis un matin. Elle enseigna au jeune numéro 47 à attaquer sur un ordre murmuré. Pour lui faire acquérir l'aptitude, sans aboyer, de se cacher au coin d'un bâtiment et, *crac*, tuer instantanément. Mais pour l'instant, il n'avait intégré que les rudiments de base. Pour l'instant, il lui fallait acquérir de la vitesse, et l'usage de tous ses sens pour l'assaut. Néanmoins, le jeune chien voyait déjà les possibilités d'applications pratiques. Sur le terrain d'entraînement, il observait jusqu'à quel point la violence des chiens adultes pouvait aller. D'un bout à l'autre des exercices. Il y eut un soir. Il y eut un matin. Le programme quotidien de la fille et de numéro 47 connut un léger remaniement. Ce soir-là, à la fin de l'entraînement des jeunes chiens, numéro 47 ne réintégra pas la cage avec ses frères et sœurs. La fille et le chien eurent « activité libre ». Ce fut comme une extension de leurs nuits. La fille et numéro 47 se promenèrent ensemble un peu partout dans la Ville de la Mort, devenue espace de simulation pour la guérilla urbaine. Ils coururent ensemble dans les immeubles blancs à trois étages. Montèrent des escaliers. Descendirent des escaliers. Montèrent. Descendirent. Montèrent même sur les miradors. De là-haut, la fille et le chien regardèrent la ville. En regardant en bas, la fille dit : Tu sais, Quarante-sept, un jour… nous tuerons des gens. Immobile, numéro 47 écoutait la fille parler. Mais pas en russe, comme lorsqu'elle donnait des ordres ; quand elle murmurait, c'était en japonais. Ils redescendirent sur terre. Sur les voies asphaltées, numéro 47 grimpa seul sur le toit d'une carcasse de bagnole. Il n'avait pas encore appris à sauter sur une voiture lancée à pleine vitesse, ni sur une voiture venant de face. Ni à bondir par-dessus, ni à monter sur le capot. Mais déjà, il essayait de copier quelque chose qu'il avait vu faire. Il copiait la violence des chiens adultes.

En tout cas, le jeune chien grandissait.

En tout cas, numéro 47 mûrissait.

Un jour où ils avaient « activité libre », la fille l'emmena dans un autre bâtiment. Elle avait remarqué qu'à part dans l'immeuble où se trouvaient sa chambre, la cuisine et la réserve de nourriture, le vieux et Opéra avaient souvent quelque chose à faire dans ce bâtiment-là. Jusque-là, elle n'y avait prêté aucune attention. Pour elle, il devait s'agir d'un débarras, un lieu de rangement pour les instruments liés à l'entraînement des chiens. C'était la vérité, d'ailleurs, mais il y avait plus d'une pièce dans ce bâtiment.

De fait, c'est numéro 47 qui montra le premier de l'intérêt pour cet immeuble. Attiré par hasard par un remugle, il s'approcha de l'entrée. On entendait chanter à l'intérieur. Un vibrato se communiquait aux murs en béton. C'était Opéra. Une mélodie entraînante. Comme d'habitude, la gamine trouva ça horrible. Mm*mm*… Mm*mmm*m ! Mm*mmmmm*m ! Mais numéro 47 ne réagit pas à cette voix. Il était occupé à flairer quelque chose au sol.

— C'est pas seulement un débarras, hein ? demanda la fille. Il y a un chien qui passe par ici, non ?

C'est bien ça ? Un chien ? demanda la fille en japonais.

Un chien vient ici, répondit le chien dans son langage de chien.

— Ben dis donc, c'est pas Hawaii, ici, murmura la fille en passant le pied à l'intérieur du bâtiment.

Bah, c'est normal, c'est des *Rosuke* ! C'est pas le paradis des mers du Sud, évidemment. Ça pue le chacal comme un vestiaire de gymnase. La fille faisait l'association avec un souvenir d'avant son âge *x*. Merde, pourquoi je me rappelle ces putains de pauvres ? Fait chier… La fille et le chien en activité libre pénétrèrent délibérément dans le bâtiment. Les pièces présentaient la même disposition que dans son immeuble, ils n'avaient pas à hésiter. Ils entrèrent dans la grande salle.

L'autre pièce se trouvait au fond. Cette pièce dans ce bâtiment. Il était à l'intérieur.

Un instant, la fille se dit, tiens, ça me rappelle le bureau de l'organisation. Elle le pensa d'abord dans sa tête, puis le murmura entre ses lèvres. Elle voulait parler de l'organisation que son paternel dirigeait et dont les bureaux occupaient un étage d'immeuble. Evidemment, elle n'allait pas trouver sur les murs des calligraphies avec *tamashii* (« âme ») ou *issatsutashô* (« le sacrifice d'un pour que vivent beaucoup ») écrits en caractères d'un dynamisme éclaboussant. Aux murs, il y avait des cartes. Des planisphères complètement archaïques. Au bureau de l'organisation de son père, il y avait une « étagère des kamis », un autel votif des dieux shintô, mais pas ici. Ni d'icône de l'Eglise russe orthodoxe non plus. Mais il y avait une télé. C'était la première fois qu'elle voyait une télé dans la Ville de la Mort. Elle n'était pas branchée. L'écran était éteint. La pièce était déserte. Mais on sentait une forte présence. La présence de quelque chose.

— Il y aurait un cadavre caché sous le plancher que ça m'étonnerait pas. Tu sens pas, Quarante-sept ?

Le chien ne répondit pas. Du couloir derrière la pièce, on entendait la voix d'Opéra. Pas de divan en cuir comme dans le bureau de l'organisation de son père, mais une table et des chaises comme là-bas. Sur la table étaient empilés des rouleaux de billets de banque. Des tas, bien rangés. Ça n'avait pas l'air d'être des roubles. C'est pas des dollars américains, ça ? se demanda la fille en y jetant un coup d'œil.

Ouais, comme au bureau.

Sa conviction était à peine faite que l'étagère des kamis entra dans son champ de vision. Enfin, quelque chose qui lui rappelait étrangement l'autel shintô. Pas de lanterne en papier ni de sabre japonais sur un présentoir, certes, mais une certaine force spirituelle s'en dégageait. Voilà, c'était là. La présence qu'elle sentait depuis tout à l'heure. Une mappemonde.

Elle était posée sur une étagère. Comme en majesté. Comme une divinité.

La fille eut l'immédiate conviction que cette mappemonde était l'objet le plus important de la pièce.

Ce fut un déclic.

Bien sûr, elle voulut toucher.

Elle fit le tour de la table, tendit la main. La prit. Elle s'attendait à quelque chose de lourd, mais ça ne l'était pas tant que ça. Métallique au toucher, néanmoins. Un contact d'objet ancien. Et puis, une mappemonde, en principe c'est vide, pourtant elle avait l'impression que celle-ci ne l'était pas. Elle la fit rouler dans ses mains. La fille fait tourner la Terre dans ses mains. Un globe terrestre plus gros que sa tête.

Elle en eut la sensation : ce n'était pas vide.

Elle en eut la sensation : il y avait quelque chose.

Il y avait *quelqu'un*.

Il y a… quelque chose… à l'intérieur ?

Elle fit rouler la boule dans ses mains en cherchant la jointure. L'hémisphère nord et l'hémisphère sud devaient s'ouvrir. Voilà la ligne. Elle les sépara précautionneusement. Et il apparut. Un squelette. Un crâne d'animal. Brûlé, apparemment… Atrocement brûlé, avec quelque chose comme de la peau restée accrochée. Un peu comme la peau racornie des momies.

… Qu'est-ce que c'est, ce truc ?

Hein ?

Numéro 47 disait quelque chose. Oui, il disait quelque chose à la fille. Mais rien à voir avec le crâne qui se trouvait dans le globe terrestre. Non, ce qu'il lui disait, c'est qu'il y avait quelqu'un à la porte. Et pas seul. Un humain et un chien, comme eux.

Tous les deux, l'homme comme le chien, étaient vieux.

Quand elle comprit ce que numéro 47 était en train de lui dire, la fille sursauta et se retourna.

— Tu as ouvert le cercueil ? dit le vieux.

— Ben quoi ? dit la fille.

— Tu voulais faire sa connaissance, fillette ?

A son côté se trouvait un vieux chien. Elle le reconnut, bien sûr. Plutôt petit mais qui dégageait de l'autorité. Celui qui avait aboyé sur elle du haut du toit.

— Tu voulais voir mon premier chien ? continua le vieux en russe. Mais ce n'est pas Belka.

— J'ai rien fait, je l'ai pas cassé ! dit la fille en japonais. Je l'ai juste ouvert. Tu gardes ce crâne pourri comme ça, le Vieux, c'est… c'est un crâne de chien ?

L'intuition lui en était venue soudain.

— Le premier chien héros de l'Union soviétique. Mais il n'est pas revenu vivant sur terre. C'est son squelette, pas celui de Belka.

— Qu'est-ce que tu baragouines ?

Le vieux montra le chien à côté de lui. Puis se tourna de nouveau et regarda la fille dans les yeux.

— Belka, le voilà, dit-il.

— C'est bien ce que je pensais… Un crâne de chien.

— Tu comprends, fillette ? L'année qui a précédé la dissolution de l'Union soviétique, j'ai épargné un seul de mes chiens. Belka. Je l'ai fait s'évader. Comment pouvais-je supprimer de mes mains la lignée que j'avais moi-même créée ? Et pourtant, la patrie me l'avait ordonné.

— Et pourquoi tu gardes un crâne de chien sur l'étagère des kamis ? Tu vénères le Dieu Chien ?

— Ou la Russie, plutôt. L'histoire russe m'a ordonné de supprimer mes chiens. Alors j'ai trahi l'histoire. J'ai confié Belka à une femme, celle qui te sert de nounou actuellement. Je voulais juste lui permettre de vivre un peu plus vieux. Je ne désirais pas recréer sa lignée. Non, c'est vrai, ce n'était pas mon intention. Moi je ne demandais qu'à prendre ma retraite pour de bon.

Le vieux pénétra dans la pièce, fit quelques pas.

Cette fois, il montra numéro 47.

La fille sauta au cou de son chien, faisant le geste de vouloir le protéger. Par inadvertance, le crâne du chien qu'elle avait sorti de la mappemonde se trouva au-dessus de sa tête.

Elle le tenait à deux mains sur sa tête.

— Regarde-moi ça ! dit-elle, ça fait pas complètement secte, ça ?

— Amusant… dit le vieux en riant.

Numéro 47 resta assis sans bouger.

— T'en as un beau chapeau, dis donc ! dit le vieux en russe.

— Qu'est-ce tu lui veux, à Quarante-sept ? demanda la fille en japonais.

— Surtout que ce numéro 47-là est un fils de Belka. Pas vrai, Belka ?

Le vieil homme se tourna vers le vieux chien pour chercher une confirmation.

Wouff, répondit le vieux chien en entendant son nom.

— Il est vieux, mais son zèle pour fabriquer des gosses est toujours intact ! Je peux dire que j'ai eu de la chance.

— … Il y a un rapport entre Quarante-sept et ce vieux clébard ?

— J'ai l'impression qu'on se comprend, tous les deux ! Tu as tout à fait l'air de quelque chose comme la grande prêtresse du clan du Chien, avec le crâne du Grand Chien Sacré sur la tête, fillette. Tu comprends ? Sept chiens sont nés. La nouvelle génération. L'un d'eux deviendra Belka. Ou Strelka, si c'est une femelle. Je parle de leur nom. Quand on aura fini de les désigner par un numéro. Et à mon humble avis, il y a des chances que le nouveau Belka soit justement ton numéro 47. De fortes chances, même…

— C'est vrai qu'ils se ressemblent. Alors comme ça, ce vieux machin, ce serait son paternel ?

— Belka, dit le vieil homme à la fille en montrant son vieux chien du menton.

— *Beruka*… répéta la fille.

— C'est ça. Et puis, j'ai aussi compris autre chose. C'est qu'il n'y aura pas de Strelka dans cette portée. Si ton numéro 47 est bien un Belka, Strelka, elle, ne sera pas une chienne. Le nom ne passera pas à cette portée. Et tu sais pourquoi ? Parce que c'est toi…

Et là, en troisième lieu, le vieux la montra, elle, la fille.

— C'est toi que je vais baptiser Strelka.

— Hé ! Tu me montres pas du doigt comme ça, moi ! Alors tu baisses ça ! dit la fille du haut de son âge *x*, en regardant le vieux d'un sale œil.

— Strelka, ce sera toi, dit le vieux en riant. Oui, à toi, je donnerai un nom de chien.

Mille neuf cent cinquante-huit
Mille neuf cent soixante-deux
(an cinq de l'ère canine)

Chiens, ô chiens ! Où êtes-vous ?

1958. Une ligne partageait toujours le monde. Deux idéologies se partageaient la terre… se partageaient la Terre pour tout dire, la totalité des territoires de la planète. On pouvait appartenir au monde socialiste ou au monde capitaliste. Ou désirer appartenir à l'un ou à l'autre. Quant à vous, ô chiens, vous étiez dans les deux.

Au début, ils étaient quatre chiens à avoir mis la patte dans le monde socialiste. Trois d'entre eux avaient pris la nationalité chinoise. Des bergers allemands, à l'origine américains, qui s'étaient fait capturer par l'Armée populaire de libération en Corée. Des chiens soldats d'élite qui avaient fait l'orgueil de l'armée américaine, j'ai nommé : Jubilee, News News (dit E-venture) et Ogre, tous demi-frères et sœurs. Bad News était leur père, autrement dit leurs grands-parents paternels étaient Masayû et Explosion. Voilà pour le pedigree des trois chiens chinois. Le quatrième, quant à lui, était de la descendance de Kita. Son pedigree le faisait descendre de Kita le hokkaïdo, si on peut parler de pedigree puisqu'il s'agissait évidemment du sang-mêlé que nous avons suivi dans les territoires polaires arctiques. Le chien-loup. Lui n'avait pas encore de nationalité à proprement parler. Mais, se trouvant sur le territoire soviétique, son destin était de devenir un jour un chien soviétique. Quoi qu'il en soit, en 1958, il n'avait pas encore identifié à quel « pays » il appartenait.

Toi, Anubis, Dieu Chien, tu es en Eurasie.

Dans les territoires polaires arctiques eurasiates, disons. Tu n'as pas quitté la Sibérie extrême-orientale. Ah si, tu l'as quittée depuis quelques semaines, maintenant. Tu t'es éloigné du littoral de la mer de Sibérie orientale et tu as traversé la Kolyma gelée. Tu tires un traîneau. Anubis, en à peine plus d'un an – de décembre 1956 au tout début de 1958 –, tu es passé de ton quatrième maître au cinquième, puis du cinquième au sixième. Il y a un problème avec toi. Non, ce ne sont pas tes aptitudes. Tes aptitudes sont extraordinaires. Tes facultés sensorielles dépassent celles d'un chien normal, tu sembles prévoir les dangers. Marchant devant ton maître, tu trouves toujours un passage, il n'y a pas d'obstacles que tu ne réussisses aisément à surmonter. Un magnifique chien de traîneau, vraiment. Néanmoins, Anubis, tes camarades ont peur de toi. En Sibérie extrême-orientale, les chiens les plus communs sont de races russian laika. Et décidément, ceux-là, ils ne t'aiment pas. Enfin, au début ça va. Parce que tu as la confiance des humains et que tu es sociable. Parce que tu possèdes cette volonté de toujours mener à bien ta mission. Mais cette insolence… Cette personnalité. Décidément, tu n'es pas comme les autres. Tu n'as rien de commun avec les chiens ordinaires. Il y a quelque chose de radicalement différent en toi.

On dirait que tu as une part bestiale.
C'est la vérité, d'ailleurs.
C'est pour ça que tu fais peur à tes camarades. *Comment cela se fait-il ?* se demandent-ils. *Pourquoi l'ennemi est-il parmi nous ?* Car tu sens le loup, ce fauve sauvage contre lequel le maître exige d'être tout particulièrement vigilant. Oui, tu as la même odeur qu'« eux », ceux qui vivent en marge des territoires humains, qui sont là à guetter la moindre occasion d'attaquer les rennes d'élevage. Tu leur ressembles à moitié. *Pourquoi ?* Et puis, dans l'attelage, tu casses le rythme. Alors évidemment le traîneau chavire. Et parfois, tu n'écoutes même pas l'ordre du maître malgré son fouet et tu te mets à tirer à contretemps. Tous ont peur de toi. Tout, en toi, fait peur. Tu fais peur.
Le problème, c'est toi, Anubis.
Mais toi, tu t'en fous.
Et puis, au partage de la nourriture, tu n'hésites pas à mordre les camarades. Tu mords comme si c'était toi qui détenais l'autorité. Tu aimes le poisson séché. Tu aimes la viande de renne froide bouillie avec de l'orge. Tu manges la viande de phoque. Tu… tu casses l'harmonie, quoi.
Voilà, c'est ça, ton problème, Anubis.
Alors tes maîtres finissent par se séparer de toi. Tu voyages d'une ville à l'autre, et au retour tu n'es pas d'attelage. Tu transites d'une ville à un village, et au retour on t'a laissé. Pas abandonné, non : on t'a donné à un nouveau maître. « C'est un excellent chien, disent-ils tous. Mais il ne s'entend pas avec mes autres. Je me demande pourquoi, d'ailleurs. Tiens, je te le donne. »
Alors, tu transites.

En Sibérie orientale, tu vas d'un village à un village, d'un village à une ville, d'une ville à une ville, d'une ville à un village.

Vers l'ouest.

Vers un village plus à l'ouest.

Vers une ville encore plus à l'ouest.

Contournant les chaînes montagneuses qui marquent la limite des terres arctiques de la Sibérie, le hasard te fait poursuivre ton chemin vers l'ouest. Tu progresses ainsi du territoire des Tchouktches à celui des Koliaks, puis à celui des Evenks. Tu découvres un cinquième maître, puis un sixième, ensuite tu ne comptes plus. Quant à se demander à quel peuple ou à quelle minorité nationale autochtone il appartient, tu t'en moques, hein, Anubis !

L'océan Arctique est toujours là, dis-tu. Hé oui, tu as été chien de l'Arctique. Tu appartenais auparavant à une base d'observation polaire « dérivante ». De ta troisième à ta quatrième année, pendant environ un an, tu as dérivé sur l'océan Glacial arctique.

L'océan Arctique n'est pas très loin, dis-tu. Hé oui, tu te trouves toujours dans les terres boréales, tu transites parallèlement au littoral. Sur le pourtour. L'océan Arctique, tu le contournes seulement.

Oui, mais vers l'ouest.

Au début, tu as voyagé le long du rivage de la mer de Sibérie orientale, qui forme l'une des parties de l'océan Glacial arctique. Mais en cette saison, il n'y avait pas de délimitation claire entre la mer et la terre. Puis, après une bonne année de pérégrinations, tu découvres une autre mer qui fait aussi partie de l'océan Glacial arctique : la mer des Laptev, à l'ouest des îles Novo-Sibirsk.

A un certain moment de 1958, tu quittes la Sibérie orientale.

Anubis, ô Anubis, où es-tu, alors ? Eh bien, tu es dans le golfe de Yan. A Tiksi, ville portuaire sur le golfe de Yan. La Léna s'y jette dans la mer. La Léna est le second plus long fleuve d'Union soviétique, quatre mille deux cent soixante-dix kilomètres. Elle se jette dans la mer des Laptev en formant un immense delta. Hé, Anubis, que fais-tu là ?

Tu tires un traîneau, bien sûr.

Mais cette fois, tu as changé de direction. Tu ne vas plus vers l'ouest. Tu transites dans l'axe nord-sud maintenant. En hiver, la Léna est gelée et devient une splendide voie routière. Elle est aménagée en piste pour les traîneaux à chiens. C'est là que tu cours. Qu'on te fait courir, disons. Tes pattes avant et arrière, munies de coussinets, agrippent la surface gelée du fleuve. La Léna a deux sources principales : l'une dans les monts Baïkal, l'autre qui part des monts Stanovoï. Quoi qu'il en soit, tout cela se trouve au sud par rapport à la mer des Laptev, golfe de Yan, Tiksi. Au cœur du continent eurasiatique. Tu t'en rends parfaitement compte, ô Anubis : *Parfois, je m'éloigne de l'océan Arctique*. Tu vas assez souvent du nord au sud. Même si ta base est située à Tiksi, tu remontes le cours gelé de la Léna, puis tu le redescends, et ainsi de suite.

Sur le cours moyen de la Léna se trouve Iakoutsk, capitale de la République autonome de Yakoutie, dans la République socialiste fédérative de Russie, elle-même partie de l'Union des républiques socialistes soviétiques. La moitié des habitants de Iakoutsk sont des Iakoutes. C'est le cas de ton maître actuel. Mais à vrai dire, Anubis, tu t'inquiètes peu de savoir qui est ton maître. Au départ, à Tiksi, c'était quelqu'un. Puis, à un moment donné, c'est devenu quelqu'un d'autre, un autre humain avec la même tête.

Parce qu'ils étaient jumeaux. Ils n'avaient pas tout à fait quarante ans. Le second habitait à proximité de Iakoutsk, il était chasseur de fourrures salarié d'un kolkhoze. Mais il n'arrivait pas à remplir ses quotas de production. Il était donc très pauvre. De son côté, le premier avait profité du fait qu'à l'époque, les citoyens normaux (citoyens de l'Union soviétique, s'entend) ne pouvaient pas se déplacer librement d'une ville à l'autre ou d'un district à l'autre sans visa (c'est-à-dire sans passeport intérieur) pour obtenir un permis de « transporteur spécialiste » et faire la navette entre l'embouchure de la Léna et son cours intermédiaire en traîneau à chiens. Il transportait des marchandises. C'était considéré comme un travail requérant des compétences particulières et il touchait un bon salaire. Il avait même été décoré pour ses performances, à l'époque où l'autoneige n'était pas encore répandue en Sibérie. Il avait réussi dans la vie, disons. Le second en grinçait des dents de jalousie. Alors, lors de leurs dernières retrouvailles à Iakoutsk, il lui a fait la peau. Il l'a battu à mort. Il a enterré le cadavre près de sa cabane de chasseur. Puis il a pris sa place. Usurpant le permis de transporteur spécialiste de son frère, il est reparti vers Tiksi, ville portuaire.

Personne ne s'aperçut de rien.

Pourtant, Tiksi abritait une base militaire et les entrées étaient sévèrement contrôlées. Mais le méchant frère se fit facilement passer pour le gentil et ne fut même pas inquiété.

Les chiens hésitaient, et c'est justement là que tu fus bien utile. Hé oui, Anubis, tu as été bien pratique. Tes aptitudes surpassaient de beaucoup celles d'un chien normal. Ton maître du moment n'était qu'un amateur – ce qui ne l'empêchait pas, comme tout Iakoute qui se respecte, car les Iakoutes sont à l'origine un peuple de cavaliers nomades, de savoir manier un traîneau à chiens – et tu le voyais venir : *Comment va-t-il s'y prendre avec nous, celui-là… ?* Alors tu as devancé ses espérances et tu as délibérément pris le leadership. Tes camarades avaient peur de toi, et sachant que la situation était particulière, ils t'ont suivi. Oui, Anubis, ils se sont conformés à tes décisions.

Plutôt que se plier aux ordres sans légitimité d'un maître imbécile, ils ont préféré t'obéir à toi.

La meute resta unie.

Et l'attelage du traîneau ne connut aucun dysfonctionnement qui aurait pu paraître suspect.

Bien sûr, le fait que tu sois à moitié loup leur faisait peur. Mais un chien reste un chien. Dès lors qu'il reconnaît une autorité, la crainte devient le moteur de sa loyauté. Dorénavant, tu serais craint, mais simplement parce que tu étais devenu le chien dominant de la meute. Et c'est bien ainsi que les autres chiens, les chiens de la peur, comprirent l'enjeu de la situation.

Et tu devins leur souverain, ô Anubis.

Tu réalisas l'harmonie du traîneau.

Sur la route de la Léna.

Donc tu cours. On te fait courir, disons. Tu ne seras plus donné à personne. Ton nouveau maître (en réalité un faux maître, le méchant frère qui avait le même visage que l'autre) ne te donnera plus à personne.

— Bon chien ! dit-il. Ça c'est du travail d'équipe… Quelle autorité !

Et puis il dit aussi :

— Toi, je ne te lâcherais pas pour des milliers de roubles !

Il t'exploite. Augmente la cadence ! Augmente les quotas ! Transporte ! Transporte ! Transporte ! Et toi, tu cours. Il te fait courir. Tu traites et interprètes les ordres vagues de ce maître amateur, tu les transmets en ordres clairs à l'équipe, et tu fais des allers-retours le long du fleuve gelé. Des dizaines et des dizaines. Nord-sud, sud-nord.

— Transporteur spécialiste ! aboie le maître comme un imbécile. Je suis un transporteur spécialiste, je transporte pour la gloire de la patrie soviétique !

L'hiver n'en finissait pas. Sur la Léna, une épaisse couche de glace et rien d'autre. Le printemps arriva d'un seul coup.

Soudain, ce fut le dégel.

Le soi-disant transporteur spécialiste ne le vit pas venir. En certains endroits, le dégel de la Léna cause des catastrophes et engendre quelques spectaculaires scènes. A Iakoutsk, par exemple, où les inondations sont fréquentes.

C'est toi, Anubis, qui t'en rendis compte le premier. Tu l'entendis venir, le printemps 1958, sur la Léna. Quelque chose grinça. Quelque chose craqua. Toi, tu étais en train de courir. Parti du golfe de Yan, en direction du cours intermédiaire de la Léna. Vers le sud. Tu courais, avec cette prise de conscience quelque part en toi : *Je suis en train de m'éloigner de l'océan Arctique...* Tu tirais le traîneau et tu dirigeais tes camarades à la manœuvre. Cela advint. Tu l'entendis avec tes oreilles et tu l'entendis aussi avec les coussinets de tes pattes de devant et de derrière. Cou*i*i, croui*ii*, cra*aa*c.

Tu voulus stopper.

Tu savais qu'il fallait stopper, là, immédiatement.

Tu aboyas pour prévenir.

— Ta gueule ! dit le maître.

Compte tenu du harnais et de ta position, tu ne pouvais pas stopper le traîneau comme ça de ton propre chef. Tu risquais de t'emberlificoter dans les lanières. Pire, tu pouvais te faire étrangler ou sectionner les pattes, et l'équilibre de l'équipe serait fichu en un instant. Mais tu l'avais senti. *Ça va se rompre, ça va se rompre, ça va se rompre.* Tu prévins tes camarades de la voix. Mais comment transmettre ce que tu voyais ?

La piste va se couper ! Voilà, c'est ça que tu voulais dire.

Le maître agite son fouet et gueule :

— Hé, t'arrête pas ! Cours ! Je veux que tu coures à mort !

Pour le coup, ce n'était pas une prédiction de très bon augure.

A peine une ou deux secondes plus tard, la Léna gelée entra en ébullition. C'était advenu. Le dégel venait de commencer. La piste se fendit d'une multitude de craquelures gémissantes : crou*ï*i, cra*a*c, kr*rr*kr. Avec un grondement sourd, le sol se mit à bouger. Ou à se renverser. A se retourner. Des fissures se formaient sur la rivière. Ou plutôt, la surface de la rivière n'était plus que fissure. Devant, c'était rompu. Interrompu. Plusieurs chiens tombèrent en grappe. Coulèrent. Se noyèrent dans l'eau glacée. Ils agitaient l'eau, comme s'ils continuaient de courir. « Courir à mort », oui, c'est tout à fait ça.

La lanière appelle le traîneau. Coule ! Sombre ! Noie-toi ! Glisse et enfonce-toi ! lui dit-elle. L'humain avec son fouet à la main crie du vent. Anubis, ô Anubis, non mais quel crétin, ton maître ! Incapable de la moindre décision. Alors toi, tu la prends, la décision.

Wouff, aboies-tu.

Fort.

Le maître tourne ses yeux vers toi.

Tu ouvres grand la gueule et tu montres tes crocs. Tes crocs acérés presque comme ceux du loup.

C'est un message. Ça veut dire : *Coupe-moi ça ! Coupe cette lanière qui nous lie l'un à l'autre !*

Si tu veux vivre, coupe !

Wouff, aboies-tu.

C'est un ordre. Un ordre que tu donnes à ton maître.

Il voit tes crocs. Alors il réagit fissa. Presque par automatisme. Il saute du traîneau, tire le couteau de sa ceinture et court vers toi en poussant des petits cris effrayés. Il sectionne le faisceau de lanières qui t'entravent, il voudrait te sauter dans les bras, s'accrocher à toi. Une nouvelle fois, tu aboies : *Wouff*.

Ça veut dire : *Amène-toi !*

A cet instant, le sol tremble de nouveau. Toi et ton maître êtes emportés à plusieurs dizaines de centimètres sur le morceau de piste qui se disloque. Plusieurs mètres, peut-être. Kr*rra*k, krii*i*tch, coule, tangue. Pas le temps de fuir. Tout est en ébullition partout. La Léna tout entière gémit : *flot*ch*h*, fl*bll*oug. Tout près, on entend les aboiements des autres chiens. Et les hurlements de la rivière elle-même. Oui, Anubis ! Voilà ce qui advient. Tu es toi-même pris dans ce vortex, tu n'as pas le loisir de te rendre compte de la réalité. Toi, tu sens : le haut devient le bas, le bas devient le haut. Tu prends un bain de plusieurs secondes, tu réapparais à la surface. Tu es trempé. Tu as compris. La rive. Piste rompue. La piste est rivière. Sortir de la rivière. Rive.

Là-bas.

T'en remettant à ta capacité de décision réflexe, tu sautes de morceau en morceau, d'un morceau qui n'est pas encore rompu sur un autre. Là-bas. Là-bas. Mais ton corps est lourd. Ton champ de vision est trouble, ta vue mouillée. Ton sens de l'équilibre est perturbé. Quelque chose advient, mais à vrai dire tu ne maîtrises pas vraiment les détails. Il n'empêche, tu te rapproches. Ta conscience enjambe des moments de vide, mais tu parviens à la berge. Elle fait un angle de soixante-dix à quatre-vingts degrés. Une falaise. Une couche de permafrost sibérien. Tu la gravis. Ton corps est lourd. Parce que quelqu'un est accroché à toi. Oui, un stupide humain est accroché à ton torse. Il pleurniche en poussant des petits cris. *Ta gueule*, penses-tu. Mais tu commences malgré tout l'ascension de la berge. Ce n'est pas toi qui glisses. Ce n'est pas toi qui te retrouves coincé dans une crevasse du permafrost. C'est ton maître. C'est cet idiot qui tombe. Et il t'entraîne avec lui. Il ne lâche pas ta patte gauche, il ne lâche pas ton poitrail, il te tire à lui quand il chute dans ce tunnel du permafrost.

Tu tombes en oblique.

Au lieu d'atteindre la terre ferme au-dessus de la berge, te voilà dégringolant sous terre.

A une vitesse folle. Tu glisses.

Tu te cognes partout, tu t'érafles partout.

Tu n'es pas évanoui, mais le champ de ta conscience s'est mis en veille. C'est trop profond, trop étroit. Le maître qui est tombé le premier crie. Tu l'entends par intermittence en dessous. Tu sens l'odeur de la mort. La prédiction de mauvais augure s'est réalisée une seconde fois et tu flaires l'odeur quasi certaine de la mort de ton maître. Il fait froid dans le permafrost. Il doit faire moins quatre, moins cinq degrés Celsius, ce qui est loin d'être une température extrême, mais tu es trempé. Tu commences à geler. Tes os, tes vertèbres cervicales, tes lombaires, tes omoplates, ton crâne se congèlent peu à peu, tu le sens. *Je vais geler. Je ne veux pas. Je veux vivre, je veux vivre, je n'ai pas envie de mourir*, dis-tu. Tu le penses très fort. La crevasse, ce conduit naturel dans le permafrost, est un pur monde de ténèbres. C'est trop noir. Tu as peur. Oui, honnêtement, tu as peur de cet endroit. La nuit va être longue.

Vais-je mourir ?

Tu te poses la question.

Vais-je mourir ?

De temps en temps, tu agites tes pattes de derrière pour vérifier si tu es encore vivant. Tu ne sais même pas dans quelle position tu es dans ce conduit. Tu es peut-être accroché à une excroissance, peut-être affalé contre quelque chose. Tu te forces à rester éveillé. Tu ne veux pas finir congelé, et cette pensée te tient éveillé. Mais même en gardant les yeux ouverts, le conduit est tellement noir que tu as l'impression de dormir. Et peut-être dors-tu… Ton champ de conscience s'est mis en veille, et risque de le rester. Alors tu désires la lumière. C'est normal. Tout au long de cette longue, longue, longue nuit, dans ce monde souterrain où tu n'aurais pas dû te trouver, tu désires l'aube. Tu es dans une crevasse du permafrost de la rive gauche de la Léna. Autrement dit à l'ouest. Une sorte d'entaille presque verticale dans la terre. En cette saison, les jours sont courts, mais le soleil se lève quand même. Le soleil levant éclaire justement cette rive. A un moment, il s'immisce dans la fissure. Il éclaire en oblique, mais pendant une ou deux dizaines de minutes, une faible lumière perce les ténèbres.

Tu sursautes.

Peut-être dormais-tu.

Mais tu perçois la lumière du soleil qui pénètre jusqu'à toi.

L'aube !

L'instant suivant, tu restes la bouche ouverte. Tu viens de découvrir quelque chose. Juste au-dessus de toi (mais à vrai dire, tu ne sais pas très bien dans quelle position tu te trouves), tu vois un œil de mammifère. Un œil énorme. Un seul. Un globe oculaire. Plusieurs fois plus gros que les tiens… Dix fois plus, peut-être.

Il est juste au-dessus de toi et te regarde.

A travers la glace.

C'est la tête d'un animal des temps anciens, pris dans le permafrost. Juste au bord du conduit, contre toi. Cet animal a des crocs. Des dents qui forment un grand arc de cercle. Et puis un long nez. Son corps est couvert de longs poils. Il pouvait dépasser les trois mètres de hauteur. Vivant, il pouvait peser jusqu'à six tonnes. C'était un genre d'éléphant adapté au climat arctique qui vivait il y a une quinzaine de milliers d'années. Un mammifère de grande taille, auquel un naturaliste français du XVIIIe siècle avait donné le nom de *mammouth*.

Le mammouth a disparu, mais un spécimen se trouvait là, congelé.

Dans la terre. Sous plus de cinquante mètres de permafrost sibérien. Pas du tout pourri. Un œil géant de quinze mille ans était là et regardait Anubis.

Qui es-tu ? demande Anubis.

Qui es-tu ? dit l'écho dans la glace.

Moi, je… je suis un chien.

L'œil dans la glace n'est manifestement pas un chien. Alors l'œil énorme ne répond rien.

Tu es là depuis longtemps ? demande Anubis.

Depuis longtemps, répond cette fois la glace, sans malice. *Je suis congelé.*

Tu es un œil, constate simplement Anubis.

Un œil, reconnaît le mammouth.

Tu me vois ?

Je t'ai vu.

Je… je suis vivant ?

… Vivant.

Je vivrai ?

Vis !

La question d'Anubis, se répercutant sur la glace, est devenue un ordre. Anubis comprend qu'il vient de recevoir un ordre. Il sait soudain que l'énorme œil est son Véritable Maître. Ce n'est pas un chien. L'œil (ou son propriétaire, disons) n'a pas dit qu'il était un chien. Et ce n'est pas un humain non plus. En cet instant, Anubis comprend qu'il s'agit pour lui de l'« être absolu ».

Anubis ne possède pas de mot pour exprimer cela.

Mais un humain pourrait éventuellement trouver une expression, comme le « dieu des chiens », par exemple.

A cet instant précis, Anubis s'éveille à la conscience que le Dieu Chien est son seul Véritable Maître, comme son propre nom, Anubis, l'indique.

Anubis, ô Anubis, te voilà *éveillé*, maintenant !

Tu ne dors pas.

Dix minutes… Vingt minutes passent. Le laps de temps pendant lequel un rayon du soleil a éclairé le conduit est maintenant écoulé. Les ténèbres se referment sur Anubis. Sa rencontre impromptue avec son Véritable Maître est terminée. Que vas-tu faire ? Obéir, bien sûr. Il t'a donné un ordre. *Vis !* a-t-il dit. Alors tu passes à l'action. Il faut commencer par sortir d'ici. Gni*ii*... croui*ii*c, tu te tords un peu. Tu changes de position. Tu glisses. Tu glisses à l'intérieur du conduit, tu tombes. Mais tu n'as plus peur. Le conduit ne peut pas te nuire. Tu descends plus bas.

Dans le vide.

Tu cherches ton ancien maître.

Tu cherches cet humain stupide.

Il est là, au fond du conduit, il ne respire presque plus. Il ne geint plus mais il *est*. Il est à sa place. Tu as faim. Pour t'évader d'ici, tu as besoin de forces, tu le sais. Il ferait un bon repas. Il te remplirait l'estomac. Pas de souci. Tu as déjà l'expérience de manger le cadavre d'un ancien maître. Hé oui, tu avais onze mois à l'époque, c'était ta première année de vie. C'était la première fois que tu foulais l'Arctique, tu avais frôlé la mort. Tu avais mangé ton maître, comme en une sorte de cérémonie sacrée, et tu avais survécu. Tu avais mangé cet humain stupide. La seule différence entre cette fois et la précédente, c'est que le premier maître était bien mort, alors que cette fois il l'est presque. Il respire encore un peu. Oui, s'il faut absolument trouver une différence, effectivement. Mais bon, ce n'est pas un problème. Tu n'as qu'à la lui couper, sa respiration !

C'est vrai, quoi.

Exactement ! réponds-tu à celui qui t'a interpellé. A celui qui semble vouloir entraver ta belle théorie. *Eh bien oui ! C'est exactement aussi facile que ça*, déclares-tu. Puis tu mets un point final à la discussion et tu t'en mets plein la panse.

Au fond du trou, tu commences à t'agiter. La crevasse de permafrost est étroite, mais d'autres conduits naturels partent dans tous les sens vers le nord, le sud, l'est, l'ouest, l'oblique haute et l'oblique basse. Bien sûr, certains se finissent en cul-de-sac ou se ramifient ou font des boucles. Oui mais, Anubis, tu possèdes quelque chose qu'on appelle le flair. Pour un nez de chien, il y a une vraie odeur qui est celle de la surface du sol. Et la méthode d'exploration scientifique par succession d'essais et erreurs ne rebute pas ta rusticité de bête.

En à peine deux jours, tu es dehors.

Alors tu vis. Comme te l'a ordonné ton Véritable Maître. Tu ne retournes pas vers l'océan Arctique. *Je ne suis plus un chien de l'Arctique*, déclares-tu. Non, ce n'est pas un sophisme. La fois où tu avais dévoré le cadavre de ton ancien maître le *musher*, cela avait marqué ton entrée dans le monde de l'océan Arctique. Cette fois-ci, tu as de nouveau bouffé le cadavre de ton ancien maître, également conducteur d'un traîneau à chiens. Le cycle cérémoniel est accompli. Les deux cérémonies forment paire ; ce qui est entré doit sortir, c'est normal. Oui Anubis, en cet instant où tu t'es mis à courir sur la terre ferme, le sens profond de cette double cérémonie gonflait tes tripes. Non non, ça n'a rien d'un sophisme. Bon, quoi qu'il en soit, tu files vers le sud.

Tu mets à profit tes talents de chasseur. Par exemple, quand tu étais chien de chasseur polaire dans l'Arctique, tu as appris à lever une proie, la suivre à la trace et la mettre à mort. Tu as ainsi affûté l'instinct de prédateur que tu possèdes de naissance.

Ici, les proies ne sont pas des bœufs musqués. Ni des ours polaires. Mais pour l'essentiel, c'est la même chose. Simple question de variable d'application. Tu sais lire le temps qu'il va faire même en dehors de la zone boréale. Hé, Anubis, qu'as-tu au menu aujourd'hui ? Du renne. Le renne vit dans la taïga ou la toundra sibérienne jusqu'à des latitudes bien plus méridionales que dans la Russie d'Europe. Il y en a des sauvages et d'élevage. Du printemps à l'été, dans les marécages de la Léna, par-ci par-là paissent des troupeaux de milliers de rennes appartenant à des sovkhozes. Tu en attaques un. Tu le mets à mort sans difficulté. Tu manges les organes internes. La panse est pleine de lichen. Les rennes sont friands d'un lichen appelé lichen à caribous, qui rend leur estomac vert. Toi, tu le manges avec de la sauce rouge, de la sauce au sang frais. Viande, sang, légumes. C'est plein de protéines, d'oligo-éléments et de vitamines. Un plat à très haute valeur diététique. Quand tu es rassasié, tu aboies. Ta voix résonne loin dans la grande plaine sibérienne. Ta moitié de sang hurle comme un vrai loup pur sang.

Pur sang ?

Mais tu n'as que faire de ces histoires.

La seule chose qui importe pour toi, c'est la vigueur, la ténacité que l'on met à vivre sa vie jusqu'au bout. A vivre comme un chien. A vivre en chien. Ou comme une ramification généalogique. Anubis, tu es un individu et aussi une lignée. La tienne a pris naissance avec Kita le hokkaïdo, puis ton père, un loup anonyme du territoire de l'Alaska, y a mêlé son sang, voilà ce que tu es, voilà où tu es. Un jour, ta semence prolongera cette lignée. Tu es un individu et un rameau dans un arbre généalogique.

Je suis un chien de sang mêlé ! dis-tu.

Je deviendrai le meilleur chien ! dis-tu. Peut-être pas avec des mots, mais c'est quelque chose que tu ressens. *Pour que la vie aille… aille au bout d'elle-même !*

Les soi-disant races canines que l'homme a élaborées ne te concernent pas. Toi, c'est un idéal personnel que tu cherches à atteindre, un idéal proprement individuel en même temps que généalogique. Oui, tu as rencontré l'« être absolu » au fond du permafrost. Un mammouth congelé depuis une quinzaine de milliers d'années. Un grand mammifère aujourd'hui disparu. Et toi, Anubis ? Tu appartiens à une espèce apparue sur Terre il y a justement une quinzaine de milliers d'années environ. La moitié de ton sang est de race loup, et en cela, tu as fait retour en arrière : tu es plus proche de tes ancêtres. C'est comme une nouvelle chance. Une nouvelle chance qui est donnée à l'espèce chien de progresser et de s'accomplir. Cela, tu l'as compris, n'est-ce pas ? C'est pourquoi tu déclares : *Je ne m'éteindrai pas !*

Le développement de la race canine est l'affaire des chiens ! Telle est la volonté qui est en toi, Anubis.

Tu t'es éveillé à cette vérité.

Dans ce monde, tu t'accompliras selon ton nom : Anubis, le Dieu Chien.

Qui pourrait t'arrêter, dans ta route vers le sud ?

Le court été sibérien touche à sa fin. Un semblant d'automne passe, et l'hiver arrive. Les nuits sont longues. Loin au bout de ton champ visuel glisse un traîneau tiré par un renne. Quand tout est recouvert de neige, les rennes des sovkhozes voient leur nourriture principale disparaître. Ils lèchent l'urine des hommes ou des chiens des fermes pour un apport en sodium. C'est le moment que tu choisis pour les assaillir. Même en hiver tu ne souffres pas de la faim. La Léna est prise dans les glaces, et par endroits des hommes pêchent : ils font un trou dans la glace pour attraper des poissons. Quand un de ces hommes maladroits – même avec leurs filets, ils arrivent quand même à être maladroits – laisse tomber un poisson, tu en profites. Tu manges les viscères tendres et les œufs. Tu t'éloignes de la Léna avant que le printemps n'arrive et tu chemines dans les traces laissées par les chenilles des bulldozers sur la neige. A quelques centaines de mètres, le son d'une radio. Pas celle d'un nomade d'une minorité nationale, la TSF qu'utilisent les Slaves, présents dans la région depuis un siècle et demi à peine, pour communiquer entre eux à distance. A plusieurs centaines de mètres encore, tu vois l'haleine blanche qui sort des naseaux d'un cheval iakoute. Au printemps, tu prends des forces, tu es en rut. Né en 1952, tu es plein de vigueur, ton sexe est parfaitement fonctionnel. Pour tout dire, tu ne débandes pas de tout le printemps, l'été et jusqu'à l'automne. Tu cherches une femelle parmi les chiens de troupeau des élevages de rennes, et quand tu en trouves une, tu la sautes. Tu cherches parmi les chiens qui vivent avec les hommes dans les villages, et quand tu trouves une femelle à ton goût, tu la sautes. Mais cela ne te satisfait pas. Car ce sont des chiennes médiocres, qui ne remplissent pas du tout les conditions pour s'enter sur ton rameau généalogique. Ça ne t'empêche pas de t'accoupler et de laisser ta semence. Mais il te faut autre chose ! Et tu aboies. *Il doit y avoir d'autres chiens d'exception ! Il y a certainement sur Terre une candidate digne de devenir mon épouse !* Hé oui, Anubis ! Tu veux faire évoluer ta race. C'est pour ça que tu es en rut. C'est pour ça que tu bandes. Alors tu sautes à tour de bras. Tu tues les mâles qui te gênent. Et tu descends vers le sud. Tu atteins les forêts de conifères. Tu rencontres un chien de chasse, un chien d'« exception », alors tu le sautes.

Mais ce n'est pas encore ça. Il te faut un sang encore plus extraordinaire.

Le Sud. Tu erres. Tu ris dans les tempêtes de neige. *Arf arf arf*, tu ris comme un chien. Hiver. Printemps. Tu flaires une odeur de fumée contre les moustiques. Tu es tout proche du territoire des humains, et de temps à autre, tu y pénètres sans même y prêter attention. Il y a aussi des ex-territoires humains, à présent vides. Tu traverses des ruines d'anciens *lagereï* de l'époque stalinienne. Tu traverses en regardant d'un œil incrédule les ruines de villes fantômes sur des mines d'or ou d'argent. Dans une forêt, il y a une source chaude. Tu humes l'air, tu fais *wouff*. Dans l'enclos d'une masure de chasseur, tu trouves une vieille pièce de monnaie de l'époque tsariste représentant une zibeline. L'été, tu retrouves la Léna, le fleuve fait sept à huit kilomètres de large.

La nuit, le court été met au-dessus de ta tête un ciel rempli d'étoiles.

Août.

Août 1960.

Soudain, tu sens une présence animale. Déjà une fois, par le passé, tu avais senti comme ça *quelque chose*. Une présence animale indéfinissable, alors tu avais regardé en l'air. Toi tu ne te rappelles plus la date (les chiens n'ont pas cette mémoire). C'était le 3 novembre 1957. Un jour qui restera gravé pour toujours dans l'histoire de la race canine. Disons même le jour qui marque l'an zéro de l'âge du Chien, le jour sacré où une chienne daigna baisser les yeux sur la Terre, du haut de la capsule hermétique où elle était enfermée, dans le satellite artificiel Spoutnik 2 en orbite. Ce 3 novembre, elle daigna baisser les yeux sur toi, ô Anubis, ce fameux jour où tu avais senti une étrange présence animale, comme maintenant. *Elle me voit*, avais-tu dit en sentant son regard dans le ciel. Le regard de Laïka. Laïka la laika, la chienne cosmonaute soviétique.

Et aujourd'hui, 19 août 1960, autrement dit en l'an 3 de l'âge du Chien, survint un deuxième événement qui restera gravé dans l'histoire des chiens.

Deux chiens sont dans le ciel. Des chiens cosmonautes soviétiques, un mâle et une femelle. A bord de Spoutnik 5, lancé le jour même. Ils sont porteurs d'une mission. Leur vol constitue une nouvelle étape dans la course à la conquête de l'espace. Cette fois, les régimes de l'Est et de l'Ouest (comme on appelait l'Union soviétique et l'Amérique) aiguisaient leurs sabres en vue du premier essai de vol spatial humain de l'histoire de l'humanité. Les deux régimes étaient fermement décidés à prendre le pas l'un sur l'autre. L'Amérique avait déjà subi le choc de Spoutnik 1, la honte de Spoutnik 2. Mais bon, jusque-là ce n'étaient jamais que des chiens qui avaient volé. Du bétail, quoi. Les Yankees s'étaient regardés en hochant la tête. Les rouges ont atteint leurs limites. Nous autres, l'Amérique, le pays de la Liberté, c'est un homme que nous allons envoyer dans l'espace ! Ils y croyaient, les Yankees. Et leurs préparatifs avançaient bon train. Un astronaute, monsieur ! Et pas dans une capsule à chiens, un astronaute dans un vaisseau spatial habité ! L'espace était devenu le terrain de la « lutte pour la suprématie idéologique ». Et les Soviétiques, alors ?

Eh bien les Soviétiques… ne se posaient tout simplement aucun problème de préparatifs. Il faut dire qu'à l'époque c'était près de cinq pour cent du budget national qui était affecté à la conquête spatiale. Soit une somme six fois supérieure à celle qu'y investissaient les Américains. Cette fois encore ils les coifferaient au poteau. Ça ne faisait pas un pli. Alors, avant d'envoyer un cosmonaute (la même chose qu'un astronaute, mais soviétique), disons qu'ils ne furent pas chiches dans le programme de préparation.

Il y eut donc un vol spatial avec des chiens avant d'envoyer un humain.

En l'an zéro de l'âge du Chien, Laïka la chienne de l'espace, Laïka la laika, était morte en vol. Spoutnik 2 était un engin rudimentaire de l'aube de l'ère spatiale, aucun système de récupération n'y était prévu. On savait – avec un taux de probabilité très élevé – que le satellite se détruirait lors de son retour dans l'atmosphère, et que Laïka mourrait donc, c'était conçu ainsi. Il n'avait tout simplement jamais été question d'essayer de la ramener vivante sur Terre. Mais il en allait différemment pour les deux héros d'août 1960, an 3 de l'âge du Chien. On leur avait fabriqué un scaphandre pressurisé, avec un casque transparent pourvu d'un museau allongé, des tas de tuyaux bizarres comme des serpents, une combinaison de protection marron. Bref, un véritable test préparatoire avant un vol spatial humain. Si les chiens, dans leur scaphandre, pouvaient aller dans l'espace et en revenir, alors un humain le pourrait aussi.

Telle était la mission du vol spatial canin.

Lancement de Spoutnik 5 le 19 août. Dix-sept révolutions orbitales. Les deux chiens revinrent sur Terre le lendemain, vivants.

Deux chiens venaient donc de prouver que les vols spatiaux n'étaient pas infailliblement fatals. Un mâle et une femelle dans leurs scaphandres pressurisés. Ils virent la Terre de haut, puis redescendirent sur le plancher des vaches. Là où était née l'espèce canine. Deux chiens de nationalité soviétique. Belka le mâle et Strelka la femelle.

Belka et Strelka. Les humains leur firent grand accueil. Ils en firent des héros de l'Union soviétique, comme Laïka, chienne d'entre les chiennes.

A l'époque, Nikita Khrouchtchev était le dirigeant suprême de l'Union soviétique. Khrouchtchev, qui avait éliminé l'un après l'autre tous ses opposants politiques depuis la mort de Staline, cumulait les fonctions de premier secrétaire du Comité central du Parti communiste et président du Conseil des ministres. Quand on lui apprit l'« exploit » réalisé par ce couple de chiens, Khrouchtchev fut le premier à partir d'un grand rire. Naissance de nouveaux héros, hourra ! s'écria-t-il. Le socialisme avait ainsi une nouvelle fois écrasé les « autres », ceux de l'Ouest, dans les domaines scientifique et technologique, et le monde entier avait eu la preuve que le socialisme seul représentait la voie du progrès de l'humanité. Grâce à deux chiens, qui plus est. Les « autres » allaient d'autant plus trembler de se faire dépasser dans la course à la conquête de l'espace.

Hourra !

La joie quelque peu infantile de Khrouchtchev pouvait se comprendre. L'avènement de Laïka, héros de l'Union soviétique, était presque un succès personnel de Khrouchtchev. Oui, on peut dire qu'il fut l'inventeur du « chien de l'espace ». A l'origine, Khrouchtchev n'était guère transporté par l'aventure spatiale, il n'avait donné son feu vert au développement du lanceur à moteur-fusée qu'en considération de son potentiel militaire. Le 21 août 1957, la fusée R-7, libérant son extraordinaire poussée grâce à sa structure de fusées multiples en faisceau, fut lancée avec succès. Portée de sept mille kilomètres. Surnommée Semiorka, il s'agissait en définitive du premier missile balistique intercontinental soviétique. A peine un mois et demi plus tard, c'est ce lanceur qui mit en orbite le premier satellite artificiel de l'histoire de l'humanité. La charge utile avait tout simplement remplacé la tête nucléaire pour laquelle il avait été conçu. Donc, au début, Khrouchtchev ne ressentait pas la moindre émotion pour cette rêverie de scientifique (Quand même, un homme dans l'espace ! La grande aventure du siècle ! Le grand roman de la science et de la technique, quoi !). Oui, mais... Quand ce satellite fut placé en orbite, prenant les Américains de vitesse, la clameur mondiale fut extraordinaire. Les « autres », ceux de l'Ouest, s'apercevant que le socialisme ouvrait l'humanité à un nouvel âge, en furent assez secoués. *Groggy* même, pour tout dire.

Ce fut quelque chose. Khrouchtchev ricana.

Celui qui domine la conquête spatiale domine la guerre froide. Cette maxime lui vint toute seule aux lèvres.

Khrouchtchev changea donc d'avis. Cela se passait en octobre 1957. Le mois suivant, le 7 novembre coïncidait avec l'anniversaire de la révolution. Pas n'importe lequel : le quarantième. De grandes cérémonies étaient prévues. Eh bien allons-y, se dit Khrouchtchev, si les Yankees sont mis *groggy* par un petit satellite qui tourne autour de la Terre en faisant bip bip, cette fois mettons-leur la honte, sans tarder.

C'est parti, on va leur en mettre plein la vue.

Obnubilé par la date anniversaire, Khrouchtchev convoqua pour une réunion les développeurs du Spoutnik 1 (les développeurs du lanceur, des scientifiques pleins de rêves, eux). Vous n'auriez pas quelque chose de grandiose à m'envoyer dans l'espace pour l'anniversaire de la révolution ?

Pardon ? répondirent les savants.

Je veux entendre les Yankees gémir *Oh, shame !*

Oui, mais… c'est dans un mois, le temps nécessaire au développement de…

Voyons… Qu'est-ce qui pourrait être sympa… ? continua Khrouchtchev en ignorant complètement l'embarras des savants.

Quelque chose qui les fasse gémir ? Mais le temps de planifier le projet, de développer les…

Ce que je veux, c'est que ça se voie, poursuivit Khrouchtchev, alors que les tronches que tiraient les savants n'entraient même pas dans son champ de vision.

Ma foi, camarade Khrouchtchev, vous penseriez à quoi par exemple ?

Eh bien, je ne sais pas moi, un truc qui laisse les « autres », ceux de l'Ouest, complètement babas, quoi. Vous voyez ce que je veux dire ? Pour le budget, comme d'habitude, vous avez une pleine ligne de crédit. Parce que, voyez-vous, celui qui domine la conquête spatiale domine la guerre froide. Ha ha ha.

Réaliser un nouveau développement d'ici un mois ? C'était complètement aberrant. Mais les paroles de Khrouchtchev étaient des ordres. Ainsi fut mis sur pied Spoutnik 2. La structure de base pourrait rester inchangée par rapport à Spoutnik 1, juste grossie, et il faudrait ajouter des fonctions d'expérimentation sur les fonctions vitales. A bord, on mettrait le premier mammifère cosmonaute… un chien.

Un chien ?

Quand ils réalisèrent ce qu'ils venaient d'imaginer, les savants en restèrent pantois.

Mais c'était la conclusion à laquelle ils aboutissaient et c'est bien ainsi que fructifia la vérité historique. Ce fut Laïka, héros de l'Union soviétique. Le mérite en revient entièrement à Khrouchtchev. Khrouchtchev est le véritable inventeur du chien de l'espace. C'est ainsi que l'histoire entra en l'an zéro de l'ère du Chien, que Laïka vola et périt.

Les yeux baissés vers la Terre.

Khrouchtchev avait réussi.

Khrouchtchev lança ses hourras. Puis, en août 1960, deux chiens revinrent vivants de l'espace, et Khrouchtchev éclata de rire, ha ha ha. Nouvelle promotion de héros de la patrie. Un chien mâle, Belka, et un chien femelle, Strelka. Deux héroïques chiens cosmonautes soviétiques, deux chiens cosmonautes communistes, étaient revenus sur Terre. Et là, Khrouchtchev commença à entrevoir tout un roman. Mais son roman politico-militaire à lui. Un roman complètement idiot. Qui ne soulèverait pas la moindre parcelle d'enthousiasme chez les scientifiques.

Il imagina que ces deux chiens devaient s'accoupler. Oui, il y avait nécessité à ce que des enfants de héros voient le jour. Jusque-là, les scientifiques s'attendaient à ce genre de chose. Ils avaient récolté toutes les données possibles sur les effets d'un vol spatial sur les organismes animaux vivants. La prochaine fois, ce serait un être humain qu'ils enverraient en l'air. Non seulement il fallait réaliser tout ce qui était pensable, mais même imaginer l'impensable. C'était capital. L'hypothèse que les chiens survivraient à un séjour en apesanteur était considérée comme vraisemblable, mais des fonctions internes, non immédiatement perceptibles, ne seraient-elles pas atteintes ? Conserveraient-ils intactes leurs fonctions reproductrices, par exemple ? Ou l'apesanteur entraînerait-elle des effets secondaires sur les gènes ? Pour le vérifier, les savants s'empressèrent avec joie de faire s'accoupler Belka et Strelka. D'ailleurs, ils firent la même expérience plus tard avec des cosmonautes humains. La première femme cosmonaute, Valentina Terechkova (qui vola à bord de Vostok 6 en juin 1963 et émut le monde entier en lançant son appel radio, « Je suis une mouette »), épousa Adrian Nikolaïev (qui vola sur Vostok 3 en août 1962), lors d'un mariage forcé par les élites du Kremlin. Les données se rapportant à sa grossesse et au développement de leur enfant furent considérées top secret. D'ailleurs toutes les données concernant le déroulement des vols spatiaux étaient top secret. Mais revenons au roman de Khrouchtchev. En août 1960, c'est-à-dire en l'an 3 de l'âge du Chien, après le retour héroïque des deux chiens cosmonautes, les scientifiques les gardèrent en observation pendant quarante-six heures et les poussèrent à se reproduire. Les deux chiens se prêtèrent aux expériences de laboratoire. Strelka mit bas six chiots de Belka. Pendant plusieurs semaines, les scientifiques ne quittèrent pas les six chiots des yeux. Des vétérinaires et des spécialistes de biologie animale furent intégrés à l'équipe. Aucune anomalie ne fut décelée. Conclusion : les enfants de héros étaient tous absolument sains. Au troisième mois, ils s'étaient parfaitement développés. Les scientifiques lancèrent des hourras. Un pas supplémentaire vers les vols humains était franchi ! Khrouchtchev choisit l'un des six chiots pour en faire un cadeau *in their face*, à ceux de l'Ouest. John F. Kennedy était président des Etats-Unis d'Amérique depuis janvier 1961, et quand Khrouchtchev apprit qu'il était un grand amateur de chiens, il envoya le chiot à sa fille Caroline avec une carte *De la part de Khrouchtchev*. Mais ne nous y trompons pas, la fille de Kennedy n'était pas l'objet du roman de Khrouchtchev. Le roman politico-militaire de Khrouchtchev était pure méchanceté, il n'avait rien d'amical. Il déclarait seulement à la face de ce jeune et fringant président qui dégageait tout le charme du capitalisme : « Alors, que dites-vous de ça ? Nous autres, Soviétiques, nous en sommes déjà à produire des cosmonautes de seconde génération. La science et la technologie soviétiques ont une telle avance, vous avez de quoi vous avouer vaincus, n'est-ce pas, mon cher Kennedy ? »

Bon, ça c'est pour le premier chiot.

Il en était né six, il en restait donc cinq. Cinq petits chiens de race russian laika, en bonne santé. Et là, Khrouchtchev se mit à rêver. Disons qu'une idée lui passa par la tête. Khrouchtchev, après avoir inventé le chien de l'espace, se dit cette fois : Et pourquoi pas créer un corps militaire de ces chiens issus de héros de l'Union soviétique ? Qui sait si la guerre froide ne va pas se « réchauffer » un de ces jours ? C'est déjà le cas dans le tiers-monde par l'intermédiaire des guerres de substitution. Nous allons lancer un corps de chiens de combat là-dedans – en première ligne. Un corps de chiens de combat composé des descendants des chiens cosmonautes, de chiens d'élite surentraînés. Oh oh ! s'écria Khrouchtchev à sa propre idée. Et si on se débrouille bien, quelle magnifique propagande pour le monde socialiste ! Cela pourrait bien avoir sur l'Ouest le même effet combiné de choc et de honte que les Spoutnik. Pour sûr ! Car au front, les vulgaires fantassins du capitalisme vont se faire écharper par un bétail estampillé « descendants des chiens qui ont étendu le territoire de l'Union soviétique jusqu'à l'espace ». Ha ha ha ha ha !

Oui, cela commença comme ça, comme une mauvaise blague. Mais les paroles de Khrouchtchev étaient des ordres. Et le système soviétique particulièrement rigide. Une fois l'ordre transmis à l'appareil bureaucratique, le rêve de Khrouchtchev devint un décret catégorique. Le pouvoir soviétique reposait fondamentalement sur trois entités : le Parti, l'armée et le Comité pour la sécurité de l'Etat, *alias* Komitet Gosudarstvennoy Bezopasnosti, plus connu sous l'acronyme KGB. C'est ce troisième pilier qui fut chargé de donner vie au rêve de Khrouchtchev.

Et là, ce n'était plus une mauvaise blague.

Le corps des gardes-frontières constituait la principale formation militaire du KGB. Les gardes-frontières ne relevaient pas formellement de l'armée – autrement dit, ils ne dépendaient pas du ministère de la Défense – mais n'en disposaient pas moins de moyens impressionnants. Un personnel de deux cent mille hommes était maintenu en permanence et atteignit trois cent cinquante mille hommes. Ces combattants étaient parfaitement entraînés et dotés des armements les plus performants : fusées, chars, véhicules blindés, hélicoptères de combat et autres aéronefs de chasse.

Les unités de marine possédaient bien entendu leurs navires de guerre. Les agents du KGB et leur famille constituaient la nomenklatura, une classe de citoyens privilégiés. La conséquence était inéluctable : le KGB était l'organe de surveillance des citoyens ordinaires. En outre, la mission des gardes-frontières incluant la répression du terrorisme antisoviétique, la répression de tout mouvement contre la sécurité de l'Etat (ou jugé tel, en définitive du moindre mouvement quel qu'il soit) mené par une minorité nationale lui était automatiquement confiée. Par conséquent, le recrutement de nouveaux agents privilégiait toujours les candidatures russes. Celles d'agents russes de race slave pure. Des Slaves, quoi. Les gardes-frontières étaient l'armée de la nomenklatura.

Le moindre escadron de gardes-frontières possédait sa brigade cynophile. Les chiens protégeaient les frontières du pays au même titre que les armes ou les blindés. Pendant toute la période soviétique, les brigades cynophiles furent en permanence sur la brèche, en première ligne.

Et voilà qu'arrive l'ordre ultime.

Le rêve de Khrouchtchev est transmis à un agent, sous la forme d'un ordre empreint du réalisme le plus glacial, totalement débarrassé de la moindre fioriture romanesque.

C'était un jeune officier de vingt-sept ans, major des gardes-frontières. Six mois avant que l'ordre ne lui arrive, il avait pris les fonctions de chef du Comité d'acquisition et de dressage des chiens policiers et chiens soldats au sein du corps des gardes-frontières. Un Slave de race pure, bien sûr. Chevelure blonde, peau claire. Un visage calme, qui laissait deviner un cœur froid. Néanmoins, il n'était pas issu de la nomenklatura. C'était un fils de paysan qui avait réussi. Ses parents étaient employés dans un kolkhoze. De race pure, peut-être, mais pedigree sans la moindre petite graine de noblesse. Il était le second fils de sa fratrie. Sorti de l'école militaire avec des notes exceptionnelles, il avait fait acte de candidature pour intégrer le KGB (certaines manœuvres secrètes avaient alors agité le Comité en interne) et prêté serment avec enthousiasme : « Je jure loyauté à la patrie soviétique. » Il avait ensuite passé un peu moins de deux ans comme aide de camp d'un officier sur la frontière européenne dans une unité annexe, puis demandé à intégrer l'école d'application des agents spécialistes. Autorisation accordée. Là, pendant un an et demi, il avait acquis principalement les techniques de guérilla, assassinat, haute expertise en explosifs, déstabilisation logistique, et toutes les applications concrètes, pratique de la torture et résistance à la torture, médecine, cryptographie, techniques de survie. L'entraînement était extrêmement sévère et les abandons nombreux. Les trois derniers mois s'étaient passés dans un camp sur l'océan Glacial arctique. Là, on les avit mis en groupes de trois par chambrée. Les trois hommes se considéraient comme des camarades, mais la chambre était truffée de micros, et la moindre de leur conversation était épiée. Le premier qui baissait sa garde était immédiatement éliminé. On testait leurs nerfs. Si ses camarades de chambrée lui demandaient : « Tu n'entends pas comme un bruit ? », il répondait instantanément : « Il n'y a pas de bruit. »

Et si on lui tendait un piège en disant : « Tu mens ! Nous, on entend quelque chose », il répondait : « C'est bien simple : soit tu réussis l'épreuve, soit tu démissionnes de l'armée. »

Il ricanait légèrement en disant :

— Quand je ne serai plus soldat, moi je me ferai archevêque !

— Pourquoi ?

— Si je ne suis plus soldat un jour, c'est que la révolution se sera effondrée. Alors ce jour-là, je me ferai archevêque. Et vous, ce jour-là, tuez-moi !

Sous le régime communiste, faire allusion à la religion orthodoxe était le symbole même de la pensée réactionnaire. Ah, ouais, tu vas te faire moine... avaient dit en riant ses deux camarades. Mais sous leur rire, il y avait de la trouille.

1958. Sorti major de sa promotion de l'école d'application, il est affecté à un poste sur la frontière chinoise. Capitaine d'un escadron de défense.

1959. Il constitue une unité spéciale chargée de pacifier des troubles en Asie centrale (dans le Kazakhstan et le Kirghizistan oriental, à la frontière sino-soviétique). Il y montre tout son savoir-faire dans la répression des islamistes.

1960. Il monte en grade et obtient le poste de chef de l'Association d'acquisition et de dressage des chiens policiers et chiens soldats. Mais le major de vingt-six ans et sept mois n'a pas le temps de faire valoir son titre.

1961. Un ordre lui est communiqué – celui du rêve du camarade Khrouchtchev. Ici, pour celui qui le recevait, ce rêve avait une résonance politico-militaire très réaliste. Cela n'avait rien d'un roman.

1962. Pardon, je veux dire l'an 5 de l'ère du Chien. J'ai encore trop tendance à raconter mon histoire selon un parti pris humain. Hé, les chiens ! O chiens ! Où êtes-vous ? Toi par exemple, Anubis, qui sembles le plus près du défi de l'ère du Chien, où es-tu ?

Tu t'approches.

Anubis, tu bandes encore. Tu es un vieux chien maintenant, tu as presque dix ans, mais ton appétit sexuel ne faiblit pas. *J'ai un destin à accomplir*, aboies-tu. Et sans relâche, tu suis une piste. Celle de la femelle magnifique, la chienne au sang formidable. Tu as perçu son odeur au bout de ta truffe. Et c'est pour cela que tu continues à faire confiance, ô Anubis, à cette pulsion en toi qui te pousse à descendre vers le sud. Plus exactement, à la suggestion de cette pulsion. A son écho. Cet été-là, tu as senti Son regard venant de la voûte bleue. En l'an 3 de l'ère du Chien. A ce moment-là, tu as compris. *Je suivrai Ce regard.*

Tu as compris que là se trouvait l'évolution, pour l'espèce canine.

Wouff, as-tu aboyé.

Je créerai une lignée de chiens formidables. Et depuis que tu as pris cette décision, tu ne débandes pas.

Je ne mourrai pas. Ma semence ne s'éteindra pas. Elle vivra… à l'infini, elle vivra.

O toi qui m'es destinée ! as-tu aboyé.

Enfin te voilà, en l'an 5 de l'ère du Chien, ton sexe géant bandé. Animé du souvenir de ce regard venu du ciel, tu cours jusqu'au bout de la Terre et te voilà à la frontière soviétique. Sur une terre qui touche à la frontière de la Mongolie, en Sibérie méridionale. Dans la partie ouest de la République socialiste soviétique de Touva, à l'intérieur de la République fédérative de Russie. La grande prairie infinie et quelques montagnes peu élevées. Tu arrives là après avoir traversé la forêt de bouleaux.

Dans la prairie se trouve un centre d'élevage de chiens des gardes-frontières du KGB.

Le centre est géré par l'Association d'acquisition et de dressage des chiens policiers et chiens soldats, et c'est le plus grand de toute l'Union soviétique. On y trouve également toutes les installations pour le dressage de base des chiens, avant qu'ils ne soient dispatchés dans leurs unités d'affectation. Surtout depuis deux ans, le centre a pris de l'importance. Depuis qu'un nouveau responsable est arrivé, avec les chiots des héros de l'Union soviétique. D'ailleurs, ce ne sont plus des chiots. Ils sont adultes. Ils ont déjà donné naissance à la génération suivante ou ensemencé pour la génération suivante. Tous les cinq sont de race russian laika, mais, conformément aux recherches menées par le responsable, on les fait se reproduire avec toutes sortes d'autres races. Afin de constituer un corps de chiens qui prêteront serment de loyauté à la patrie soviétique. Le corps de combat le plus puissant de la Terre sera issu du pedigree de ces cinq chiens – et, pour mieux dire, de la lignée de leurs deux parents. Des chiens et des chiennes exceptionnels ont été réunis, et offrent qui leur utérus, qui leurs spermatozoïdes. Et naissent les uns après les autres des héros de troisième génération.

Les petits-enfants des chiens de l'espace.

Wouff, aboies-tu.

J'arrive ! déclares-tu.

A cet instant précis, les deux cent trente chiens du centre se figent sur place. Les chiens à oreilles dressées lèvent la tête, les chiens à oreilles pendantes lèvent la queue. *Qui va là ?* répondent-ils. Quelle est cette force dans la voix ? Qui ? Qui ? Qui ? En cet instant, tous les chiens ont l'impression qu'un appel vient de leur être lancé personnellement.

Je vais te sauter, aboies-tu.

Je vais te féconder, aboies-tu, ô Anubis.

Pour la vie !

Les chiens en ont des frayeurs. De toutes parts dans le centre d'élevage, chaque fois que tu aboies, la tension monte d'un cran. Certains ont peur. Certains entrent en rut. Les femelles mouillent leurs pattes, les mâles se masturbent contre les jambes des employés ou contre le pilier le plus proche. Les humains ne savent plus où donner de la tête. Tu aboies encore une fois, *wouff*, et encore. Tu es tout près, mais pas encore à l'intérieur du centre d'élevage. Tu es à l'extérieur du grillage d'enceinte. A moins d'un mètre. Le grillage est électrifié. Tu le sais, bien sûr. Tu es intelligent. Tu lis le danger. Tu as fait un long voyage, depuis l'océan Glacial arctique, depuis l'Alaska en passant par l'océan Glacial arctique. Et puis, tu lis le destin.

Alors tu attends.

Quelque chose… *Quelque chose.*

Là, en aboyant.

En aboyant. Puis *quelque chose* advient.

Il arrive, à cheval.

Un humain.

— Alors c'est toi ? dit l'humain en russe.

Wouff, réponds-tu.

— Tu veux entrer ? demande l'humain. Tu as senti l'odeur des femelles ?

Wouff, réponds-tu.

— Tu es un mâle ? demande l'humain en te regardant. Le jeune homme à cheval, responsable du centre, semble intéressé. Tu bandes ?

Et comment ! dis-tu.

Alors le jeune homme baisse sa kalachnikov.

De toute façon, les armes à feu ne t'ont jamais fait peur.

Je suis là, aboies-tu. *C'est ma place.*

— J'ai comme l'impression, poursuit le jeune homme en russe, avec candeur mais sans se départir de son autorité d'officier, j'ai comme l'impression que tu m'attendais... On dirait que tu veux me dire que l'étalon, c'est toi.

Je suis là, aboies-tu.

— Je me trompe ?

Non, c'est ça, aboies-tu.

— Tu ressembles assez à un loup, dit le jeune officier, maintenant descendu de cheval pour se poster en face de toi, de l'autre côté de la barrière électrifiée. A moins que tu n'aies vraiment un peu de sang loup ? Tu savais ça, que les bergers allemands sont proches des loups, question corpulence ? Leur race n'a que soixante ans, elle a été créée pour faire des chiens soldats. Autrement dit, des spécialistes de la guerre. La corpulence idéale, voilà pourquoi les bergers allemands ont été créés sur ce modèle.

Wouff.

— Alors comme ça, toi... tu serais l'idéal naturel ?

Wouff, réponds-tu.

— Si tu veux une femelle, je t'en donnerai. Une bonne. Une belle chatte avec pedigree. Mais ça ne suffira pas. Ça ne te suffira pas, à toi. Elles n'ont pas encore été dressées pour devenir des chiens soldats, tu comprends ? Bien sûr, je veux des chiens, mais surtout des chiens qui aient l'instinct du soldat. Il faudra attendre tes chiots. Ça te va ? Essaie pour voir, sautes-en quelques-unes. Remplis-leur la chatte de ton sperme. Je t'accepte. Tu bandes bien, je vois ça. Ça me va.

A cet instant, le jeune officier a donné son approbation.

— C'est ma passion qui t'a attiré ici, je vois ça. Vas-y, baise. Des héros de deuxième ou troisième génération. Et si… si des chiots comme je l'espère naissent, je leur transmettrai le nom. Si c'est un mâle, Belka. Si c'est une femelle, Strelka. Marque d'authenticité. Comme preuve.

Wouff.

— Viens.

Ça, c'est un ordre que tu connais. Tu sautes par-dessus la barrière. D'un seul bond. Te voilà devenu chien de nationalité soviétique.

Wouff

L'homme commença par envoyer trois « balles perdues ». Départ en pleine nuit du port de Toyama sur un bateau de pêche, transbordement en pleine mer sur un cargo et arrivée à quai en eaux russes. Puis sept autres. Des jeunes affiliés, évidemment. Qu'il avait motivé à faire montre d'un bel esprit de sacrifice. Faut faire chauffer la marmite, alors les *Rosuke*, vous allez me les crever, leur avait-il dit. Des jeunes d'une vingtaine d'années à peine. Ceux-là, je leur ai fait la leçon comme un chef, se disait-il. De fait, le bureau se remplit les poches. A quarante millions la tête de pipe. De yens, bien sûr ! Même après soustraction des frais de transport (immigration clandestine) et des diverses pattes à graisser, même une fois versée la prime de réussite au jeune concerné – ou à sa famille, le cas échéant –, cela faisait tout de même un revenu conséquent. Et puis merde, la veille de l'assaut je les laissais s'amuser avec des Blanches. Des Slaves. Des blondes aux yeux bleus classe mannequin, quoi. Ils pouvaient s'amuser comme des fous dans un vrai harem. Et ils nageaient dans la vodka et le caviar. Jusque-là, j'étais dans mon rôle de boss, pensait celui qui se faisait appeler Président, un douloureux rictus aux lèvres. Néanmoins, les « balles perdues » se perdaient de plus en plus. Le taux de retour, qui dépassait les cinquante pour cent au début, n'avait pas tardé à tomber sous la barre des vingt pour cent. En d'autres termes, à peine un homme sur cinq revenait vivant au Japon. Et pas question d'arrêter d'en envoyer. Par l'intermédiaire d'un frère de l'époque où il avait fait de la prison, l'homme s'était fait présenter des tueurs *free lance* prêts à travailler au contrat, pour le fric seulement. Il constitua ainsi un commando de quatre « balles perdues », qu'il fit embarquer à bord d'un cargo russe, à Niigata cette fois. Sans passer par les pénibles procédures d'embarquement. Puis il avait ramassé des fugitifs à la peine, qui avaient modifié leur nom d'usage dans le milieu, des transfuges qui avaient les tueurs des plus puissants clans au cul. Il en avait réuni huit comme ça. Il les avait envoyés avec du bon matos, petit et gros calibres, des Tokarev, des Makarov, des pistolets semi-automatiques de fabrication italienne, des fusils M16 équipés de lance-grenades de 40 mm obtenus en contrebande dans les bases militaires américaines au Japon, des Uzi, vingt-trois grenades à main et dix-sept bâtons de dynamite... Ces « escadrons » se voyaient assigner des missions de plus en plus délirantes. Il s'agissait par exemple de se lâcher au pistolet-mitrailleur dans une boîte de nuit cogérée par la police et la mafia (par miracle, le tireur parvint à s'enfuir, mais fut hélas retrouvé le lendemain flottant dans le port de Nakhodka). Le chef de la police locale était aussi parfois une cible. Par deux fois ils provoquèrent une nouvelle nomination. Ils assassinaient des cadres d'une banque contrôlée en sous-main par la mafia. Mais depuis que l'homme employait des yakuzas extérieurs, le taux de retour sain et sauf avait chuté sous les dix pour cent. Il ne tarderait pas à tomber à zéro. Oui mais le revenu d'activité dépassait les six cents millions de yens, quand même. Net. Qu'est-ce que ça veut dire ? se demandait l'homme qui se faisait appeler Président. Evidemment, il n'avait aucune réponse. Il devait continuer à recruter des commandos. Hé oui, puisque sa fille était retenue en otage.

Par le client.

J'y comprends que dalle, se tordait les méninges l'homme qui se faisait appeler Président. Depuis plusieurs mois maintenant, il souffrait de douleurs à l'estomac. Qu'il me tienne sous la menace et profite de moi, ça je comprends. Mais pourquoi me payer ? Il connaissait les prix du marché russe. Pour descendre un cadre de la police ou de la pègre, il devait être possible de trouver un casse-cou prêt à faire le boulot pour un ou deux zéros de moins. En local. Qu'est-ce qu'il avait derrière la tête, en fin de compte ? L'homme avait perdu dix kilos en quelques mois. Il avait sacrément maigri, même. Il ne maîtrisait absolument pas la situation. Il ignorait totalement le retentissement de sa série choc sur le terrain. Par exemple, qu'en disaient les journaux (ceux du genre à contre-courant, imprimés sur papier jaune format tabloïd) ? D'ailleurs, il ne connaissait ni la source de l'argent qu'il recevait ni qui se trouvait derrière son client.

Car on ne lui ôterait pas de l'idée qu'il y avait quelqu'un derrière.

Encore ce mal à l'estomac. Et il pissait le sang.

Mais quoi, puisque sa fille était retenue en otage.

L'homme envoya encore trois « balles perdues ». *Supprimez `cible.* Le client continuait à passer commande. Mais quoi alors ? demandait l'homme en appliquant ses deux mains sur son estomac. Concernant le lieu où se trouvait l'objectif, le type d'intervention requise, la défense adverse, le client fournissait toujours des informations précises, exactes, à jour. On est dans un film de gangsters, ou quoi ? Et dès que la cible avait sauté, la rétribution tombait sur le compte en banque secret. On fait du commerce plan-plan ou quoi ? demandait l'homme. Mais comme il n'avait personne en face, il s'interrogeait lui-même. C'est du commerce à la papa, ou quoi ? J'ai combien de trous à l'estomac, moi, avec ça ? Il avait déjà épuisé ses ressources en transfuges aux abois et en était à recruter des excommuniés, des types virés d'autres organisations, d'autres avec un malus tellement important qu'ils étaient indésirables partout dans le milieu. En principe, ça ne se fait pas. C'est pas orthodoxe. Là, je ne suis plus un boss, je ne respecte plus les règles, je ne suis plus réglo. Oui mais… quoi… Bon, et alors ? On s'en fout, non ? T'as vu le blé que je fais ? tentait de se justifier l'homme. Jusqu'à présent, son bureau avait vécu essentiellement des frais de protection des quartiers de plaisir, des paris sur les matchs de base-ball, des casinos clandestins, des financements occultes et extorsions variées. Il ne s'était jamais vraiment lancé dans les amphés, par exemple. Il n'y a rien de tel que l'argent propre et net, c'était son mot. Ramenez du fric en utilisant votre tête, on est bientôt au XXIe siècle, les jeunes, merde ! C'est le bizness, maintenant, le bizness ! C'est pour ça qu'il avait recherché des accords de coopération nippo-russes. Et voilà le résultat ! Mais il essayait de trouver une justification. Parce que, jusque-là, pour reverser son dû au clan – pour avoir un petit quelque chose à reverser à la maison mère –, ses jeunes avaient quand même dû en chier ! Il avait été obligé de leur en faire chier, oui ! Alors, à bien y repenser, il se disait qu'en tant que boss qui se respecte, il n'y avait pas de mal à améliorer l'ordinaire avec ce bizness.

Oui mais non, c'est quand même pas réglo ce que je fais.

Merde alors. C'est pas réglo… Pas réglo, bordel. Oui, et alors ?

Il cherchait une justification. Et son estomac qui grinçait et le faisait souffrir, avec ça. Et des diarrhées, maintenant. Il se rendait bien compte que le client le baladait comme un pantin. Il n'était qu'une pièce d'échecs sur laquelle une main écrivait sa valeur à sa guise. Juste un pion. Ou peut-être un pion promu en roi. *Supprimez cible*. Fais ci. Fais ça. Regarde-moi ça, les trois « balles perdues » que j'ai envoyées cette fois me rapportent encore une centaine de millions de yens. C'est le bizness. D'abord, j'y peux rien, je suis pris en otage. J'y peux rien, quoi !

Qu'est-ce que je peux faire, à part en envoyer d'autres, hein ?

Il se préparait à une nouvelle expédition.

Le recrutement d'indésirables commençait à poser problème. Mais il insistait. De toute façon, je ne peux pas m'arrêter. Je suis pris en otage ! Tout de même, dans un coin de son cœur, il se disait bien que ce n'était qu'une excuse. Que tout son stress, son ulcère, le fait qu'il se trouve en position de victime de la loi du milieu, tout ça n'était peut-être pas tout à fait lié à sa fille.

Il palpa son estomac. J'ai maigri.

J'ai perdu du poids.

Il considérait cela comme un mauvais pressentiment. Le pressentiment se réalisa. En plein dans le mille. Il reçut un blâme du clan. Alors qu'il n'avait pas encore dégotté tous les membres du commando suivant. Juste pendant un grincement de son estomac. Un observateur de la maison mère vint le trouver sous couvert d'un message à lui communiquer. Il lui fit sentir qu'on parlait à son propos d'« actes incompatibles avec l'esprit chevaleresque ». Il voyait parfaitement à quoi on faisait allusion. Il y était allé un peu fort pour le recrutement des commandos, ça devait être ça. L'émissaire ajouta que ce n'était pas la seule rumeur qui circulait sur son compte.

C'est là que vint le coup de couteau dans le dos :

— En Russie, tu fais la guerre ou quoi ?

L'homme fit les yeux ronds. Qui avait mangé le morceau ?

— On voit les types voler, le clan n'aime pas la confusion, ajouta l'autre avec dédain. Peu à peu, l'homme se dit que les mouvements d'argent en provenance de l'autre côté de la mer du Japon avaient dû commencer à se remarquer. C'est sûrement ça, supposa-t-il. On prospère, ça fait tache... On a palpé un peu trop, était-il prêt à reconnaître. Alors l'émissaire devint plus explicite :

— Le clan veut régler la question par ton exclusion. Ton secteur actuel passera sous contrôle direct. Ton successeur est même déjà prévu. Enfin, si tu veux que le clan passe l'éponge, ce sera cinq cents millions, à titre de conciliation. Tu te fais des couilles en or, là-bas, non ?

— Cinq cents millions !

— Le clan est parti là-dessus, ouais.

Ils sont vachement bien informés, pensa l'homme. Exactement ce que j'ai d'immédiatement disponible en caisse. Et ils me mettent à l'amende précisément pour ce montant ? Hé, ho ! pensa l'homme qui se faisait appeler Président. Pensa l'homme menacé de se faire lourder de sa position de président. Ses petits étaient morts pour le gagner, ce fric ! J'ai envoyé des affiliés de plein droit de mon bureau au casse-pipe, hein ! Ils se sont sacrifiés pour ma fille qui est retenue en otage. Et il faudrait que je crache le fric qui représente le sacrifice de mes petits ?

Je suis pas un boss, si je fais ça.

Même pas un boss pas réglo.

L'émissaire du clan fixait son regard dans celui de l'homme. Alors, qu'est-ce que tu fais ? dit-il à peine. Espèce de… pensa l'homme. Cet enfoiré se dit que j'ai raté mon coup et il se marre. Il se marre, j'en suis sûr. Je t'en foutrais, moi, de l'émissaire du clan ! Et alors ? Faut que je dise oui, c'est ça ? Ah ouais, c'est ça, je vais accepter ! T'es rien d'autre qu'un extorqueur, ouais ! A peine eut-il le temps d'y penser que déjà sa main entamait un mouvement circulaire vers le dos de son costume. Un Beretta était passé dans sa ceinture. Il le sortit. Tira. Et il lui en mit.

Trois.

Quatre balles.

Ouille, fit-il en se palpant l'estomac, sans un regard vers le cadavre.

Ça s'était déroulé dans son bureau. Son bureau de président, dans les locaux de l'organisation, son bureau insonorisé, blindé, tu peux te pointer avec des flingues ou séquestrer un type pour le cuisiner, pas de problème, personne ne remarquera rien. L'homme commença par prendre trois ou quatre flacons de cachets pour l'estomac sur une étagère, fit tomber quelques comprimés dans le creux de sa main et les avala d'un coup. Il tourna d'un coup sec la tête à gauche, à droite, pour entendre craquer les cervicales, comme on remet un compteur à zéro. Il se caressa le thorax. Pour vérifier. Là où se trouvait le tube digestif. Par où étaient passées les pilules pour l'estomac. Il souffla. Pénibles, ces relents acides. Mais bon, ça n'était pas insupportable non plus.

Il se laissa choir dans un fauteuil en cuir.

Il attrapa la télécommande sur la table basse.

Le même appareil servait à la fois pour la télé et la vidéo. Le moniteur se trouvait juste en face de lui. Il l'alluma. L'écran devint noir pendant un instant. Le système était en permanence sur vidéo, avec en permanence une cassette dans le magnétoscope. Il rembobina quelques secondes puis appuya sur *lecture*.

Sa fille apparut sur l'écran.

C'est ma fille.

Elle se trouvait avec un chien dans une chambre où il faisait apparemment frisquet et regardait droit dans la caméra. Autrement dit elle regardait l'homme derrière l'écran. L'homme qui se faisait appeler Président, son père. Les cassettes lui parvenaient à intervalles réguliers de Russie, du client. Celle-ci était la dernière en date. Mais il n'y avait rien de nouveau. Comme d'habitude, l'homme se faisait traiter de tous les noms par sa fille. Elle l'insultait, l'abreuvait d'injures. Le traitait de « connard ». S'il fallait absolument trouver un changement, disons que depuis un certain temps elle apparaissait toujours avec un chien. Comme qui dirait son garde du corps. Les premières fois, c'était un chiot, puis il avait grandi et avait maintenant l'allure d'un jeune chien. Le chien aussi regardait la caméra.

La fille et le chien regardaient tous les deux fixement l'objectif, sans dévier d'un poil.

Méchamment.

Froidement.

Le clebs aussi, maintenant… pensa l'homme. Même le putain de clebs, merde…

C'est pour m'évaluer, ou quoi ? Tu veux me soupeser, ou quoi ?

C'est ma fille, pensa de nouveau l'homme. Cette gamine de merde, c'est la fille de mon ex-femme. L'homme ne pouvait détacher les yeux de l'écran, comme fasciné. Comme subjugué, il restait là, assis dans le fauteuil en cuir.

— Et tout ça pour cette gamine, dit-il à voix haute.

J'en ai sacrifié des types, dit-il aussi, mais seulement dans sa tête. Puis de nouveau à voix haute :

— La gamine… La gamine, bordel. Je l'aime même pas. Je la maudis, oui !

A peine eut-il prononcé ces mots qu'il explosa. Ouais, d'accord, faut le reconnaître, j'ai une dette. L'autre casse-couilles, c'est moi qui l'ai crevée à l'hôpital en trafiquant sa fiche médicale, OK. C'est le vieux qui me l'avait fourguée. Sinon j'y laissais un doigt. Mais à trente ans, si je voulais une promotion et ma plaque à moi sur un bureau, il fallait bien ça. Elle m'intéressait plus, quoi. De toute façon, c'était une connasse pur jus, fallait frapper, j'ai frappé. Je me suis sali les mains. Mais grâce à ça, je me suis remarié avec ma gonzesse, une bonasse celle-là. L'homme pensait à sa seconde femme. A peine vingt-trois ans. Nickel. Elle s'occupe bien des petits du bureau. Les jeunes recrues l'adorent. Et ils la respectent, attention. *Anego*[1], ils l'appellent. Elle m'a donné un

1. Dans l'univers des yakuzas, terme par lequel les membres appellent l'épouse officielle de leur *oyabun* (boss).

enfant, qui a un an et demi. Et voilà sa demi-sœur. Sa putain de demi-sœur de merde.

Il l'avait toujours détestée, il le reconnaissait clairement. La fille de la vidéo. Evidemment, c'était sa fille, il pouvait quand même pas… Quand il avait supprimé sa femme (hé ho ! une femme, c'est rien pour l'homme, hein), évidemment, la gamine était restée (hé ho ! c'est quand même les liens du sang, hein). Et alors quoi ? T'as vu les yeux qu'elle me fait depuis ça ? Et les yeux qu'elle fait à « maman » ? Non mais qu'est-ce que tu veux, fais chier ! Sans compter qu'elle a grossi comme qui dirait pour me porter la poisse. On dirait qu'elle a récupéré le poids de sa mère morte pour me le mettre sous le nez. La gueule bouffie. Une gamine qu'est encore à l'école primaire. Tu verrais ses poignets, c'est tout gonflé de partout. Un poupon, on dirait ! Elle se prend pour… pour la demi-sœur du bébé, ou quoi ? C'est à gerber. Dégueulasse. Et les regards haineux qu'elle me balance ! Et avec ça, elle commence à avoir ses exigences. Je veux ci, je veux ça. Et moi, je lui paye tout ce qu'elle veut. Ouais. Tout. Elle me dit jamais achète-moi ça parce que tout le monde l'a. Non, elle m'oblige à acheter des trucs que personne n'a.

Je veux pas que les gens se moquent de moi, alors achète-moi du Gucci.

Disneyland à Chiba, c'est pour les pauvres, emmène-moi à celui de Floride.

Comme pour me pousser à la faute. C'est pour ça que je lui passe tout. J'ai toujours l'impression qu'elle me demande, sans le dire, t'as tout de même pas tué ma mère ? Non, elle peut pas le savoir… mais quand même.

Non, je me fais des idées.

Et chaque fois que je lui paye un truc, elle grossit. Elle engraisse, c'est dégueulasse.

Et quand je suis allé négocier en Russie, elle a voulu m'accompagner. Emmène-moi là où les autres vont pas, elle m'a dit. Et voilà, je me suis fait planter et j'ai une otage dans le baba.

C'est le client. Sûr et certain.

— Ça suffit comme ça ! dit l'homme. Je vais régler définitivement cette affaire.

L'homme arrête la vidéo. Il se lève. Pour la première fois il jette un œil sur le cadavre de l'émissaire du clan qui traîne dans un coin de la pièce. Sur le mort. Enfin bref, dit-il. D'un ton léger, néanmoins. J'ai quel âge, déjà ? Ah oui, trente-neuf. Mais je suis encore sur le pont. Je suis pas impuissant. J'en suis pas encore à suivre le schéma que les autres veulent m'imposer, dit-il. Il pousse la porte de son bureau de président. Il sort dans le couloir. Il se montre aux membres qui remplissent le bureau. Il a l'air en forme. Puis il donne un ordre :

— Rassemblez-moi tout le monde !

— Tout… tout le monde ? demande quelqu'un pour vérifier.

— On passe de l'autre côté de la mer. C'est la guerre.

L'homme se met à rire en pensant qu'il pourrait déménager le bureau complet là-bas. On se fait la Sibérie, allez ? Arf arf arf. Il ne s'en est pas encore rendu compte, mais les aigreurs stomacales ont nettement diminué. Il résume en quelques mots la situation à son lieutenant. Il lui donne quelques consignes pour gérer le coup du cadavre, tu trouves vite fait quelqu'un pour porter le chapeau, tu fais jouer la légitime défense, tu gagnes du temps, quoi.

— Mais quand même, Président… on fait quoi maintenant ?

— Hein ? Le clan ? On coupe le lien ! On va jouer pour l'autre camp ! On va leur offrir la tête des dirigeants de la mafia russe, aux Tchétchènes !

L'homme qui se faisait appeler Président se transporta en vitesse dans les eaux territoriales russes. Accompagné de vingt-sept membres de son organisation. Pour l'équivalent de vingt millions de yens, il ouvrit un bureau sans aucune plaque dans une ville de l'Extrême-Orient russe. Au moins, cette fois, pas besoin de se démener pour recruter des indésirables. Ils étaient eux-mêmes devenus des « balles perdues ». Un commando envoyé du Japon. Grâce aux informations du client, deux jours après leur arrivée ils descendirent leur cible et se firent confirmer par la police locale qu'il s'agissait bien d'un gros bonnet de la mafia russe. Un tuyau confirmé par un informateur de la police qui lui avait coûté cinq cent mille yens. S'y ajoutèrent deux cent mille yens de frais pour que l'attaque du jour ne les éclabousse pas. Il alla présenter ses respects à la mafia tchétchène, avec la tête du gros bonnet russe et l'équivalent approximatif en dollars de trois millions de yens, en guise de petit cadeau. La situation avait évolué dans un sens plus favorable qu'il ne s'y attendait. Car en définitive, les « balles perdues » qu'il avait tirées dans le tas avaient créé la confusion, c'était carrément la guerre dans la région. Aussi bien les Tchétchènes que les Russes étaient affaiblis. Les deux organisations majeures s'écrasaient mutuellement, et les vacuoles libres de droits que cela générait poussaient les organisations criminelles en tous genres à venir du pays entier s'y engouffrer. La pègre s'internationalisait, aussi. De l'héroïne de fabrication coréenne entrait dans le pays. On trouvait normal que les services secrets nord-coréens s'appuient sur la minorité coréenne de Russie pour organiser le marché clandestin. Les dérivés de la cocaïne et les amphétamines entraient par la Chine. Et inversement, des filles partaient de Russie à destination de Macao, Beijing, Shanghai. L'import-export était entre les mains de la Triade. De leur côté, les mafias des Etats d'Asie centrale intégrés à la CEI (Communauté des Etats indépendants) essayaient de grappiller des parts de marché en proposant des produits de meilleure qualité. Les frictions entre organisations rivales devenaient fréquentes. Plus il se coltinait avec la réalité, plus l'homme qui se faisait appeler Président, haussant un sourcil, se demandait si réellement ses envois de « balles perdues » étaient à l'origine de ce merdier. En tout état de cause, la présence par capillarité des organisations criminelles d'Asie centrale permettait aux « balles perdues » japonaises de passer plus facilement inaperçues. L'homme s'en servit comme d'une couverture. Et, cerise sur le gâteau, l'élimination de gros bonnets de la mafia russe (et de certains complices) par les yakuzas fut interprétée comme une œuvre de justice d'honneur. Tout le monde était au courant de cette histoire de délégation japonaise qui avait un jour visité la ville pour rencontrer la mafia russe – pour une « importante négociation commerciale globale » – et s'était fait flinguer par surprise dans un restaurant d'hôtel. Les Japonais avaient immédiatement coupé les ponts avec les Russes dont ils étaient les hôtes. Puis des « balles perdues » avaient débarqué pour mener des actions. C'est le code d'honneur yakuza, ça ne fait aucun doute, disait-on. Chez les yakuzas, il n'y a pas d'excuse qui tienne, tout acte est sans appel. Vengeance. Revanche. Justice d'honneur, quoi. Les criminels locaux n'aimaient pas trop les Japonais, qui les mettaient mal à l'aise. Mais ils pouvaient les comprendre. Cette façon d'apurer une dette leur rappelait un peu la *Krovnaya Mest* des Tchétchènes. C'est pourquoi la mafia tchétchène reçut favorablement la demande de coopération de l'homme qui se faisait appeler Président, quand celui-ci vint se présenter avec la tête d'un gros bonnet ennemi et trois millions de yens en guise de petit cadeau. Réaction spontanée devant l'argent et la démonstration de force (cette force qui met toujours mal à l'aise quand on est face aux Japonais, avec ce quelque chose de brigade spéciale d'attaque[1] qu'ils ont toujours). Mais l'homme ne s'amusa pas de ce succès. Pas question de rigoler. Parce que si la situation évoluait plutôt en leur faveur, cela ne faisait qu'obéir au schéma tracé par quelqu'un. Le fait également que les Tchétchènes à court de liquidités aient réagi au fric. Tout ça... tout. Tout marchait selon les calculs, au doigt et à l'œil du client. Mais je vais le doubler, se mit-il dans la tête. Il investit sept cent mille yens pour se connecter avec un groupe de vétérans de la guerre d'Afghanistan. Cela lui donna un accès de plein droit au marché des armes à feu approvisionné par le recel des systèmes d'armes complets de l'ancienne armée soviétique. On y trouvait même des missiles sol-air à des prix défiant toute concurrence. En trois jours, il équipa lourdement ses vingt-sept hommes. Pour soixante mille yens par tête. Il acheta également des

1. *Tokkô-tai* : pendant la guerre du Pacifique, nom réel de ceux que les étrangers connaissent généralement sous le nom de kamikazes.

armes pour lui-même, dont quatre mortiers et des caisses de munitions, pour un total d'un million quatre cent mille yens. L'organisation tchétchène lui présenta à titre gratuit un « blanchisseur », qui lui expliqua tout le processus à partir de la sortie (à savoir le guichet d'une banque souterraine japonaise), chaque fois que le client payait le cachet convenu suite au dégommage d'une cible. Comme le dernier virement datait de la veille, les traces étaient encore fraîches. Il promit une prime de réussite de cinq millions de yens, avec ligne de frais illimitée. Deux jours plus tard, sur la suggestion du blanchisseur, il prit contact avec une micro-organisation spécialisée dans le crime électronique, pour trois cent mille yens à titre de cadeau de politesse. La Russie foisonne de hackers parmi les plus compétents de la planète. Une force de travail experte, implantée dans tous les secteurs du crime international à la fin du XXe siècle. Il demanda un spécialiste de la fraude en systèmes informatiques. Ce type prenait deux millions de yens rien que pour une demi-journée. Le soir même, l'homme effectua un virement de sept millions cinq cent mille yens sur le compte du blanchisseur, satisfait d'avoir trouvé la trace qu'il cherchait. La trace se trouvait dans le bâtiment qui avait abrité la section de l'ex-Parti communiste de la ville. Et se déplaça pour un rendez-vous discret devant la statue de Lénine, qui n'avait jamais été déboulonnée. En dernier lieu, il réveilla quatre anciens agents secrets de l'ex-KGB, qui pour une rétribution de cinq cent à six cent mille yens chacun lui permirent de collecter quelques ultimes informations.

T'as vu ça ? dit l'homme. Comme dans les films d'espionnage ! *Les gâteaux de riz pilé, ça s'achète chez le marchand de gâteaux de riz pilé*, y a pas à dire…

T'as vu ça ? Moi, quand je tiens la queue, je la lâche plus, attention !

L'acquisition d'un camion militaire bâché lui coûta un million neuf cent mille yens environ. Il ne l'acheta pas sur le marché des véhicules volés, lui. Non, cette acquisition, effectuée par l'intermédiaire d'une entreprise privée normale, fut à peu près légale. Les vingt-huit yakuzas montèrent dans le camion. Quatre sur la banquette du conducteur, et les vingt-quatre restants à l'arrière. En manteaux de fourrure, bottes de feutre, dont il les avait pourvus en même temps que des armes, bien conscient que c'était la guerre. Ils quittèrent la ville à l'aube et se dirigèrent vers l'ouest. Par la vitre, la plaine herbeuse. Puis une zone humide. Puis de nouveau la plaine. Puis un cimetière de voitures. Des voitures entassées, délestées de quasiment toutes leurs pièces, juste les carrosseries comme des carapaces vides. Puis des maisons traditionnelles. Comme une sorte de village paysan à l'extérieur d'une ville. Avec des cochons. La plaine se transforma en champs cultivés. Il ne savait pas ce qui était cultivé là, à l'infini. Du sable avait été répandu sur la chaussée. D'énormes quantités, contre le gel hivernal. Cela faisait des nuages de poussière qui s'élevaient comme des signaux de fumée. Puis de nouveau la plaine inculte. Au bout de quatre heures de route, la dense lisière de la taïga apparut. On approche, pensa l'homme. Il tenait une carte à la main. Celle-ci lui avait coûté douze millions de yens à elle seule. Sur la carte, la « ville qui ne figurait sur aucune carte » avait été dessinée à la main. La ville scellée de l'ex-armée soviétique. Il était là. Le client. Il était là. A cet instant seulement, l'homme qui se faisait appeler Président se sentit d'humeur à rire. Y a pas à dire, *les gâteaux de riz pilé, ça s'achète chez le marchand de gâteaux de riz pilé*, se dit-il, et à la guerre comme à la guerre, faut ce qu'il faut. Derrière les frondaisons de la taïga, il reconnut des silhouettes étrangères à la forêt. Des miradors. Pas juste un ou deux. Quatre. Disposés à distance les uns des autres. Puis des pans de mur en béton. Nous y voilà, pensa l'homme. Il vit la fin de la route. Au-delà, c'était un monde entouré de murs.

— C'est une taule ! s'écria l'homme.

Oui, ça lui avait immédiatement évoqué une prison et ça l'avait fait rire.

— Eh bien, ce jour restera gravé comme le jour de ma sortie de taule, dit-il.

Le camion stoppa à une centaine de mètres de l'enceinte. Un des jeunes descendit du plateau bâché. Portant l'un des mortiers, préchargé d'un obus à charge explosive de 51 mm. Il se mit en position, s'agenouilla, tira. Horizontalement, sans utiliser la hausse de tir parabolique. Sur le portail. Sur la porte de la ville qui ne figurait sur aucune carte. L'entrée. Le portail en fer à deux battants vola en éclats, sous l'effet du choc dix fois supérieur à celui d'une grenade à main. Aussitôt après, le camion repartit. C'est l'assaut. Le jeune qui a tiré l'obus de mortier grimpe au passage. Ils font quelques dizaines de mètres. A l'intérieur du monde « libéré » de force. Les allées asphaltées sillonnent à peu près régulièrement l'ensemble de la ville qui ne figurait sur aucune carte. Mais la voierie présente quelques pièges. Des nids-de-poule. Les roues arrière du camion viennent s'y encastrer. Il cale. L'homme qui se faisait appeler Président n'a pas besoin de donner le signal, les vingt-sept jeunes motivés sautent du camion et s'égaillent. Vingt-huit yakuzas avec trois millions de yens d'armes dans les mains. Déploiement. Quelques-uns restent aux alentours du camion pour installer les quatre mortiers dans les quatre directions, de façon à imposer une menace globale sur la ville qui ne figurait sur aucune carte. Mais l'homme qui se faisait appeler Président n'en reste pas là. Il n'a pas l'intention de simplement dicter des conditions à l'abri de son carré de mortiers et de ses jeunes. Il s'égaille, lui aussi, la kalachnikov dernier modèle à la main. Lui aussi se déploie. Lui aussi a pété un câble. Alors ! pense-t-il, c'était pas dans ton schéma, ça, hein ! Un jeune l'appuie de chaque côté, bien sûr, mais dans sa tête, il donne l'assaut à lui tout seul.

— Quinze minutes pour me fouiller tout ça ! gueule-t-il. Neutralisez tout ce que vous pouvez ! Et vous embarrassez pas des vies ! Foncez !

Il est au comble de l'excitation. Il court en hurlant entre les bâtiments blancs. Pourtant, l'action n'a pas encore commencé. Pour la bonne raison que la place est vide. La ville qui ne figurait sur aucune carte ressemble avant tout à une ville abandonnée. Effectivement, elle l'est. Population officielle zéro. Quant à la population clandestine, elle n'est que de quelques individus. Quelques très rares individus.

C'est à ce moment précis qu'ils arrivent.

Les chiens.

Dès l'instant où les chiens entrent en jeu, tout est plié en dix minutes à peine. Et ça, ça ne faisait pas partie du schéma que l'homme avait tracé. D'abord, l'homme qui se faisait appeler Président entend trois de ses jeunes hurler. Puis sept. Durant les premières minutes, il ne comprend absolument rien à ce qui se passe. Premièrement, parce que les chiens n'aboient pas. Cinquante chiens sont passés à l'action en bloc et pas un seul n'a aboyé. Ce qu'on appelle une arme silencieuse. Puis ils sont passés à l'attaque. Ils tuent sans un seul aboiement. Ils agissent en binôme. Ils s'assignent un yakuza comme cible, l'égorgent (la majorité des victimes avaient la gorge arrachée sous le menton) et lui prennent son pistolet semi-automatique ou son pistolet-mitrailleur. Le camion, protégé par ses quatre mortiers, est assailli par une brigade d'élite de six « soldats ». Il tombe en peu de temps. La défense a beau être solide sur quatre côtés, l'attaque vient de six. Et surtout, ces chiens qui foncent à soixante-cinq kilomètres à l'heure, c'est comme le grand Néant qui leur tombe dessus. Notons au passage que deux mortiers font feu sans même viser. Un obus tombe sur le terrain d'entraînement, le second, par le plus grand des hasards, dégomme un mirador. Le détruit partiellement. La plateforme du mirador s'effondre dans un craquement. La terre vibre. C'est le signal. Les tirs d'intimidation éclatent de partout – des divers districts de la ville qui ne figurait sur aucune carte. Certains yakuzas arrosent au hasard sous l'effet de la panique, d'autres ne tirent pas mais crient : « Je vais tirer ! Je vais tirer ! » Les chiens ont quelques difficultés à juger si ces menaces en japonais ont un sens ou pas. Mais comme ils sont habitués aux coups de feu, ils ne sont pas impressionnés outre mesure. Ce qui n'empêche pas un premier chien d'intercepter une balle de mitraillette tirée en dépit du bon sens. Puis trois autres. Au moment de mourir, ils font : *Gaw !* Ou aboient un petit : *Kyun !* Ce sont leurs dernières paroles. Les quarante-six chiens restants jugent que la situation est mûre pour la phase suivante et se le confirment de la voix. A cet instant, l'homme qui se faisait appeler Président pense pour la première fois : Des chiens ? Il comprend que la ville qui ne figurait sur aucune carte n'est pas déserte, il y a des chiens. Il commence à comprendre. Les chiens attaquent mes jeunes ? Mes jeunes affiliés ? Qu'est-ce que c'est que ces putains de clebs ? Moi je cherche le client ! De leur côté, les chiens passent à la phase « rafale ». Depuis le début, ils savent. Ils savent que *ceci n'est pas un exercice*. Et quand leurs camarades tombent – l'information leur est vite transmise oralement –, très calmement, ils deviennent enragés. Ils serrent les yakuzas l'un après l'autre. Ils en poursuivent notamment un ou deux qui se sont introduits dans un bâtiment de quatre étages et les égorgent sur le palier. Ou les poussent à la chute depuis la terrasse. *Vous ne pouvez pas nous échapper ! Ceci est notre ville ! Ceci est notre territoire ! La « Ville de la Mort qui Tue » !* Bien sûr, c'est leur tout premier combat réel et ils essuient bien quelques pertes. Ils ont beau être des chiens de combat professionnels, deux de plus sont abattus. Puis un autre. N'empêche, la sélection naturelle est beaucoup plus rapide chez les yakuzas. C'est un vingt-deuxième qui meurt, puis un vingt-troisième. L'homme qui se faisait appeler Président comprend la situation. Par les yeux, par les oreilles et par la moelle épinière, il comprend que la situation est désespérée. Le sixième sens. Une sorte de picotement. Mes… mes… mes… Qu'est-ce que vous faites à mes petits de la prunelle de mes yeux, espèces de… ? Il voit un chien, il l'abat. Il darde autour de lui un regard chargé d'une volonté de mort atroce. Connard ! il aboie en abattant le chien le plus proche.

Les deux jeunes de part et d'autre de l'homme qui se faisait appeler Président sont encore vivants.

Les picotements de la moelle épinière de l'homme qui se faisait appeler Président les protégeaient.

Mais ils vont mourir, maintenant.

Un grand chien bondit d'un angle mort et égorge l'homme à sa droite. Profitant de l'éclaboussure de sang comme d'un rideau de fumée, il retombe à terre et se jette sur les jambes du garde rapproché de gauche. Il se lance. Il le met par terre, il roule à terre avec lui et *crac !* il lui arrache la tête. Ce n'est pas un chien du groupe des combattants d'active mais, avant de devenir vieux, il avait été le chien de combat « idéal ». Encore maintenant, il dégage une puissance invincible, une aura effroyable. Il le comprend dès qu'il le voit. L'homme qui se faisait appeler Président. Il est juste en face de lui, il le comprend tout de suite.

Cette fois, il n'est pas dans un angle mort.

Le chien, les babines rouges de sang, aboie : *Wouff.*

Et prend une balle.

L'homme qui se faisait appeler Président regarde avec un air de défi le chien s'effondrer. Il baisse le canon de sa kalachnikov mais ne bouge pas. Il ne fait pas un pas. Il ne dévie même pas son regard, ou à peine. Pour la première fois, un résident non canin de la ville qui ne figurait sur aucune carte entre dans son champ visuel. Un humain. Sur le champ de bataille vient d'apparaître sa fille.

Tu as tué Belka, dit-elle.

En japonais.

Ho, dit l'homme. Dis donc, même otage, t'as pas maigri, toi.

Tu as tué Belka, répète sa fille.

L'homme appelle sa fille par son prénom. Son prénom japonais. Le nom que l'homme qui se faisait appeler Président a donné à sa fille. Le nom qu'il lui a donné en tant que père. Pas de réponse. Seul lui est retourné un regard farouche. Comme dans la vidéo, pense l'homme qui se faisait appeler Président. Alors ? Qu'est-ce que t'en dis ? demande-t-il. Tu veux sortir de là, non ? Mais c'est pas comme ça que ça va se passer, dit l'homme qui se faisait appeler Président.

Le président reprend :

— Je suis venu pour toi...

Mais c'est le père qui poursuit :

— Parce que tu me commences à me gonfler !

Le canon de la kalachnikov s'est relevé.

La fille ne baisse pas les yeux et prononce un mot. Un ordre. Un ordre en russe. A l'instant même, des ombres bondissent. Des feuillages des arbres plantés sur les côtés de l'allée goudronnée, comme dans une rue urbaine. De derrière les bâtiments, des fenêtres du premier étage. Des chiens. Sept chiens. Un peu jeunes encore pour être considérés comme des chiens adultes. *Tue-le*, a dit la fille en russe. *Vous autres, attaquez ! Et toi, Quarante-sept, crève-le*. Les six chiens se jettent en grappe sur l'objectif. Pour commencer, la kalachnikov est arrachée. Elle tombe à terre avec un bruit de ferraille. L'objectif est écartelé aux quatre membres (les bottes de feutre, les paumes de ses mains nues, les manchettes de son manteau sont prises dans les mâchoires) comme pour une crucifixion. Sur place, quasiment debout. Puis un chien – il porte une breloque numéro 47 – lui saute à la figure. A soixante-deux kilomètres à l'heure. Un bond. Crocs en avant. Sur la gorge fragile. Torsion du corps. Le crève. Le finit.

C'est fini.

L'homme lâche un jet de sang et s'effondre. L'homme. L'homme qui se faisait appeler Président. Qui était aussi son père.

Sa fille est là.

La gamine est là, les sept chiens qui ont déjà lâché leur proie à ses pieds.

Pendant plusieurs minutes, ils ne bougent pas.

Ni la fille ni les chiens.

Puis ils se retournent.

Ils se sont rendu compte d'une présence derrière eux.

Un vieux.

La fille dit une courte phrase. En japonais.

— Hé, le Vieux, je crois que j'ai mérité le nom de Strelka.

Sa voix tremble. Des larmes coulent de ses yeux.

Mille neuf cent soixante-trois
Mille neuf cent quatre-vingt-neuf

Hé ! Les chiens ! O chiens ! Où êtes-vous ?

Vous vous êtes répandus partout. Vous vous êtes multipliés à l'infini. Bien sûr, certains ont eu des petits, d'autres pas. Des lignées se poursuivent, s'interrompent, s'entremêlent. Vous naissez – l'un après l'autre, vous naissez – puis vous mourez – l'un après l'autre, vous mourez. Vous ne vivez pas infiniment. Mais votre arbre généalogique continue à pousser.

Depuis son point de départ dans une île occidentale de l'archipel des Aléoutiennes, et encore maintenant.

Sur la Terre entière.

Vous ne vous éteindrez pas.

Mais vous vous ferez balader. C'est cela, le XXe siècle. Le siècle de la guerre et du chien soldat.

Deux grandes guerres ont eu lieu au cours du XXe siècle. Se sont déployées sur le monde comme sur un plateau de jeu de société. Toutes les deux durant la première moitié du siècle. Puis, durant la seconde moitié, deux guerres de formes similaires, homothétiques. Deux guerres locales. Des produits de la guerre froide, dont le théâtre militaire se situa en Asie. Dans l'une, les soldats américains ont saigné, dans l'autre les soldats soviétiques. La première fut localisée dans l'Asie du Sud-Est, la seconde dans l'Asie centrale.

Péninsule Indochinoise et Afghanistan.

Dix ans chacune.

C'est le 8 mars 1965 que l'armée américaine se déploya sur le terrain. Et la guerre du Viêt Nam dura jusqu'en 1975.

C'est le 25 décembre 1979 que l'armée soviétique se déploya sur le terrain – franchit la frontière, disons. Et la guerre d'Afghanistan dura jusqu'en 1989. Guerre du Viêt Nam et guerre d'Afghanistan. Deux bourbiers, l'un pour les Etats-Unis d'Amérique, l'autre pour l'Union soviétique. Tous les deux de purs produits de la guerre froide, qui occasionnèrent chacun un « engagement direct » de dix ans. Figures homothétiques. Chiens, ô chiens ! Vous vous êtes fait balader comme des pantins dans ces deux bourbiers. Mais votre arbre généalogique ne s'est pas manifesté qu'en Amérique ou en Union soviétique. Il n'y a pas que là où vous vous greffez, vous vous entez, où votre destin foisonne et bourgeonne.

Il y a la Chine, aussi.

La Chine communiste, le troisième acteur.

En 1963, Mao Zedong déteste Khrouchtchev.

En 1963, le corps cynophile de l'Armée populaire de libération est entièrement composé de descendants de Jubilee. Ce corps n'est pas regroupé au sein d'une unité particulière. Il est tenu à disposition de l'état-major en fonction des intérêts stratégiques – autrement dit, il est placé auprès d'unités spécialisées sur le théâtre opérationnel.

En 1963 toujours, les Américains continuent à confondre la Terre avec une image à colorier. Ils persistent à diviser les idéologies en deux couleurs selon leurs territoires et les forces en présence. Tout revient toujours à une guerre des gangs géographique. La couleur de la zone communiste, inutile de faire un dessin, c'est le rouge. Jusque-là c'est bon. Même les Américains ont réussi à ne pas se tromper de crayon. Mais ce qu'ils n'ont jamais réussi à comprendre, c'est que la proportion de rouge n'était pas la même partout (ou du moins ils s'en moquent et préfèrent restreindre leur champ de vision). Même si la pigmentation du rouge est différente d'un pays à l'autre, pour eux rouge c'est rouge, ils mesurent ça à la louche comme pour n'importe quelle décision politique.

Mille neuf cent soixante-trois. Il est pourtant évident que le rouge soviétique et le rouge chinois présentent des valeurs de contraste et de luminosité complètement différentes. Les confondre politiquement, c'est une erreur fatale.

Mais pour les Etats-Unis, c'est une erreur fatale et ça dure quand même.

D'où leur vient cette vision des choses qui manque tant de souplesse ? Le point de départ en est le pacte sino-soviétique, traité d'amitié, d'alliance et d'assistance mutuelle, signé en février 1950. Dès lors, l'Amérique considère la Chine communiste comme un pays satellite de l'Union soviétique et ne révise plus cet avis. Sous couvert de lutte contre le communisme, elle continue à considérer Tchang Kaï-chek (le Kuomintang et la République de Chine à Taiwan) comme le représentant légitime de la Chine. Mais qui a signé le pacte sino-soviétique ? Mao Zedong et Staline. C'est à Staline que Mao faisait confiance. Pas à son successeur Khrouchtchev. Certainement pas au

Khrouchtchev qui lance la « critique du stalinisme » lors du congrès du Parti en 1956.

Là se situe la dynamique d'opposition entre Chine et Union soviétique. L'Amérique nie la situation créée par l'état des relations personnelles de Mao Zedong et Khrouchtchev. C'est l'époque où Mao déteste Khrouchtchev. Où Khrouchtchev se défie de Mao. Et l'histoire pourrait bien devenir le jouet de ce détail. Le XXe siècle se fait balader. Les chiens se font balader comme des pantins.

L'Amérique est victime de son étroitesse de vues. Car en 1963, la Chine n'est pas un satellite de l'Union soviétique.

Il suffit de regarder les chiens pour s'en rendre compte. Oui, les chiens. Les brigades cynophiles de l'Armée populaire de libération. Si l'Amérique les avait observées, elle se serait aperçue que la Chine et l'Union soviétique divergeaient de plus en plus.

Sans le moindre doute.

D'abord, on a la guerre de Corée. La Chine envoie l'Armée des volontaires du peuple chinois. En octobre 1950, soit huit mois après la signature du pacte sino-soviétique. La Chine bénéficie d'un soutien militaire de l'Union soviétique, mais l'équipement militaire des troupes chinoises reste sommaire et la Chine se fait régulièrement laminer par les forces onusiennes – constituées pour l'essentiel par l'armée américaine – lors des quatrième et cinquième batailles du début de l'année suivante. La puissance onusienne tient à un armement et une stratégie militaire modernes. Jusque-là, l'armée chinoise ne connaissait que la stratégie de la marée humaine ou les tactiques de guérilla, mais elle fit les frais de n'être pas une « armée de défense nationale ». L'envoi de cinq millions d'hommes dans la péninsule de Corée fut l'occasion d'apprendre. En juillet 1953, l'armistice est signé. C'est à ce moment-là que l'armée chinoise en profite pour modifier et moderniser son orientation stratégique.

Et les chiens dans tout ça ?

Trois chiens furent capturés et incorporés dans l'Armée populaire de libération. Jubilee, une femelle. Et deux mâles, News News (dit E-venture) et Ogre. Tous trois originellement de nationalité américaine, mais dorénavant chiens soldats de nationalité chinoise. Des purs bergers allemands. Quand Mao Zedong déclare l'indépendance de la République populaire de Chine, l'Armée populaire de libération ne possède aucune brigade cynophile. Mais suite à l'expérience de la guerre de Corée, une telle brigade devient synonyme de guerre « moderne ». De guerre du XXe siècle. De guerre du siècle de la guerre. L'introduction du chien soldat moderne en est le symbole.

Ils sont au front, les chiens.

C'est sur ce concept que sont formées les brigades cynophiles. Les chiens soldats d'élite, que les Américains avaient déployés sur le front coréen, et leurs servants maîtres-chiens, une fois capturés, sont dans un premier temps utilisés comme chiens de garde. Après guerre, ils changent de nationalité. Ils font partie de la toute première brigade cynophile de l'histoire de l'Armée populaire de libération. Jubilee, News News (dit E-venture), et Ogre. Cette première brigade comporte trente-deux chiens. Mais en 1953, la Chine est encore proche de l'Union soviétique. La brigade est donc organisée sur le modèle soviétique, c'est-à-dire autour du russian laika comme « race structurelle ». D'autant plus que le chien soldat moderne fait partie de l'histoire de l'armée soviétique dès les années 1920. Lors de la fondation de l'Union soviétique, l'Armée rouge possède déjà des chiens. Et le dimanche 22 juin 1941, quand commence la grande guerre patriotique contre l'Allemagne nazie (la Seconde Guerre mondiale), dix mille chiens soldats sont prêts à l'engagement. Voilà pourquoi l'Armée populaire de libération prend modèle sur l'Armée rouge soviétique. Demande faite auprès du chenil central à Moscou, vingt-neuf chiens de race russian laika sont cédés à la Chine. Là encore au titre de l'aide militaire. Le fait que la première brigade cynophile soit composée de vingt-neuf laikas et trois bergers allemands symbolise bien la lune de miel sino-soviétique de cette époque, le fait que la balance penche vers l'Est. Ou que la Chine rouge est sensible à l'histoire russe. Les projets d'avenir reflétaient cette même tendance. Jubilee, News News (dit E-venture) et Ogre reçurent un entraînement d'élite au titre de la « modernité de la modernité » et furent jugés de grande valeur, mais exclus du programme de reproduction.

Oui, bon, et les chiens alors ?

Les deux mâles sont châtrés à l'hiver 1953. La femelle est mise à l'écart des mâles en rut.

O Jubilee !

Tout repose sur toi. Tu es en manque de mâle. Mais on ne te permet pas de t'accoupler. On te fouette, même. Sale chienne yankee ! Tu ne baiseras pas !

Cela dure jusqu'en 1956. Cette année-là, en février, l'Union soviétique tient son XXe congrès du Parti communiste. Puis Khrouchtchev, premier secrétaire du Comité central, sous couvert d'évoquer les « effets du culte de la personnalité », fait secrètement la critique globale de Staline. Ce rapport secret est un choc. Car aucun autre pays du bloc communiste n'a été prévenu à l'avance. Autrement dit, la Chine a été ignorée. Quand le contenu est rendu public, Mao Zedong en reste comme deux ronds de flan. Staline, un « sombre autocrate » ? Mais en affirmant cela, que faites-vous des pays comme le nôtre, qui a pris comme modèle l'Union soviétique de Staline pour sa fondation et sa voie vers l'établissement d'une nation idéale, hein ?

Hé, Khrouchtchev ! Hé, Nikita... Nikita Sergueïevitch !

Tu nous accuses d'être des déviationnistes parce que nous vénérons le *chairman* Mao, c'est ça ? Non mais tu assumes la responsabilité de ce que tu dis ?

Ainsi se développe une animosité personnelle entre Khrouchtchev et Mao Zedong. Les frictions sino-soviétiques se répercutent sur le programme de développement de l'arme nucléaire stratégique et sur les chiens. D'abord les chiens. O Jubilee ! Les interdictions qui te frappaient sont soudain levées. Tu peux baiser. Cela t'est notifié dès l'été de cette année-là. L'organisation de la brigade cynophile de l'Armée populaire de libération et le programme de reproduction des chiens soldats ne prennent plus leur modèle à l'Est uniquement, et les bergers allemands sont désormais reconnus.

Vingt-deux jeunes mâles bergers allemands pure race sont donc achetés. Ils te courtisent tous puisque tu es la seule femelle disponible dans l'enceinte du quartier de la brigade. Il a été décidé de tirer parti du pedigree d'élite mis au point par les Américains.

O Jubilee, tu portes tant de désirs en toi.

Qui es-tu ? T'en souviens-tu ? Te souviens-tu de ta sœur ? Celle qui s'appelait Sumer. A l'âge de six mois, vous fûtes séparées. Sumer ne devint pas chien soldat mais, achetée pour sa perfection esthétique, elle fit ses premiers pas dans l'univers des concours de beauté. Elle resta dans le Mainland américain. Et mit bas une incalculable quantité de chiots, avant de vivre un étrange destin en devenant la mère de lait de sept chiots qui n'étaient pas les siens. Et toi ?

Jubilee ?

Toi, tu es de l'autre côté du Pacifique. Tu as été exclue du programme de reproduction. Tu aurais bien aimé t'accoupler avec un mâle, mais cela ne t'a pas été permis. Tu aurais bien aimé avoir des chiots, mais cela ne t'a pas été permis. Tu comprends ? Tu portes ce désir en toi. Toi, ô Jubilee.

Moi ?

Oui.

Wouff.

En 1956, tu ne deviens pas grosse. Printemps 1957, tu n'es même pas en chaleur. On te soumet à un régime alimentaire spécial pour ton âge déjà avancé. Ton poil retrouve le lustre de sa jeunesse. Mais tu n'as toujours pas de petits. Pour favoriser l'œstrus, on fait appel à la médecine chinoise. On te donne même du lait d'humaine. Allez ! Allez ! Mais, à l'été 1957, tu ne montres toujours aucun signe de grossesse. L'automne vient. Novembre. Début novembre, il se passe quelque chose. Tu lèves les yeux vers le ciel. Tu ne comprends pas de quoi il s'agit, mais tu te tournes impulsivement vers le ciel bleu. *Quelqu'un me regarde de là-haut. Un chien ! Un chien me regarde.*

Il te semble apercevoir une étoile courante.

Et tu t'éveilles à la conscience de ton désir. Tes capacités de reproduction s'éveillent à cent pour cent. Explosent. Jubilee, au cours de 1958, tu mets bas deux fois. Tu donnes naissance à quinze chiots au total. Deux fois encore en 1959. Douze chiots. Et en 1960 une dernière fois (à un âge exceptionnellement avancé), quatre chiots. Au même moment, plus au nord sur le même continent (également en zone communiste, sur le territoire de l'Union soviétique), un chien-loup du nom d'Anubis, également en rut permanent malgré son âge, saute des femelles et plante ses petites graines. Comme toi, qui, nonobstant ton grand âge, as mis bas un total de trente et un chiots.

Hiver 1958, les petits de ta première portée mettent bas la génération suivante.

Printemps 1959, les petits de ta seconde portée mettent bas la génération suivante.

Automne 1959, les chiens de la seconde génération se font la course. Se multiplient. Ta lignée se reproduit. Puis, la preuve ayant été faite que ton pedigree représente bien l'excellence « moderne », on leur donne licence de s'accoupler, mâles et femelles confondus, et en 1963 le berger allemand est devenu la « race structurelle » du corps des chiens de combat de l'Armée populaire de libération. Tous sont issus de ton arbre généalogique. A savoir huit cent un chiens.

Et la Chine de Mao dans tout ça ?

Pour répondre à cette question, il nous faut aborder la question du développement nucléaire. La Chine avait décidé qu'il était d'une importance stratégique pour elle de posséder l'arme nucléaire, en vertu de sa position de troisième acteur dans le jeu des superpuissances – Etats-Unis d'Amérique, Union des républiques socialistes soviétiques, République populaire de Chine. En 1958, un incident illustre parfaitement cette situation. Oui, la crise du détroit de Taiwan. En août de cette année-là, Mao Zedong procède au pilonnage de l'îlot Jinmen. L'îlot Jinmen, au large de la commune d'Amoy (ou Xiamen), dans la province du Fujian, était occupé par l'armée régulière du Kuomintang. Autrement dit, il constituait la tête de pont d'une possible contre-offensive des troupes de Tchang Kaï-chek sur le continent. Dans le contexte où le Kuomintang, autrement dit les forces de Tchang Kaï-chek, dit aussi la République de Chine à Taiwan, était encore le seul représentant de la nation chinoise reconnu par les Américains, les Etats-Unis ne pouvaient laisser faire. Puisque la Chine de Mao est rouge. La moindre parcelle de territoire acquise par la Chine communiste modifie le coloriage de l'Asie, qui devient d'autant plus rouge communiste. Alerte ! Alerte à Mao Zedong ! La situation devient rapidement explosive. De l'été à l'automne 1958, les Etats-Unis ont sérieusement envisagé d'utiliser l'arme nucléaire. A l'époque, les Etats-Unis avaient des bombes nucléaires déployées dans tout le Pacifique – à Taiwan, Okinawa, Guam, par exemple. Dans toutes les bases militaires américaines, des organes radicaux sont mis en place au sein de l'armée pour justifier l'utilisation de la bombe. L'Amérique, avec sa vision simpliste « communisme contre démocratie », était prête à montrer de quoi elle était capable. On va lui régler son compte, à Mao ! Mao Zedong, lui, formulait la situation en termes de « socialisme chinois contre impérialisme américain ».

Telle est la relation entre la Chine et les Etats-Unis.

Le choc frontal fut finalement évité. Mais une fois la menace nucléaire écartée, Mao Zedong retint la leçon. A savoir : seule la bombe peut contrer la bombe. C'est le seul moyen de neutraliser les menaces américaines. En outre, à l'époque de l'amitié sino-soviétique, la Chine était protégée par le parapluie nucléaire soviétique – à cette époque, oui, la Chine était un satellite de l'Union soviétique. Mais maintenant ?

Mieux vaut pas y compter, se dit Mao Zedong.

Au contraire même, si ça se trouve, avec ce Khrouchtchev… se dit Mao. Hé ! Nikita… Tes bombes, j'aime pas trop les sentir dans mon dos. De son côté, Khrouchtchev pensa aussi : Hé ! Mao ! Qu'est-ce que tu fabriques, exactement ? Qu'est-ce que tu comptes faire si la guerre atomique éclate ? Je suis emmerdé, moi. Je m'engage dans la voie de la coopération américano-soviétique pour arracher les bourgeons de la guerre atomique avant qu'ils éclosent, et toi, regarde-moi ça. T'es con, ou quoi ?

Non, Khrouchtchev ne le dit pas, mais il pensa : Alors tu vas nous laisser tranquillement contrôler le monde entre nous, Russes et Américains, c'est compris ?

Il ne le dit pas vraiment, mais le fit comprendre. Toutes ses actions montrent qu'il se défiait énormément de Mao Zedong. A vrai dire, le programme de développement de la bombe atomique chinoise était lancé depuis 1956. En 1957, par obligation envers un pays allié, l'Union soviétique avait passé un accord de coopération sur les technologies modernes de défense nationale. Mais à partir de la crise du détroit de Taiwan en 1958, Khrouchtchev commence à s'inquiéter de Mao Zedong (et de ses ambitions nucléaires). C'est qu'il est sérieux, l'autre ! C'est un danger, ce type ! En 1959, Khrouchtchev rompt l'accord sur les technologies modernes de défense nationale et fait rapatrier tous les conseillers et spécialistes nucléaires soviétiques en 1960. Finie, l'aide technologique nucléaire. Et la rupture sino-soviétique… Bah, tant pis, hein.

Tu m'en veux pas, Mao, dis ?

Puis, en 1963, survient un événement décisif. Les trois puissances nucléaires de l'époque, les USA, le Royaume-Uni et l'Union soviétique, signent un traité d'arrêt partiel des essais nucléaires. Façon de dire au reste du monde : la bombe, on se la garde. Et ça, ça lui fait péter les plombs, à Mao Zedong. En réponse, le 31 juillet 1963, il proteste par une déclaration qui dénonce nommément l'Union soviétique.

1964.

Deux grandes joies pour la Chine. Tout d'abord, le 14 octobre, la démission de Khrouchtchev. Dans les dents, Nikita ! rugit Mao Zedong. Juste après, le 16 octobre, la première bombe atomique chinoise est testée avec succès. Nous l'avons faite tout seuls ! gesticule Mao. Prenez-en de la graine !

La Chine est devenue une superpuissance.

Le lien (d'inimitié en l'espèce) entre Mao et Khrouchtchev est rompu, mais un nouveau lien va faire bouger le monde. Le lien d'amitié personnelle entre Mao Zedong et Hô Chi Minh. Et qu'y a-t-il de mal à cela ? En définitive, pendant toute la première guerre d'Indochine, quand la République démocratique du Viêt Nam proclamée par Hô Chi Minh en 1945 avait lutté contre son ancien oppresseur colonial français, seul Mao Zedong avait soutenu Hô Chi Minh. Au cri de « A bas les impérialistes ! », la Chine communiste avait fourni sans compensation au Viêt

Nam cent soixante mille armes à feu. Quinze mille Vietnamiens furent formés et devinrent des professionnels de la lutte armée – spécialistes de la guérilla, essentiellement. Durant toute sa vie, Hô Chi Minh conserva une immense gratitude pour Mao Zedong et lui voua un profond respect.

Ces excellentes relations personnelles eurent bien évidemment une influence sur les relations bilatérales sino-vietnamiennes, intriquées dans les relations sino-américaines et sino-soviétiques.

Et alors ?

Alors arrive le chaos de la guerre du Viêt Nam (dite aussi seconde guerre d'Indochine).

Hé oui, nous voici enfin à la guerre du Viêt Nam. La fameuse guerre du Viêt Nam. Le bourbier où sombrera l'Amérique. Guerre localisée de la péninsule Indochinoise. En 1964, le président des Etats-Unis d'Amérique n'est plus John F. Kennedy. Avant même que Khrouchtchev soit écarté de la politique, le 22 novembre de l'année précédente, Kennedy est assassiné à Dallas, Texas. Retiré du monde. Et si Kennedy avait toujours montré de l'indécision quant à l'idée de « déclarer une guerre », ce n'est pas le cas de Johnson. Lyndon B. Johnson, ex-trente-septième vice-président et actuel trente-sixième président. Le 2 août 1964 éclate l'incident du golfe du Tonkin. Un destroyer américain fait feu sur des navires nord-vietnamiens, en riposte à une prétendue attaque des forces du Viêt Nam de Hô Chi Minh, autrement dit de la République démocratique du Viêt Nam, le Viêt Nam communiste. Attaque qui n'est en fait qu'une intox des Américains. Le 7 février 1965, les bombardements du Nord-Viêt Nam commencent. Et se déplacent de plus en plus vers le nord.

C'est-à-dire ?

Pour Mao Zedong, il y a de quoi se poser des questions, en effet. Qu'est-ce qu'ils cherchent ?

Où veulent-ils aller, en réalité ?

Qu'y a-t-il au-delà du Viêt Nam ? La Chine.

Oui. Mao Zedong voit la Chine dans la ligne de mire des Américains. Encore ? pense-t-il. Hô Chi Minh lance un SOS. Le 22 mars, le Front de libération populaire du Sud-Viêt Nam – autrement dit les forces communistes du Sud-Viêt Nam, plus connues sous l'acronyme Viêt Công – lance un appel « à toute aide de nos amis du monde entier ».

Leur seul ami, ce fut encore Mao Zedong.

Qui lança le mot d'ordre « Résistance contre l'Amérique, aide au Viêt Nam » et prit l'engagement que la Chine mettrait un terme à l'agression colonialiste américaine et apporterait une aide humaine au Nord-Viêt Nam ! D'ailleurs, les Etats-Unis de leur côté avaient fait débarquer trois mille cinq cents Marines dans la baie de Da Nang, portant ainsi la guerre sur le continent. « Ingérence directe. » Alerte ! cria Beijing. Alerte à l'Amérique ! Cette guerre pourrait bien s'étendre au territoire chinois !

Puisque c'est ainsi, nouvel envoi de personnels.

Ce qui fut dit fut fait. Le 9 juin 1965, un important corps d'appui de la Chine maoïste franchit la frontière, pénètre en toute amitié dans la péninsule Indochinoise, dans le territoire du Viêt Nam de Hô Chi Minh. Un corps expéditionnaire composé de l'élite de l'Armée populaire de libération. Qui part pour le front après à peine deux mois d'entraînement spécial.

Cette stratégie d'appui au Viêt Nam resta hautement confidentielle. Dans la seconde moitié de 1965, il y avait plus de cent mille soldats chinois en Indochine pour le programme « Résistance contre l'Amérique, aide au Viêt Nam ».

Et des chiens, aussi. Soixante-quinze chiens soldats rouges. Les descendants de Jubilee franchirent la frontière sino-vietnamienne au titre de force combattante opérationnelle à la pointe de la modernité. Vers le sud de la péninsule Indochinoise.

Au sud, toujours plus au sud…

L'Amérique eut-elle conscience de cet engagement ?

Dans les grandes lignes, bien sûr. Ce n'était pas pour rien qu'elle était à la tête de l'un des deux plus importants réseaux de renseignements occidentaux. Mais elle garda l'information secrète. L'implication chinoise laissait l'administration Johnson quelque peu perplexe. Les Chinois chercheraient-ils par hasard à nous attirer dans une guerre globale ? Les spéculations de Moscou semblaient contradictoires. Serait-ce un piège ? Bref, le fait d'avoir amalgamé le rouge soviétique et le rouge chinois les mettait dans l'embarras, et ils préférèrent garder le secret secret. Du moment que rien n'était officiel, nul besoin de déclarer la guerre à la Chine.

Il suffira d'éviter un affrontement trop direct, décida Washington.

La péninsule Indochinoise était partagée en deux : Nord et Sud. Au niveau du dix-septième parallèle nord. En 1954, les accords de Genève – qui avaient mis fin à la première guerre d'Indochine – avaient décidé la création d'une zone tampon au niveau de cette ligne. La fameuse DMZ (zone démilitarisée). En 1967, la province du Guáng Tri, au Sud-Viêt Nam, frontalière avec cette zone, devint le théâtre de sévères affrontements entre l'armée américaine, le Viêt Công et l'armée nord-vietnamienne.

L'affrontement direct sino-américain, qui avait été soigneusement évité jusque-là, eut finalement lieu pendant l'été de cette année-là, ici même, dans le Guáng Tri.

Mais pas entre humains.

Entre vous.

Oui, l'affrontement eut lieu entre vous. Comme un combat de chiens.

L'un des combattants nous vient d'Amérique. Du Mainland américain. Son nom est DED. Novembre 1963, retrait de John F. Kennedy. Dit JFK. Mars 1968, retrait de Lyndon B. Johnson, qui au cours du discours annuel sur l'état de l'Union avait déclaré qu'il « ne briguerait pas de second mandat ». Oui, LBJ. Et maintenant DED. DED, déployé sur le front de la péninsule Indochinoise pendant l'été 1967, retiré à l'été 1968.

Autrement dit, du point de vue de l'histoire canine, il y avait eu JFK, il y avait eu LBJ, il y eut DED.

Oui, tu étais là.

Moi ?

Oui.

Wouff.

Juin 1967. Tu as déjà traversé l'océan Pacifique. Mais tu ne te trouves pas encore au Viêt Nam. Pour l'instant tu es à Okinawa, sur le point de quitter ta jeune sœur. C'est pour cela que tu aboies. Vous êtes arrivés tous les deux de la base des Marines de Pendleton en Californie, où vous avez passé les tests de sélection. Puis à Okinawa, vous avez suivi un entraînement spécial de six semaines. Vous êtes frère et sœur, mais pas de la même mère. Vous avez deux ans et quatre mois de différence. Sur votre pedigree, à la septième génération, on trouve votre aïeul Bad News. En remontant seulement cinq générations, votre arrière-arrière-arrière-grand-père a eu pour oncle et tantes Jubilee, Sumer et Gospel.

En quoi consistait l'entraînement spécial à Okinawa ? Profiter de l'environnement géographique similaire pour se roder aux techniques spéciales de combat contre le Viêt Công. En premier lieu, s'habituer aux conditions infernales de chaleur et d'humidité de la jungle. Ensuite, développer vos aptitudes à fouiller des tunnels. Car la guérilla communiste, qui apparaît toujours là où on l'attend le moins, se trouve la plupart du temps tapie dans des réseaux souterrains. Egalement affiner vos sens pour déceler les champs de mines. Pour déjouer des embuscades, riposter aux attaques surprises.

Voilà à quoi avaient été occupées ces six semaines. Il fallait ça pour transformer un chien soldat d'élite américain en professionnel de la guerre du Viêt Nam.

Pour faire de vous des spécialistes.

Outre DED et sa jeune sœur, dix chiens étaient arrivés du Mainland, quarante-six venaient des bases américaines des Philippines, et vingt-neuf avaient passé les sélections dans les bases américaines en Corée. Des quatre-vingt-sept chiens qui participèrent à cet entraînement, dix-sept n'ont malheureusement pas réussi à devenir des spécialistes. La sœur de DED fait partie des recalés. C'est pour cela que tu aboies, DED. Toi, tu seras envoyé dans la péninsule Indochinoise, mais ta sœur va être réorientée sur Oahu à Hawaii, voilà.

Vous ne vous reverrez plus… Vous ne jouerez plus ensemble, tu en as la prémonition. *Wouff*, aboies-tu.

Ta jeune sœur, qui vient d'être recalée et va être chargée d'une mission de sentinelle sur les installations militaires de l'île d'Oahu (mission qui n'est d'ailleurs confiée qu'à des chiens de valeur exceptionnelle), a pour nom Good Night. Elle aussi tiendra un rôle complexe dans votre histoire. Mais pour l'instant, il ne s'agit pas d'elle.

Pour l'instant, nous parlons de toi, DED.

Moi ?

Oui.

Repense un peu à l'origine de ton nom. Il est formé des trois initiales d'une formule mnémotechnique : *Dog Eat Dog*. En d'autres termes, ton nom symbolise l'esprit du combat, une posture, celle d'« une furie prête à aller jusqu'à manger son semblable s'il le faut, au-delà de tout respect de soi, au-delà de toute retenue ». En te baptisant de ce nom, DED, on attendait de toi que tu incarnes cet esprit. Tu comprends ça, DED ? « Chien bouffeur de chien », c'est peut-être d'un goût douteux, mais il ne s'agit pas seulement d'une question de bon ou de mauvais goût, ce n'est pas aussi simpliste que cela. Ce qui est sûr, c'est que ton destin est comme incrusté dans ton nom.

Oui, exactement, tu boufferas tes semblables.

Bientôt.

Tel est ton destin.

Moi ?

Oui.

Wouff.

Sept jours plus tard, les préparatifs de ton expédition sont enfin achevés. Nous sommes encore en juin 1967. Soixante-dix chiens, des professionnels de la guerre contre le Viêt Công, quittent Okinawa et débarquent en Indochine. Les unités d'affectation sont attribuées dans l'ordre. Tout au sud, dans le quatrième district opérationnel, aucun chien n'est affecté. Dans le troisième district, quarante-quatre chiens. Dont la moitié dans la province de Tây Ninh, frontalière avec le Cambodge. Dans le deuxième, quatre. Le reste rejoint le premier district opérationnel, le plus au nord. Soit vingt-deux chiens, dont huit dans la province du Guáng Ngãi, quatre dans celle de Thùa Thiên et dix dans la province la plus au nord, celle du Guáng Tri.

Juillet 1967, DED fait partie des dix chiens qui arrivent dans le Guáng Tri.

Les dix chiens sont transportés par hélicoptère.

Les chiens descendent du ciel et posent patte dans la zone des combats. Sur la LZ (zone d'atterrissage) qui a été dégagée dans la jungle. Le dix-septième parallèle forme la frontière nord de la province du Guáng Tri. Là se trouve la DMZ (zone démilitarisée). Mais cet été-là, elle est au contraire le théâtre de combats extrêmement violents. Il y a douze mois, le Joint Chiefs of Staff a donné l'autorisation d'effectuer des bombardements dans la DMZ. Sans aucune annonce officielle, bien entendu. Sur cette frontière, le seul mot d'ordre est : « Stopper l'invasion communiste. » Puis, il y a sept mois, les tirs de réponse au-delà de la DMZ ont été autorisés. Parce que c'est une invasion. Et il y a cinq mois, les frappes préventives. Bah quoi… C'est une invasion, on vous dit. Pourtant, cela ne produit toujours aucun effet. Finalement, il y a trois mois, ils ont commencé à mettre en place un rempart de défense. Il s'agit cette fois d'enfermer le

Sud-Viêt Nam au sud du front. Une invraisemblable quantité de personnel a été amenée pour mettre en place des fils de fer barbelés, des mines antipersonnel, des miradors, des projecteurs et autres structures, qui doivent former ce que l'on appellera la « ligne McNamara ». Le transport des matériels se fait par hélicoptères de transport logistique CH54 (surnommés familièrement les « grues du ciel »), qui font régulièrement appel à l'aviation pour leur couverture.

Et c'est devenu un rempart infranchissable ?

Tu parles.

Des clous, oui.

La construction de la ligne McNamara commençait à peine que l'ennemi l'avait déjà contournée et faisait des apparitions régulières « derrière » les lignes américaines. Et vas-y que je t'attaque les bases avancées et vas-y que je te mets en pièces les portions de la ligne McNamara en cours de construction.

Mais qu'est-ce que c'est que ce bordel ?

L'explication se trouve sous terre. Les fameux réseaux de tunnels. Dès mars 1965, le Viêt Nam était préparé à une résistance totale, et les structures essentielles des grandes villes du pays étaient déjà transférées sous terre. Des voies de communication souterraines et des abris anti-aériens avaient été creusés un peu partout et le furent encore par la suite. Bien entendu, la DMZ ne faisait pas exception. Autrement dit, depuis plus de deux ans le sous-sol du dix-septième parallèle était truffé d'un réseau de tunnels extrêmement complexe.

D'autant que l'armée nord-vietnamienne disposait d'auxiliaires aux aptitudes sensorielles surhumaines, capables de guider les commandos d'attaque au-delà de la DMZ jusqu'au Sud-Viêt Nam, dans toutes les conditions, même dans le noir complet.

Hé oui, des chiens.

Les chiens de l'aide secrète chinoise, dont les matricules de l'Armée populaire de libération avaient été soigneusement effacés sur les colliers.

Ils avaient d'ores et déjà fait montre d'une efficacité redoutable. Par exemple, quand les Green Berets, le corps de spécialistes antiguérilla de l'US Army, infiltrés secrètement au Laos, avaient organisé les CIDG (Civilian Irregular Defense Groups) pour harceler le Viêt Công dans la partie ouest de la DMZ, ils les avaient contenus jusqu'à l'été 1967. Les *red dogs* – c'est une métaphore – aboyaient : *Résistance contre l'Amérique !* et les CIDG se faisaient coincer dans les montagnes.

Cet été-là, les chiens rouges n'étaient plus que vingt (dont onze déployés aux abords du dix-septième parallèle), mais ils constituaient les plus puissants auxiliaires du Nord-Viêt Nam.

La preuve de l'amitié entre Mao Zedong et Hô Chi Minh.

Telle était la situation dans la DMZ et dans la province du Guáng Tri limitrophe, partie septentrionale du premier district opérationnel du Sud-Viêt Nam. La bataille faisait rage sur terre et sous terre. Chaque fois que les forces américaines montraient des velléités de construire la ligne McNamara, l'armée nord-vietnamienne l'anéantissait. Cette ligne ne semblait être bâtie que pour être détruite. Bien entendu, le Viêt Công était également infiltré partout dans la province, au sud, à l'ouest, à l'est, et menait une incessante guerre de harcèlement. L'armée américaine vivait un enfer qu'elle ne devait qu'à elle-même, pour s'être introduite sur la terre du bouddhisme.

C'est là que tu fus affecté, DED. Tu reçus un ordre. L'objectif final est l'éradication des communistes. Et pour commencer, flairer leur piste. Voilà l'ordre que tu reçus. Toi ainsi que les neuf autres chiens. Vous, les spécialistes. Si vous repérez un de ces Viets qui disparaissent soudain dans la jungle ou un commando nord-vietnamien, ne les assaillez pas sur-le-champ, suivez-les à distance. Si l'on pouvait savoir d'où ils viennent et par où ils passent, le chaos commencerait à devenir contrôlable. C'est bien pour ça que vous avez suivi un entraînement spécial à Okinawa, non ?

Oui.

Alors, montrez ce que vous savez faire !

Wouff.

Tu es déjà habitué à l'environnement géographique. Le terrain tropical, le climat. On te lâche avec tes camarades. Mais ces bombardements, cette puanteur, ces explosions, c'est quoi, un show ?

On vous lâche. Vous êtes dix. Très loin, tout là-bas, une vague odeur de gaz lacrymogène. Tout proche, un grondement assourdissant. Au-dessus de vos têtes se croisent missiles et obus. Les pistolets-mitrailleurs parlent. Tirs de mitraillettes. Grenades. *Gunships* dans les airs. Puanteur. Des infiltrés ! – c'est-à-dire des communistes. Vous les laissez prendre cinquante mètres. Cent mètres. Sans les perdre de vue. Vous les suivez. Vous les suivez indéfiniment. A dix, vous les suivez dans dix directions différentes. Chacun de vous découvre une entrée de tunnel camouflée.

Est-ce celle-ci la vraie ?

Chacun de vous jette un coup d'œil à l'intérieur.

A partir de là, plusieurs choses se passent simultanément. D'abord, quatre chiens se trouvent derrière toi et trois de tes camarades. Ceux-là n'ont pas de collier. Pas de tatouage. Ils ne déclarent pas leur camp, mais ce ne sont pas des chiens sauvages, ils ont une trop grande expérience de la guerre réelle dans la jungle indochinoise : ce sont des chiens rouges. Ils vous suivent, progressent dans la même direction que vous. Toi, tu te fais attaquer.

Toi, tu te fais suivre.

Toi, tu es un professionnel anti-Viêt Công, mais pas un chien de combat. Tu sais réagir instantanément à un humain ou à un champ de mines, mais tu n'as jamais imaginé te faire sauter dessus par un animal. D'autant plus qu'il ne s'agit pas de n'importe quel animal. Il s'agit de l'arme emblématique du XXe siècle… L'arme moderne par excellence. Ton semblable. Ordre des *Carnivora*, famille des *Canidae*. Un chien.

Toi, tu es suivi. Sous la terre.

Tes trois camarades aussi.

Un officier nord-vietnamien regarde dans ses jumelles, deux chiens rouges à ses pieds. En attente. L'officier éloigne les jumelles de ses yeux et donne un signal : « Attirez-le au quatrième niveau, dans le piège du tigre ! » Les deux chiens sont lâchés. En un rien de temps, ils sautent dans un trou camouflé et disparaissent sous terre.

Quant aux six autres spécialistes, la moitié d'entre eux sont rapidement éliminés à la pique de bambou, chacun par un soldat communiste qui attendait caché à l'une des diverses entrées du tunnel. Leurs cadavres sont jetés dans des trous qui s'enfoncent verticalement sous terre. Exactement comme les combattants du Viêt Công quand ils disparaissent soudain de la surface. L'un des trois restants se prend lui aussi une pique de bambou, mais ne meurt pas immédiatement (ou n'a pas la chance de mourir sur le coup, disons). Il pousse de petits cris. Quelques minutes plus tard, ses poumons s'étant emplis de sang, ce ne sont plus des petits cris mais des sortes de hoquets liquides. Chaque chien pisteur est suivi par un servant, un soldat américain. Deux sont pris de panique : leurs chiens étaient quelques dizaines de mètres en avant – ils les suivaient à la jumelle – quand ils ont soudain disparu de la surface du sol, ou se sont mis à crier de douleur en poussant des hoquets liquides. Ah, une tanière viet ! se disent-ils.

Et ils requièrent immédiatement une frappe aérienne.

Il reste encore deux chiens.

Eux se sont dit : *Un trou de Viets !* et se sont immobilisés sur place, afin de signaler leur découverte à leurs servants. Ils restent couchés, c'est le signal. Maintenant, ils écoutent les bruits dans le sol. Et ils entendent. Leurs camarades sont suivis. Leurs camarades, sous terre – *Sous terre ? Mais pourquoi ? Comment cela se fait-il ?* –, se font attaquer.

A cet instant se produit une explosion. Quatre obus viennent de tomber tout près, en cascade. Ça n'a rien à voir avec l'action en cours (« suivre les communistes »). Mais ça a bien un rapport avec la réaction de leurs servants. A cet instant précis, comme s'ils s'étaient donné le signal, les deux chiens plongent par réflexe dans le tunnel qu'ils viennent de découvrir.

Apparition d'un avion. A très basse altitude, il largue une grappe de munitions explosives. Des missiles air-sol. L'avion de soutien offre une protection très efficace. Il s'excite sur les points qu'il vise

– dont les coordonnées sont indiquées sur la carte – et fait un show grandiose. Creusement de la terre, explosion de la terre, retournement de la terre. Les éclats volent de partout, se dispersent, le sol lui-même n'est plus qu'un tas de débris qui dansent. Puis retombent. Recouvrent les tunnels. A tout le moins, quelques trous de Viets sont bouchés. Ce qui était l'objectif minimum.

Pendant ce temps, toi, tu es au quatrième niveau.

Toi. DED. Dans ta tête, tu as senti que le premier niveau venait de s'effondrer.

Au-dessus.

Pendant un instant, tu as perdu connaissance. DED, toi et le chien rouge que tu as suivi au second, puis au troisième, puis au quatrième niveau (tiens, il y avait un deuxième chien, alors ?), vous avez senti une grande secousse au-dessus de votre tête. Le roc, la terre compacte ont tremblé. Le bombardement ne s'est pas limité à son objectif de base. Dans cette situation complexe, la résistance à une portion de mille deux cents mètres de la ligne McNamara ne discontinue pas pendant trois heures. Deux miradors en cours de construction sont par exemple détruits. Plus de sept cents sacs de sable volent, *pof pof*... Des fils électrifiés sont coupés un peu partout et crépitent en vibrant. Plus de trente-trois mille trois cents étuis de balles sont dispersés. Des pieds et des bras humains volent. Aussi bien des pieds gauches que des pieds droits, des bras gauches que des bras droits, ce qui rend le calcul difficile. Le calcul du nombre de victimes. La terre fait du surf sur les abris en bois destinés à couvrir la ligne McNamara.

De ce côté-ci, le monde s'est écroulé, somptueusement.

Puis tu reviens à toi.

Tu n'es resté inconscient qu'un instant, mais tu as perdu la notion du temps, le passé, le présent. Tu comprends, DED, tu es au fond de la terre. L'entrée (enfin, pour toi, c'est la sortie. L'issue, disons) est fermée. Bien sûr, toutes les issues du réseau ne sont pas bloquées. Mais le problème, c'est le quatrième niveau, où tu te trouves présentement. Il possédait deux issues verticales. Deux seules. Et elles sont toutes les deux bloquées maintenant.

Le premier niveau s'est d'abord effondré, puis le second et le troisième, par effet indirect. Et voilà.

Les conduits verticaux sont bouchés. Ils n'existent plus.

Les chiens sont au fond de la terre sous la DMZ et ses abords, quelque part au niveau du dix-septième parallèle nord, Indochine.

Au fond du tréfonds de la terre.

Les chiens. Car tu n'es pas seul. Tu le comprends très vite.

Tu t'éveilles.

Au début sont les ténèbres. *Aurais-je perdu la vue ?* Après ta commotion cérébrale, tes facultés de décision sont floues, tu t'affoles. Mais non, ce n'est pas que tu as perdu la vue. C'est juste que tu es au fond de la terre et que tes yeux ne servent à rien, DED. Tu as mal partout. Des hématomes, des éraflures. *Aïe, ça fait mal,* tu gémis. Tes gémissements résonnent contre la roche, contre la terre compacte. *Aaah,* fait l'écho. *Aïïïïe, aïïïïe.* Tu ne peux évidemment pas le deviner, mais dans les semaines à venir, les douleurs ne vont faire que se multiplier sur ton corps. *Où suis-je ?* te demandes-tu. *Qui suis-je ?*

Aïïïïïïïe, dit l'écho.

Puis tu te tais.

L'ennemi est là.

Au commencement sont les ténèbres, en deuxième lieu l'ennemi. *Je suis au fond de la terre,* tu te souviens maintenant. *Je suis un chien américain. Je suis un professionnel d'élite. J'en suis fier.*

L'ennemi aussi se tait.

Tu flaires. Même si tes yeux ne voient plus, tu es encore un chien. Tant que tu as ton nez, tu sais tout. C'est que tu es issu d'une lignée spéciale de bergers allemands qui ont fait la fierté de l'Amérique, tu fus sélectionné une première fois en Californie, puis resélectionné à Okinawa. *Oui, je suis le top du top du chien soldat. Je suis la fierté de l'Amérique. Ça sent. Il y a deux chiens ennemis.*

C'est bien ça.

Ils sont de la même race que moi. Des bergers allemands.

Deux.

Ça sent. Tu le sais. L'un est blessé. L'autre… L'autre a peur ! *Il tremble !* Certes, pas seulement à cause de toi. C'est le changement de situation en soi qui le fait paniquer, ce chien rouge. Mais à quoi bon chercher des excuses ? Pour le moment, ces deux chiens sont en position de faiblesse. Résultat : toi, tu es en position d'oppresser les faibles.

Ça te donne de la force.

La peur de tes adversaires te donne de la force, DED.

Une aura mortelle se dégage de toi, tes adversaires gémissent. Tous les deux.

En tout cas, ils ne parviennent plus à rester silencieux. Ils ont commencé à aboyer. *Ça aussi, c'est la peur ?* te demandes-tu. *Vous avez peur ?*

Hé, vous, chiens anti-américains !

Puis tu passes à l'attaque. Soudainement, tu te rapproches, tu décides de te concentrer sur le chien blessé. Tu agites le menton comme une arme. L'autre chien s'est enfui. En rampant, la queue entre les jambes, il n'y a pas à craindre de représailles de sa part, à celui-là. Tu ne le poursuis pas. C'est un choix tactique. Tu n'es pas habitué à de telles ténèbres. Ce tunnel clos, c'est un nouveau monde. Alors, pas de précipitation.

Cherche ! te dis-tu à toi-même. *Cherche la place !*

Tu commences, en titubant. Ce monde vient de naître.

Un pas. Dix pas. Trois couloirs. Rien que cela te prend une heure. Tu reviens à ton point de départ. Celui que tu as attaqué n'est pas encore mort. Presque, mais il respire encore.

Et puis ?

Tu prends un peu de repos à côté de lui.

Et puis ?

Deux heures passent. Tu commences à ressentir la fatigue. Tu commences à ressentir la faim. Il n'y a rien à manger. Où est la bouffe ?

Là.

Là, il y a à manger.

Tu déchires le ventre du chien rouge, tu lui coupes la respiration. Au commencement étaient les ténèbres, ensuite l'ennemi. En troisième lieu, tu avais le ventre vide. Alors. Tu.

Ce monde a de nouvelles règles. Désormais, la morale, c'est toi. DED, tu bouffes le cadavre. C'est ta chair. Tu ne peux pas le savoir, pas même l'imaginer, mais c'est un de tes lointains cousins. Un berger allemand de race pure, descendant de la lignée de Bad News.

Et puis quoi, tu es vivant, et ça fait un ennemi de moins.

Tu ne le sais pas mais cinq autres de tes camarades sont également sous terre. Enfermés. Des ennemis, aussi. Les chiens rouges ennemis étaient six au total – y compris les deux chiens envoyés par l'officier nord-vietnamien. Moins un, maintenant.

Cela fait six contre cinq.

Qu'est-ce à dire ?

Le choc sino-américain. Le choc frontal qui a été évité jusque-là se produit. Sous terre (sous terre de sous terre, même) en Indochine. La guerre du Viêt Nam des chiens.

Le lendemain – bien qu'il n'y ait ni aujourd'hui ni demain sous terre –, tu trouves l'un de tes camarades. Mais il est déjà mort. Il s'est fait avoir par le piège du tigre. Un piège redoutable contre les « impérialistes américains » : un trou creusé dans le sol et hérissé de bambous acérés. Au quatrième niveau de ce réseau, quelques-uns sont aménagés tout exprès pour attirer et éliminer les spécialistes américains de la lutte souterraine, ceux qu'on appelle communément les « rats des tunnels ».

Cela nous fait cinq contre cinq.

Tu examines le piège du tigre. Mais tes yeux ne servent à rien. Examen tactile et olfactif. Puis tu dégages le corps de ton camarade (morceau par morceau) et tu le bouffes aussi, petit à petit.

Pendant un an, vous effectuez ainsi des soustractions : quatre contre cinq, quatre contre trois, deux contre deux. Un mort tous les deux mois environ. Hé, DED ! Dès la deuxième semaine, tu avais regroupé tes camarades. L'ennemi avait fait de même. Certains chiens s'adaptèrent à ce nouveau monde sans lumière du jour, d'autres non. Ceux qui ne purent s'y faire n'étaient pas tous des tiens... Les chiens rouges chinois connaissaient le réseau souterrain (le schéma, la carte, disons), mais justement, savoir que les issues du niveau quatre étaient bloquées les porta au désespoir. Parce que... *La galerie qui part à droite n'existe plus ! Et à gauche après le goulet, il y a un... il y a un nouveau boyau vers la gauche !* Cela leur fit un choc, et les chocs provoquent la panique. Vous, au moins, vous n'avez pas connu ce sentiment d'avoir perdu vos repères. Vous n'avez pas été dévorés par cette angoisse. Ce que toi tu sais, c'est : *On peut faire un pas par ici*, voilà. Encore un, encore un, et c'est une assurance supplémentaire. Et au total ça fait dix pas, cent pas. *Vous avez pigé ?* demandes-tu à tes camarades. *Marchez avec prudence !* Très vite, vous avez trouvé les réserves de nourriture. Les réserves des communistes. Il y a de quoi soutenir plusieurs semaines de siège, dans ces galeries. Plusieurs chiens pourront survivre plusieurs semaines. En revanche, pendant un an environ, l'armée nord-vietnamienne et le Viêt Công ont considéré le quatrième niveau comme perdu. Et comme c'était la haute saison de résistance à la ligne McNamara, ils n'avaient pas vraiment le temps de recreuser des puits verticaux. Du moment qu'un ou deux niveaux restaient utilisables, ils ont fait avec, c'était un choix tactique. Ce qui ne fut pas sans conséquences pour la guerre du Viêt Nam des chiens. Evidemment, les stocks de nourriture étaient dispersés en plusieurs lieux du quatrième niveau. En considération du risque d'effondrement, vous vous gardez de tout réunir en un seul endroit et il y a donc plusieurs garde-manger. Hé, DED ! L'ennemi t'en a encore pris un ! Bon, ça vous met à égalité, ça. *Fifty fifty*. Ça tourne à la guerre de territoires.

Comment affirmez-vous votre pouvoir sur un territoire ?

Vous n'êtes pas des chiens pour rien : par l'odeur, évidemment.

Des bornes d'excréments délimitent une ligne de front. Par ce marquage olfactif, vous réalisez une carte militaire canine. Le nouveau monde souterrain du quatrième niveau est à présent repéré selon deux axes, l'axe des crottes et celui de l'urine. Petit à petit (prudence, prudence…), les contours de ce monde obscur commencent à être connus. Le marquage olfactif mâle est utilisé pour déclarer la guerre. Ou pour feinter. Mieux que ça. En une occasion au moins, vous avez réalisé une embuscade. Et des battues, version canine. La lutte a continué. De combien de plaies ton corps est-il couvert ! Tu t'es blessé en rampant, en te battant au corps à corps, et tant de fois à cause d'éboulements et d'effondrements, dus aux bombardements, là-haut. Mais tu t'adaptes toujours. Ah oui, tu t'es cassé la patte avant droite. Fracture osseuse, et il n'y a rien pour se faire une attelle. *Et alors ?* Tu as suffisamment de force. Depuis que la peur de ton adversaire te l'a donnée, la force t'est restée. Evidemment, tu es le leader de ton groupe. C'est toi le boss ! *Exterminez les bandits !* tu cries. *Mort aux chiens anti-américains !*

Attaque. Défense. On serre les rangs. Attaque préventive. On emporte la position.

La guerre du Viêt Nam des chiens.

Une soustraction perpétuelle.

Tu développes un sens nouveau. Un nouveau sens adapté au nouveau monde. Tu ne saurais pas lui donner de nom, mais ce qui est sûr, c'est que tu t'es adapté. Certains de tes camarades n'ont pas pu. Certains ennemis non plus. L'un est devenu d'une maigreur extrême. Un autre est devenu fou au bout de sept semaines, sept jours et sept heures. Il s'est fait aboyer dessus, molester, crever les yeux, arracher une oreille, mordre la queue, et il a survécu comme ça encore dix-sept semaines. Tu l'entendais hurler (de sa voix pâteuse de fou), du côté des « coordonnées » lointaines, quand tu allais lécher l'eau. Parce qu'il y avait de l'eau qui suintait. Sur le sol, sur les murs. En profondeur, au bout d'un dédale de ramifications. Le grondement de l'eau souterraine te parvient au loin. Elle sent vaguement l'odeur de la mer de Chine du Sud, comme un mirage. Tu le sens avec ce nouveau sens que tu ne sais pas nommer. Marée. Il y a de l'eau, donc, et des maladies. L'un des chiens a la gale. *Ça gratte ! Ça gratte ! Ça gratte !* Diarrhée. Rhume. Manque de vitamines. Les vers de toutes sortes (la gale, c'est à cause d'eux) peuvent aussi s'avérer délicieux. C'est une nourriture plus fraîche que la bouffe en conserve. Hé, DED ! Bien sûr, tu manges en premier. *Vis !* te dis-tu à toi-même. *Vivez !* ordonnes-tu à tes camarades. *Crève !* déclares-tu à l'ennemi.

Tu parviens même à chasser taupes et souris à l'affût, quand l'une montre le bout de son nez.

Le nouveau monde est plusieurs fois secoué par des bouleversements complets. Les contre-chocs de la guerre du Viêt Nam des humains, autrement dit les bombardements à la surface. Par exemple quand la cache d'explosifs aménagée par l'armée nord-vietnamienne ou le Viêt Công explosa au second niveau. La géographie du nouveau monde en fut modifiée. C'était devenu extrêmement complexe, un vrai labyrinthe. Et cela n'arriva pas qu'une fois. Deux fois, trois fois.

Mais tu es toujours vivant, DED.

Au bout d'un an de soustractions, vous n'êtes plus qu'un contre un.

L'habitant souterrain que tu es ne peut pas le savoir, mais c'est l'été. Eté 1968.

Et là, tout à coup, l'addition.

A un moment donné, tu t'es rendu compte que ton dernier camarade n'était plus là et que l'ennemi aussi était seul. Tu te sens soudain prêt à te mettre aux additions. Hé oui. Tu le sens. Dans ce nouveau monde, autrement dit dans le quatrième niveau, c'est-à-dire sous le dix-septième degré de latitude nord qui partage le Viêt Nam en Nord-Viêt Nam et Sud-Viêt Nam, et ses environs, sous terre de sous terre, tu sens que vous n'êtes plus que deux chiens. Tu es l'un des deux, et l'autre, c'est… Cette odeur, c'est… Cette odeur corporelle, c'est…

Oui, une femelle.

Au commencement étaient les ténèbres. Puis l'ennemi. En troisième lieu la faim. Tu tues les ennemis, tu les bouffes, tu confirmes la signification de ton nom *Dog Eat Dog*, le bouffeur de chiens. En quatrième lieu… Eh bien en quatrième lieu, tu es en rut !

Tu es en rut. Dans le nouveau monde, il y a un chien mâle, il y a un chien femelle. Et tu t'es éveillé : *Je dois vivre*. Qu'est-ce que cela veut dire, vivre ? Cela n'a-t-il pas quelque rapport avec la perpétuation de ton pedigree ? Avec ton… arbre généalogique ? C'est ton instinct de survie qui te l'ordonne. Bande, DED !

La guerre souterraine est terminée. Va sauter la seule femelle qui soit au monde.

Ne la tue pas !

Il y a à manger. Suffisamment pour deux, de quoi survivre plusieurs mois. Tu lances un signal. Par exemple un signal olfactif, par tes excréments, ou par tes aboiements, tes hurlements. *Viens !* dis-tu. *Viens ! La guerre est finie.*

Serrons-nous la patte, signifies-tu.

Ta partenaire a senti quelque chose. Tu le sais, qu'elle a senti quelque chose, avec ton nouveau sens que tu ne sais pas nommer. Vous vous rencontrez. Devant ta réserve de nourriture. A l'intérieur de ton territoire (le territoire américain). *Je suis le seul mâle*, aboies-tu. *Il y a assez de nourriture, plein*, aboies-tu. *Allez, c'est le moment des amours.*

Nous sommes les fondateurs du nouveau monde.

T'a-t-elle compris ?

Au bout du troisième jour, la chienne rouge mouille. Pour la première fois, la seule survivante de cette engeance que tu appelais les « anti-américains » mouille entre ses pattes. Tu lui cèdes la nourriture qui se trouve dans ton territoire, tu la laisses s'en remplir le ventre, tu la laisses dormir, quand elle se réveille tu la laisses de nouveau manger, encore dormir, se réveiller, bâfrer, et finalement elle prend la posture. Toi, bien sûr, tu bandes. Tu la chevauches. Tu halètes, tu la montes, tu secoues le bassin.

Pas qu'une fois.

Deux fois.

Trois fois.

Elle est docile.

Tu la montes et tu laisses écouler ta semence. Tes petites graines.

Te voilà rasséréné.

Puis, le cinquième jour après votre rencontre, en pleine nuit – en pleine nuit pour la surface, heure locale vietnamienne –, tu sens la transpiration mouiller tes tempes endormies. Après t'avoir arraché les testicules, elle t'arrache la gorge.

Tu es mort.

Complètement.

Tu es mort, DED !

La suite, c'est l'histoire du chien femelle. Le chien femelle ne laisse pas perdre le chien qu'elle a tué. Elle lui ouvre le ventre avec les dents. C'est chaud. Elle dévore le foie et la rate. La chair aussi. Elle aspire le sang frais, avant qu'il ne durcisse. Elle en a besoin. Elle a besoin de beaucoup d'éléments nutritifs. De tous les éléments nutritifs possibles. Parce qu'elle a des petits dans son ventre. Elle le sait. Grâce à un sens qu'elle ne sait pas nommer, elle le sait. Elle est grosse.

Elle ne néglige rien pour la préparation de sa mise bas.

Neuf semaines passent. Ça s'agite au-dessus du quatrième niveau, en principe fermé. La femelle ne s'en préoccupe pas. L'armée nord-vietnamienne ou le Viêt Công a entamé la réfection du réseau de tunnels. Mais la femelle se fait la plus discrète possible, pour que ses anciens maîtres ne la trouvent pas. Le chien femelle n'est plus un chien rouge, c'est juste une mère maintenant. Une mère chien qui se prépare à sa première mise bas. C'est son instinct qui donne les ordres. Cache-toi dans un environnement tranquille. Aie à manger à portée de main. Ne fais pas attention aux humains. Laisse-les tomber. Abandonne-les, les humains.

La mère chien obéit.

C'est pourquoi, seule au fond de la terre, elle se cache.

Les douleurs commencent. Le moment de la parturition est venu. Elle pousse et fait sortir un, deux, trois, quatre, cinq, six petits sacs translucides et humides. L'un après l'autre. En prenant le temps. Trois d'entre eux sont morts. La femelle mange les placentas (comme toutes les mères chiens) et mange aussi ses petits mort-nés.

Trois chiots sont vivants.

Elle commence à les élever. Mais elle n'a pas beaucoup de lait. Très vite, deux chiots s'affaiblissent. Nouvel ordre de l'instinct. Elle n'a aucune hésitation. D'un coup de dents, elle tue les chiots faibles.

Elle mange les cadavres.

Reste un chiot.

Il tète avec vigueur.

Il survit. Il grandit en bonne santé. DED ! Ton descendant ! Un mâle. Il n'a pas de nom. Il n'a pas hérité de ton nom, il ne mangera pas la chair de ses semblables. Même pas quand sa mère meurt. En février 1969. Il ne tétait déjà plus. Le chiot sans nom ne mange pas le cadavre de sa mère, il a grandi en reproduisant ses actes. Il mange ce que contient le trou (le nid, disons) dans lequel il est né.

Le cadavre de sa mère pourrit et commence à sentir.

C'est désagréable, pense anonyme. La puanteur empire de jour en jour. Ça devient tellement nauséabond qu'il ne peut plus rester là. Alors anonyme agit. Tu as vu ça, DED ? Ton fils est sacrément intelligent. Il explore le quatrième niveau, prudemment, prudemment. Il a appris la prudence, en observant sa mère. DED, tu sais tout ça maintenant que tu es mort, mais le labyrinthe s'est entièrement modifié. Les galeries se sont multipliées, d'autres ont été condamnées. Quant aux boyaux trop étroits pour laisser passer un homme, on les a laissés en l'état. Trop étroits pour un homme, peut-être, mais pour un chiot ? Maintenant, le quatrième niveau communique avec le troisième qui communique avec le deuxième, qui communique avec le premier.

Impressionnant, non, de voir ton fils explorer chaque coordonnée ! Passer chaque coordonnée en revue. Apparaissant et disparaissant à l'improviste sans se faire voir dans ce nouveau nouveau monde nouvellement créé, il échappe adroitement aux hommes.

Oui, c'est ça !

Sois rassuré.

Tu peux t'en aller tranquillement au paradis.

C'est le printemps, le chiot toujours sans nom est en bonne santé. Orphelin, mais pas mort de faim. Il sait où (dans le réseau de tunnels) voler à manger (quoi prendre dans les caches à nourriture sans être inquiété). Il sait déjà tout de ce point de vue. Mais anonyme ne se satisfait pas de juste survivre au jour le jour. Sa jeune existence n'attribue aucune valeur au fait de tout savoir. Ce qui le fascine, c'est justement tout ce qu'il ne connaît pas. C'est pourquoi anonyme observe les hommes tout en les évitant. Quand une autre réserve d'explosifs explose, il y va. Dans la galerie derrière la cuisine, ils ont commencé à élever des poules. Quand elles pondent des œufs chaque jour, il y va. Quand un dispositif à pédalier est installé pour générer de l'électricité afin de faire briller l'ampoule de la salle de chirurgie qui vient d'être aménagée dans l'hôpital souterrain (car une équipe médicale de

Hanoi a été engagée vers la fin avril), il essaie de s'approcher autant que possible de cette étonnante lumière. Et ceci et cela, et d'autres choses encore.

Début d'été.

Anonyme a un ennui. Anonyme est en bonne santé… Il a bien grandi. Autrement dit, il n'est plus un chiot. Il n'a plus la taille d'un chiot. Son corps s'est bien développé. C'est ça l'ennui. Pourquoi le monde a-t-il rétréci ? De nombreuses galeries au niveau quatre sont devenues trop étroites pour qu'il puisse passer.

Pourquoi ? se demande anonyme, et ça lui fait mal.

Pourquoi le monde rétrécit-il ? se demande-t-il.

Il crie. *C'est tout serré !*

Un monde tout petit comme ça, ça ne suffit pas ! Ce n'est pas assez. Pas assez pour le satisfaire. Et puis il perd constamment ses repères, ce n'est pas pratique pour se planquer. Ce n'est pas adapté ! Ça ne va pas ! Il le sait, anonyme, la connaissance totale n'est pas de ce monde. Alors… Alors ?

Il est tout près de la solution.

Au commencement était le quatrième niveau. Puis le troisième. Puis il arrive au second, puis au premier. Anonyme n'a cessé de rechercher l'inconnu à l'intérieur du réseau de tunnels. Et puis… Et puis ?

L'été. Anonyme rampe dans le premier niveau souterrain. Ça sent. Ça sent. Il rampe et rampe encore. Il laisse tomber tous les repères qu'il connaît. *Je m'en fous pas mal, d'abord !* pense-t-il. Il sent l'acuité de ses sens. Un sens qu'il ne peut nommer aboie et grogne au fond de lui. Le dévore. Par où est-il passé ? Quels embranchements a-t-il choisis ? Quelles bifurcations a-t-il prises ? Anonyme est guidé. Par une voix. Anonyme ! Oui, toi, le chien sans nom ! Un sens sans nom donne des ordres au chien sans nom et lui parle. Entends-tu ?

Vis ! Vis ! Aie toujours faim ! Vis avec appétit, comme si tu en voulais toujours plus !

Wuff, réponds-tu. *Wuff, wuff, wuff.*

Wouff.

Ah, tu as entendu, anonyme ? Tu as enfin fait *wouff* !

Tu sors hors de ce monde de l'insatisfaction, le monde de la conscience par l'odorat. Tu as flairé, flairé, à la recherche d'une odeur autre. Et finalement tu as rampé jusqu'à la surface du sol. A la poursuite de l'inconnu. Et finalement tu l'as trouvé. Le monde autre. Le vaste monde autre. Tu ne connaissais quasiment pas l'odeur de la verdure. L'odeur des herbes, l'odeur des buissons, l'odeur de la mousse sur les rochers. L'odeur des lianes qui pendent. Il fait chaud. C'est à la surface du sol, zone tropicale, au nord du dix-septième degré de latitude nord, dans la péninsule Indochinoise. Te voilà dehors dans le territoire du Nord-Viêt Nam frontalier avec la DMZ. La sortie du tunnel était fermée par une trappe en branches camouflée, semblable aux portes qui séparaient les différents niveaux aux points névralgiques, tu savais ce que c'était. Tu as gratté et tu l'as brisée. Pas de sentinelle. Pour sortir, tu as choisi un endroit sans humain – on ne décèle aucune présence, absolument aucune. Tu restes là, immobile, abasourdi.

Qu'est-ce que c'est ? Même l'odeur de la terre est différente !

Tout est différent.

Tu es ému. Cette odeur, c'est l'odeur de la terre inondée de soleil toute la journée. Mais pour le moment, ce n'est pas la journée.

Quand tu sors du monde étroit, c'est la pleine nuit.

C'est juillet 1969.

La Lune est au ciel. Tu lèves les yeux. Elle t'éblouit ! Ce n'est que la lumière de la Lune, mais pour toi qui es né et as grandi sous terre, elle est aussi éblouissante que la lumière du Soleil. Tu connais déjà les lampes souterraines des Vietnamiens, donc tu sais que les yeux touchent la lumière. Et tu sais que les yeux sont effrayés par les grosses lumières rondes, tu l'as appris avec l'ampoule de la salle d'opération. Mais cette Lune dans le ciel… non, c'est autre chose. C'est une tout autre sorte d'« alarme ». Te voilà séduit. Plein d'autres petites choses scintillent dans le ciel, mais décidément, c'est la Lune qui te plaît. Un avion espion américain avec une caméra infrarouge embarquée passe dans le ciel, mais non, c'est la Lune qui t'attire.

Cet été-là, les humains aussi sont fous de cet objet céleste. Cet été-là, la National Aeronautics and Space Administration a lancé le vol Apollo 11, qui pour la première fois dans l'histoire de l'humanité va se poser sur la surface de la Lune, et le monde entier tourne son regard vers la Lune. Mais ça, ça concerne le monde des humains. Pas le monde des chiens. Si ce sont effectivement les chiens qui ont inauguré les vols spatiaux, le satellite artificiel Spoutnik 2 est devenu depuis le temps une histoire vieille de douze ans, une histoire oubliée.

Cet été-là, le XXe siècle humain ignore complètement l'an zéro de l'ère canine.

Puis tu pleures.

Tu te fais mal à regarder la Lune comme ça, anonyme. Mal aux yeux. Pour toi qui as reçu la vie au fond du fond de la terre où il n'y avait nul besoin de voir, même la clarté de la Lune est trop forte. Et c'est pour ça que les larmes s'accumulent au creux de tes paupières. S'accumulent et débordent. Mais tu ne détourneras pas les yeux pour autant.

Tu restes ainsi à regarder la Lune, ému.

Il y a quelque chose derrière toi.

Tu te retournes. Des larmes plein les yeux.

Il y a un humain. Il tient un viseur nocturne dans une main et une carte militaire dans l'autre. Il est différent des humains que tu as vus jusque-là... que tu as épiés jusque-là. Il est d'une autre race (sa corpulence est différente, son odeur aussi), mais cela, toi, un chien, tu n'en sais rien. Tu te trouves au nord de la DMZ, sur le front, à proximité d'une position de tir évacuée par les soldats nord-vietnamiens.

Tu hésites.

Tu as l'intuition qu'il n'y a pas lieu de t'enfuir.

Qu'est-ce que... C'est quoi ?

Tu ne comprends pas, anonyme. Tu ne comprends pas pourquoi cet humain te fait face.

Puis l'humain demande :

— Mais tu pleures ?

Cette voix sonne comme un murmure pour toi. Elle résonne avec la même chaleur que les ordres que te donne ce sens que tu ne sais nommer. Toi tu ne le sais pas, bien sûr, mais ce n'est pas du vietnamien. Pas du chinois non plus. Ni de l'anglais.

Qu'est-ce que c'est ? Un humain ?

Il montre son viseur nocturne et dit :

— Je t'ai vu, avec ça. Je t'ai vu ramper hors de terre. Je t'ai vu naître de la terre. Et regarder la Lune.

Ah, mon guide dans cet autre monde ? tu te dis, la vision embuée par les larmes.

— Autrement dit, continue de murmurer l'humain, tu es l'exact opposé du chien qui est tombé du ciel, mais tu n'es pas sans lien. Et puis dis donc… tu es de pure race ? Un berger allemand, non ? Tu n'es pas vieux. Tu es jeune, même. A peine sorti de l'enfance.

Dis, humain, réponds-tu, *c'est grand, ici, c'est bien étrange comme monde !*

— C'est bien étrange… Serais-tu un chien américain, par hasard ?

Je suis venu.

— Tu ne serais pas un de ces chiens que l'armée américaine lâche pour explorer les réseaux de tunnels et qui se serait perdu ? Non, ça ne doit pas être ça. A ton attitude, je vois bien que ce n'est pas ça. Un chien chinois, alors ? Un des chiens qui faisaient partie de l'Armée populaire de libération venue nous aider il y a quatre ans ? Hum… non, pas ça non plus.

Tu étais là.

— J'étais là, et tu es soudain apparu, dit l'humain.

Hé, chien sans nom, tu as remarqué que l'humain dit la même chose que toi ? Ce n'est pas du vietnamien, ni du chinois, ni de l'anglais. C'est du russe.

— Viens ! Je te prends avec moi. Tes enfants deviendront peut-être des Belka ou des Strelka !

L'officier du KGB tend la main et toi tu aboies : *Wouff.*

En mars 1969, l'antagonisme sino-soviétique avait tourné à l'affrontement armé. Les forces armées avaient échangé des coups de feu sur l'île Zhenbao (Damanski), sur le fleuve Oussouri, frontière entre la Chine et l'Union soviétique. D'autres affrontements frontaliers avaient eu lieu en juin au Xinjiang, puis en juillet sur l'île Bacha (Gorjinski), sur le fleuve Heilongjiang

(Amour). A chaque fois, en face, c'étaient les gardes-frontières. En remontant le temps, en 1967, alors que la Grande Révolution culturelle battait son plein, les gardes rouges avaient à plusieurs reprises attaqué l'ambassade soviétique à Beijing et brûlé des mannequins à l'effigie des dirigeants de l'Union soviétique. Ce furent là les plus importantes démonstrations d'hostilité. Les relations sino-soviétiques ont-elles eu un effet sur la guerre du Viêt Nam ? Bien sûr. Elles ont rajouté au chaos qu'était cette guerre. Car en fait, dès juin 1965, l'Union soviétique signait un accord d'aide pour le développement économique et le renforcement des capacités de défense du Viêt Nam. Dès le mois suivant, quand l'Armée populaire de libération chinoise exprimait l'étendue de son amitié en apportant une aide secrète au Viêt Nam de Hô Chi Minh, les relations soviéto-vietnamiennes rebondissaient sur de nouvelles bases. Quand Hô Chi Minh, affaibli par la maladie, perdit son fauteuil de secrétaire général du Parti et fut écarté du pouvoir, l'Union soviétique, jugeant le moment favorable, se lança dans diverses manœuvres pour miner les relations sino-vietnamiennes. Pendant que l'Amérique s'embourbait dans la guerre du Viêt Nam, les deux superpuissances communistes se disputaient la « petite nation communiste » du Nord-Viêt Nam. Avec pour résultat que celle-ci se mit à pencher pour les Soviétiques.

L'histoire évolua exactement comme on pouvait le prévoir. Le 3 septembre 1969, Hô Chi Minh meurt. Autrement dit, la relation personnelle qui liait Mao Zedong et Hô Chi Minh est rompue. Le Viêt Nam avait déjà pris la décision de se détacher de la Chine et de se rapprocher de l'Union soviétique. En 1968, cinquante pour cent de l'aide des pays communistes au Nord-Viêt Nam était assurée par l'Union soviétique. Pas seulement une aide en armes. En personnels également. Un certain nombre de conseillers soviétiques furent dispatchés sur le front indochinois. Puis, suite aux affrontements frontaliers sino-soviétiques successifs de mars et juin 1969, des officiers spécialistes des frontières. Autrement dit, des spécialistes de la lutte armée, mais surtout des spécialistes de la lutte (et de la subversion) antichinoise.

Ce qui explique la présence d'un officier russe du KGB à cet endroit-là, cet été-là.

A moins que… à moins que ce soit votre histoire, l'histoire canine, qui l'ait attiré ?

Serait-ce possible ?

Hé, les chiens ! O chiens, où aboierez-vous cette fois ?

Wouff ! Wouff !

En 1975, un chien se trouve à Hawaii, un autre au Mexique. Pour parler plus concrètement, une femelle se trouve sur l'île d'Oahu à vingt et un degrés de latitude nord, et un mâle à Mexico City à vingt degrés de latitude nord. Leurs noms : Good Night et Cabrón. Good Night est un berger allemand de race pure ; quant à Cabrón, son père – autrement dit sa semence – est un boxer de race pure, mais sinon c'est un bâtard. Nous avons déjà exposé la généalogie de Good Night : DED, mort en 1968 dans la péninsule Indochinoise, dans les profondeurs du dix-septième degré de latitude nord, était son demi-frère. DED, égorgé pendant son sommeil par une chienne de l'Armée populaire de libération de la descendance de

Jubilee. Jubilee, tante de l'aïeul à la cinquième génération, autrement dit de l'arrière-arrière-arrière-grand-père de Good Night et DED. Et Cabrón, le bâtard de Mexico City, de quelle lignée est-il issu ?

D'une lignée de bâtards.

Aucun lien du sang avec la lignée de Bad News. Mais en remontant quatre générations par les femelles, on trouve une arrière-arrière-grand-mère qui avait six oncles et tantes maternels. Soit une fratrie de sept chiens en incluant la mère de ladite arrière-arrière-grand-mère. Ces sept chiens avaient eu deux mères. Leur mère de sang, qui avait mis au monde les sept frères et sœurs dont pas un ne ressemblait à l'autre. Et qui les avait nourris de son lait, pendant une demi-lune environ. Et leur mère de lait, qui les avait nourris de son lait pendant plusieurs semaines jusqu'à leur sevrage, puis continua à les élever. Pour leur mère de sang, ils étaient sa quatrième portée. Mère de sang qui se nommait Ice et dont le père était un hokkaïdo, la mère une husky de Sibérie, et l'une des grands-mères une samoyède. Le hokkaïdo en question, vous l'avez compris, c'est Kita. Leur mère de lait, quant à elle, n'eut plus aucune autre portée après les avoir adoptés. C'était un superbe berger allemand du nom de Sumer. Fille de Bad News.

Sœur de Jubilee.

Les sept chiots étaient ceux de Ice et avaient été adoptés par Sumer en 1957. L'an zéro de l'ère canine. En octobre de la même année, mère et enfants entrèrent dans la zone frontalière mexicano-étasunienne. Ils furent engagés comme chiens de garde de l'orangeraie d'une famille de notables américains d'origine mexicaine. Or le père de famille avait d'autres activités. Il était le parrain d'une organisation criminelle qui se livrait à la contrebande. Evidemment, ses partenaires d'affaires se trouvaient du côté sud de la frontière… au Mexique. Mais ça, c'était à l'époque, dans les années 1950. Le temps avait passé depuis. Le parrain en question avait passé la main, et Sumer était depuis longtemps au paradis. Qu'était devenue l'activité clandestine de la notable famille ? Et les chiens ?

Commençons par l'activité clandestine. Dans les années 1970, sur l'ensemble du territoire des Etats-Unis d'Amérique, la mafia de tradition, fondée sur les relations de solidarité, connaissait un déclin. Dorénavant, les clans qui tenaient le dessus du pavé s'étaient ouverts aux nouvelles méthodes. Ils s'étaient mis au *dirty business*, autrement dit le « crime de nouvelle génération », la drogue essentiellement. La famille en question, à la faveur de la passation de pouvoir, surfa sur la vague. Le nouveau *don* appartenait précisément à cette nouvelle génération. Il fit de la drogue sa source essentielle de revenus et réforma de fond en comble la gestion des affaires. En 1975, le revenu d'activité du clan se montait à près de huit fois ce qu'il était vingt ans auparavant. Le clan contrôlait près de la moitié de la drogue qui passait la frontière en provenance du Sud. Pour tout dire, c'est l'investissement de cette famille dans les années 1960 qui fut à l'origine des cartels mexicains – de leurs réseaux de fournisseurs et de revendeurs.

A présent, cette famille était connue sous le nom de la familia du Texas, ou plus simplement la Familia.

Les chiens, maintenant. Les chiens furent employés à resserrer les liens de la Familia. Quand les huit premiers, à savoir Sumer et ses sept petits, avaient été offerts en cadeau au fondateur de la

Familia, ils avaient parfaitement conscience de leur rôle. Etre d'irréprochables chiens de garde et jurer fidélité au *don*. Tel était l'ordre que leur avait donné leur précédent maître (plus exactement le propriétaire du wagon qui avait servi de nid à Sumer et sa petite famille, avant qu'il ne les envoie servir dans l'orangeraie), et cet ordre, ils le respectèrent scrupuleusement. Leur sérieux au travail et leur indéfectible loyauté avaient su satisfaire le *don*. Ce sont des chiens comme ça qu'il nous faut pour la Familia. De ce jour, ils furent choyés. Pas question de vous laisser frayer inutilement avec le *vulgum canis* du coin. On ne vous maria qu'avec des chiens possédant le caractère qui sied au chien de garde, le look *ad hoc* et les aptitudes validées : doberman, colley, airedale terrier de pure race. Des sept frères et sœurs tous différents naquirent des *freaks* d'élite de toutes sortes. Pour chaque race, les chiots qui présentaient une morphologie trop éloignée du type furent qualifiés de métamorphes ; il faut dire qu'ils faisaient vraiment éclater le cadre de la race en question. Mais leur nombre, lui, n'explosa pas au-delà du nécessaire. Non seulement on vous unit exclusivement à des individus de race pure (*le* doberman, *le* colley, *l'*airedale terrier qui collait bien à la phrase rituelle : « Le meilleur chien du monde, *don* ! »), mais leur nombre fut rigoureusement contrôlé. Une forme de limitation des naissances, disons.

Et pour quoi faire ?

Comme je viens de le dire, ils furent utilisés à renforcer la cohésion de la Familia. De façon générale, ils ne quittaient pas le territoire de l'orangeraie, mais chaque fois que la Familia incorporait un nouveau membre, on augmentait le nombre des chiens, un pour chacun. C'était une coutume. La coutume d'offrir un cadeau vivant, qui se perpétuait depuis le premier *don* dans les années 1950 et avait été reprise par le *don* actuel. Seuls ceux qui avaient reçu du *don* le droit d'élever un chien de cette lignée étaient considérés comme véritablement cadres de la Familia, membres de la famille.

Une sorte de badge.

La lignée des chiens validait les liens du sang des membres.

Et Cabrón dans tout ça ? Le dénommé Cabrón, fils du petit-petit-petit-fils de l'un des sept enfants adoptifs de Sumer, avait quitté le territoire de l'orangeraie de la Familia, à la frontière mexicano-étasunienne, et était descendu loin dans le Sud, jusqu'à Mexico City.

C'est lui, le chien du vingtième degré de latitude nord.

Et l'autre, celui du vingt et unième degré de latitude nord ?

Oui, qu'est-ce que tu deviens, Good Night ?

Toi, tu n'es pas allée en péninsule Indochinoise, sur le dix-septième degré de latitude nord. Ton frère DED avait été envoyé en tant que professionnel anti-Viêt Công dans la zone de guérilla du Sud-Est asiatique, après avoir assimilé six semaines d'entraînement intensif à Okinawa, mais toi, sa sœur, bien qu'ayant subi les mêmes six semaines d'entraînement, tu avais été éliminée à la sélection. Marquée du sceau de non-conformité pour la guerre du Viêt Nam, envoyée à Hawaii en juin 1967. A propos, remarquons qu'à cette époque Okinawa était encore sous administration américaine. L'archipel d'Hawaii avait été annexé par les Etats-Unis en 1898 et élevé au statut d'Etat de l'Union en 1959. Good Night, ces repères historiques n'ont certes aucun sens pour toi, mais puisque tu es née en Californie sur le Mainland américain, que tu y as grandi, tu es en fait toujours restée à l'intérieur de l'immense « Amérique ». Tu n'en es jamais sortie, même une fois devenue chien soldat américain. Tu n'en *étais* jamais sortie. Affectée sur l'île d'Oahu, tu as passé toute ta carrière à Camp Wheeler, une base de l'US Army. Comme sentinelle. Tu y es restée pas loin de huit ans. Durant toute cette période, une fois seulement tu subis un vrai pic de stress, lors d'une bagarre avec un provocateur venu d'on ne sait où qui te tira dessus. La balle te traversa de part en part et à peine trois semaines plus tard tu étais remise. Tu fus doublement décorée, pour ta bravoure, de la *Purple Heart* et de la *Silver Star*. Une pension à vie te fut garantie (c'est-à-dire qu'à ta retraite on te paierait ta pâtée jusqu'à ta mort). Car en plus, tu avais sauvé une vie humaine. En fait tu avais couvert le sous-lieutenant qui montait la garde avec toi et c'est toi qui avais pris la balle qui lui était destinée.

Après ça, tu restas à la base, respectée de tous (des humains, cela va sans dire, mais aussi des autres chiens. Parce que, quand même, deux médailles, hein), « sentinelle » à vie.

Depuis juin 1967 et pendant presque huit ans.

Puis, cette année-là. 1975. D'abord, en février, tu raccroches. Autrement dit, ton temps de chien soldat est fini. Tu es mise à la retraite, et une famille normale se propose de t'accueillir. Dans un quartier résidentiel de la banlieue d'Honolulu. Le maître de maison est un ancien officier. Par le passé, tu lui as sauvé la vie. Oui, c'est lui le sous-lieutenant en question. C'était lui. A peine arrivé à la quarantaine (six mois auparavant), il a démissionné de l'armée et travaille maintenant dans le tourisme. Un Blanc né dans le Mainland. Mais pendant son temps à Camp Wheeler, il est tombé amoureux d'Hawaii et a fait construire à Oahu. Il a décidé de mener sa deuxième vie ici. Il a fait venir ses vieux parents de l'Ohio. Ses parents avaient une jeune chienne, qui les a accompagnés, bien sûr. Et maintenant toi, comme une cerise sur le gâteau.

— Voilà, dit l'ex-officier, je te présente ta famille.

Ma famille à moi ?

Un humain, un autre humain, encore un autre humain et une chienne. Quatre visages accueillants.

La chienne qui était déjà là était une beagle. Un corps compact, un caractère très affectueux. Et puis l'ex-officier te vouait une telle reconnaissance qu'elle ne pouvait s'opposer à ta présence.

Hé oui, tu lui as sauvé la vie, à cet homme. Alors, pour tes vieux jours, il te promet une vie digne et heureuse. *Stress free* intégral. Fini grades, consignes et rapports ! Tu es une vieille femelle berger allemand à la retraite. Or en fait, âgée de neuf ans, tu es encore en pleine forme. Tu as envie de profiter de la vie. De faire du tourisme par exemple. Manière de te rembourser sa dette, l'ex-officier te fait visiter toute l'île d'Oahu. Accompagnée de ton maître en chemise hawaiienne, tu te promènes sur la plage de Waikiki. Du bord de mer jusqu'à la ville. Des ruelles jusqu'au canal. Tu te promènes dans Chinatown, au milieu de toutes ces surprenantes odeurs. Toutes les épices de la cuisine asiatique, les médicaments traditionnels de médecine chinoise entassés sur le marché. Tu escalades le cratère de lave volcanique, le sommet du

Diamond Head à deux cent trente-deux mètres d'altitude. Tu vas à Pearl Harbour. Tu vois. Tu regardes le bâtiment du souvenir blanc de chaux. En travers de la baie, le navire de guerre à vingt mètres de fond dans l'eau jaune. Coulé le 7 décembre 1941 par l'aviation japonaise. Oui, le fameux événement qui a déclenché la guerre du Pacifique. L'attaque surprise japonaise. Neuf cent quarante-huit corps reposent encore dans ce vaisseau au fond de l'eau. C'est leur tombeau. Et toi, Good Night, tu regardes la mer depuis le monument à leur mémoire, mais tu ne ressens rien. L'événement à l'origine de votre histoire ne t'inspire rien du tout.

Des bateaux ont coulé, ce qui a conduit à la rencontre de chiens soldats japonais et américains tout au nord de l'océan Pacifique, sur l'archipel des Aléoutiennes. Mais ce n'est pas ça que tu regardes.

Cet endroit se trouve presque au milieu de l'océan Pacifique.

Tu te trouves sur une île à vingt et un degrés de latitude nord et tu trouves que la mer est sacrément belle. C'est tout.

Voilà ce que ça t'évoque, toc, Pearl Harbour.

Tu aimes la mer.

Tu aimes la plage.

Tu adores t'amuser sur le rivage.

Avril : un changement soudain. Il devient évident que la jeune beagle est enceinte. Elle a dû se faire engrosser quelque part. A Dog Run, sans doute, lieu saint de l'amour canin libre. Mai : la beagle met bas quatre chiots en bonne santé. Et ça, toi, Good Night, ça t'émeut. Tu n'as pas l'expérience de la maternité, mais tu tombes folle amoureuse de ces petits chiens. Tu aides la beagle à s'occuper de ses chiots, comme une grande sœur ou une cousine. Avec retenue, bien sûr, de façon à ce que la maman n'en ressente pas de jalousie. Mais ce qu'ils sont mignons, tout de même ! En toi, l'instinct maternel s'éveille. Rhôô ! Trop mignons !

Petits chiens agrippés aux mamelles de maman beagle.

Tu ne peux pas leur servir de mère nourricière, tu n'as pas de lait, mais tu ne peux te détacher de ce spectacle.

Quand tu n'es pas occupée avec les bébés chiens, tu joues sur la plage. Juillet : un étrange objet fait son apparition sur ta plage habituelle. Un bateau. Une pirogue à deux coques. A voile, avec deux mâts. Un peu moins de vingt mètres de long. Complètement différente des pirogues communes.

Un groupe d'humains (parmi eux, des *Pure Hawaiians* et des Blancs) apprennent à le manœuvrer. La plage est pour ainsi dire devenue ton territoire, alors tu viens tous les jours les observer. Tu te mêles à eux. Tu traînes avec eux. Ils te caressent la tête. En échange, tu leur lèches la main. Bon chien, on te dit. Souvent. Les humains te connaissent maintenant.

— Tu sais que c'est un ancien chien soldat ? dit en anglais un *Haore* (un Blanc) à un camarade. C'est son maître qui me l'a dit. Deux fois décoré, c'est incroyable ! Des vraies médailles ! Pour avoir affronté un espion et s'être fait tirer dessus sans broncher !

— Génial ! disent les humains admiratifs.

Et maintenant qu'ils connaissent tes états de service, ils te laissent monter sur le voilier où ils dorment. De là-dessus, la vue est superbe. Tu te tiens à la proue.

Les humains remarquent que tu aimes la voile.

Un jour de septembre, un membre de l'équipage t'appelle, plein d'entrain : « Allez, viens ! » Il te demande si tu veux monter à bord, juste pour une régate d'entraînement de quarante ou cinquante minutes, pas loin. Et là, *wouff*, tu aboies. Et tu bondis sur le bateau.

Tu n'as pas peur.

Au contraire, cette mer comme tu ne l'avais encore jamais vue t'enthousiasme.

Même pas le mal de mer.

Cette pirogue à deux coques concrétisait un rêve. Le roman de la renaissance de la culture hawaiienne ancienne. La civilisation européenne avait découvert l'archipel d'Hawaii grâce à l'explorateur James Cook en 1778, mais à l'époque une question avait été soulevée : « Comment se fait-il que des humains vivent ici ? » L'archipel d'Hawaii est perdu au milieu de l'océan Pacifique. Des îles éloignées de tout. D'autant plus qu'à l'époque où les bateaux de Cook étaient arrivés, les Hawaiiens ne possédaient aucune technologie leur permettant d'affronter la haute mer. Mais une légende existait. Les *chanto* disaient : « Nos ancêtres sont venus de Tahiti. »

Or, Tahiti se trouve au sud de l'équateur.

Une île du lointain Pacifique Sud.

Comment était-ce possible ?

Quelques hommes voulurent vérifier. Pour prouver qu'à l'aube de l'humanité, bien avant d'être souillée par la civilisation occidentale et de décliner, Hawaii avait possédé une technologie hautement performante. En 1973 naquit la Polynesian Voyaging Society. Conçue comme une sorte de dispositif d'archéologie expérimentale, une réplique de la pirogue de haute mer des Polynésiens préhistoriques fut construite, avec l'objectif de réaliser le voyage inverse, d'Hawaii à Tahiti. Un vrai roman. Se fiant uniquement à la position des étoiles, aux vents, aux courants de marée, ils partirent en direction du Pacifique Sud en n'utilisant que les techniques anciennes.

Le projet de la Polynesian Voyaging Society fit partie du programme du bicentenaire de l'indépendance des Etats-Unis d'Amérique.

Mais celui-là, Good Night, le voilier que tu découvris en compagnie des apprentis marins, ce n'était pas celui de la Polynesian Voyaging Society.

C'était un faux.

Cette pirogue-là avait été construite en secret en Californie et transportée sur l'île d'Oahu. Les humains se disputaient. Les technologies de navigation transocéaniques étant irrémédiablement perdues à Hawaii, la Polynesian Voyaging Society avait contacté un maître navigateur de Micronésie (originaire de l'île de Satawal, dans l'archipel des Carolines centrales). Mais cela ne plaisait pas à certains. Le projet global était porté par un professeur d'anthropologie natif de Californie, par ailleurs surfeur, mais un autre chercheur, fils à papa et plein aux as, en était jaloux. Un autre maître navigateur polynésien (natif de Rarotonga, une île de l'archipel de Cook), qui rêvait de gloire, lui proposa ses services.

Ainsi furent rassemblés quelques hommes opposés à la Polynesian Voyaging Society et désireux de faire capoter son vrai roman.

Le chercheur fils à papa jaloux imagina de doubler le professeur d'anthropologie avec un projet encore plus ambitieux. Quelque chose de radical. Dans les temps anciens, les maîtres navigateurs qui, venant du Pacifique Sud, avaient émigré en nombre à Hawaii, avaient apporté avec eux une vingtaine ou une trentaine d'espèces végétales. Dans le but de développer l'agriculture. Ils avaient de même importé (volontairement) le porc. Et aussi (involontairement) le rat. Il y avait même des poules sur les pirogues à voile. Et des chiens.

Les plus anciens fossiles de canidés trouvés à Hawaii étaient vieux de mille six cents ans. Ce qui correspondait à l'époque supposée de l'installation des anciens Polynésiens dans les lieux.

Et pourquoi ne pas le prouver expérimentalement, à l'aide d'un dispositif d'archéologie expérimentale ?

C'est ça, faisons-le ! s'écria le chercheur fils à papa en s'extasiant devant la beauté de sa propre idée. Bref, il lui fallait un chien.

Hé, le chien !

C'est toi qu'on appelle. Cette fois, tu inclines la tête, sans grogner.

Le chercheur fils à papa passe à l'action, poussé par le moteur de l'ambition et du goût du succès. Il a dégotté un chien qui ne craint pas les voyages en pirogue. Et un berger allemand pure race, costaud et en parfaite santé, de surcroît. Déjà habitué à chacun des membres d'équipage, par-dessus le marché. Alors… alors…

Son maître consent à le céder sans faire de difficultés. La négociation est conclue en octobre.

— Vous l'avez sélectionnée ? fait l'ancien sous-lieutenant. Ma chienne va devenir une des actrices principales du grand projet de la renaissance hawaiienne ?

— Elle sera notre porte-drapeau, répond le chercheur fils à papa.

L'ex-sous-lieutenant en tombe à la renverse et s'écrie :

— C'est, c'est… c'est merveilleux ! L'honneur ! La gloire ! J'ai été soldat, elle aussi était soldat. Enfin, chien soldat. Alors, vous pensez bien, l'honneur, ça vaut plus que tout, pour nous ! Pas vrai que l'honneur, ça vaut plus que tout, hein ? dit-il en te prenant à témoin. D'ailleurs, tu adores la mer, pas vrai ? Alors, tu es d'accord, hein ? On va te donner l'occasion de la faire, hein, cette grande aventure ! Et tu vas me la décrocher, hein, tu vas me la décrocher… ta troisième médaille, pardi !…

Ton maître ne précise pas, mais il y a aussi que la famille est devenue un peu trop nombreuse. Oui, elle s'est un peu trop agrandie. La grossesse et la mise bas de la beagle n'étaient pas vraiment prévues, et en six mois les quatre chiots ont quasiment atteint leur taille adulte. Ils n'avaient trouvé personne pour les reprendre. Bref, voilà. On se débarrasse de toi. Sans le moindre problème de conscience, ton maître empoche cinq cents dollars.

— Et puis à Tahiti, dit ton maître pour finir, vous serez fêtés comme des héros de retour après mille six cents ans ; et tu seras la reine des chiens pour le restant de tes jours.

11 octobre, départ d'Oahu. L'équipage de la pirogue à deux coques est composé de seize hommes et un chien. Te voilà à voguer sur les flots. C'est fini, d'être le chien du vingt et unième parallèle nord. Good Night, tu es partie pour passer au sud de l'équateur. Mais le maître navigateur polynésien dont dépend votre vie à tous n'est qu'un charlatan qui s'est proposé par appât du gain. Il s'est dit qu'au cas où ça tournerait mal, il y aurait toujours moyen de recourir aux outils de navigation moderne. Lui-même ne maîtrise pas totalement les méthodes traditionnelles

de navigation qui se transmettent en Polynésie de génération en génération et étaient jusqu'alors ésotériques. Un bluffeur, oui, comme le chercheur fils à papa. Mais, quoi qu'il en soit, quand la nuit arrive, les seize membres d'équipage regardent le ciel. Lisent les étoiles. Pendant la journée, ils étudient la direction des vols d'oiseaux. Toi, non, tu ne regardes pas la voûte céleste, tu gardes les yeux rivés sur l'horizon. Le 12 octobre, tu commences à avoir le mal du pays. Les petits beagles te manquent. Les quatre chiots qui ont éveillé et maintenu éveillé ton instinct maternel. Tes mamelles te démangent. Tes cinq paires de mamelles qui n'ont jamais allaité.

En 1975, un autre chien se trouve au vingtième degré de latitude nord, un mâle. Cabròn, de Mexico City. Il a un alter ego. Un alter ego à la fois humain et canin. Plus exactement, qui se transforme en homme-chien quand il cache son visage. A ce moment-là, il se transforme en avatar humain-canin. C'est un *mestizo*, un métis, il a trente ans, il s'appelle l'homme au masque de chien. C'est son nom de ring. L'homme au masque de chien est un *luchador*. Il fait de la *lucha libre*, le catch mexicain dont la première fédération date de 1933, où il combat masqué.

Bien entendu, son masque représente un chien, et sur le ring il se métamorphose en homme-chien. Sa technique de la mort, c'est la clé de la couronne de fer du chien. Il y a aussi le coup de pied du saint-bernard.

L'homme au masque de chien ne jure que par le chiffre 2. Il a deux visages, par exemple, un apparent et un caché. Parmi les deux mille *luchadors* que compte le Mexique dans les années 1970, sept sur dix portent un masque. Certains d'entre eux protègent farouchement leur identité et vivent sans que personne sache leur véritable nom ni leur lieu de naissance. A ses débuts, l'homme-chien avait payé cher le silence de l'artisan qui lui avait confectionné son masque et lui avait fait promettre de ne dévoiler aucun détail de son vrai visage. 2, visage apparent et visage caché. Mais dans la *lucha libre*, huit *luchadors* sur dix ont un autre métier, et le visage apparent de la plupart d'entre eux est effectivement leur visage apparent. Pas l'homme-chien. Lui, c'était différent. C'était son masque, son apparence d'homme-chien qui était son visage apparent.

Pour une raison très simple. A visage découvert, il avait une profession cachée. Car il appartenait à l'un des cartels de la drogue qui se disputaient la suprématie au Mexique. Et au plus haut niveau, encore. Et c'était ce chien du vingtième degré de latitude nord qui lui servait de certificat. Oui, Cabròn le bâtard. L'homme-chien était l'alter ego de Cabròn. Parce qu'il était le maître de Cabròn – qu'il possédait Cabròn et que Cabròn le possédait –, la pègre de toute l'Amérique du Nord le connaissait et le reconnaissait comme un « affilié de plein droit de la Familia ». Un membre de la familia du Texas.

Encore le chiffre 2 : avoir un alter ego ; être l'alter ego de quelqu'un.

Un autre. Dans ce business, l'homme au masque de chien était le successeur de son père. Deuxième génération. Encore 2 donc. C'était son paternel qui avait orienté la vie de l'homme au masque de chien. Son père aussi avait possédé un chien. Un chien qu'il avait reçu en cadeau du *don*, là-bas. Et dont le père – autrement dit sa semence – était un saint-bernard (et un fameux, célèbre chez lui pour sa bravoure, validée par sept vies humaines sauvées), qui avait donc engendré un bâtard assez énorme. L'homme au masque de chien était né en 1945, le chien était arrivé à la maison en 1949. Le chien était déjà là quand l'humain avait atteint l'âge de raison. Il le caressait, montait à cheval – sur le chien, pas sur un cheval –, dormait dans la fourrure ouateuse et gonflée de son ventre, lui tirait les oreilles, puis tout de même le caressait à nouveau. Dans tous les souvenirs de sa petite enfance ou presque, il était avec le chien. Quand il avait été un peu plus grand, ils avaient joué à se bagarrer. Ils avaient joué au catch, l'enfant était devenu à moitié chien de combat. D'ailleurs, les combats de chiens sont populaires au Mexique. Pendant la moitié de son enfance, il n'avait jamais eu le dessus sur le bâtard de saint-bernard. Il était comme un faux chien de combat qui avait eu la chance de s'entraîner avec un combattant d'une classe supérieure. Le soir de son septième anniversaire, dans le patio de la résidence familiale, le garçon, éveillé à la réalité, avait admis les faits :

— Je… je je je pourrai jamais te battre !

Il en avait pleuré de dépit, mais c'était un cri de respect. Le chien était son maître !

A l'évidence, depuis son enfance, l'homme au masque de chien était d'une nature très émotive. Puisqu'il ne pouvait prendre le dessus sur le chien, il l'admettait comme son maître. Et c'est ainsi qu'il avait lié des liens familiaux, des liens de disciple à maître et des liens d'amitié avec ce chien bâtard que son père avec reçu de la Familia. C'est d'ailleurs à peu près à cette époque qu'il avait acquis la technique du coup de pied du saint-bernard. Et comme de naissance il était d'excellente constitution physique, à l'époque où il avait commencé à aller à l'école, dès qu'il piquait une colère, il mettait à terre n'importe quel camarade de classe (et même les vauriens des classes supérieures) par sa technique de coup de pied volant. Néanmoins, à l'école, une sorte d'angoisse commença à sourdre en lui. Jusqu'alors, concernant le business familial, il avait juste pensé qu'il s'agissait d'affaires pour le moins « légales ». Là, il commençait à prendre conscience qu'il s'agissait d'un commerce lié au crime. Les parents des autres élèves n'appartenaient pas à la mafia, eux. Hein ? Ce que fait notre famille, c'est pas net ? Pour vendre de la drogue, il faut tuer des gens ? Alors, c'est… c'est, c'est pas bien, non ? Bref, le garçon butait sur un problème moral. Puis vint l'année 1957. Cette année-là, le chien mourut. Son frère, son maître, son meilleur ami le bâtard était parti sans espoir de retour. Le garçon, maintenant âgé de douze ans, en sombra dans le désespoir. Un grand trou s'ouvrit dans son cœur. Pour prier pour le repos de son âme, il se mit à fréquenter régulièrement l'église catholique de son quartier. Puis, un dimanche du troisième mois après la mort du chien, quelque chose se produisit. En plein milieu du sermon. La nuit précédente, le curé de la paroisse avait un peu trop bu de tequila (il faut dire qu'un cousin qu'il n'avait pas vu depuis quatre ans et demi était arrivé de son village natal). Il ne parvenait pas à trouver le ton. Du haut de sa chaire, le sermon demeurait morne, et la quasi-totalité de l'assemblée commençait à plonger du nez. Le garçon était comme soumis à des passes hypnotiques. Mais ce n'est pas le sommeil qui l'attaqua, c'est une vision. Un message mystérieux. Tout d'abord, il entendit une voix. Une voix d'homme qui disait :

— Hep ! Hep !

Une voix d'adulte.

Hein ? Qui est-ce ? se demanda le garçon en se tournant de tous côtés pour voir qui pouvait l'appeler.

Il sursauta. Au fond de la chaire, légèrement sur la droite du curé, une sculpture du Christ en croix remuait les lèvres. Leurs regards se croisèrent et un éclair spirituel traversa l'espace.

— Dis donc ! gronda la voix de Jésus-Christ au fond de sa tête, tu n'as pas quelque chose à accomplir avant de demander le bonheur du chien au paradis ? Paye d'abord le prix de l'immoralité !

A l'instant même, l'épiphanie vint boucher le trou que la mort du chien avait laissé dans son cœur.

Plomp !

N'oublions pas que le garçon était d'une nature fondamentalement émotive. Donc propice aux hallucinations visuelles et auditives. Propice aux révélations divines.

Quatorze ans. Le garçon fit son apparition comme *luchador* dans les salles de lutte. Depuis deux ans, il s'entraînait quatre heures par jour, pratiquant les *technicos* aériennes de combat. Jusqu'à être reconnu comme un jeune plein d'avenir. Au Mexique, quatorze ans n'est pas un âge trop précoce pour faire ses débuts. Et puis, au Mexique, la *lucha libre* arrive nettement en tête des loisirs populaires. Le combat du Bien et du Mal sur le ring enivre la foule. Le public encourage le Bien (ou l'insulte) et insulte le Mal (ou l'encourage), se défoulant ainsi du stress de sa vie quotidienne. Nous sommes ici dans le monde du fantastique. C'est pour cela que le garçon avait décidé de monter sur le ring. Regardez-moi me battre ! se disait le garçon. Cela vous libérera de votre stress !

Telle était la conclusion à laquelle il était parvenu pour résoudre son problème moral.

Si le business familial était mal, il compenserait en donnant du plaisir au peuple comme *luchador*.

Et voilà comment on met un terme à quelques tiraillements de conscience.

Son nom de ring fut l'homme au masque de chien. Bien entendu, il avait choisi ce personnage d'homme-chien en souvenir de son frère-maître-ami disparu. Quantité des techniques acquises dans son plus jeune âge en jouant avec lui intégrèrent son répertoire, moyennant quelques perfectionnements. C'est ainsi qu'à quatorze ans, l'homme au masque de chien devint l'homme au masque de chien. D'humain, il devint l'humain capable de se transformer en humain-canin.

Mais le catch n'était pas son seul métier. Il continua à aller à l'école jusqu'à seize ans, puis commença à seconder son père. Son problème moral, l'homme au masque de chien l'avait déjà résolu pour lui. Puisque, en tant que *luchador*, il luttait pour le Bien, il n'y avait plus rien du domaine du Mal dans son activité mafieuse. Et comme il était bon dans les deux domaines, il réussit à trouver son équilibre.

Le chiffre 2, vous dis-je.

Visage apparent et visage caché.

L'hiver de ses vingt-deux ans, son père fut abattu par un gang rival. L'homme au masque de chien n'en quitta pas pour autant le ring et continua à présenter son visage masqué apparent, tout en prenant la direction des affaires familiales. Toujours le chiffre 2. Il devint le boss de la seconde génération. Pile et face, il se démena pendant deux ans. Dorénavant, tous ceux qui le côtoyaient en tant que *luchador* (son manager, son porte-serviette, son chauffeur, etc.) appartenaient à l'organisation. Un contrôle sévère des spectateurs à l'entrée de la salle de combat lui évitait de se faire effacer son vrai visage au cas où par malheur celui-ci serait découvert. Toutefois, le business caché qu'il venait de reprendre lui prenait beaucoup de temps, aussi limita-t-il ses combats de *luchador* à Mexico City et aux environs immédiats. Mais il se fixa tout de même un quota de cent cinquante combats par an. Il se donna vraiment énormément de mal pour ne pas amoindrir le business de son père. Il s'engagea même résolument dans la corruption de fonctionnaires de la police fédérale, acheta des agents du fisc, jusqu'à ce que la rumeur parle de lui dans toute l'Amérique du Nord et centrale comme d'un « jeune plein d'avenir ».

Tout ça pour pouvoir être reconnu par la Familia.

Pour recevoir un chien de la part du *don* de la Familia, comme son père.

C'était cela son rêve. Son projet d'avenir. Si ça marche, alors je serai ton reflet, dis, papa ? Le Ciel resta taiseux, mais à cet instant, l'homme au masque de chien comprit qu'il deviendrait bien un numéro 2. Héritier de la deuxième génération, avec un alter ego chien, un chien qui garantirait sa position, celle d'un vrai boss de la pègre.

Vingt-quatre ans. Enfin un chien lui fut offert. De la part du *don*, un chien mâle. Agé de trois mois. Son père – autrement dit sa semence – était un boxer, ce qui lui donnait un peu l'air d'un bouledogue. Bien que très jeune encore, grâce à son instinct de combattant déjà bien éveillé, il savait se tenir sur ses pattes arrière. Il prenait vraiment la pause d'un boxeur. Mais ce n'était pas juste un boxer de seconde génération, ses qualités de *freak* aussi étaient bien apparentes. Je veux parler de son pedigree maternel. Oui, c'est de toi qu'il s'agit, Cabrón.

Toi, le chien du vingtième degré de latitude nord.

Enfin nous y sommes ! Tu es descendu plein sud de l'Etat du Texas, Etats-Unis d'Amérique, pour arriver ici à Mexico City. Attention : dans ton jeune âge, tu ne t'appelais pas Cabrón ! A ta naissance, dans le territoire familial, situé dans la zone frontalière entre les Etats-Unis et le Mexique, les humains t'avaient donné un autre nom. L'homme au masque de chien lui-même t'avait appelé de cet autre nom, jusqu'à ce que tu atteignes l'âge d'un an et trois mois. Puis il t'en donna un autre. Il t'appela Cabrón.

Cabrón, c'est-à-dire le Bouc. Non pas qu'il t'ait pris pour un bouc. En argot espagnol, *cabrón* a de nombreuses connotations péjoratives. On dit *cabrón* quand on veut traiter quelqu'un de merdeux. Un incapable aussi est un *cabrón* ; un cocu également. Voilà, celui-là. L'origine de ton nom, c'est cette troisième acception. Pour faire simple, disons que ton nom avait été changé en « Cocu ». Seulement, ce n'était pas toi qui étais cocu, c'était ton maître.

La Familia avait misé gros sur ton maître, l'homme au masque de chien. La Familia l'avait jugé encore plus capable que son père, le boss de première génération. Elle avait lourdement investi sur les capacités de ton maître, son potentiel, bref, sa jeunesse. T'offrir en cadeau, c'était la preuve que le récipiendaire était considéré comme un membre à part entière de la Familia, que les liens avec la Familia étaient de même teneur que les liens du sang. Et tu ne fus pas le seul cadeau offert à ton maître. En même temps que toi, à vingt-quatre ans, il reçut la fille cadette du *don* de la Familia, âgée de dix-huit ans. En provenance du Texas, vinrent au vingtième degré de latitude nord un chien et une jeune épouse. Bien sûr, l'homme au masque de chien en fut fou de joie. Ses liens avec la Familia étaient maintenant des liens familiaux pour de vrai. Maintenant, le *don*, c'était « Papa », et l'épouse du *don*, « Mama ». Sans compter que la jeune épouse était tout à fait jolie. Pas exactement mince avec des gros nichons comme il les aimait, mais bon, rien à redire.

L'homme au masque de chien était heureux. Il se donna encore plus à fond à son travail (son travail caché, donc) et à son travail de *luchador*. La jeune épousée s'en lassa vite. Elle, qui espérait une vie de jeune mariée douce et fondante comme du sucre, protesta :

— Pourquoi faut-il que tu t'intéresses sérieusement à cette stupidité dès que la mafia te laisse un instant de loisir ? En me laissant seule !

N'étant pas véritablement mexicaine, le sens de la *lucha libre* lui échappait totalement, à la jeune épousée. Souvent un côté de leur lit double restait vide. Et tout naturellement, un amant commença à s'infiltrer dans la chambre, ce qui, au bout d'un an, finit par se voir.

La jeune épousée quitta la maison.

— Dis-toi bien que si tu effaces mon chéri, je n'ai qu'un mot à dire à mon grand-oncle pour que ce soit fini pour toi, le boulot avec la Familia, le menaça-t-elle.

Il ne put donc même pas laver son cocufiage. Instantanément, l'homme au masque de chien plongea dans le désespoir. C'est à cette époque qu'il changea le nom de son chien en Cabrón, pour ainsi dire par autodérision. Ton maître t'aimait beaucoup. Il t'emmenait partout avec lui. Il te parlait. « Alors, le Cocu… Pas vrai, le Cocu ? T'es pas d'accord, le Cocu ? » C'est comme ça qu'il parlait à son chien, en s'insultant lui-même. En réalité, ce changement de nom provenait d'un subtil calcul. Car il n'était pas du genre à se laisser renverser au premier coup. Si, par inadvertance et sans penser à mal, un collègue s'avisait de lui dire : « Hé, *cabrón* ! », il risquait de réagir au quart de tour et de flinguer le type en question. Et ça, ce serait comme un aveu que l'insulte avait porté. Ce ne serait pas un truc à faire.

Oui, mais si c'était juste le nom du chien qui l'accompagnait tout le temps ?

Hein, si c'était juste ton nom à toi ?

« Ah bon, tu parles à mon chien… » et ça s'arrêterait là.

Voilà donc comment tu devins Cabrón. Tu avais un an et trois mois. Ton maître, vingt-cinq ans. Sa sensibilité était encore à vif, manifestement. Toute la journée à t'appeler Cabrón ! Cabrón ! Cela l'aidait à oublier ce qui lui faisait mal. Hé oui, le Cocu, ce n'était que le nom du chien, finalement. D'ailleurs, bien que sa femme l'ait quitté, ses relations avec la Familia n'en pâtirent nullement. Le *don* déclara :

— Allons allons, tu peux continuer à m'appeler Papa, voyons !

La mafia avait misé sur ton maître en tant que jeune espoir de la pègre, et sa position au sein de la Familia ne changea pas. Il était toujours libre d'aller et venir dans l'orangeraie du Texas. Puisqu'il était de la famille. C'est d'ailleurs là qu'il trouva de quoi se consoler.

— Pardon, ma grande sœur est tellement bête… lui dit une petite fille de treize ans.

La troisième fille du *don*.

— Ne te désespère pas, grand-frère, tu es fort !

Ah oui ? Tu le penses vraiment ?

En six mois, il fut de nouveau sur pied.

Jusque-là, jusqu'en 1971, ce n'est que le mélodrame de ton maître, ton alter ego. Ensuite commence ton mélo à toi, Cabrón. Depuis ton premier rut, à l'âge de huit mois, tu n'avais jamais connu le moindre problème côté femelles. Qui aurait pu te gêner ? Sous l'identité cachée de ton maître, les maîtres de tous les chiens domestiques te laissaient faire, par peur. Et sous son visage apparent, par amour ou par ambition, on te laissait faire de même. « Bah, je peux bien laisser couvrir ma chienne par le chien d'un *luchador* si populaire, allons. » Avec les chiens errants, c'était encore plus facile, juste une question de rapport de force. Tu baises par-ci, tu violes par-là, et tu laisses une quantité innombrable de descendants dans tout Mexico City. Tu es… tu es Cabrón le mal nommé. Tu parles d'un cocu ! Un séducteur, oui ! Mais la situation change du tout au tout fin 1974. Hé oui, tu tombes amoureux.

L'amour. Le mélo.

Ton maître tomba sur un hic. C'est son garde du corps qui lui en fit part. Ce garde du corps était originaire des Samoa américaines, un champion du monde des combats de boxe clandestins, de plus de cent quatre-vingt-dix centimètres de taille. Avec une nuque épaisse, des biscoteaux épais, des abdominaux épais. Dans le monde du ring, la force des Tongiens et des Samoans est proverbiale. Bien sûr, la *lucha libre* n'est pas un vrai combat, c'est bien pour ça que l'homme au masque de chien est pointilleux sur la « vraie force ». Lui qui est un moins-que-rien à la bagarre, comme il le dit lui-même. Quelle serait l'utilité d'avoir un garde du corps plus faible que moi ? Le garde du corps aux bras, tronc et cuisses couverts de tatouages traditionnels samoans avait été présenté à l'homme au masque de chien par son manager, un neveu de l'épouse du *don* de la Familia. Il en fallait tout de même plus pour qu'il l'engage comme garde rapproché (s'agissant de celui qui l'accompagnerait en toute occasion, méfiance). Mais deux points l'avaient convaincu. Le géant qui parlait espagnol avec un accent anglais à l'accent samoan avait un frère jumeau.

— Hein ? Un frère jumeau ?

— Si *señor*, jumeaux homozygotes, on est.

— Oh, c'est comme un alter ego alors !

En outre, le géant samoan pourvu d'un frère jumeau était un dévot chrétien.

— Ah bon ? Samoa est une île catholique ?

— Si *señor*, premiers missionnaires arrivés 1830. Parfois, quand j'entends hymnes, des fois je pleure.

— Mais c'est magnifique !

— Mais mon frère, il est musulman.

— Ah bon… ?

— Lui, il est allé Asie. Pour trouver travail. Il fait presque pareil, Indonésie, je crois. Ou Pakistan. Pour avoir connexions avec organisation là-bas, il a juré sur le Coran.

— Hé ! Bravo ! Ça, c'est posséder l'esprit de la pègre !

Et c'est ainsi que l'homme au masque de chien décida d'employer le géant samoan – roi du ring clandestin, pourvu d'un frère jumeau – comme garde du corps. Celui-ci le sortit en maintes occasions de situations délicates et de bagarres ennuyeuses, ce qui lui prouva qu'il pouvait lui faire une confiance absolue. Au point qu'il en fit son bras droit. Ledit garde du corps bras droit, fin 1974, l'informa d'un hic. Il y avait nécessité de porter un coup radical à un officier de la police fédérale mexicaine.

— C'est un pas beau celui-là, avait murmuré le Samoan.

— Un pas beau ? avait demandé l'homme au masque de chien.

— Il est en train tisser réseau secret, boss. Il s'est débrouillé pour faire main basse sur stocks de drogue saisis, il crée des contacts Colombie, il a acheté chefs de division des douanes.

— Oh, c'est pas beau, ça ! Je trouvais justement que, depuis quelque temps, ils n'étaient pas très coopératifs pour les formalités douanières, ça venait de lui ?

— Sûr.

— Comment as-tu réussi à lui serrer la queue ? C'est un de ses subordonnés qui a ouvert la bouche ?

— Lui a ouvert la bouche ou moi, je sais pas, en tout cas un uppercut et son menton était ouvert, sûr ! Ha ha ha. Ça même assez difficile de le faire parler, on comprenait plus rien quoi qu'il disait.

— Ha ha ha ! Elle est bonne !

— Cap San Lucas, on lui a fait larguer de la drogue qualité marché. Les infos sont venues avec à la pelle !

— Et tu suggères quoi ?

L'officier de la police fédérale mexicaine avait sa résidence et un entrepôt dans un port, face au golfe du Mexique. C'est là qu'ils lancèrent leur raid. L'officier de police fédérale, responsable des saisies, se rendait sur les lieux dès qu'il obtenait une dénonciation, toujours accompagné du meilleur chien de détection de drogue de la police, qu'il appelait *mi perro*. Cas typique d'abus de pouvoir. Il arpentait les aéroports, la frontière et saisissait uniquement la meilleure qualité. Puis il négociait ses prises au prix fort.

— Tu es trop pas beau, toi, dit personnellement l'homme au masque de chien au policier fédéral.

Il lui envoya un coup de pied (le fameux coup de pied du saint-bernard, bien entendu) et le cloua au sol avec la couronne de fer du chien. Après lui avoir fait cracher les moindres détails de tout ce qu'il voulait savoir, il donna l'ordre à son garde du corps samoan de le descendre sans autre formalité. Puis il récupéra jusqu'à la moindre miette de tout ce que l'entrepôt contenait. Il avait d'ailleurs loué un camion de quatre tonnes à cet effet. Nul homme ne s'interposa lors du chargement. Mais un chien, oui. Un chien qui se mit à aboyer comme s'il avait réellement l'intention de se mettre en travers. Un labrador retriever femelle. Le chien renifleur, l'équipier de l'officier de police fédérale mexicaine frappé et assassiné.

— Ho ho ho, dit l'homme au masque de chien.

— Qu'est-ce qu'on fait ? Je la fais taire ? s'enquit le Samoan.

— Non non non, on ne va pas tuer un chien sans nécessité ! Surtout la renifleuse numéro un de la police fédérale ! Elle peut être précieuse. On va lui faire renifler notre poudre à nous. Comme ça au moins, on verra si c'est de la bonne.

— Ouais, bonne idée !

— Pas vrai ? Allez, embarque-la.

C'est ainsi que la labrador retriever se fit enlever.

Enlever où ça ? Sur le vingtième degré de latitude nord. Dans la résidence de Mexico City. Là où justement tu te trouvais, toi, Cabrón. En décembre 1974, ton maître te la présenta au bout d'une laisse en souriant : « Regarde-moi ça ! La crème de la chienne policière ! » Et que ressentis-tu ? Sur le coup, rien. Parce que ce n'était pas la saison du rut et que tu ne manquais pas de femelles. *Tiens, une nouvelle ?* tu te dis, et c'est tout. Tout de même, cette labrador retriever de pure race était rudement jolie. Deux ans à peine, un pelage noir lustré, un joli petit cul musculeux. Certes, Cabrón, tu lui tournas bien autour en couinant d'amour, mais sans que cela t'inspire rien d'autre que : *Alors, une nouvelle à poils noirs, hum.* En voyant cette femelle répondre aux tests d'aptitude que lui faisait passer ton maître, à savoir distinguer entre différents produits, héroïne, cocaïne, crack, cannabis, amphétamines, etc. à différents degrés de pureté, tu te demandas juste : *A quoi elle joue ?* Toutefois, deux jours plus tard, quand tu vis ton maître tout sourires, les choses changèrent du tout au tout. La guerre avec les cartels colombiens venait d'éclater. Le hic dont avait parlé le garde du corps samoan avait changé de nature. Car en fin de compte, une des filières d'écoulement des Colombiens avait été supprimée. Alors le grand bazar commença. Les plus vilains porte-flingues d'Amérique du Sud entrèrent au Mexique. Ton maître saisit rapidement l'ampleur de la situation.

— Merde alors, dit-il.

— On est un peu emmerdés, hein, répondit le Samoan.

— C'est la guerre, ça…

En un clin d'œil, la résidence de Mexico City fut transformée en base fortifiée. Tous les moyens furent employés pour renvoyer les assassins de Colombie là d'où ils venaient. Toi, tu te barricadas dans la forteresse avec ton maître. Par la même occasion, ton maître laissa tomber pour un temps ses combats de *lucha libre*. Bien entendu, fini pour toi le plaisir des déplacements d'une salle de lutte à une autre en province. Fini aussi les occasions de rouler des mécaniques sur la ligne de front du commerce de la drogue en faisant *grrrouff*, l'œil mauvais. Tu veux rire ! Même plus de promenade, oui ! Le risque était trop grand de tomber sur des sbires qui auraient pu te kidnapper pour faire chanter ton maître. Tu étais l'alter ego de ton maître, que veux-tu ! S'il s'enfermait pour plusieurs mois ici, il fallait bien que tu l'imites. La nuance, c'est que ton maître, lui, pouvait satisfaire ses besoins sexuels en faisant venir des filles de l'extérieur dans la forteresse. Toi non. Pas possible, même si tu commençais à devenir morose. Et tu devins de plus en plus morose. Pas de promenade... Pas de baise... Au bout d'une semaine de ce régime survint une période de rut. Ton insatisfaction s'accumula, dans tous les sens du terme. Ton désir sexuel explosa. Or il y avait une femelle dans la forteresse. Une seule : la labrador retriever renifleuse de drogue et ses fesses voluptueuses. Eh bien, tu te pris une sacrée rebuffade dans les dents ! Oui, toi, Cabrón, toi le séducteur impénitent, tu te fis ignorer en beauté. Toutes tes techniques d'approche s'avérèrent dépourvues du moindre effet. Elle se permettait même de te rembarrer avec son accent flic : *Bas les pattes, espèce de bâtard ! Graôoo !* A l'évidence, les techniques de la mort de ton maître (la couronne de fer du chien, etc.) ne pouvaient pas grand-chose contre des attaques aussi puissantes. Tu battis momentanément en retraite en couinant. Mais ça ne résorbait pas ton désir sexuel. *Qu'est-ce que je fais ?* Tu essayas l'humilité : *Allez, laisse-moi faire, quoi…* Tu essayas la sincérité : *Ce n'est pas une passade, je veux des enfants de toi, je veux faire de toi ma véritable épouse !*

Awouh wouff ! gémis-tu tristement.

L'amour, c'était. Du pur mélo. Qu'est-ce que t'as, Cabrón ? se moquait ton maître sans faire un geste pour t'aider. T'arrives pas à te la faire ? T'étais pas le gigolo de ces dames ?

Alors toi, que fis-tu ? Pour lui plaire, tu t'accrochas à ses pas. A ta façon, tu envisageas divers moyens de sortie de crise. Tu te forças à trouver de l'intérêt à ce qui l'intéressait, elle. Ça n'avait pas de sens mais tu te donnas du mal. *Moi aussi je veux savoir faire des trucs !*

Dans la forteresse close, tu mis toute ton énergie à réaliser ton rêve d'accouplement avec elle.

Trois mois plus tard, ton maître, les yeux écarquillés de surprise, appelait son garde du corps à grands cris :

— Hé ! Regarde-moi ça ! Non mais mire un peu ça !

— Hein ? Quoi ? Nooon…

— Hé si ! Cabrón a découvert le sac qui contient le cannabis, regarde comme il le serre entre ses pattes avant…

— Un vrai chien policier, on dirait !

— Ouais.

— Il fait la différence avec la cocaïne…

— Exact.

— La dope est cachée dans un magazine trafiqué… Oh ! Il l'a trouvée du premier coup !

— Mais alors, il est…

— Il est devenu chien renifleur, oui.

Prodige de l'amour. Tu pouvais maintenant reconnaître différentes odeurs de drogues. Tu avais étudié sans qu'on te le demande, tu t'imposais même, dans une profession d'élite, jusqu'à distinguer peu ou prou le degré de pureté des produits. En principe, dans la police, pour en faire des renifleurs, les chiens sont soumis à un entraînement spécifique dès leur jeune âge, entre quatre et sept mois. Il est admis que c'est trop tard pour les chiens adultes. Et voilà que cet axiome, tu le réduisais en poussière. Toi, Cabrón, tu avais acquis une technique réputée inaccessible à ton âge. Comme quoi l'amour peut faire faire de grandes choses. Et la labrador retriever qui t'avait rejeté jusque-là se laissa émouvoir.

Je peux ? tu demandas.

En réponse, elle te tendit son cul.

Juin 1975, dans la cave de la forteresse toujours assiégée, la labrador retriever mit bas. Tu assistas à l'accouchement de celle dont tu avais fait ta seule et unique épouse. Elle prit son temps, mit ta patience à l'épreuve. Il lui fallut plus d'une demi-journée. Pour la bonne raison qu'il y en avait un nombre étonnant. Onze en tout, de tous les genres. Le sang-mêlé du père avait fleuri. Ton maître en resta bouche bée.

— Dis donc, Cabrón, ton sperme était pas un peu trop épais ? dit-il.

— C'est qu'il avait une grosse envie, boss. Il n'était plus blanc, il était jaune tellement il était dense, confirma le Samoan.

Le Samoan devint même le parrain de l'un des chiots. Un tout marron avec six lignes noires qui lui couraient sur le flanc gauche et une tache noire sur la cuisse. Le Samoan le remarqua immédiatement et le baptisa Guitar.

Mes enfants, tu pensas.

Mes enfants de mon sang.

Tes descendants furent vite mis à l'épreuve. Onze chiots étaient nés, mais les chiennes n'ont que dix mamelons. Et encore, la première paire n'est pas fonctionnelle. Sept ou huit chiots par portée représentent un maximum, alors à onze, la lutte pour l'accès à la mamelle n'avait rien d'un jeu. Ton maître murmura entre ses lèvres : « Enfin, je sais bien qu'une famille nombreuse c'est merveilleux, mais quand même… » et fit préparer des biberons par ses assistants. Dès que le siège de leur forteresse leur laissait un moment de répit, avec son garde du corps samoan, il donnait la tétée aux bébés chiens. « Ils sont vachement mignons… » disait le géant samoan de plus de cent quatre-vingt-dix centimètres, un chiot dans les bras. Ton maître, qui s'était renseigné auprès d'un vétérinaire, mélangeait du lait en poudre avec du lait de vache pour obtenir la densité convenable pour les chiens. Mais il ne pouvait tout de même pas donner en permanence le biberon aux mignons petits chiens. Avant la mi-juillet, deux jetèrent l'éponge. Ne survécurent pas, autrement dit.

La dernière semaine de juillet, à la période du sevrage, un troisième abandonna. La mère n'avait décidément pas eu assez de lait pour tous à la naissance.

Première semaine d'août, le jour du seigneur, à savoir le 3. Rompant le repos dominical du monde catholique, des hommes armés de pistolets-mitrailleurs et de grenades lancèrent une attaque contre la forteresse où vous étiez barricadés. Des hommes à la solde des cartels colombiens, bien sûr. Ton maître, qui avait subodoré ce genre de danger, avait triplé les effectifs de sécurité. Les balles sifflèrent. Plus tard, ton maître, faisant le récit de ces événements à sa seconde épouse, appellerait cette journée le « dimanche de sang ». Mais le sang humain ne fut pas le seul à couler ce jour-là. A ce moment-là, dans la résidence de Mexico City, vous étiez dix : toi, ton épouse et ta descendance (puisqu'il n'y avait plus que huit chiots, compte tenu des trois en moins). Le sang de ton épouse coula. Oui, Cabrón, ton épouse, la chienne policière. Elle avait été formée à réveiller son sens de l'ordre et de la justice au premier coup de feu. Ce qui était du suicide, évidemment. Elle bondit au rez-de-chaussée en s'écriant *Qui a fait ça ?*, se trouva au milieu des balles et en prit une.

Deux chiots se firent marcher dessus et écraser.

Quand les coups de feu cessèrent, les forces canines ne s'élevaient plus qu'à sept. Toi, et six de tes enfants.

Guitar était du nombre. Guitar, qui avait passé sans dommage la première épreuve, réussit également la seconde. La première épreuve, c'est-à-dire la lutte pour la mamelle, le problème de pénurie de lait maternel. Mais soyons honnêtes, il avait surtout fait partie des survivants parce que son parrain, le Samoan, avait toujours gardé un œil sur son filleul. « Laisse-le téter, maman, quoi », disait-il, ou bien : « Allez, viens par là, mon grand, c'est biberon. »

Lors de la seconde épreuve, en ce « dimanche de sang », Guitar s'était gardé de courir partout comme ses frères et sœurs dans la résidence transformée en sanglant champ de bataille, et cela lui avait sauvé la vie. Il n'avait pas perdu son sang-froid. Ou plutôt si, il l'avait perdu, mais il avait choisi de rester planqué dans un placard de la cuisine et n'était ressorti que pour partir à la recherche de sa mère, une fois que les coups de feu s'étaient calmés. C'est lui qui l'avait découverte en premier, affalée dans le couloir qui menait au salon, avec deux trous, l'un dans la nuque et l'autre au sommet du crâne. Il y avait une flaque de sang. Ce truc rouge commençait à coaguler. Guitar comprit-il quelque chose à l'odeur du sang ? Peut-être pas. *Kyun*, gémit-il, et il poussa sa petite tête contre le ventre de sa maman.

Il trouva que c'était froid.

Il trouva que c'était dur.

Elle n'est plus là, pensa-t-il.

Guitar était sevré, mais il chercha tout de même les mamelles. Une, deux, trois, quatre, cinq, six, sept, huit, neuf, dix. Les deux dernières ne servent à rien. Mais les autres non plus. Il eut beau téter et téter, rien ne vint. Pas la moindre chaleur.

Il téta de toutes ses forces le lait qui ne sortait pas.

Vingt minutes plus tard, Cabrón, tu tombes sur ce spectacle : dans un coin du couloir de la résidence plongée dans le chaos, tu vois ton épouse, dont tu avais poursuivi le cul avec tant de fièvre, déjà raide, et un chiot avec un dessin de guitare sur le corps en train de sucer le ventre de la morte. Tu en as les pattes sciées, ta tête retombe, sans force. Puis un autre et encore un autre, l'un après l'autre tes enfants survivants sortent des quatre coins de la résidence jonchée des vestiges de la tragédie. Et tous les cinq, à l'instar de celui qui a un dessin de guitare sur le corps, s'accrochent avec l'énergie du désespoir aux mamelles dures de leur mère et tètent.

Pendant le reste du mois d'août, en septembre, arriva la troisième épreuve. Tes enfants tombèrent l'un après l'autre. Tout simplement parce que leur mère n'était plus là. Ils n'avaient pu supporter le choc de cette disparition trop brutale. Ils n'avaient que deux ou trois mois. Ils étaient encore si faibles. Avant la dernière semaine de septembre, quatre avaient renoncé. Ce ne fut pas faute de t'être suffisamment occupé d'eux, bien au contraire, tu fis tout ton possible. Ta conscience avait basculé. Depuis le « dimanche de sang », tu ne les quittais plus. Tu étais d'une attention extrême. Tu les surveillais en permanence. Oui, tout mâle que tu fusses, tu t'étais mis à les élever comme une mère.

Mes enfants, pensais-tu.

Mes seuls enfants légitimes.

Ne mourez pas, enfants ! Arrêtez de mourir ! Ça suffit !

Bien sûr, élever tes enfants n'alla pas sans peine. En tant que père, tu pouvais difficilement t'éveiller à la maternité. Pour moitié, tu te contentais de jouer avec eux. Mais tu le fis du mieux possible. Pour l'autre moitié, c'était de l'éducation : *Ça, vous pouvez le faire… Ça non… Retenez ceci…* Tu pris ton rôle très au sérieux. A quoi employas-tu le plus d'énergie ? Dès qu'ils eurent deux ou trois mois, à leur dispenser un enseignement d'élite. Oui, certainement. De ton propre aveu, pour tes petits mais aussi pour la mémoire de leur mère.

A distinguer les différentes sortes de drogues à l'odorat.

A en évaluer le degré de pureté.

Toutes les techniques des chiens renifleurs. Comme s'il s'agissait de graver dans leur mémoire celle de leur mère.

Novembre, deux chiots ont survécu. Guitar est l'un d'eux. Un jour, le Samoan ouvre de grands yeux et appelle ton maître :

— Boss ! Boss !

Ton maître, l'homme au masque de chien, se met à gueuler comme un fou :

— Qu'est-ce qui t'arrive de crier comme... Nooon ?

— Hé si ! Guitar a trouvé la botte dans laquelle on avait planqué le cannabis, comme avant lui son paternel Cabrón ! Il la serre dans ses pattes avant...

— Exactement comme un chien policier !

— Tout à fait ! Regardez, son frère aussi !

— Ils savent faire la différence avec la cocaïne...

— De magnifiques chiens renifleurs !

Ton maître se retourne vers toi, très ému.

— Un mec tout seul... et tu as réussi à leur apprendre ça ?

Tu comprends qu'il est en train de te féliciter. Alors, plein de confiance en toi, tu aboies : *Wouff.*

Depuis leur premier souffle, la première semaine d'août, autant de mois et de jours se sont écoulés dans le monde des humains. Trois mois. Durant ce laps de temps, deux chiots ont acquis les compétences de chiens détecteurs de drogues. Chez les humains aussi, d'importants développements ont eu lieu. Premièrement, la guerre avec les Colombiens est terminée. Le « dimanche de sang » avait été tellement sanglant qu'un gros poisson de Panama n'avait pu faire autrement que de s'offrir en intermédiaire. Et comme les conditions n'étaient pas mauvaises, tous se serrèrent la main. La nécessité de faire de la résidence de l'homme au masque de chien une forteresse ayant disparu, celle-ci était redevenue une banale résidence de chef mafieux comme les autres. Le niveau de sécurité fut baissé, on ne conserva que quelques gardes – porteurs en permanence d'armes automatiques, aux magasins chargés, tout de même. Maintenant qu'il n'était plus obligé de rester barricadé, l'homme au masque de chien s'envola sans plus attendre pour le Texas. Pour présenter ses respects au *don*.

— J'ai fait un peu de boucan, papa, je vous ai dérangé…

Le *don* la lui joua à la bougonne.

— T'es bête, t'es bête, t'es bête, triple idiot ! Tu peux le dire, que tu m'as dérangé ! Essaie de faire les choses de façon un peu plus smart, enfin… C'est moi qui te le demande. Tu as compris ? Forge ton âme, quoi ! La guerre est loin, maintenant. On est en 1975, les gangs, c'est fini ! Pas vrai ? Tu appartiens à la génération de l'avenir… Tu vas reprendre le flambeau que je lègue au futur, pas vrai ? Alors il faut que tu apprennes à te tenir un peu mieux, comme un businessman, puisque le futur est au business. A partir de maintenant, tu vas faire semblant de rester dans la légalité, hein ? Faire semblant !

Cette entrevue le laissa quelque peu penaud. Même en faisant la part des pertinents conseils qui lui étaient dispensés derrière les critiques de façade, il ne s'attendait pas à se faire engueuler. Suis-je foutu ? se demandait-il en jetant des miettes à une dizaine de canards dans la mare de la propriété de la Familia. C'est à ce moment-là que derrière lui se fit entendre une voix pleine de gaieté :

— Grand frère ! Ça me fait tellement plaisir de te revoir !

C'était la jeune sœur de son épouse séparée, autrement dit la troisième fille du *don*. Elle avait dix-huit ans, maintenant. Elle avait été envoyée à Vienne pour parfaire son éducation à l'âge de quinze ans, cela faisait trois ans qu'il ne l'avait pas vue. L'homme au masque de chien eut du mal à avaler sa salive. Elle avait bien grandi et était vraiment belle – oui, genre mince à grosse poitrine.

— Oh ! Euh... Ça fait longtemps...

— Qu'est-ce que tu as, grand frère ? Encore un coup de déprime ?

— Non, je donne à manger aux canards, c'est tout.

— Aux canards...

— Oui. Je leur donne à manger.

— A manger...

Ils discutèrent donc ardemment de ce qui convenait le mieux aux canards en termes de nourriture, tout en se promenant en direction de l'orangeraie, et deux heures plus tard ils échangeaient un baiser passionné. L'homme au masque de chien venait d'avoir le coup de foudre (ce n'était pas la première fois qu'il la voyait mais bon, c'était des retrouvailles, quand même), alors que la troisième fille, elle, entretenait secrètement cet amour depuis son adolescence. Ils sortirent ensemble. Parfois au nord de la frontière, parfois au sud. L'homme au masque de chien avait repris son activité de *luchador*. De ce jour, la troisième fille se mit à fréquenter les salles de catch. Ce que n'avait jamais fait l'épouse précédente. L'homme au masque de chien en fut si heureux qu'il inventa une nouvelle technique de la mort. Qu'il baptisa le foudroiement du chien de l'amour. Leur sentiment mutuel se confirmant, l'homme au masque de chien l'avoua au *don* la dernière semaine de novembre.

— Je vous demande la main de votre fille.

— Bah, l'autre n'était qu'une imbécile, c'est sûr.

— Non non, loin de moi une idée pareille, mais je suis vraiment sincère pour votre troisième fille…

— Eh bien c'est entendu.

— C'est vrai ?

— Mais en échange, puisque c'est la seconde de mon sang que je te donne, à titre de dot, tu vas élargir ton business, c'est compris ?

Ça ne se refusait pas. Ainsi se manifestait une nouvelle fois l'effet du chiffre 2. Pour sa seconde épouse, il se démena donc à la recherche d'un nouveau client important. Celui qui lui amena le projet le plus intéressant n'était autre que son garde du corps samoan.

— Il y aurait bien un circuit, boss.

— Hé ! Ho ! Les histoires avec l'Amérique du Sud, ça suffit, hein, je viens d'en prendre…

— Non, c'est avec mon frère.

— Hein ? Ton frère jumeau ?

— Je ne vous avais pas dit qu'il était dans la même ligne de business ?

— Si si…

— Eh bien, il est en Asie, mon frère. Il est secrétaire d'une organisation qui s'occupe de drogue.

— Secrétaire ? Tu veux dire garde du corps ?

— Ah ouais, c'est ça. Ha ha ha. Et cette organisation est propriétaire de champs cultivés à la frontière pakistanaise, à ce qu'il paraît.

— Des champs cultivés ? En pavot ?

— C'est ça.

— Dis donc, ton frère, il était bien musulman, non ?

— “Allah ! Allah !” tous les jours. Or cette organisation…

— Je vois…

Un schéma de coopération fut élaboré. Les jumeaux samoans représentèrent dignement les intérêts de leur organisation d'appartenance, avec la pleine confiance de leur direction respective. Si ça se trouve, ces deux-là allaient réussir à créer des liens entre le Nouveau Monde et l'Asie, entre le parrain catholique et le parrain musulman ainsi que leurs organisations ! Parfaitement, et c'est ce que démontra le résultat. D'ailleurs, la culture samoane attache une grande importance aux liens familiaux et a toujours farouchement maintenu une structure sociale fondée sur la famille élargie. Les connexions familiales sont les plus solides. Les jumeaux étaient d'avis qu'une rencontre au sommet était nécessaire et proposèrent que celle-ci se déroule en terrain neutre. A égale distance du Nouveau Monde et de l'Asie, autrement dit dans le Pacifique. Pourquoi pas dans leur île natale ?

Ce qui fut dit fut fait.

En décembre, les deux délégations organisèrent chacune un voyage touristique en vue d'opérer une jonction dans un hôtel des Samoa américaines. L'homme au masque de chien avait décidé de se rendre à cette rencontre au sommet avec son alter ego. Avec son 2, Cabrón.

— Bah, on va y aller tranquilles, dit-il. Avec lui, s'ils essaient de nous refiler de la poudre frelatée, on s'en apercevra tout de suite… Il le sentira. Bonne occasion de leur faire comprendre.

— Ouais, bonne idée ! dit le Samoan. Mais, boss, Cabrón va pouvoir se séparer de ses chiots ?

— Hum… c'est qu'il les adore. Eh bien, c'est simple, non ? Les petits ont déjà six mois. Si on les emmenait ?

Les chiots étaient deux. 2. Pour l'homme au masque de chien, c'était la meilleure décision à prendre. Et puis, en voyant ces chiens nonchalamment couchés par terre se mettre tout à coup à faire la course pour être le premier à découvrir l'héroïne, le cannabis, les amphés, les Asiatiques dresseraient la tête en disant : « Ça, c'est le *Nuevo Mundo* ! »

« Et vous allez vous régaler ! Il y aura du cochon à la broche ! » dit le premier des jumeaux. Le groupe du deuxième jumeau arriva le premier aux Samoa occidentales, après escale à Melbourne et aux Fidji, puis se rendit au lieu convenu. Le groupe du premier jumeau, avec l'homme au masque de chien et ses trois chiens, lui, s'envola d'abord pour Hawaii. Changement à Honolulu et direction Pacifique Sud.

Le 9 décembre 1975, Cabrón quitte Mexico City. Avec son alter ego. Fini d'être le chien mâle du vingtième degré de latitude nord. Escale sur l'île d'Oahu sur le vingt et unième degré de latitude nord. Good Night n'y était déjà plus.

O chienne ! Oui, toi qui n'est plus la chienne du vingt et unième degré de latitude nord, où es-tu ?

A bord de la pirogue à deux coques. En train de vivre le grand roman d'aventure du voyage à Tahiti selon les seules techniques traditionnelles de la navigation transocéanique. Si ce grand projet de la renaissance hawaiienne se réalisait, on parlait de te donner une troisième médaille, après la *Purple Heart* et la *Silver Star* que tu avais reçues à l'époque où tu étais chien soldat. Enfin, ton maître au moins en parlait. A ta retraite, l'ex-sous-lieutenant t'avait accueillie comme un membre de sa famille, mais la beagle avait eu des petits et la famille s'était tellement agrandie qu'il t'avait abandonnée. Aussi valait-il mieux parler de ton ex-maître, en réalité. Cette troisième médaille, tu ne la recevras pas. Un mois après ton départ, le 11 novembre 1975, tu as faim. La pirogue avait dérivé. Elle errait sur les flots immenses. Une fois, ils essayèrent de te tuer pour se nourrir. Tu manquas devenir viande de chien. Heureusement, tu n'avais pas de maître. Pas de nouveau maître. Tous ceux qui t'entouraient n'étaient que des crétins. *Pour quelle raison devrais-je vous obéir ?* Telle fut ta réponse, et tu répliquas. Tu les repoussas après avoir planté tes crocs dans les biceps de l'un et arraché une main à chacun des deux autres. Ton expérience militaire fit merveille. Les mains arrachées, tu les mangeas. Tu en suças les os. Tu avais faim depuis la deuxième semaine de navigation. Le navigateur polynésien n'était qu'un bluffeur. Il ne savait pas lire les étoiles sur les mers qu'il ne connaissait pas. Pourtant, il se trouvait toujours dans les limites du territoire maritime de la civilisation polynésienne, mais pour lui, originaire de l'île de Rarotonga, dans l'archipel de Cook, cette mer était trop différente de celle qu'il connaissait. Trop au nord. Ça allait même plus loin. En fait, il n'était même pas capable de lire la houle. Ses sens n'étaient pas suffisamment aiguisés. A vrai dire, dès le troisième jour il avait commencé à perdre sa route. Tu entendis les humains se disputer.

— De quelles techniques ésotériques tu parles ? criait le chercheur fils à papa. Où elle est, ta grande sagesse des anciens Polynésiens, espèce de bluffeur ?

L'insulte portait juste. Le navigateur avait vécu des années sur du bluff. C'est pourquoi, même dans une telle situation, il ne cessa d'affirmer :

— Ah mais pas du tout, je vais vous y emmener, moi, à Tahiti, grâce aux techniques traditionnelles !

Et parlez-moi sur un autre ton ! Ah là là, la race des universitaires… marmonna-t-il.

Cela mit le chercheur fils à papa dans une telle fureur qu'il ramassa d'un seul geste le chronomètre de marine, le sextant et le poste émetteur embarqués en cas d'urgence, et les jeta à la mer en riant :

— Alors on n'a pas besoin de ça, c'est bien ça que tu veux dire ? Ha ha ha !

A partir de là, la traversée n'eut plus rien de romanesque. Le désespoir ne fit que s'accumuler. Le problème devint vraiment aigu en abordant la zone de convergence équatoriale, le pot-au-noir. C'était au moins la preuve qu'ils étaient parvenus à l'équateur, mais maintenant ils ne progressaient plus ni vers l'est ni vers l'ouest ni vers le nord ni vers le sud. Les humains essayaient de pêcher et d'attraper des oiseaux de mer. Un matin, on s'aperçut que deux membres de l'équipage étaient morts. Morts de faim. C'est vers midi ce jour-là que tu fus attaquée. A cette heure de la journée où les rayons du soleil sont les plus cruels, quelqu'un proposa : « Si nous ne pouvons manger du poisson, si nous ne pouvons manger de l'oiseau, eh bien mangeons du chien ! » Les quatorze hommes d'équipage tombèrent d'accord à l'unanimité sur ce point – à dire vrai, tu étais censée faire aussi partie de l'équipage, mais on ne te proposa pas de participer à la consultation – et te coincèrent à la proue du bateau. Où tu répliquas. De toute façon, il n'y avait personne à bord qui eût mérité que tu lui jurasses fidélité. N'est-ce pas, Good Night ? Tu… tu n'as fait qu'exercer ton droit naturel. Toi aussi tu avais le droit de survivre, autant que les humains. « Si nous ne pouvons manger du poisson, si nous ne pouvons manger de l'oiseau, eh bien mangeons de l'humain ! »

Tu affirmas ce droit et en démontras empiriquement le bien-fondé en mangeant les mains de deux matelots. En les dégustant en fin gourmet, d'ailleurs. Tu illustras par la même occasion la doctrine : « Les consultations, ça ne sert à rien. » Du crépuscule à la nuit du même jour, il y eut un, puis deux, puis trois morts. D'abord les deux dont tu avais arraché une main, puis celui à qui tu avais mordu le biceps. Ils ne purent survivre à l'hémorragie, surtout dans l'état de faiblesse qui était le leur. Leurs cadavres ne furent pas jetés à la mer. Ils devinrent nourriture, bien entendu. De la proue où tu te trouvais, tu observas la scène. L'un des matelots *haore*, effrayé par tes yeux luisants, te lança le foie de l'un de ses camarades. Puis le pénis et les testicules, que décidément aucun humain n'avait assez faim pour manger. Des trois. Tu les mangeas. Et les trouvas fort bons.

Vint l'aurore. Tu étais toujours à l'étrave. Les humains… Eh bien, évidemment, les humains campaient à l'autre bout. Il restait onze matelots vivants, divisés en trois groupes. Les consultations ne servent à rien, la preuve : les *Haore*, les *Pure Hawaiians* et les Rarotongiens restaient à l'écart les uns des autres. En tout état de cause, personne n'envisagea plus de t'attaquer. Les techniques secrètes d'attaque que tu avais apprises du temps où tu étais chien soldat te protégeaient. A partir de ce matin-là, un rite se mit en place. Quand un humain mourait, la nourriture était partagée, mais uniquement entre les camarades de son groupe. Dans tous les cas, le foie cru, les testicules et le pénis étaient lancés vers l'avant de la pirogue. Pour toi. Comme une offrande. Comme une Coutume. Sur la foi que, s'ils faisaient cela, au moins le chien effroyable ne les attaquerait pas pendant leur sommeil. Surtout, que tu n'aies pas faim, pensaient-ils.

Les humains te voyaient comme le plus démoniaque des monstres.

Puis les trois groupes ne furent plus que deux. Le maître navigateur polynésien mort, on se disputa son cadavre. Deux groupes se disputèrent la « nourriture ». Toi, tu reçus le pénis et les testicules de la tribu des *Haore*, le foie de la tribu des *Pure Hawaiians*. La mort du Rarotongien – qui était devenu une tribu à lui tout seul – signifiait qu'il ne restait plus aucun navigateur ayant la moindre expérience de la navigation transocéanique (lui-même ayant d'ailleurs grandement surévalué sa propre expérience), et pourtant aucun des deux groupes de survivants n'y attacha la moindre importance. Le lendemain, ce fut au tour du capitaine chercheur fils à papa de trépasser, comme s'il avait fait la course avec le navigateur. Tu pus déguster tranquillement le foie, les testicules et le pénis du *Haore*. Sur la pirogue, il ne restait plus personne capable de prendre le commandement.

Tu étais toujours à la proue, les humains à la poupe.

Puis les deux groupes ne furent plus qu'un. Restaient au total trois humains. Tous trois des *Pure Hawaiians*.

Vous sortez enfin du pot-au-noir. Mais où êtes-vous ? Personne ne tient le gouvernail. La pirogue a-t-elle dévié vers l'est, vers l'ouest ? Vers le nord, vers le sud ?

Qui peut le savoir ?

Le 11 novembre, tu as faim.

La pirogue à deux coques dérive.

Sur l'onde océane, elle dérive.

Tu es à la proue, tu ne regardes pas les étoiles, tu fixes l'horizon.

Un jour, les *Pure Hawaians* pêchent quelques poissons. Ils t'en offrent les viscères. A la proue.

Tu n'attaques pas les humains. Parce que tu n'as jamais été le plus démoniaque des monstres. Pourquoi les attaquerais-tu ? Si les humains n'avaient pas tenté de te transformer en nourriture, tu n'aurais pas riposté. C'est pour ça qu'à la proue, tu as faim.

Tu as faim.

Le 12 novembre tu as faim, le 13 tu as faim, le 14 tu as faim. Ton corps est léger. Tu n'en sens plus le poids. Tu es comme transparente, tu penses.

Je suis transparente.

Je suis l'homme invisible.

Le 15. Tu es dans un état d'inanition extrême. Déshydratation. Tu divagues. En gardant les yeux ouverts. L'horizon, l'horizon, l'horizon. Puis tu ne vois plus que le vide. Tu te souviens d'une famille sur l'île d'Oahu. Sur l'île à vingt et un degrés de latitude nord. Des beagles. Quatre petits chiens. Qu'ils étaient mignons ! Trop mignons ! Ce n'étaient pas les tiens. Mais du fond de ta conscience chamboulée, tu es leur mère. Tu les allaites. Tu donnes ton lait à téter aux quatre chiots. Tu cries : *Mes enfants que j'ai enfantés dans la douleur…* Tu grognes : *Grrr…* et un souvenir erroné s'incruste dans ton cerveau.

16 novembre.

17 novembre.

Sensation de la mer. La mer sur laquelle tu dérives. La pirogue entière est un berceau. L'océan Pacifique occupe un tiers de la superficie de la Terre. Sensation de l'immensité. La pirogue à deux coques, en fait, avait grandement dérivé vers l'ouest. Elle avait certes franchi l'équateur, mais sa route ne risquait pas de croiser Tahiti. Cette route conduisait… cette route… se dirigeait vers un tout autre archipel (et non pas vers celui de la Société dont fait partie Tahiti). Un navire régulier empruntait quasiment la même route. Un cargo. Tu avais aperçu l'ombre de ce cargo à l'horizon, au moment où tu t'étais demandé : *Suis-je vraiment transparente ?* Tu avais vu l'ombre grossir jusqu'à devenir énorme, au moment où tu te demandais : *Suis-je pour de bon l'homme invisible ?*

Mais non, avais-tu répondu.

Non, moi je suis une mère, avais-tu répondu, induite en erreur.

Néanmoins, ce faux souvenir gravé dans ta mémoire génère des sensations dans tes mamelles.

Te les durcit.

Alors, oui, quand même, tu lances un SOS. *Wouff wouff wouff.*

17 novembre 1975, à l'est de la ligne de changement de date, à trois heures de l'après-midi heure locale, tu es sauvée par un cargo. Tu as aboyé à la proue, cet aboiement a d'abord été remarqué par les *Pure Hawaiians* à la poupe (les humains comme le chien dans le même état d'inanition et d'aveuglement), qui sont restés abasourdis, comme si l'espoir flottait sur la mer devant leurs yeux. Ils se sont mis à siffler de toutes leurs forces, à agiter leurs mains. Toi, tu n'agites pas la main, mais la queue. Les matelots du cargo s'en aperçoivent. Tes trente-huit jours de navigation sont terminés.

Fini la navigation, Good Night, où es-tu maintenant ?

Le cargo assurait la liaison entre le Mainland et un territoire américain d'outre-mer situé à quatorze degrés de latitude sud, les Samoa américaines, et devait charger une grande quantité de thon en conserve sur l'île principale de Tutuila. Environ trente pour cent de la population de l'archipel sous administration américaine travaille dans la conserverie de Tutuila, dont la production de thon en boîte est immédiatement exportée vers le Mainland. Avant la fin du jour, les trois naufragés enregistrés avaient débarqué sur l'île de Tutuila par le port de Pago Pago. Un chien naufragé était également enregistré. Un berger allemand femelle. Oui, c'est de toi qu'il s'agit. Totalement épuisée. Totalement affaiblie, tant physiquement que psychiquement. Te voilà devenue le chien du quatorzième degré de latitude sud, mais pendant plusieurs semaines tu n'en as aucunement conscience. Tu te sens toujours en train de dériver sur les flots à bord d'une pirogue partie de l'île d'Oahu sur le vingt et unième degré de latitude nord. Mais en réalité, tu es maintenant le chien de Tutuila. Le chien du quatorzième degré de latitude sud. Tu es passée de l'île principale de l'Etat américain d'Hawaii à l'île principale du territoire américain des Samoa américaines. Bien que les deux îles soient distantes de quatre mille deux cents kilomètres, tu n'as encore effectué qu'une translation à l'intérieur de l'immense « Amérique ».

Au bout de trente-huit jours de dérive.

Les *Pure Hawaiians* ne livrèrent aucun détail sur ce qui s'était passé pendant ces trente-huit jours. L'ensemble fut décrété tabou. Y avait-il quelque chose à raconter ? Ou avaient-ils été victimes d'hallucinations ? Ce fut une traversée… extrêmement pénible, pas de doute. Après ce court commentaire, ils fermèrent leurs lèvres. L'un d'eux déclara qu'il ne voulait plus entendre parler de pirogue. Ils prirent l'avion à l'aéroport de Pago Pago et retournèrent à Hawaii.

Sans toi.

Toi, ils te laissèrent sur place. Les *Pure Hawaiians* avaient peur de toi et affirmèrent qu'il n'était nul besoin de te ramener. Ils te regardaient comme si tu étais toi-même tabou et t'abandonnèrent. Tu ne fis rien pour les suivre. Aucun de ces trois humains qui avaient survécu en restant à la poupe n'était ton maître. Ils ne t'avaient nourrie que pour respecter le rite. La Coutume du foie, du pénis et des couilles. Et l'offrande des viscères du produit de la pêche. Tu n'as plus de maître, et aucun nouveau ne s'étant présenté, en définitive la seule chose que tu aies gagnée dans l'aventure, c'est un souvenir erroné. *Mes enfants que j'ai enfantés dans la douleur… Mes quatre chiots !* Alors en novembre et décembre 1975, c'est là que tu es.

Sur l'île de Tutuila, quatorze degrés de latitude sud.

Les jours passent sans que personne te prenne en charge. Mais tu es tout de même nourrie. Au début, tu restes dans les bureaux de l'administration locale. Tu es très maigre. Les employés de bureau samoans de l'administration territoriale te jettent des restes de taro cuit ou de poisson en disant :

— Il faut grossir, chien naufragé !

Encore des offrandes… *La Coutume*, penses-tu. Tu commences à grossir, mais tu divagues encore. Une chienne berger allemand de pure race comme toi, sur cette île où il n'y a que des bâtards, ça se remarque. Ton individualité est flagrante. C'est pourquoi les chiens du lieu t'évitent. Tu vas sur la plage. Tu regardes la mer. Tu regardes l'horizon. L'horizon, l'horizon, l'horizon. *Je dérive, je suis sur une pirogue en forme d'île*. Sur le rivage, il y a des crabes de cocotier. Ton odorat commence à s'habituer à la puanteur des noix de coco pourries. *Une île*, tu sens. A partir de la deuxième semaine de décembre, tu commences à te dire que tout de même, une île, c'est une île. *Serais-je sur… une île ?* Mais que tu sois sur une île à quatorze degrés de latitude sud, ça tu ne le comprends pas. Jusqu'en 1951, il y avait une base américaine de Marines ici, et ce contact olfactif – comme si l'odeur de la base était recouverte d'une fine couche de poussière – provoque une certaine confusion en toi qui, il y a dix mois encore, étais sentinelle d'active. Surtout qu'il pleut tout de même un peu trop pour une île à vingt et un degrés de latitude nord.

Tu t'abrites sous un banyan du Bengale pour te protéger de la pluie.

Tu es face à la route.

Tu regardes la route.

Tu regardes la route, comme tu as longtemps regardé l'horizon. Ton regard est disponible. Tes yeux ne sont absorbés dans aucune vision.

Il y a un en deçà et un au-delà de la route. Ton regard disponible voit trois chiens au-delà de la route. Un père et ses deux enfants chiens. Tu es nouvelle dans cette île, et eux aussi.

Les trois chiens s'apprêtent à traverser et venir de ton côté. Traverser en diagonale. La route est étroite, ce n'est pas une *highway*. Mais toute route a un en deçà et un au-delà, et la traverser a toujours quelque chose du passage d'un gué. Quelques secondes avant que ton regard disponible ne perçoive la carrosserie de la voiture, tu perçois le bruit de l'échappement. Dans un coin de ton champ visuel, ensuite, apparaît une voiture de luxe, une Jaguar. C'était la première voiture de sport à faire son apparition sur le territoire des Samoa américaines. Le chauffeur (plus exactement le propriétaire) est un homme de trente-sept ans qui a émigré aux Emirats arabes unis puis a réussi. Il a importé sa voiture la veille après l'avoir payée en dollars américains, et là il roule à toute berzingue pour impressionner la galerie. A cet instant précis, il roule à cent dix kilomètres à l'heure. Et toi, tu as cette intuition. Que le père chien et ses enfants vont se faire percuter.

Tu cours.

Tu reçois confirmation de ton intuition par le son. Le bruit de l'échappement a changé. C'est un crissement de freins maintenant.

Quelque chose te meut. *Les en… les en… les enfants*.

Le père chien se fait catapulter. Et un autre. Deux chiens sont catapultés à deux mètres de hauteur. La nuque du dernier est dans ta gueule. Tu cours au-delà de la route. Tu… tu es sauve. Tu avais reçu un entraînement spécifique pour survivre sur le champ de bataille. Une fois dans le passé on a envisagé de t'envoyer en Asie du Sud-Est sur le front contre le Viêt Công. Et tu as été décorée de la *Purple Heart* et de la *Silver Star*. Si celui que tu viens de sauver était plus petit que son père, il avait néanmoins six mois et un poids conséquent. Tu as tout de même réussi à le sauver d'un accident de la route. *In extremis*.

Tu trembles de tout ton corps. Dans ton for intérieur, tu sens rugir une certaine fierté, ô Good Night.

Sur l'autre bord, tu déposes celui que tu as sauvé.

Plutôt jeune chien que chiot, déjà. Pelage brun, avec un étrange motif : six fines lignes noires le long du corps et une tache. Oui, ce jeune chien a un pelage à motif de guitare. La soudaineté de l'événement l'a laissé en état de choc. Il fait quelques pas. Lentement, en chancelant. Sur l'asphalte gisent les cadavres de son père et de son frère. Evidemment, la Jaguar n'est plus là. Le chauffeur ne vient pas présenter ses respects aux chiens qu'il a tués. Ni s'excuser auprès du survivant. En ce qui le concerne, il se rendra là où logent le maître des trois chiens et son garde du corps, et passera un mauvais quart d'heure. Mais ça se déroulera dans plusieurs heures, pas tout de suite.

Pour l'instant, le jeune chien à motif de guitare se trouve seul face aux cadavres des deux autres chiens. C'est tragique. Le sang qui coule. La mort… la mort décidément trop brutale. Le choc de cette mort trop brutale. Pour le jeune chien à motif de guitare, c'est comme une barre de reprise. Avec deux fois plus de morts, cette fois. Cette fois, ce n'est pas un seul corps qui est étendu sur le sol, c'est un corps plus un autre. Deux corps.

Il recule.

Ils ne sont plus là. Sensation de perte. La peur. L'horreur de son plus vieux souvenir est de retour.

Le voilà de nouveau de l'autre côté de la route. Sur le sol.

C'est là que tu es. Good Night, tu es là. Pas à pas, à reculons, le jeune chien à motif de guitare vient comme au ralenti buter contre ton corps chaud. Il sent ton poil court. C'est chaud. C'est souple. Le jeune chien à motif de guitare n'aime pas ce qui est froid. N'aime pas ce qui est dur. Ça lui fait peur. Et toi tu es là.

Il s'effondre au creux de ton épaule. Paf. Il se blottit le plus qu'il peut. Il cherche la sécurité… la vraie sécurité. Il cherche les mamelles. Même réaction que devant le cadavre de sa mère, sauf que le retour au stade oral est encore plus violent. Et toi, tu as des mamelles. Tu en as cinq paires. Elles n'ont jamais eu de lait, mais sur ton ventre auquel il s'agrippe, une, deux, trois, quatre… toutes tes mamelles possèdent une chaleur. La chaleur de la vie.

Alors, couché dans tes pattes, il tète.

Maintenant tu sais une chose.

Je suis sa mère.

Ça, tu le sais.

Je l'allaite. Il est mon enfant.

Dans la confusion, toute ta mémoire se modifie, devient ton destin. Oui, c'est bien toi qui l'as mis au monde, cet enfant à motif de guitare. Dans ta nouvelle mémoire, c'est comme ça. C'est pourquoi tu lui dis : *Tète, mon enfant.* Ce bâtard n'a rien d'un berger allemand pure race comme toi, mais tu lui dis : *Tète à mes mamelles, mon enfant !* La même situation s'est déjà produite, les mêmes paroles ont déjà été aboyées. C'était en 1957 dans le Mainland américain. Sur le bord d'une route de l'Etat du Wisconsin, une chienne berger allemand a aboyé ces mêmes paroles à des chiots bâtards portant sur leur corps les signes des *freaks*. Mais tu ignores tout cela, aussi bien la réalité du fait que le karma qu'il implique.

Et ça aussi, tu le sais.

Tu es là, mon enfant, tu es venu.

Cela se passe en décembre 1975. Puis à 1975 succède 1976, 1977 à 1976, 1978 à 1977, 1979 à 1978. En décembre 1979, quelque chose se déclenche : la seconde des guerres homothétiques de la seconde moitié du XXe siècle. Saigon était tombée en avril 1975. Ça, c'était en Asie du Sud-Est. La capitale du Sud-Viêt Nam était tombée et l'Amérique avait cessé de soutenir le Sud-Viêt Nam. La première des guerres bipolaires, celle qu'on appelle la guerre du Viêt Nam, avait pris fin. Quatre ans plus tard éclate la seconde guerre bipolaire. En Asie centrale, cette fois. En décembre 1979, l'Union soviétique lance ses troupes terrestres en Afghanistan, déjà en état de guerre civile. De cet instant, l'enfer de boue de l'Union soviétique commence, et durera dix ans.

C'est la guerre d'Afghanistan.

Oui, la guerre d'Afghanistan, qui éclata comme un pétard le 25 décembre 1979.

La deuxième guerre.

Alors, quatre ans plus tard, ô chiens inconscients des cycles du temps, vous qui représentez maintenant l'incarnation de la dyade mère-fils, où êtes-vous ?

Wouff ! Wouff ! Wouff !

Un camion d'un rouge flamboyant roulait vers l'ouest sur l'autoroute qui part de Peshawar, la vieille capitale de la province frontière du Nord-Ouest, au Pakistan. Il roula un kilomètre, deux kilomètres, trois kilomètres, quatre kilomètres, cinq kilomètres, quand apparut une porte monumentale. Poste de contrôle. Pas la frontière nationale. Au-delà se trouvaient les régions tribales fédéralement administrées (FATA), région autonome des deux millions cinq cent mille Pachtounes, divisés en diverses tribus qui respectent toutes le *pachtounwali*, le code coutumier tribal, fondé sur l'obligation de courage, de défense du territoire, de vengeance d'honneur, d'hospitalité, de ségrégation des femmes… Les hommes portent la barbe, les femmes, le voile. Région montagneuse aride, dont les ressources principales sont la fabrication d'armes, le marché noir et la culture du pavot. Le camion pénétra dans un village. Stoppa. Les chiens descendirent de la remorque. D'abord un, puis un second.

Le premier possédait un corps ferme et souple, une taille de soixante-cinq centimètres, un regard puissant. Son poil dense et court était brun, avec un impressionnant motif guitare. Il tenait sa qualité de poil de sa mère, une labrador retriever de pure race. Le père de son père était un boxer de pure race. Mais lui-même n'appartenait à aucune race définie. Son pedigree était tellement mêlé qu'un seul terme était à même de le décrire de façon concise : un bâtard. Ce qui ne l'empêchait pas de dégager une impression de force et de bravoure. Une impression d'unifier en lui, de synthétiser la « freakitude ». En outre, il n'avait pas uniquement une mère de naissance. Une autre mère l'avait éduqué aussi. Tiens, la voilà justement qui vient de descendre.

Celle-ci est un berger allemand pure race. Taille, cinquante-sept centimètres, âge, déjà treize ans. Elle n'a pas beaucoup vieilli. Tout au plus son poil a-t-il un peu terni. Elle est encore solide sur ses quatre pattes. Regard doux et paisible. Il y a de la noblesse dans ce regard. De l'amour, surtout.

Le premier, c'est Guitar.

La seconde, Good Night.

Des hommes descendirent de la banquette avant du camion. L'un d'eux était l'homme au masque de chien. L'autre était le Samoan. Mais pas le Samoan garde du corps faisant office de bras droit de l'homme au masque de chien. Certes, lui aussi dépassait les cent quatre-vingt-dix centimètres et lui ressemblait énormément, mais ses tatouages sur les bras, le torse et les cuisses étaient légèrement différents. Bon musulman, il ne manque jamais de faire ses cinq prières par jour. Il parle anglais avec un accent samoan, ainsi que urdu et pachto avec un accent anglais à l'accent samoan. Il n'a jamais participé à un match de boxe, mais dans le passé il a été sélectionné dans l'équipe des Samoa américaines de lutte. Il avait même été approché par une écurie japonaise de sumo. Il est le numéro 2 de l'autre Samoan. Son alter ego. Son jumeau. Ici, en Asie centrale, il sert de garde du corps à l'homme au masque de chien, comme son frère qui, lui, est resté au Mexique et gère la boutique en l'absence du boss. Car l'homme au masque de chien avait réussi à étendre son activité jusqu'en Asie. Quatre ans auparavant, la rencontre au sommet dans l'archipel des Samoa avait été un succès. L'homme au masque de chien et le chef de l'organisation pakistanaise avaient échangé une poignée de main. Mais ce chef était mort subitement deux ans auparavant (à cause d'une vieille concurrence avec une organisation de la diaspora chinoise en Malaisie qui avait tourné à la lutte ouverte. Il s'était tellement mis en colère qu'il en avait fait un infarctus). Sa base territoriale était tout naturellement tombée dans l'escarcelle de l'homme au masque de chien (qui avait calmé les Chinois malaisiens en leur présentant une connexion type *Nuevo Mundo* tout à fait en phase avec leur ligne de business). Le Samoan – le Samoan numéro 2, bien sûr – était naturellement devenu son représentant local. Il avait maintenant deux bras droits identiques à l'est et à l'ouest du Pacifique. 2 plus 2. En quatre ans, 2 s'était également multiplié dans d'autres registres : ayant réussi à étendre son business comme promis, il avait reçu du parrain de la Familia une jolie épouse numéro 2. Oui, la mince à forte poitrine.

Ce n'est pas tout.

Il possédait aussi un alter ego canin de génération 2, maintenant.

La transaction devait avoir lieu dans la salle commune du village. Là, des Pachtounes qui n'étaient pas de nationalité pakistanaise les attendaient. Peut-être attendaient-ils surtout les chiens, d'ailleurs. Ils tenaient des armes automatiques, ainsi que des échantillons de produits. Dans des sacs. Mais eussent-ils été enfermés dans des valises en métal que les chiens eussent néanmoins pu juger de leur qualité. A la vérité, les Pachtounes avaient refusé de le croire avant de le voir de leurs yeux. Ils vivaient depuis toujours dans leur région de montagnes arides, ils ne connaissaient de chiens que de vagues chiens errants ou à demi domestiques qui ne valaient guère mieux que des chiens errants. Ils les considéraient comme des bêtes grossières et impures. Et là, on leur amenait une bestiole prétendument capable d'interférer directement dans leur business ? Que ce chien se mette à grogner et ce serait comme s'il disait, en langue chien : *C'est du frelaté, on n'achète pas*. Effectivement, Guitar ne fit pas une seule erreur. Il évalua tous les échantillons correctement, même ceux de qualité médiocre (que cela eût été volontaire ou pas).

En langue chien.

Les Pachtounes avaient pigé maintenant. On ne trompait pas le flair du chien.

L'homme au masque de chien avait d'abord présenté ses respects. Le Samoan avait ensuite présenté ses respects, traduit, transmis les paroles du boss aux Pachtounes assis en cercle dans la salle commune du village. Un vieux Pachtoune, à la barbe mêlée de blanc, avait approuvé du menton.

Guitar avait alors fait quelques pas et s'était mis à vérifier les sacs.

Quatre ans auparavant, l'homme au masque de chien avait perdu son alter ego canin sur l'île de Tutuila. Cabrón, un bâtard qu'il avait reçu du parrain de la Familia au titre de « certificat » de sa position au sein de la famille. Il avait perdu le chien, mais il n'avait pas perdu sa semence : son fils, âgé de six mois, avait survécu. Le père et le frère du chiot étaient morts sur le coup dans un accident de la circulation, mais lui en était sorti sain et sauf.

L'homme au masque de chien n'était pas sur les lieux au moment de l'accident. La rencontre au sommet se déroulait au mieux. « Allez, les chiens, c'est grâce à vous si la rencontre est une réussite, vous avez bien gagné le droit d'aller vous dégourdir les pattes. » Il voyait d'ici le chromo : papa chien et ses deux fistons se promenant sur la plage d'une île des mers du Sud. Malheureusement, cela avait tourné à la tragédie. Par chance, la scène avait eu un témoin, ce qui avait permis de comprendre ce qui s'était passé. Quand il avait accouru sur les lieux, l'homme au masque de chien avait éclaté en pleurs. Mais quelle émotion quand il s'était rendu compte qu'il y avait un survivant ! D'après le témoin, un « berger allemand errant » avait, au péril de sa vie, sauvé le fils de Cabrón. D'après le témoin, ce berger allemand était un chien naufragé. D'après le témoin, il venait de l'île d'Oahu, dans le Pacifique Nord. Il avait dérivé sur l'océan…

Le chien sauvé et le chien sauveur étaient encore sur les lieux du drame (sur le bord de la route, du moins). Le fils de Cabrón avait la tête collée au ventre du chien sauveur, et le berger allemand le laissait faire et même le laissait téter. « Bouuuh ouuuh… » avait sangloté l'homme au masque de chien, bouleversé par la scène. « C'est un miracle, un vrai miracle. » Il en était persuadé : un chien, arrivé sur les flots depuis Hawaii, avait sauvé, ici, dans les Samoa, le fils de son alter ego ! Il était tombé à genoux, s'était signé devant le chien et avait déclaré : « Je t'en serai reconnaissant toute ma vie ! » Et il avait tenu son serment.

Le 21 décembre 1975, le berger allemand fit son entrée au Mexique. Il débarqua à Mexico City et devint chien du vingtième degré de latitude nord. C'était Good Night.

Good Night était finalement sortie de l'immense « Amérique ».

Deux mois et dix jours après avoir cessé d'être la chienne du vingt et unième degré de latitude nord.

Il y avait aussi celui qui revenait à Mexico City après avoir échappé à la mort, Guitar, fils de Cabrón.

Guitar savait une chose : Good Night était sa deuxième mère.

Et l'homme au masque de chien aussi savait une chose : il était de son devoir de garder ces deux chiens ensemble, mère et fils.

Guitar était un mâle. Il avait perdu sa vraie mère, il avait perdu son vrai père, mais il avait gagné une deuxième mère. En régressant au stade oral au bord de cette route sur l'île de Tutuila, tous ses souvenirs des six mois précédents s'étaient effacés. Maintenant, il croyait que c'était sa deuxième mère qui l'avait allaité. Sa mère aussi croyait qu'elle avait enfanté ce fils. Guitar aurait pu ne jamais se remettre du choc psychique d'avoir vu la mort en face deux fois en six mois. Il s'en remit, néanmoins. L'amour de sa deuxième mère – cet amour pur, débordant – parvint à lui faire oublier ces deux malheurs. 2 moins 2. Egale zéro. En même temps, une aptitude, acquise celle-ci, lui resta. Cette capacité qui avait imprégné jusqu'à la moelle de ses os. Oui, ce savoir que lui avait enseigné son père Cabrón. Cabrón s'était effacé de son esprit comme il s'était effacé de la surface de la Terre, mais son enseignement, lui, perdurerait. Cet enseignement, Cabrón le lui avait transmis par fidélité à la mémoire d'une femelle, une labrador retriever, incomparable chien renifleur de la police fédérale. La mère de Guitar qui, cela va sans dire, s'était effacée de sa mémoire comme elle s'était effacée de la surface de la Terre en ce jour du seigneur de la première semaine d'août 1975.

Guitar n'avait pas perdu ce savoir qui avait été celui de sa vraie mère avant d'être celui de son père. Non seulement il ne l'avait pas perdu mais il l'avait même enrichi. Tout naturellement. De multiples drogues, du cannabis à l'héroïne, de la cocaïne aux amphétamines et à toutes les nouvelles formes développées par l'industrie des psychotropes, transitaient par la résidence de Mexico City. Guitar les identifiait sans même y penser. Etant en permanence à la résidence, il en avait l'habitude. Il évaluait instantanément le degré de pureté et, quand il voyait juste, son maître le félicitait.

Car l'homme au masque de chien était son maître.

Autrement dit, Guitar était bien un numéro 2, l'alter ego de deuxième génération de l'homme au masque de chien. Fils de Cabrón, et chien renifleur comme son père. Cette aptitude était sans conteste la garantie de sa « deuxitude ». Mais en peu de temps le

2 avait surpassé le 1 et était devenu plus fameux que son père. Oui, son aptitude dépassait celle que lui avait transmise son père et le talent qu'il tenait de sa vraie mère. 1976. Guitar était l'alter ego de l'homme au masque de chien, et l'homme au masque de chien était l'alter ego de Guitar. Les affaires de l'homme au masque de chien avaient prospéré. C'est du côté de ses partenaires qu'il y avait tout d'abord eu du mouvement. L'organisation asiatique pour laquelle le jumeau samoan numéro 2 travaillait comme secrétaire du chef opérait en Indonésie, en Malaisie et au Pakistan. Autrement dit, dans les pays musulmans. Or il serait erroné de croire que tous les pays musulmans sont nécessairement frères. A titre d'exemple, prenons le Pakistan. La frontière pakistanaise jouxte l'Afghanistan à l'ouest, le long d'une ligne créée en 1893 par l'administration britannique, qui traverse le territoire traditionnel des Pachtounes au mépris total de l'histoire des populations. En conséquence de quoi, ces territoires étaient revendiqués par l'Afghanistan. Les batailles furent nombreuses. Le Pakistan – une fois libéré du joug britannique – déclara son indépendance en 1947. Or deux ans plus tard le Pakistan et l'Afghanistan avaient déjà rompu leurs relations diplomatiques, et le fait que ces pays soient tous deux à majorité islamique ne fut en rien un élément d'apaisement. Non, la glace fondit pour tout autre chose. En 1973, l'Afghanistan laissa tomber le régime monarchique et devint la République d'Afghanistan, sur une ligne diplomatique proche de l'Union soviétique. Deux ans plus tard, la tendance commença à s'inverser. Le contexte international de l'époque était particulièrement complexe. Au-delà de la guerre froide et de sa structure bipolaire fondée sur

l'antagonisme USA-URSS. Car l'URSS était aussi opposée à la Chine. Il y avait eu des affrontements armés en 1969. La Chine de son côté était en conflit avec l'Inde dans l'Himalaya depuis 1962. Et l'Inde et le Pakistan étaient engagés dans une épreuve de force de longue durée. En 1971 une troisième guerre indo-pakistanaise avait éclaté, que le Pakistan avait perdue comme les deux premières. La Chine et le Pakistan, s'étant trouvé un ennemi commun, opérèrent un rapprochement. L'Amérique considérait de même comme nécessité stratégique de se rapprocher du Pakistan pour faire barrage à l'Afghanistan, originairement prosoviétique. Le Pakistan, déjà prochinois et maintenant proaméricain, se trouvait donc par la force des choses antisoviétique. C'est alors qu'en 1976 le président de la République d'Afghanistan, de plus en plus éloigné de l'Union soviétique, alla frapper à la porte du Premier ministre du Pakistan voisin et lui proposa de procéder à un réchauffement de leurs relations. Il promit de mettre un terme à la question frontalière (la question de cette ligne qui coupait les territoires pachtounes en deux). Les échanges pakistano-afghans se mirent alors à fleurir. Côté soleil : les échanges présidentialo-premierministériels. Plus à l'ombre : ceux liés à la drogue. Les champs de pavot et les ateliers d'élaboration clandestins de toutes les régions d'Afghanistan connurent une sorte de libération. Tout passait par la frontière est, tout à coup. Une masse d'excellent haschich aussi. Le triangle Birmanie-Thaïlande-Laos, dit Triangle d'or, avait jusqu'alors été la principale région de production de dérivés opiacés de toute l'Asie. Mais les choses avaient changé. Après avoir été longtemps au Sud-Est asiatique, la tendance était à l'Asie centrale, maintenant. Et comme par hasard, qui avait préparé le terrain ? L'organisation qui était en business avec l'homme au masque de chien, justement. En 1976, son volume d'affaires n'avait pas doublé, il avait carrément quadruplé ! Cette année-là, Guitar était l'alter ego de l'homme au masque de chien, et l'homme au masque de chien était l'alter ego de Guitar.

Guitar expertisa deux fois plus, quatre fois plus de poudre, autrement dit multiplia son expérience par 2, puis par 2 fois 2, devenant ainsi un fabuleux chien renifleur.

En 1977, quand le chef de l'organisation avec laquelle il était en affaires mourut subitement, l'homme au masque de chien avait plus ou moins récupéré sa base locale. Le second jumeau samoan devint son représentant local (presque une promotion, car par certains aspects il faisait fonction de nouveau chef musulman). Ainsi, à l'est et à l'ouest du Pacifique, s'étendaient ses deux bras samoans. 2 et 2. L'homme au masque de chien pouvait contrôler de la même façon ses deux territoires. Il se mit à faire une bonne dizaine d'allers-retours par an entre Mexico City, Karachi et Islamabad.

Son alter ego aussi, évidemment.

Guitar, son alter ego, toujours avec son maître.

Oui, toi, Guitar.

Moi ?

Oui. Tu eus un an, deux ans ; en 1978 tu eus trois ans ; en 1979 quatre ans. Ce n'est pas ça ?

Si.

Ta mère t'accompagne dans tous tes déplacements, de ce côté du Pacifique comme de l'autre. Pour l'homme au masque de chien, c'est vrai, un chien égale un homme. Il comprend les sentiments de ta mère (ses sentiments de chien et ses sentiments de mère chien), il ne vous a jamais séparés. L'homme au masque de chien, ton alter ego, lui voue quasiment un culte, à ta mère. Elle est comme la Madone, pour lui. C'est pour ça. C'est pour ça que ta mère fait elle aussi des allers-retours, de ce côté du Pacifique comme de l'autre. Ta mère ne t'a pas raconté ? Moi, je connais la taille de cette mer. Sa véritable dimension, je l'ai mesurée. Tu peux la croire quand elle dit cela, c'est la vérité. Ta mère est le seul chien du XXe siècle à avoir une connaissance réelle de l'océan Pacifique, pour y avoir dérivé dans des conditions extrêmes. Oui, la seule de tout le XXe siècle.

Alors, un peu de modestie, écoute ce qu'elle dit !

Bien sûr.

Promis ?

Wouff.

Ainsi maintenant, toi et ta mère, mère et fils, vous voilà devenus les chiens des deux côtés du Pacifique. O Guitar ! A force de passer des jours et des années sur la ligne de front du commerce (et de la production) de narcotiques, ton flair de chien renifleur s'est de plus en plus aiguisé. Quand, en 1978, éclate un coup d'Etat en Afghanistan, la ligne antisoviétique de la République d'Afghanistan est renversée et la République populaire d'Afghanistan est proclamée à sa place. Mais aussi étrange que cela puisse paraître, ce revirement politique n'a aucune influence négative sur le business de ton alter ego. Pour une bonne raison : République populaire d'Afghanistan, c'était aller trop loin. Par exemple, alors que précédemment le drapeau national était sur fond vert, couleur de l'islam, il devint rouge, couleur du socialisme. C'était aller trop loin. L'oppression des opposants au régime se fit de plus en plus dure. Partisans de l'ancien régime, intellectuels anticommunistes et leaders religieux furent rapidement emprisonnés et sommairement exécutés. C'était aller trop loin. Des révoltes armées éclatèrent dans toutes les régions d'Afghanistan. Le jihad fut lancé. Les combattants prirent le nom de mujahidin (combattants de l'islam). La plupart des organisations d'opposition opéraient à partir de bases situées dans les pays voisins… Au Pakistan par exemple. Et leurs groupes se finançaient essentiellement *via* le commerce clandestin de la drogue. En fin de compte, entre 1978 et 1979 le résultat brut d'exploitation de ton maître doubla encore. Parce que toutes les organisations de mujahidin cherchaient à entrer en contact avec lui pour fourguer leur production.

Te voilà à doubler de nouveau ton expérience par rapport à l'année précédente. Pour la troisième fois. Encore et toujours 2.

Ta ligne de front, jour après jour, mois après mois, avançait toujours plus à l'ouest en direction de la frontière pakistanaise.

Puis, ô Guitar, te voilà dans ta quatrième année. Décembre 1979. Il y a juste quatre ans que Good Night et toi êtes mère et fils. Toi, ta mère, ton alter ego l'homme au masque de chien, et l'alter ego du bras droit de l'homme au masque de chien pour le Mexique sont de nouveau dans les FATA, à l'ouest de la province frontière du Nord-Ouest. Vous entrez dans les régions autonomes pachtounes. Tu n'oublieras jamais cette terre. Jamais tu n'oublieras les montagnes des FATA.

Car c'est dans ce pays que ta mère meurt.

Oui, Good Night.

Ecoute. Oui, celle que tu croies être ta mère rencontre un destin funeste. En 1967, ta mère n'avait pas pu, comme son frère DED, participer aux combats en Indochine. Elle n'avait pas fait connaissance avec la guerre du Viêt Nam. Son destin n'avait aucun nœud en Asie du Sud-Est. Cette fois, en 1979, nous sommes en Asie centrale. Ta mère et toi êtes dans le territoire traditionnel des Pachtounes. Au Viêt Nam, une ligne partageait le pays en deux, Nord et Sud, ici aussi une ligne partage le pays des Pachtounes. Et ta mère et toi, vous vous trouvez sur la ligne de front. Cette fois, ta mère fait connaissance avec la guerre d'Afghanistan.

Et pour l'avoir connue, elle y laisse la vie.

Revoyons une nouvelle fois l'histoire politique de l'Afghanistan. Les quelques mois qui précédèrent décembre 1979. La guerre civile a gagné tout le pays. Les interventions armées du pouvoir communiste tentent de contenir le chaos créé par les mujahidin. Le leader suprême suivait l'Union soviétique, mais le vice-leader – vice-Premier ministre et ministre des Affaires étrangères – était plutôt populiste. Un communiste populiste, disons. Inquiet des réformes trop progressistes, il était d'avis qu'il fallait maintenir la liberté religieuse (autrement dit autoriser la religion traditionnelle de l'Afghanistan, l'islam, quasiment liée au sol). Travaillant à une plus grande indépendance vis-à-vis de Moscou, il prit secrètement contact avec l'ambassade américaine à Kaboul. Le leader suprême s'entendit alors avec les organes de renseignements soviétiques et organisa l'élimination du vice-leader. L'assassinat était planifié pour le 14 septembre, mais le vice-leader s'allia avec l'organe de renseignements de l'armée afghane et contre-attaqua. Le leader suprême fut encerclé. Le 16 septembre, sa démission fut annoncée et le numéro deux devint numéro un. L'ex-numéro un fut exécuté quelques jours plus tard. Commença alors l'élimination des éléments prosoviétiques au sein du pouvoir.

Une purge.

Encore une purge.

Et un nouvel éloignement de l'Union soviétique.

La guerre civile, loin de se trouver sous contrôle, s'emballa au contraire. Décembre 1979. O Guitar, toi tu es dans le territoire traditionnel des Pachtounes, côté pakistanais. Tu es là parce que tu y es venu avec ta mère, ton alter ego et l'alter ego de son garde du corps. Première négociation commerciale, deuxième négociation commerciale. Le 25 décembre, en plusieurs endroits des deux mille kilomètres de frontière qui séparent l'Union soviétique de l'Afghanistan, l'armée soviétique fait route au sud. Passe la frontière. A cet instant précis, la guerre d'Afghanistan est commencée, mais l'information ne se répand pas très vite dans le pays. Le même jour, tu te présentes pour une troisième négociation commerciale. Tous les jours, ton maître était de même l'hôte de divers groupes de mujahidin. Le 27 décembre, un commando de forces spéciales soviétiques assiège le palais présidentiel de Kaboul. Le leader suprême du moment meurt et l'Union soviétique installe immédiatement un gouvernement fantoche. Un leader suprême de remplacement est prévu. Le 29 décembre, dans l'après-midi, Kaboul tombe. La manœuvre de neutralisation radicale des forces antigouvernementales ayant été programmée avant même l'intervention surprise des blindés, le feu vert fut donné à l'instant même où les troupes soviétiques s'installaient. Au même instant, toi, tu observais ton maître en train de négocier avec un commandant mujahid de la tribu des Ghilzai (une tribu pachtoune). La journée avait été mouvementée. Le commandant n'arrêtait pas de recevoir des appels sur sa radio. Finalement, il fut décidé d'ajourner la négociation et de la reprendre le lendemain, dans un autre village reculé tout près de la frontière afghane, où le commandant possédait quatre ateliers d'élaboration d'opium camouflés en briqueterie. Le lendemain soir, tu te trouves là-bas. Ta mère aussi. Ton alter ego et maître aussi. Mais le Samoan, retenu ailleurs, n'a pas pu venir. Il est retourné la veille vers la base d'expédition clandestine dans les environs de Peshawar et doit vous rejoindre le jour suivant.

Autrement dit, ton alter ego et maître, l'homme au masque de chien, se trouve sans garde du corps.

Et voilà, il se produit cette chose.

Bon, vas-y, raconte-le toi-même.

Moi ?

Oui.

J'ai vu.

Tu as vu ?

J'ai vu. J'ai vu ma mère mourir. J'ai vu ce village près de la frontière devenir le lieu de la mort de ma mère. Je l'ai vu.

Bon, pour commencer tu as vu quoi ?

Une voi… voiture.

D'accord. Un camion bâché, c'est bien ça ? Il est entré dans le village des FATA, tout près de la frontière ouest, ce jour-là en fin d'après-midi. Ce jour-là, autrement dit le 30 décembre 1979. A l'arrière était marqué *Toyota*. Mais comme tu es un chien, tu ne savais pas le lire.

Non, je ne l'ai pas lu. Mais je le déteste.

Le camion Toyota ?

Oui.

Bien sûr. Et là, Guitar, ceux qui vont tirer sur ta mère sont sortis. Au début, tu as cru que ce camion Toyota transportait des marchandises. Qu'il appartenait à vos partenaires. D'ailleurs, ce véhicule appartenait effectivement au commandant mujahid avec lequel ton maître était précisément en train de négocier. A l'arrière, sur la plateforme, il devait y avoir une cargaison de capsules de pavot à opium et d'huile de chanvre. Le commandant s'apprêtait à l'indiquer à ton chef – l'homme au masque de chien. C'est là que tu devais faire ton office. Tu aurais flairé les matières premières, vous seriez allés à l'atelier, tu aurais flairé les produits finis…

Mais ça ne s'est pas fait.

Non, tu n'as pas eu à le faire.

Les humains sont descendus. Ils avaient des armes.

Des armes de fabrication soviétique. Des kalachnikovs. Une bonne dizaine d'hommes, tous armés de kalachnikovs, émergèrent de la bâche. Des Pachtounes, eux aussi, mais pas de la région. Pas des Pachtounes liés à l'organisation de mujahidin dont la base se trouvait dans ce village, le village du commandant. Non, des Pachtounes de l'armée gouvernementale, qui avaient reçu un ordre ultrasecret de l'état-major du nouveau gouvernement, le gouvernement fantoche prosoviétique, évidemment.

La mission prioritaire qu'avait assignée l'Union soviétique à l'armée était celle-ci : prise de contrôle totale et restauration de la stabilité de l'Etat, autrement dit neutralisation radicale des forces antigouvernementales. Anéantissement des mujahidin.

Anéantissement du jihad. Une liste était prête. Comprenant vingt-trois noms de chefs de quatre organisations de mujahidin. En troisième sur la liste, le nom (le nom réel et sept noms d'emprunt) d'un commandant mujahid ; celui dont le village où tu te trouvais était justement l'une des bases.

Ah, c'est pour ça…

Hé oui, c'est pour ça.

C'est pour ça qu'ils sont venus ?

Donc, ils sont là. Ils avaient fait vite. On leur avait donné l'ordre de le supprimer avant d'être en 1980. « On », c'est-à-dire le nouveau pouvoir, ou ceux qui se trouvaient derrière. Un commando de Pachtounes de l'armée gouvernementale avait été constitué, et ce commando avait détourné le camion Toyota que tu détestes à la frontière afghano-pakistanaise. Avant de faire son entrée dans le village.

Je les ai vus. Ils portaient des armes. Ils sont venus.

Oui. Qui se trouvait face à leurs armes ? Le commandant en resta bouche bée… Il y avait le commandant mujahid et il y avait ton maître.

Et moi, aussi.

Oui. Et ta mère, aussi.

Ah oui ! C'est ça ! C'est ça !

Qui a protégé l'homme au masque de chien qui se trouvait sans garde du corps ? Ta mère. Et subdivisons le temps jusqu'au centième de seconde, qui a réagi la première à l'apparition de ceux qui tenaient les kalachnikovs ? Ta mère, Good Night. Huit ans de carrière comme chien soldat, avec l'expérience du combat réel. Blessée par balle dans l'accomplissement de sa mission, décorée. C'est sûr qu'avec tout ça, les réflexes visuels de ta mère, berger allemand, c'était autre chose. Sa rapidité à passer à l'action, c'était autre chose. Toi, tu identifiais spontanément n'importe quelle qualité de drogue, ta mère, elle, identifiait instantanément l'odeur de la guerre. Elle la flairait et réagissait à l'impulsion. Ta mère ne pensait jamais à son âge. Devant les agresseurs, elle agit. De l'autre bout de la scène, pour repousser le groupe des kalachnikovs, elle bondit. Impulsion du moment, là encore.

Elle en égorge un.

Tu l'as vue.

Elle en égorge un autre.

Tu l'as vue.

Mais… Mais, mais…

Tu aboies. Puis ton alter ego aboie. L'homme au masque de chien crie. L'homme au masque de chien voit la scène au ralenti. Qui a pris en charge sa protection ? Il comprend. Qui a le cran de se porter en avant et de bondir face à toutes ces armes ? Il a compris. Il visualise. Elle affronte le commando de l'armée afghane, elle l'affronte, elle l'affronte, elle l'affronte encore, elle s'effondre. Une balle la frappe au creux de l'épaule. Un jet de sang jaillit, elle est envoyée valdinguer à plusieurs dizaines de centimètres. Elle chancelle. Elle se relève. Une nouvelle fois, elle bondit. Une nouvelle fois, elle est touchée. Mais elle n'arrête pas son mouvement. Le commando commence à se tirer dessus. Puis… puis…

A cet instant, l'homme au masque de chien pousse un cri.

A cet instant, tu pousses un cri.

Aaah !

Vous criez. Ta mère meurt, le commandant mujahid ne meurt pas, l'homme au masque de chien ne meurt pas. Le commando des kalachnikovs se fait contre-attaquer. Il y a des chiens, les chiens les font hésiter, les chiens les attaquent et leur font rater l'occasion de supprimer tout le monde. Les hommes du commandant réagissent enfin. Sept minutes plus tard, le commando des kalachnikovs est décimé. Mais… mais ta mère ne ressuscite pas.

Elle est morte.

Morte pour de vrai.

Même morte, son cadavre irradie de majesté.

O Guitar, c'est l'avant-dernier grand chamboulement de ton destin. O Guitar, avant toi, ton alter ego – ton numéro 2 – change le destin du tout au tout. C'est lui qui appuie sur le bouton du changement. Devant le cadavre de Good Night, l'homme au masque de chien s'agenouille. Presque prosterné, à genoux, il se signe. Cette attitude… Tu as une impression de déjà-vu. Une impression de répétition, de sensation numéro 2. L'homme au masque de chien sanglote : « Bouuuh ouuuh… Je n'oublierai jamais… Jamais je n'oublierai ce que je te dois… C'est ma deuxième dette envers toi, et sur ma vie, je te vengerai ! »

Un éclair psychique émane en crépitant du corps de l'homme au masque de chien.

Voilà, c'est 1980. L'homme au masque de chien est sur le chemin de la vengeance. Il a déclaré la guerre à l'armée de l'Afghanistan, au gouvernement afghan qui est derrière, à l'Union soviétique qui est encore derrière. L'homme au masque de chien est maintenant un mujahid. Il a abjuré sa foi catholique, il a prononcé la *shahâda* devant témoins, il est maintenant un véritable musulman. C'était le moins qu'il puisse faire. Il avait eu une révélation. Le chien avait offert son corps pour le protéger, alors en réponse, je… je… je… C'est pourquoi il avait résolument appuyé sur le bouton. Fini le *luchador*. D'ailleurs, il avait passé l'âge. Il était de ces vieux qui peinent à monter sur le ring désormais. Mais il fallait qu'il trouve une autre façon d'offrir quelque chose au peuple, sinon son problème de morale allait réapparaître, non résolu. On pouvait dire que le moment tombait bien pour l'homme au masque de chien, le changement se ferait en douceur. Il réforma son cœur. Devenir mujahid et se lancer à fond dans le jihad, c'était le Bien. Gueuler « les Soviétiques hors d'Afghanistan » (en pachto avec l'accent espagnol) en soutien au peuple afghan, c'était compenser par du positif le solde négatif de son activité immorale. Cela s'équilibrait avec son activité mafieuse. Visage apparent et visage caché. Tout en restant fidèle aux cartels, en répandant à l'échelle mondiale les dérivés opiacés d'Afghanistan, il offrait un soutien économique aux organisations des mujahidin. Lui-même a combattu à plusieurs reprises sur le terrain.

Oui, Guitar, toi aussi.

En bouleversant son destin, ton alter ego avait aussi appuyé sur le bouton du changement du tien. Bien entendu, il t'emmena avec lui sur le terrain. Cela correspondait d'ailleurs à ta volonté. Tu avais vu ta mère Good Night réaliser sur son terrain une démonstration. Se battre à mort. Riposter, calme et sereine devant les agresseurs, les prendre à la gorge, les égorger, splendide ! Ça s'était imprimé au fer rouge dans ton cerveau, ça ! C'était une démonstration ! Capté ! Par sa mort, elle m'a montré le modèle ! Voilà ce que tu as pensé. C'est ça que tu te dis.

Je veux me battre !

En 1980, chien soldat mujahid, tu tiens un nouveau rôle. Tu es présent sur le champ de bataille afghan. Te voilà avec deux visages, comme ton alter ego. Visage apparent et visage caché. Chien renifleur et chien soldat.

Grand chambardement, en effet.

Mais ce n'est encore que l'avant-dernier.

Hé, les chiens ! O chiens de cette lignée produite par le XXe siècle, le siècle de la guerre et du chien soldat, vous qui vous êtes répandus sur toute la surface de la Terre, vous qui vous êtes multipliés, où aboutira votre arbre généalogique devenu tellement branchu, à la fin ?

Quel est votre destin ?

Au risque de me répéter, la guerre d'Afghanistan est un bourbier. Le bourbier des Soviétiques. Dès le début, les erreurs de calcul avaient été énormes. Kaboul avait été prise en un rien de temps, mais personne ne reconnaissait le gouvernement fantoche. Rébellions et insurrections perduraient. L'état d'urgence perdurait. Non seulement les organisations de mujahidin n'étaient pas anéanties, mais de jour en jour, de mois en mois, d'année en année leur puissance militaire augmentait. En contrepartie, les Soviétiques ne faisaient que renforcer leur présence. Au printemps 1981, les forces soviétiques en Afghanistan dépassaient les cent mille hommes. Mauvais calcul. Ils ne pouvaient venir à bout de l'insurrection qui se propageait. Mauvais calcul.

1981, l'écrasement du jihad est un échec complet.

1982, pas mieux.

La stabilité de l'Afghanistan n'est absolument pas assurée. Au contraire, le territoire est totalement dévasté. Mauvais calcul.

La guerre (la guérilla, pour parler comme les Soviétiques) était manifestement partie pour s'installer dans la durée. Tout ça tournait au bourbier.

Pendant que la guerre d'Afghanistan s'étirait en longueur, des bouleversements intervenaient également en Union soviétique même. Le plus remarquable, ce fut le ballet des dirigeants. Rien qui corresponde à un changement politique là-bas, en revanche. Le 10 novembre 1982, décès de Leonid Brejnev (secrétaire général du Parti, maréchal, président du Praesidium du Soviet suprême). Mort de maladie, à l'âge de soixante-seize ans. Le poste de secrétaire général échut à Iouri Andropov. L'homme avait été président du KGB pendant quinze ans. Il était âgé de soixante-huit ans. Il tira parti de ses accointances dans son ancienne boutique pour s'assurer le pouvoir absolu. D'abord, il plaça l'un de ses proches, lieutenant général du KGB, au poste de ministre des Affaires intérieures. Puis il fit du représentant du KGB en Azerbaïdjan son vice-Premier ministre. Il engagea la débrejnévisation du Politburo. Pas seulement par des nominations. Il utilisa tous les potentiels de son ancienne boutique pour la gestion des crises. Quand le secrétaire général Andropov disait : « Faites ci ! Faites ça ! », toutes les directions du KGB s'exécutaient sur-le-champ. Par exemple, pour calmer les critiques internationales qui prennent de l'ampleur depuis l'invasion de l'Afghanistan, il parle d'une diminution de l'armement, d'un renoncement aux armes nucléaires. Mais il va de soi que la diffusion de ces informations (ou de cette intox) relève de l'action (clandestine évidemment) de la première direction générale du KGB, affectée au renseignement extérieur. La première direction générale du KGB est composée de dix sections opérationnelles. La troisième section est en charge de la Grande-Bretagne, l'Australie, la Nouvelle-Zélande et la Scandinavie ; la sixième section, de la Chine, du Viêt Nam et de la Corée du Nord, etc., comme ça zone par zone. Les dix sections se mirent à travailler à plein rendement. Avec des prérogatives tout bonnement impensables du temps du secrétaire général Brejnev. Dans le même temps, pour essayer d'améliorer la situation en Afghanistan – l'améliorer du point de vue de l'Union soviétique, s'entend –, le secrétaire général Andropov décida de tirer parti d'un autre potentiel de son ancienne boutique. Il « la » lança dans la mêlée. L'unité la plus ultrasecrète des gardes-frontières du KGB mit pied en Afghanistan à l'été 1983. Le nom de code de cette unité était S. Juste S. Ou « section S », parfois. A partir du 16 juin de cette année 1983, quand Andropov est nommé président du Praesidium du Soviet suprême, il dirige alors la totalité du Parti, du KGB et de l'armée. Il est alors au sens propre le leader suprême (et pour le coup l'homme le plus puissant) de l'URSS. Grâce à lui, S dispose de pouvoirs extraordinaires, qui l'autorisent à élaborer et mettre en œuvre des opérations sans en référer à l'état-major des gardes-frontières, par exemple. Nulle nécessité pour l'unité d'être connectée avec la direction en charge de l'espionnage militaire, le GRU. Qui pourtant était censée superviser toutes les opérations des sections spéciales armées de l'Union soviétique.

S était l'unité chargée des opérations commando spéciales du KGB. Emanation des gardes-frontières, ceux-ci étant par ailleurs le corps qui possédait la plus grande expérience du combat réel de toutes les unités militaires de l'Union soviétique depuis la grande guerre patriotique (la Seconde Guerre mondiale).

S ne perdit pas de temps à engager une action contre les mujahidin.

A engager des opérations appropriées pour contrer la stratégie spécifique du jihad, qui profitait du terrain accidenté des montagnes afghanes.

Néanmoins, S ne réussit pas à exprimer la totalité de son potentiel. Les changements se poursuivaient en Union soviétique. Le ballet des dirigeants continua. Le 9 février 1984, le secrétaire général Andropov meurt subitement, après quinze mois en poste. Son successeur est Konstantin Tchernenko. Né en 1911. Incroyable mais vrai. Celui-là était décidément trop vieux. Il ne devait de succéder à Andropov qu'au fait d'avoir été longtemps le fidèle bras droit de Brejnev. La vieille garde qu'Andropov avait voulu nettoyer était ressuscitée. Mais le nouveau secrétaire général Tchernenko meurt de maladie le 10 mars 1985.

Trop vieux.

S se fit balader. Si l'ère Andropov avait duré plus longtemps, S aurait pu tirer l'URSS du bourbier afghan pour lui permettre de nager en eau claire. Tout lui était possible. Et en réalité, tout lui fut impossible. Tout ça parce que les dirigeants soviétiques valsèrent un peu trop vite cette saison-là. Du secrétaire général Brejnev au secrétaire général Andropov, du secrétaire général Andropov au secrétaire général Tchernenko. Mort de maladie, mort subite, mort de maladie. Mais ces trois-là ne sont pas les seuls à avoir baladé S. Sous le prédécesseur du secrétaire général Brejnev, déjà... S existait à l'état top secret au sein des gardes-frontières du KGB et avait commencé à bouger. Sous le secrétaire général qui avait précédé Brejnev déjà... Ah non, il n'y avait pas de secrétaire général avant Brejnev. Jusqu'en avril 1966, le titre de « secrétaire général » du Parti était bloqué. Avant cela et pendant un an et demi, Brejnev lui-même avait été « premier secrétaire ». Premier secrétaire du Comité central du Parti communiste. Et pourquoi le titre de « secrétaire général » était-il bloqué ? Parce qu'il renvoyait à l'époque de Staline. Quelle force l'avait bloqué ? Celle qui avait lancé la critique du stalinisme, bien sûr ! Alors, si Brejnev avait d'abord été premier secrétaire, qui avait été premier secrétaire avant lui ? Celui qui avait accusé Staline d'être un sombre autocrate, bien sûr ! Celui qui, au XXe congrès du Parti communiste en 1956, avait lancé la critique du stalinisme : Khrouchtchev.

L'homme qui, pour cette raison, était détesté de Mao Zedong, l'homme de la Chine rouge.

Khrouchtchev avait fait un rêve. La guerre froide, un jour ou l'autre, ici ou ailleurs, se réchaufferait. Sous forme d'une guerre de substitution dans le tiers-monde, peut-être, mais quelque part le magma jaillirait. Sur le front d'une guérilla locale, lancer une extraordinaire brigade de propagande communiste, c'était cela, son rêve. Alors il avait donné un ordre, comme ça, comme une petite extravagance. Mais le système qui avait capté l'ordre était du genre particulièrement rigide et l'avait appliqué à la lettre. Le roman était mort, ne restait que le réalisme. Deux chiens cosmonautes avaient fait office de figures du réalisme. Des héros de la patrie soviétique. Belka le mâle et Strelka la femelle.

Ils étaient là.

Ils y sont toujours.

Un mâle et une femelle ont hérité de leurs noms en 1982.

En 1983 aussi.

En 1984 aussi.

En 1985 aussi.

La lignée existe toujours, sans interruption.

Elle est devenue réalisme glacial arctique dans la guerre contre le capitalisme.

En d'autres termes, la section S était née de l'œuf du rêve de Khrouchtchev. Puis la coquille de ce rêve, elle l'avait cassée, percée, brisée et, se débarrassant des dernières parcelles de coquille qui la couvraient encore, elle avait acquis les caractéristiques de l'existence pour son compte propre, comme l'*organe* d'un fantôme. Mais Brejnev avait retenu une leçon. Brejnev avait appartenu à la tendance qui avait provoqué la chute de Khrouchtchev. En octobre 1964, il avait fait tomber Khrouchtchev de son siège de premier secrétaire du Parti et s'était installé à sa place. Il avait entrepris de nettoyer tout ce qui « puait Khrouchtchev ». Dans ce but, il avait réhabilité Staline, et c'est ainsi que « premier secrétaire » devint « secrétaire général ». C'est ainsi qu'avril 1966 marqua l'avènement du secrétaire général Brejnev. Bien des années plus tard, même quand la situation en Afghanistan fut devenue complètement incontrôlable, il se garda toujours de faire appel à S pour gérer la situation, malgré la suggestion du KGB. Parce que… décidément, ça puait Khrouchtchev.

En revanche, Andropov, une fois devenu secrétaire général, y fit appel, lui.

Mais décès d'Andropov.

A sa suite, Tchernenko devint secrétaire général. Le vieil « ancien bras droit de feu Brejnev » trouva que, décidément, ça puait Khrouchtchev. Non pas qu'il l'ait flairé distinctement. Il était trop vieux pour avoir encore le moindre odorat, de toute façon. Mais une intuition, tout de même. Un précepte que son ancien patron Brejnev lui avait inculqué et qui imprégnait jusqu'à la moelle de ses os : ne jamais offrir une occasion d'acquérir le moindre mérite à une décision de Khrouchtchev, même pas une croquette pour chat.

Tchernenko éloigna S.

En vérité, S n'eut l'occasion d'exprimer son potentiel que pendant sept mois. Aucun rôle important ne lui avait été confié pendant la première partie de la guerre d'Afghanistan.

Une toute petite période de sept mois.

Et pourtant, quelque chose se produisit tout de même.

Quelque chose qui marquerait son époque, pour les chiens.

Deuxième semaine de décembre 1983, S, conduite par son directeur (ainsi qu'on appelait le général qui commandait l'unité), était dans une vallée de la zone montagneuse du Nord-Est de l'Afghanistan. A cet endroit, la route principale qui conduisait à la capitale était régulièrement la cible des embuscades de mujahidin qui cherchaient à s'emparer des matériels de l'aide soviétique. S décida de frapper un groupe de mujahidin maîtres en guérilla en employant ses propres techniques et tendit une embuscade. Or, si les jihadistes constituaient une véritable guérilla – au sens d'organisation informelle –, S en revanche était une troupe orthodoxe. Il existait une grande différence entre les deux organisations du point de vue de l'entraînement au combat terrestre, de la discipline, de la chaîne de commandement. S pratiquait une guérilla orthodoxe, en quelque sorte. Une pratique professionnelle de l'attaque surprise et de l'attaque par ruse. Les mujahidin, qui ne s'attendaient pas à cela de la part de l'« armée soviétique », furent pris à revers. En effet, les membres de S ne dépendaient pas du soutien des Mig, ne roulaient pas en T64, n'envoyaient pas les hélicoptères de combat. Ils disposaient bien d'une artillerie, mais ce n'était pas sur une intense préparation d'artillerie qu'ils comptaient pour se rendre maîtres du théâtre des opérations.

C'était sur les chiens.

Et ça, les mujahidin, ça les prit complètement à contre-pied.

Ils se firent aisément prendre à revers.

Et là, quelque chose se produisit.

Visualisez la scène. Quatre-vingt-onze hommes au sol. Enfin, quatre-vingt-onze cadavres plutôt, compte tenu de leur état. Dont quatre-vingt-huit mujahidin. Des ex-combattants de la guerre sainte. Leur armement n'était pas très moderne. Ils avaient bien un lance-roquettes, mais cela constituait tout leur équipement lourd. A part ça, des pistolets-mitrailleurs et des armes de poing. Quelques-uns étaient même encore armés de mousquets à mèche. Des Pachtounes pour la très grande majorité d'entre eux. D'autres groupes à majorité tadjike, mieux armés, existaient plus au nord, mais ceux de ces vallées escarpées étaient des organisations pachtounes, réputées pour leur fondamentalisme musulman. Des Pachtounes dans leur très grande majorité donc, mais pas tous. Ils comptaient au moins un non-Pachtoune. Un Mexicain. Un *mestizo* portant la barbe, les cheveux teints en noir mêlé de blond. Il avait sans doute été costaud, mais maintenant la vie l'avait totalement quitté.

Dans cette vallée désolée où soufflait le vent de la vanité.

Pour le reste, tout était silencieux.

Jusqu'à ce que tu pousses un grognement.

Oui, toi, Guitar ! Sous tes pattes, le Mexicain habillé comme les musulmans du cru, deux bandes de munitions croisées sur la poitrine, ton maître, est mort. Ton maître, ton alter ego, ton numéro 2, l'homme au masque de chien est mort.

Toi, tu es vivant.

Côté mujahidin, tu es le seul rescapé.

Tu es encerclé.

Encerclé par des chiens trop nombreux pour que tu puisses les compter. Des chiens soldats de S. Ici, ce jour-là, quatre équipes opérationnelles de S avaient été déployées simultanément. Chacune composée de quatre humains et douze chiens. Autrement dit, tu étais encerclé par quarante-huit chiens. Oui, c'est le chiffre exact, même si toi tu ne pouvais pas les compter. Pour les humains, la même méthode de calcul conduit à seize. Mais en fait ils ne sont que treize. Les trois restants sont à compter parmi les cadavres. Parmi les morts, quoi. Et c'est toi qui les as égorgés.

Tu les as supprimés en défendant ton maître.

Comme tu l'avais appris tout seul, en prenant modèle sur ta mère Good Night… toi, le bâtard chien soldat autodidacte. Tu as défendu ton maître de toutes tes forces.

Mais il est mort.

Ton 2 est mort.

Tu es encerclé. Seul survivant. Les humains te cernent aussi mais d'un peu plus loin. Dans ton champ visuel il n'y a que les chiens.

Tu n'aboies pas.

Tu grognes.

Les chiens te regardent.

Soudain l'un des chiens aboie : *Wouff.*

Un autre aboie : *Wouff.*

Un troisième : *Wouff.*

Wouff.

Wouff.

Wouff.

Sans t'en rendre compte, tu as cessé de grogner. Tes grognements ont été avalés. Avalés par le phénomène qui vient de se produire ici, à cet endroit précis. Un instant, tu as cru entendre un chant. Tu es encerclé, et le chant vient de là. Pas un chant puissant, non, une mélodie très ténue au contraire, du moins il te semble. Tu ne peux pas regarder tes ennemis un par un dans les yeux, car ils t'entourent sur trois cent soixante degrés. Alors tu baisses les yeux et tu regardes tes pattes. Il te semble que c'est ce qu'il convient de faire. L'homme au masque de chien est mort. « Je suis mort », te dit-il. *Mo... mort ? Tu es mon alter ego et tu es quand même mort ?* Puis tu as écouté le chant. Autour de toi, trois cent soixante degrés chantent.

Wouff.

Wouff.

Wouff.

Tu lèves les yeux.

Tu ne grognes pas. Tu aboies : *Wouff.*

Les quarante-huit chiens se taisent. Puis un chien s'avance vers toi. Un mâle. Plutôt grand. Sa démarche est solennelle.

Il se place face à toi.

O Guitar, c'est ici. A ce moment-là. A cet instant précis que le tout dernier chamboulement de ton destin se produit. Ton alter ego décédé, un seul a désormais le droit d'appuyer sur le bouton pour modifier la voie de ton destin, un seul : toi-même. 2 est devenu 1. Tu sens un éclair psychique crépiter à l'intérieur de ton corps. Tu as une révélation. Mais il ne s'agit pas du tout de devenir chrétien. Ni musulman. Tu… tu deviens chien. Tu deviens un chien et rien de plus. Le chien mâle qui te fait face te parle d'abord avec les yeux, puis avec la parole.

Tu es un chien mêlé ? te demande-t-il.

Je suis moi, tu réponds. *Maintenant, je suis 1.*

Vivras-tu ?

Vivre… Je vivrai, bien sûr ! Qui parle de mourir !

Alors viens.

Je suis ton prisonnier ?

Non.

Non ?

Tu es venu.

Moi ?

Tu es venu avant nous. Nous t'avons cherché, nous sommes là pour t'accueillir.

Tu es pris d'un frisson à ces paroles et tu appuies sur le bouton du grand chamboulement.

De même que la langue chien existe dans le monde des chiens, dans le monde des humains existe la langue russe. Un des hommes du groupe armé qui t'encercle, en treillis de camouflage sans indication de grade sur les épaules, transmet un rapport par radio. Il y demande au véhicule de transport de troupes à six roues motrices d'approcher. Sur la scène composée de quarante-huit chiens plus un, de quatre-vingt-onze corps morts et treize hommes vivants, vient s'incorporer le véhicule à six roues motrices de déploiement rapide de S, chargé de mitrailleuses lourdes et de roquettes. Un officier en tenue de combat légère descend de la cabine. Le vent continue de gémir dans cette vallée afghane. La volonté des chiens a été transmise en russe par radio, et le commandant qui vient d'apparaître n'est ni un chef d'escadron ni un commandant de régiment. On l'appelle parfois le directeur, il a le grade de général.

Il salue rapidement les treize vivants.

Il s'avance et fend la ligne des chiens, le cercle des chiens.

— Tu l'acceptes ? demande le général.

Devant le général, à l'intérieur du cercle des chiens, se trouvent deux chiens, à savoir : le survivant des mujahidin et le chien mâle qui lui fait face. C'est à ce dernier que le général a posé la question. Son regard est fixé sur le survivant, mais c'est à l'autre qu'il s'adresse.

Wouff, aboie le chien mâle.

— Entendu, Belka, dit le général. Il manque un peu de patine, mais si tu penses qu'il serait dommage de le tuer… C'est l'un des vôtres, c'est ça ? Il a la… la nature ? A moins que lui aussi ait une histoire ou une carrière hors du commun, hein ? Alors, dis-moi, l'Afghan, toi qui as servi les mujahidin… continue le général, en s'adressant cette fois à celui qu'il regarde. Moi je te fais confiance. Belka t'a reconnu. Il t'a élu. Ton sang mérite d'être transmis. Alors moi aussi je t'accepte. Viens.

Voilà ce qui se produisit sur les lieux d'un combat en Afghanistan, un jour de la deuxième semaine de décembre 1983.

Un événement qui marquera l'époque, pour les chiens.

Wouff ! Wouff ! Wouff ! Wouff !

La guerre d'Afghanistan continue, mais *exeunt* les membres de S. Sortie de scène momentanée. Le secrétaire général Tchernenko lui avait retiré une grande partie de ses prérogatives, de façon à l'éloigner. Puis, mars 1985, *exit* le secrétaire général Tchernenko. Sortie de l'histoire politique de l'Union soviétique et sortie du monde, définitivement. En remplacement, Mikhaïl Gorbatchev, cinquante-quatre ans, est élu secrétaire général. Un vrai jeune, comparé à ses trois prédécesseurs, Tchernenko, Andropov, Brejnev. Un véritable changement de génération s'opérait de même dans les autres instances du Parti.

Le secrétaire général Gorbatchev engageait des réformes.

Le secrétaire général Gorbatchev promulguait des mesures inédites les unes après les autres.

Il fit son slogan du mot *perestroïka* (restructuration).

La guerre d'Afghanistan se poursuit. Elle n'en finit pas. Parce que depuis dix ans c'est un bourbier.

En juillet 1986, dans un discours, Gorbatchev déclara : « La perestroïka est une révolution ! » Il expliqua qu'il projetait une réforme de fond de l'Union soviétique. Certains émirent des objections. L'Union soviétique n'a-t-elle pas toujours considéré la révolution bourgeoise de février 1917 et la révolution socialiste d'octobre 1917 comme les seules dignes d'intérêt ? Certains n'émirent rien du tout mais furent bien embarrassés. Certains (avec un petit sourire) réaffirmèrent simplement que la révolution de 1917 représentait l'événement fondateur de la patrie soviétique, et de nulle autre.

Ce fut le cas des membres de S. Des membres humains, s'entend.

Ce principe leur avait été inculqué par le général qui dirigeait S.

Le directeur, qui leur enseignait personnellement le combat à main nue, l'assassinat furtif et les techniques de survie, leur distillait également une pensée ferme. Nous n'acceptons pas les contre-révolutionnaires, nous protégeons les acquis du socialisme dans le pays et à l'extérieur, nous sommes inébranlables dans notre foi marxiste-léniniste. Et si vous n'en êtes pas intimement persuadés, alors allez vous faire popes ! D'ailleurs, quand ils s'engageaient dans S, il était exigé des membres qu'ils signent un serment d'allégeance qui précisait que toute trahison à S équivalait à une condamnation à mort, ce qui, entre parenthèses, rendait totalement impossible pour un membre qui aurait commencé à douter de sa foi en la révolution de retourner à la foi orthodoxe russe. Y retourner signifiait se faire exécuter par les camarades de son équipe d'attachement. De fait, personne parmi ceux qui étaient entrés à S n'avait jamais mis en doute l'orthodoxie – et pas seulement les officiers, les simples soldats également. Ils étaient croyants. Et leur insigne symbolisait la fidélité et l'orthodoxie.

L'insigne des S représentait un crâne.

Mais pas un crâne humain. Un crâne d'animal. Un crâne de chien.

Un crâne de chien laika, sur fond de globe terrestre.

Tel était l'insigne de la section S.

Le globe terrestre était représenté de façon à montrer le Nord du continent eurasiatique.

Quant à l'original du crâne qui était représenté sur l'insigne, tous l'avaient vu en vrai au moins une fois. Une fois après leur incorporation dans l'unité, une fois ou deux, parfois trois, quand une « audience » leur était accordée. Ils étaient reçus, tremblants d'émotion, dans le bureau du directeur de S. Le crâne reposait dans un catafalque en forme de globe terrestre, une mappemonde fabriquée spécialement. Quelques lambeaux de peau collée, calcinée y adhéraient encore. Relique de son « incinération », lorsque le satellite artificiel dans lequel elle avait pris place s'était désintégré, lors de son retour dans l'atmosphère. Le crâne du premier être vivant à avoir contemplé la planète de l'espace, la dépouille de la chienne Laïka, la chienne cosmonaute qui avait agrandi le territoire de l'Union soviétique jusqu'à l'espace.

— Son héroïsme nous soutient dans notre lutte contre les mouvements contre-révolutionnaires. Nous sommes un organe orthodoxe ! résonnait la voix du directeur dans son bureau.

Il ne fut jamais clairement élucidé comment le crâne de l'héroïne – et symbole du peuple – était arrivé entre les mains de S. Le moindre détail concernant les chiens cosmonautes était classé top secret de toute façon. Mais le personnage qui était devenu ensuite le fondateur de S avait été très proche de ces secrets. Il connaissait jusqu'à la généalogie des chiens de l'espace. Ensuite il avait commencé à perfectionner une « section canine de combat » dans un centre d'élevage du Sud de la Sibérie. Et il avait décidé que ce n'était pas le déboulonnage de Khrouchtchev qui allait réduire tout cela à néant. Non, pas ça… Pas anéantir cette lignée. Pas ces chiens. Cet agent hors pair avait alors déployé toute la panoplie de ses talents. Dépassant l'attente de ceux qui avaient suffisamment cru en lui pour l'accepter comme lieutenant du KGB à l'âge de vingt-six ans et sept mois, il avait trompé toutes les directions de tous les organes. Pour les chiens… Pour conserver les chiens.

On ouvrait une porte et la relique du premier chien de l'espace apparaissait.

Certains disent que Spoutnik 2 ne possédait aucun système de récupération et qu'il se désintégra le 14 mai 1958 lors de son retour dans l'atmosphère. Certains disent que la date est fausse. Que c'était le 4 avril. Mais qu'effectivement il brûla entièrement dans l'atmosphère. Or il existe un document qui dit : *La carcasse de Spoutnik 2 a été récupérée*. Ce document secret est conservé dans un bureau dépendant du KGB. Il se trouve également dans la réserve secrète de l'Association du musée de l'Espace. Il s'y trouve peut-être depuis le début ou il a pu être ajouté ultérieurement. Quoi qu'il en soit, ce document existe.

Puis une porte s'ouvrait. L'endroit abritait la carcasse du cockpit de l'avion dans lequel Youri Gagarine avait trouvé mystérieusement la mort en 1968 (Youri Gagarine qui était à bord de Vostok 1 en avril 1961, premier cosmonaute humain, célèbre pour la phrase : « La Terre est bleue »). Mais maintenant c'est le crâne que l'endroit révèle.

C'était un vrai crâne, le crâne d'un chien de taille moyenne, de race laika.

Le document certifie qu'il s'agit véritablement du crâne de cette laika-là.

S avait été fondée dans la seconde moitié des années 1960. La section possédait les prérogatives et l'indépendance des unités des gardes-frontières du KGB que l'on nomme par un numéro de code. S procédait du roman de Khrouchtchev. Mais, débarrassée de toute l'absurdité de ce roman, elle avait maintenant acquis les fondements rationnels de l'existence, une raison d'être propre. Le chien qui a prouvé au monde entier la grandeur de notre patrie soviétique est la preuve que S est conforme à l'orthodoxie.

Nous, membres de l'unité spéciale S, sommes nés de celle qui, le 3 novembre 1957, s'est manifestée comme la plus haute réalisation du marxisme-léninisme.

Nous sommes une unité cynophile de combat, nous sommes les servants de ces chiens, nous sommes nous-mêmes les enfants nés de la chienne nommée Laïka, déclarait le fondateur de S à ses troupes.

Aussi nous n'admettons aucune flexibilité concernant l'orthodoxie.

Et vous allez jurer sur l'insigne de S.

Les agents prêtaient serment et saluaient le crâne (enfin, la mappemonde qui le contenait).

En juillet 1986, le secrétaire général Gorbatchev déclara : « La perestroïka est une révolution ! » mais les agents de S étaient acceuillent ce slogan avec un petit sourire. La révolution a déjà eu lieu en 1917 ! C'est de là que nous sommes nés, nous, S ! Ce que dit Gorbatchev n'est que paroles en l'air ! Ils n'en doutaient pas. Mais même une parole en l'air, même parler en dormant peut changer l'histoire. Orthodoxe ou pas, cela n'a aucune importance.

La guerre d'Afghanistan continuait. Pour dire les choses en un mot, la situation était totalement bloquée. Le bourbier de l'Asie centrale ressemblait fort aux dix ans de… du bourbier du Sud-Est asiatique dans lequel l'Amérique s'était engluée. Cela devient de plus en plus clair. D'abord cette guerre des nerfs que mène un adversaire informel. Puis une infinité d'autres petites choses du même type. Le problème de drogue par exemple : comme les jeunes conscrits américains au LSD, à l'héroïne ou la marijuana, les jeunes conscrits soviétiques sont pourris au haschich. Un problème de dommages collatéraux aussi : comme dans les villages soupçonnés de servir de base au Viêt Công (extermination de villages entiers, vieillards et nourrissons compris, bétail compris. Et viol des femmes, évidemment), du fait de l'impossibilité de distinguer les combattants de la guérilla des populations civiles, les villages soupçonnés de servir de base aux mujahidin sont rasés (extermination des habitants, vieillards et nourrissons inclus, abattage du bétail. Et viol des femmes, cela va sans dire. En tournante). L'utilisation à petite échelle d'armes chimiques aussi : comme les Américains au Viêt Nam, en secret.

Les Soviétiques se prenaient en pleine gueule que la guerre d'Afghanistan était devenue leur guerre du Viêt Nam à eux.

Et puis il y avait Gorbatchev lui-même. Gorbatchev aboya : « Perestroïka ! Perestroïka ! » Il adopta une politique internationale innovante. Une diplomatie de dialogue avec l'Ouest, sous le nom de « nouvelle pensée diplomatique ». Grâce à laquelle il obtient de « détourner » la course aux armements américano-soviétique. L'économie soviétique stagnait. Elle stagnait depuis un bon moment déjà, mais pour la première fois Gorbatchev avait reconnu qu'elle était au bord de l'asphyxie. Les budgets militaires pesaient terriblement sur l'économie nationale. Et sous couvert de cette « nouvelle diplomatie », il fit des coupes dans les budgets militaires. Il entreprit des négociations de réduction des armements nucléaires. Il s'engagea dans une relance des relations, non seulement soviéto-américaines, britanniques et françaises, mais mêmes soviéto-chinoises. Oui, la Chine rouge, le troisième joueur de la guerre froide. Tous ces mouvements prirent le nom de « détente ».

Et qu'est-ce qui change ?

Qu'est-ce qui s'accélère ?

Puis Gorbatchev dit : « Le désengagement en Afghanistan aussi, c'est la perestroïka. » Les négociations de paix en Afghanistan organisées sous l'égide de l'Organisation des Nations unies depuis 1982 n'avaient abouti à rien, alors qu'en avril 1988, grâce à une seule petite phrase, Gorbatchev s'empresse de signer une trêve qui scelle le programme de retrait de l'armée soviétique d'Afghanistan.

En mai 1988, le retrait effectif commença. En février 1989 il était achevé.

C'était le 15 février. Or, pensez-vous que ce jour-là la guerre en Afghanistan s'est arrêtée ? Pas du tout. Le gouvernement afghan était toujours prosoviétique, un gouvernement communiste, toujours opposé aux mujahidin. Et pour faire bonne mesure, plusieurs factions de mujahidin s'opposaient entre elles. Pour des raisons diverses et variées, comme de savoir s'il s'agissait de factions à majorité pachtoune ou pas, d'obédience sunnite ou pas, etc. Evidemment, cela tourna à la guerre civile, cette fois. L'Union soviétique… eh bien, l'Union soviétique déclara dans un premier temps « qu'il n'était pas dans ses intérêts que le gouvernement communiste en

Afghanistan soit renversé ». Puis, en deuxième lieu : « Notre pays possède deux mille kilomètres de frontière commune avec l'Afghanistan. La situation préoccupante à l'intérieur de l'Afghanistan fait porter un risque à la sécurité de notre territoire. » Puis en troisième lieu : « La chute du régime actuel en Afghanistan et l'apparition d'un régime islamiste en Afghanistan, par l'instabilité qui en découlerait, risqueraient d'enflammer nos régions d'Asie centrale (Tadjikistan, Ouzbékistan et autres républiques à majorité musulmane). »

Par conséquent, l'aide au régime afghan – au régime prosoviétique, communiste – continua, mais à distance. Aide en capitaux, aide en armements.

Et voilà ce qu'il advint ensuite.

Juste avant que les cent mille soldats présents sur le sol afghan ne soient entièrement retirés.

Le 24 janvier 1989, le comité directeur du Politburo du Parti communiste d'Union soviétique approuva un rapport « ultrasecret » autorisant des actions de nature militaire menées par certaines sections spéciales de gardes-frontières du KGB dans la région nord de l'Afghanistan.

Bien évidemment, en contradiction flagrante avec les termes de la trêve.

Le bourbier de l'Union soviétique – *alias* la guerre d'Afghanistan – n'était pas fini. C'est l'Union soviétique elle-même qui refusait d'y mettre un terme. Elle le fit durer jusqu'à la fin de l'année, mais dans le plus grand secret cette fois. Maintenant, c'était le KGB qui était en charge des opérations. Les sections spéciales les plus aguerries furent engagées. Réapparition de S. Ils ne firent pas publicité de cette victoire, en vrais professionnels qui se respectent. En unité de francs-tireurs la plus puissante des gardes-frontières. Pour Gorbatchev… Eh bien, pour Gorbatchev, le « problème » afghan était résolu, et tant que cela ne créait pas de confusion à l'intérieur, pour lui c'était bon. A la différence de Tchernenko et Brejnev, l'odeur de Khrouchtchev ne l'indisposait pas, lui. En fait, pour lui, S était juste un organe dont l'utilisation pouvait avoir un mérite, quant à savoir si ce mérite était imputable à Khrouchtchev ou pas, il n'avait tout bonnement pas le flair pour en juger. S reçut donc de nouvelles prérogatives, une nouvelle mission non officielle et non légale à remplir. Exécution d'objectifs à exécuter. Gorbatchev continuait à vociférer – au soleil – « Perestroïka ! Perestroïka ! ». En décembre 1989, il avait déjà poussé au maximum les avancées de la « nouvelle diplomatie ». Un sommet américano-soviétique eut lieu au large de Malte sur le Slava, un croiseur soviétique lanceur d'engins dernier cri. Lors de cette rencontre, Gorbatchev accueillit le président américain George Bush avec un grand sourire. Lors de la conférence de presse, face au monde entier, le 3 décembre, il déclara : « Nous voici maintenant des pays amis. » Un point final était ainsi mis à la guerre froide. La dernière phase de l'apaisement américano-soviétique était achevée. Les hommes de toute la planète le virent sur leurs écrans de télévision. Une date qui resterait gravée dans l'histoire du XXe siècle, dans l'histoire de l'humanité. Quant à l'histoire canine… Eh bien, l'histoire canine…

Ce même 3 décembre, un ordre secret fut lancé par Moscou :

« Détruisez toutes les preuves. Toutes les preuves des actions ultrasecrètes menées en Afghanistan. *Il n'y a pas* de contexte de guerre froide. Supprimez les chiens. »

« Nous ne sommes pas en 1991 ! »

Alors éclate la guérilla urbaine.

Ceci n'est pas un exercice. Ceci n'est pas une simulation sur la maquette grandeur nature d'une ville morte. Quatre-vingt-deux morts dès le premier jour. Dont sept cadres de deux organisations criminelles majeures. Trois de la mafia russe, quatre de la mafia tchétchène. Quatre à trois. Mais l'heure n'est plus à l'équilibre du sang. Toutes les organisations criminelles qui avaient commencé à investir la ville, venues de toute la Russie, voire de tous les pays asiatiques, comptent des morts.

Au début, les chiens commencent par procéder à des visites à domicile. Plusieurs groupes circulent, une liste d'affiliés avec photo d'identité en main. Trois ou quatre groupes. L'un d'entre eux est formé d'une vieille femme de type slave, bâtie comme un tonneau et portant des lunettes très épaisses, d'une gamine d'une petite dizaine d'années et de sept chiens. La liste qu'ils ont en main comporte les noms et adresses des bureaux mafieux et de leurs facilités, les noms et adresses des sociétés affiliées, les noms et adresses personnelles des cadres. Les sept chiens sont tenus en laisse, précédés de la vieille. La gamine porte une chapka enfoncée sur les yeux pour se protéger du froid et marche sans la moindre expression sur le visage. On pourrait penser qu'il s'agit de la petite fille de la vieille avec sa silhouette ronde, boulotte. Mais si elle est si grosse, c'est par agressivité. Ses prunelles brillent d'un éclat glacial. Elle est japonaise mais pas vraiment japonaise. Elle n'est pas humaine. Elle est chien.

D'ailleurs, elle porte un nom de chien.

Elle a hérité officiellement du nom Strelka.

Elles visitent chaque adresse et nettoient la place. L'une après l'autre, toutes. La vieille tient le flingue. La gamine chien tient les chiens. Elles commencent par les cibles qui vivent dans les appartements de grand standing. Elles se font ouvrir la porte ou l'ouvrent d'un coup de revolver. La gamine donne un ordre en russe ou en langue chien, un simple geste. Les chiens bondissent. De très bas, dans l'angle mort. Les sept chiens pénètrent à l'intérieur, dirigés par l'un d'eux. C'est un mâle. Avant, on le connaissait sous l'appellation de numéro 47, Strelka la gamine l'appelait *Yonjûnana*. Mais plus maintenant.

Maintenant, il s'appelle Belka. Une fois son père mort, fini le numéro, il avait reçu un nom.

Belka bondit et tue. En formation de combat avec les six autres, d'un seul coup.

Au même instant, dans une luxueuse résidence quelque part, un chien de garde se fait tuer. Egorgé avant d'avoir pu faire un bruit. Les chiens commencent par supprimer les chiens, puis les gardes du corps de la cible, puis la cible. Ailleurs, la cible comprend qu'elle est attaquée et s'enfuit. Mais les routes des alentours sont bloquées. Par d'autres chiens. Les chiens encerclent la voiture de luxe à vitres pare-balles, l'attaquent, poussent l'homme au volant à la faute, le tuent.

Le poussent à se tuer tout seul.

Les chiens ont lancé une insurrection. Le premier jour, personne ne se rend compte de la quantité de mafieux qui meurent. A part les mafieux eux-mêmes, évidemment. Et ceux qui, édiles locaux ou cadres d'entreprise, ont partie liée avec la mafia.

Mais pendant la nuit, la ville commence à brûler, et le temps de s'apercevoir de ce qui se passe, c'est le remue-ménage. Cette nuit-là, un vieil homme entouré de chiens lit les coordonnées géodésiques d'une carte d'état-major. Il les lit aux chiens, et à la radio.

1991. L'été moscovite. Un après-midi. Le jour même, avant l'aube, l'état d'urgence a été décrété. Dans la ville, plus de cinq cents chars ont été déployés. Le premier président de l'Union des républiques socialistes soviétiques, élu en mars de l'année précédente, est pris à contre-pied. Les conservateurs tentent un coup d'Etat. Le ministre de la Défense, le responsable du KGB et le vice-président de l'Union soviétique figurent parmi les conjurés. Les unités de chars de combat ont préparé le terrain pour permettre l'arrestation simultanée de tous les réformateurs. La télé est censurée, la radio diffuse en boucle une déclaration du comité de crise nationale. Mais les citoyens sortent dans la ville. Ils se rassemblent devant le bâtiment du parlement russe, qui sert de quartier général aux réformateurs. Ils forment une chaîne humaine pour empêcher l'avancée des chars et des véhicules blindés. Doubles et triples barricades. Ils sont de plus en plus nombreux, bientôt des milliers.

Un vieil homme se trouvait parmi la foule.

Le visage mangé de barbe.

Le vieil homme a entendu une clameur s'élever de la foule. A cause d'un personnage qui sort du bâtiment. Il est du côté des citoyens, il est le porte-drapeau des réformateurs, il a été élu deux mois auparavant premier président de la République russe... oui, président de la Russie non soviétique. L'initiale de son nom est un E.

Dans les pays de langue anglaise et de langue espagnole, on l'écrit avec un Y. En allemand, c'est un J. En hollandais aussi, un J. Mais en français, c'est un E.

Celui-là, il arrivait à changer même ses initiales.

E est grimpé sur un char T72 au milieu de la foule, en pleine rue. Le vieil homme l'a vu et a regardé sa montre. Une heure quinze minutes. Le vieil homme a vu E engager une courte conversation avec le lieutenant qui commandait le char. Le vieil homme a lu sur leurs lèvres. Tu es venu me tuer ? a demandé E. Non, a répondu le lieutenant.

E a ri.

La clameur a atteint son sommet. Les hourras vibraient dans le ciel. Seul le vieil homme disait autre chose. « Les salauds ! » il disait. D'un seul geste, E a fait calmer la foule. La foule a obéi au doigt et à l'œil, comme un troupeau de chiens bien éduqués. Le vieux au visage mangé de barbe a murmuré : « Les salauds ! » E a accusé les contre-réformateurs droitistes. E a appelé le peuple à la résistance. Du haut de ce char. De ce char qu'il foulait au pied. Le vieil homme a regardé sa montre. Le temps de l'Union soviétique s'était arrêté. Seul, le temps de la Russie marquait une heure vingt et une.

Le vieil homme a continué à maugréer. « Salauds, salauds, salauds ! Tous ! » Le vieil homme a vu. Il a vu quatre mois plus tard. Ici même, il n'y aurait plus d'Union soviétique. E était en train d'anéantir l'Union soviétique. Sans le moindre scrupule, il supprimait l'Union soviétique. Et ce faisant, il mettait fin à quelque chose d'encore plus grand.

Les chiens mirent le feu, comme un piège. Les forces de police étaient divisées en plusieurs districts. Un second endroit brûla, un troisième endroit brûla, un quatrième endroit brûla. Les forces de police se concentraient sur ces endroits-là. Ils cherchaient le pyromane, ils ne le trouvèrent pas. Le pyromane s'était fondu dans les ténèbres, sans laisser de trace. S'il avait laissé des traces de pas, d'ailleurs, ce n'aurait pas été des traces humaines. Des traces de coussinets antérieurs et postérieurs de chien. On ne retrouverait personne. Un chien restait sur les lieux, l'air de rien, se faisant passer pour un chien domestique. Un autre avait quitté les lieux et marchait au hasard dans les rues, se faisant passer pour un chien errant. Jouer au stupide animal suffit pour donner le change. Puis ils avaient grimpé aux arbres des environs et avaient attendu cachés dans le feuillage. Comme ces incendies ne pouvaient être que le fait du crime organisé, des porte-flingues sortirent les uns après les autres. Qui avait mis le feu ? Qui l'avait *commandité* ? Quelle organisation ? A midi passé, une information avait filtré, ils avaient essayé de suivre une piste. Mais, parvenus sous les arbres, les chiens en embuscade leur avaient sauté dessus et ils étaient morts. A l'heure où le quatrième incendie était éteint, un sixième qui venait de se déclarer déclencha la panique. Les pompiers étaient tous sortis.

Les casinos furent attaqués de partout à la fois.

Les banques furent attaquées. A minuit, les alarmes se déclenchèrent en continu. On les entendait de l'extérieur. Jusqu'à ce que la police débarque. Ou jusqu'à ce que la mafia qui soutenait occultement l'institution financière débarque. Ou jusqu'à ce que le matin se lève.

Quand l'aube se leva, la fumée noire qui obstruait le ciel disait assez que la ville faisait face à une entreprise de destruction systématique de l'ordre établi. Soixante-douze feux avaient été allumés. La température globale de la ville avait augmenté de deux degrés.

Une motocyclette roulait sur les grandes artères désertes. L'aiguille du compteur de vitesse indiquait imperturbablement soixante kilomètres à l'heure. La motocyclette avait une double selle. La femme entre deux âges au guidon ressemblait énormément à la femme entre deux âges assise derrière elle. Elles étaient sœurs, slaves, et Strelka les appelait Ichiko et Niko.

Les chiens innombrables suivaient la motocyclette.

Ils dévalaient les artères à fond de train.

Huit heures du matin. Avant l'heure des bureaux. Sur un signe de la motocyclette, les chiens se séparèrent en deux groupes, une aile droite et une aile gauche. Puis de nouveau en deux.

Au même instant, Strelka ouvrait les yeux.

Autour d'elle se trouvaient sept chiens. Tous les sept levèrent la tête à l'instant même où elle s'éveillait. Ils avaient dormi dans le garage de la résidence de l'un des pontes du gang mafieux qu'ils avaient attaqué. La vieille n'était pas là. La vieille était dans la cuisine de la résidence où elle préparait un petit-déjeuner pour Strelka et les sept chiens.

— Bien dormi ? demande Strelka aux sept chiens.

Oui, répondent les sept chiens.

— Tu as fait un rêve ? demande Strelka à Belka.

Non, répond Belka.

— Moi, j'ai fait un rêve, j'ai l'impression. J'avais *x* ans, j'étais une humaine, je crois. Etrange, non ?

Tu es fatiguée ? demande Belka en léchant le visage de Strelka. Sa langue est douce.

— Nous allons effacer le temps humain. Quand le temps sera effacé, alors, alors… dit Strelka.

Alors quoi ? demande Belka.

On sera en quelle année ? demandent les six autres chiens.

— Nous les chiens, nous serons en mille neuf cent quatre-vingt-*x*, dit Strelka. Alors, d'abord…

Allons-y, aboie Belka.

A l'instant même, Strelka et les six autres chiens se lèvent. Ils sentent une présence. Mais avant cela, on a entendu le *pfun* d'un pistolet muni d'un silencieux. A l'extérieur du garage… un porte-flingue de la mafia est étendu par terre. Il gémit. *Pfun… pfun*, entend-on encore par deux fois. Puis la vieille apparaît dans l'embrasure de la porte, le flingue à la main.

— Le repas est prêt, dit-elle en russe.

Strelka n'a aucune expression, puis peu à peu, petit à petit, un sourire se dessine sur ses lèvres.

— Ah, c'est la bouffe, je crois ! dit-elle en japonais.

1991. L'automne moscovite. Le vieux était devenu fou. Il interceptait les communications militaires radio. Il comptait de l'argent. Il tuait des gens. Il tuait des Russes. Il tuait des Arméniens. Il tuait des Géorgiens. Il tuait des Tchétchènes. Il tripotait des rouleaux de billets de banque, des roubles. Il tripotait des billets de banque, des dollars américains. Il vivait dans un immeuble désaffecté. Un immeuble de la banlieue de Moscou, à proximité d'une décharge publique. Maintenant on jetait de grandes quantités de viande et de légumes. On les jetait en secret, afin de réguler les quantités mises sur le marché. La vacuole, la fosse commune qui sépare l'économie de marché de l'économie planifiée.

Le vieux observait le terrain de la décharge par la fenêtre sans vitre. Parfois il l'observait une journée entière. Il y avait des ramasseurs. Les mères de famille creusaient pour récupérer des choux. Elles laissaient la viande avariée. Mais la viande pas encore tout à fait avariée… elles la prenaient. Il y avait des vieux, des chômeurs, des alcooliques. Ils ramassaient du savon. Ils ramassaient des bouteilles vides, qu'ils allaient troquer contre deux ou trois roubles au guichet d'échange. Ils ramassaient de vieux vêtements, qu'ils revendaient au marché noir. Le vieux les observait, l'un ramassa un drapeau rouge, puis finalement le laissa.

Du point de vue des ramasseurs, le vieux est une sorte de fantôme, apparu cet automne-là derrière une fenêtre de l'immeuble désaffecté. La barbe lui mange le visage, blanche, sur les joues, le menton, entre la lèvre et le nez. Les vieux de ce genre, ce sont des fantômes, une catégorie encore plus basse que la leur, ils n'y font même pas attention.

A la fin de l'été, pourtant, il y en avait un qui ne l'avait pas ignoré.

Il avait essayé de lui piquer sa seule possession, dans la pièce désaffectée qu'il occupait. Il s'était introduit dans la pièce, il avait jeté : « Ça chlingue ! » puis avait remarqué l'objet. Une mappemonde. Une seconde plus tard, le vieux avait tué le voleur. Celui-ci tenait un couteau qui s'était retrouvé planté dans son propre cœur.

— Vous volez même les ossements ? demanda le vieux au cadavre. Même ce crâne ? Même ça, il vous le faut ?

Oui, répondit le cadavre.

C'est pour ça que le vieux avait commencé à faire des boulots payés en espèces.

Il a tué des petites frappes avec des emblèmes américains tatoués sur le bras droit. Il a tué des prostituées avec des slogans nationalistes russes gravés sur le bras gauche. On lui passe commande, il tue. Il a tué des bureaucrates. Il a tué des officiers de police. Parfois pour cent roubles, parfois pour cent dollars. Le soir, quand il rentrait dans sa pièce, il parlait avec la mappemonde. Je te protégerai. Je suis le meilleur, je te protégerai. Ossements de celle qui fut envoyée mourir au ciel pour être la première à tourner autour de la Terre, qui fut lancée au ciel pour y mourir, ô crâne de celle qui tourna en orbite autour de la Terre et mourut !

Qui te protégera, sinon moi ?

Un jour, un invité arrive. C'est la première fois qu'il invite quelqu'un dans sa pièce. Un homme de type slave. Début de calvitie. Il chantonne une vague mélodie en caressant la mappemonde.

La chanson de la compagnie… ? demande le vieux.

Hein ? fait l'homme entre deux âges en levant la tête. Ah, ça… Ma foi, oui. Je la chante sans m'en apercevoir.

Ta mère va bien ?

Ça va. Elle vous remercie encore, directeur. Pour les derniers jours… tout ce que vous avez fait.

Allons, je ne suis plus directeur…

Ah, pardon. On s'est tellement habitués à vous appeler comme ça, à la maison. Mon père déjà, et puis moi.

Hé oui, vous avez été tous les deux sous mes ordres.

Il ne doit pas y en avoir d'autres comme nous, hein. Le père et le fils décorés pour les mêmes faits d'armes.

Et tes sœurs ?

Ça va. On arrive à leur faire dire deux ou trois mots, deux ou trois fois par an.

La famille n'a pas… disparu, hein.

Pardon ?

« La famille soviétique marquera la fin de la famille », on disait ça en 1926.

Pour nous, c'est vous qui êtes notre père, maintenant.

Même sans être liés par le sang ?

Comme ça.

C'est une bonne famille. Mais moi, je n'en fais plus partie.

Vous n'en êtes plus ?

A ce moment, le vieux hoche la tête, puis pose une dernière question :

Le chien va bien ?

Ça va, répond son invité.

L'après-midi, la tension qui gonflait entre les groupes mafieux de la ville avait explosé, déclara la radio. La télévision informa qu'une guerre des gangs s'était déclenchée. Les autorités déclarèrent qu'elles recommandaient aux citoyens de ne pas sortir de chez eux. Les journalistes coururent de droite à gauche. Deux agences de presse, Interfax et Russia Press, diffusèrent des dépêches d'un bout à l'autre du continent eurasiatique. Les dépêches circulèrent aussi dans le Nouveau Monde. Mais aucune ne parlait d'une multiplication soudaine des chiens. Un témoignage bizarre fut traité comme un vulgaire racontar ésotérique et fut enterré avec mépris. En principe, les tabloïds auraient dû se jeter comme des mouches sur ce genre de fait divers, mais ce jour-là ce ne fut pas le cas. Ni les jours suivants. Tout avait été précisément calculé pour que les médias tournent automatiquement leurs yeux vers telle chose et ne voient rien de telle autre, comme si c'était un point aveugle. Cela faisait des mois que la préparation minutieuse se mettait en place et cela avait produit un nombre de morts à trois chiffres.

Les chiens avaient déclenché une insurrection, mais les humains ne s'en apercevaient même pas.

Ils avaient bien remarqué un désordre mais, dans la société civile ordinaire, on pensait que c'était encore ceux de la société de l'ombre…

Etre conscient de quelque chose est une force. Les médias attisaient la situation. Attisée, la situation fit des victimes. En fait, l'affaire concernait toute la Russie maintenant.

Certaines fonctions métropolitaines furent paralysées, mais de façon générale les communications continuèrent de fonctionner. Les aéroports fonctionnaient. Les chemins de fer fonctionnaient. Les « renforts » furent transportés en Russie extrême-orientale. Bien entendu, les voies d'accès de la ville étaient filtrées par la police et il y eut bien quelques accrochages. Mais pas avec les chiens. Dès l'après-midi, les chiens étaient à l'intérieur.

Les chiens étaient des francs-tireurs. Les chiens n'appartenaient pas à l'Etat. Même s'ils obéissaient à une discipline. Et que leur niveau d'entraînement au combat atteignait celui des chiens soldats de l'armée.

Pourtant, ce sont des francs-tireurs. Ils n'utilisent que deux tactiques : attaque surprise ou attaque par ruse.

Les chiens occupent plusieurs districts. A l'intérieur de ces districts, ils planquent dans certains lieux encore insoupçonnés des autorités et destinés à devenir des champs de bataille. Un atelier d'imprimerie qui fabrique des faux dollars, par exemple. Ou d'immenses ateliers de confection souterrains qui fabriquent de faux produits de grandes marques. Ou des entrepôts de drogue pas du tout fausse, elle. Des entrepôts d'objets d'art anciens ou d'uranium appauvri destinés à l'exportation ou d'ogives nucléaires en pièces détachées. Les chiens restent là en attente. Car tôt ou tard des humains apparaîtront pour s'approprier le territoire. Ou pour mettre la main sur le contenu. Ou simplement pour savoir de quoi il retourne.

Les humains apparaissent et disparaissent, presque à tous les coups.

A quatre heures de l'après-midi, un homme entre deux âges conduit les chiens. Un Slave, le haut du crâne dégarni. Il donne un signal aux chiens, qui suppriment les humains qui apparaissent. Cette technique de combat fut employée pendant les années 1980 quelque part en Afghanistan. Elle fut également employée à l'ouest de la ligne qui coupait l'Europe en deux, lors de l'assassinat d'un cadre supérieur de l'OTAN (Organisation du traité de l'Atlantique Nord). L'homme entre deux âges chantonne à plein volume, tout en dirigeant l'opération commando. Un pistolet automatique à la main, il contrôle les chiens en virtuose. Strelka l'appelle Opéra.

Quatre heures trente de l'après-midi, toujours chantonnant, il élimine quatre porte-flingues, sans même se donner la peine de faire intervenir les chiens. Une seule giclée de pistolet-mitrailleur suffit.

Le soleil est déjà couché.

Les chiens sont toujours invisibles aux humains.

Mais ils ne passent pas inaperçus à leurs congénères. On entend des hurlements à la lune. Et, entre deux hurlements, des phrases. Quelqu'un est en train de sectionner les chaînes des chiens domestiques. Dans les bois des environs, les chiens de chasse fuient. Les chiens errants courent comme des fous dans les rues. Petit à petit, quelque chose est en train d'arriver. Peu à peu, petit à petit, la libération des chiens commence. Les gangs mafieux font le voyage vers l'Orient extrême pour verrouiller la jointure de leurs territoires. Pour se lancer dans la guerre mais, pour eux, ce n'est qu'une guerre des gangs, croient-ils. Par exemple pour s'emparer de stocks de drogue laissés à l'abandon. Une guerre entre organisations, croient-ils.

Et puis parce que cette ville est en ligne de mire de toutes les mafias de Russie.

Les portes s'ouvrent un peu partout. Des trains entiers se font acheter, s'arrêtent deux kilomètres avant la gare, et des dizaines d'hommes en descendent. Pour l'aéroport, la parole est aux faux papiers. Les unités de police qui ont installé des postes de contrôle sur les principales artères accueillent les files de voitures des boss mafieux qu'ils connaissent bien par un : « Bienvenue au Far-East ! »

Au milieu de la nuit, la guerre urbaine s'enrichit d'une nouvelle tactique. Les chiens se mettent à prendre des otages. Ils n'égorgent plus les cibles. Au signal, ils les prennent, vivantes. Puis les chiens mènent leurs otages devant le vieux.

Un otage.

Puis un autre.

Encore un autre.

L'aube se lève.

Dans la ville, des aboiements lointains résonnent.

— Je peux mettre en place une table de négociation, déclare le vieil homme.

Qu'est-ce que c'est que ça ? demandent les otages. Qu'est-ce que c'est que ces chiens ?

— Vous vous souvenez, en 1812 ? demande le vieil homme.

T'es qui, toi ? répliquent les otages. T'es le chef de meute ?

— Les guerres napoléoniennes, vous vous souvenez ? Tous les Russes, tous les ex-Soviétiques ont étudié l'histoire, non ? Le stupide empereur français est entré dans Moscou en 1812. A la tête de sa Grande Armée de cent dix mille hommes. Il est entré dans la ville que l'armée russe avait volontairement laissée vide. Et que s'est-il passé, vous vous souvenez ?

Qu'est-ce que c'est que ce truc ?

— Pour que la Russie ne meure pas, ils sacrifièrent la ville. Les habitants de la ville abandonnèrent Moscou. L'armée de Napoléon entra dans une ville quasiment déserte. Cette nuit-là, Moscou prit feu. Fut incendiée. Et ce sont les Russes qui y mirent le feu. Moscou brûla toute une semaine et fut détruite aux deux tiers. Les Français occupèrent… des ruines, puis eurent faim. Cent dix mille hommes affamés. Ils mangèrent du corbeau. Ils mangèrent du chat. Ils ne restèrent même pas un mois. Et maintenant ? se demanda le vieil homme à lui-même, avant de se répondre à lui-même : Eh bien, maintenant, nous ne sommes pas en 1812. Ni en 1991. Alors c'est comme ça. Vous avez compris ? Nous autres, nous mettons la Russie en accusation. Voilà, c'est ça la réponse !

Les otages restent sans voix et pâlissent.

1991. L'hiver moscovite. La température descend sous moins quinze degrés Celsius. Il reste suffisamment de temps avant la nuit. Blizzard. Le vieil homme marche. Il voit une file de trois cents personnes devant l'ambassade américaine. Il voit la file des demandeurs de visa. Des gens qui ne parlent pas, qui soufflent une haleine blanche. La neige tombe et s'accumule sur toutes sortes de coiffures ou de chapeaux. La file n'avance quasiment pas.

La disparition d'un pays qui occupe un sixième des terres mondiales émergées est d'ores et déjà programmée. Le drapeau blanc, bleu, rouge de la Russie flotte sur sa hampe au Kremlin. En quatre mois, depuis l'été, une poignée d'hommes et l'idéologie du secret ont vaincu et anéanti l'Union soviétique. Ils l'ont assassinée.

Le vieil homme atteint l'auvent. Un large auvent de toile, devant le kiosque fermé de ce quartier. Dessous se trouve un homme en costume de marque italienne. A son visage, on reconnaît l'originaire du Caucase ou des environs. Il est jeune. La vingtaine finissante sans doute, trente et un, trente-deux à tout casser.

— Ce matin, ce que vous avez fait, c'était… du travail de pro, il n'y a pas à dire… dit le jeune au vieil homme.

Le vieil homme fait un sourire.

— Qui t'a permis de regarder ? demande-t-il. Et d'abord, pourquoi m'as-tu fait venir ? J'ai tué ton copain, c'est ça ? Ou alors quoi ?

— Non, au contraire ! répond le jeune. Je veux dire, c'était un ennemi. Vous m'en avez débarrassé. Mais un pro qui…

— Moi ? dit le vieil homme.

— Oui. Un type comme vous, lâché dans la nature… Je veux dire, c'est un peu dangereux, je trouve.

— Tu es là pour m'effacer ?

— Non, au contraire ! répond le jeune. Je voudrais vous offrir des conditions dignes de votre valeur. Chez nous.

— C'est une proposition d'emploi dans une organisation ?

— Effectivement. C'est contraire à vos habitudes ?

— Pas spécialement, dit le vieux.

Ses yeux sourient. Ses yeux disent que des « habitudes », il n'en a plus.

Dans son sourire, il n'y a plus que mépris pour l'Histoire.

— Eh bien, commençons la négociation. Durée du contrat, primes diverses et variées, rétribution principale… A propos, dites-moi, comment dois-je vous appeler ? Je veux dire, vous…

— Mon nom ?

— Votre nom.

— Ecoute bien.

— Pardon ?

Silence. Deux secondes plus tard, une cloche sonne. Les cloches d'une église qui avait été détruite avant la perestroïka et dont la restauration avait commencé dans la seconde moitié des années 1980. Ce sont ces cloches qui sonnent dans Moscou où volent des rafales de neige blanche.

— Je suis l'Archevêque, déclare le vieil homme.

Ce matin-là, Strelka flaire une odeur de chien dans la ville entière. La ville entière semble avoir de la température. Strelka dit aux chiens : Qu'il fait chaud ! Strelka demande à Belka si par hasard on ne serait pas en train de tuer ce putain de froid d'hiver russe. Strelka répète sans arrêt une chanson : L'hiver l'hiver l'hiver l'hiver l'hiver va finir ! Le putain d'hiver russe de cent millions d'années ! Strelka lève les yeux vers la voûte céleste et identifie la fumée noire qui monte vers le ciel. Quelques minutes auparavant, Strelka a fait exploser un entrepôt d'armes qu'un gang mafieux gardait au chaud. En regardant la vieille placer la bombe de TNT, Strelka a dit : Elle se débrouille, la Vieille ! Strelka a écouté la vieille dire en russe : Je ne sais pas si tu es au courant, mais j'avais un mari officier de section spéciale, j'ai un fils officier de section spéciale, je m'occupe des chiens dans un centre canin de section spéciale et je m'occupe de préparer les explosifs pour les manœuvres, alors je me débrouille, pas vrai ? Strelka n'a rien compris mais a acquiescé tout de même. Strelka a écouté la vieille ajouter : Le directeur prenait soin des familles de ceux qui tombaient. Puis elle a répondu en japonais : Bah, toi aussi tu es à moitié chien, non ? Moi je suis complètement chien. Strelka sait bien que, la veille au soir, les chiens errants étaient tout excités de voir Ichiko et Niko couper les chaînes des chiens domestiques. Strelka sait que la respiration d'Ichiko et Niko est à moitié une respiration de chien. Strelka pense qu'elles aussi sont à moitié chiens, elle est bien placée pour le savoir, elle, parce qu'elle est un chien.

Je ne serai pas tuée, parce que je suis un chien.

Dans cette guerre urbaine, nous sommes l'homme invisible.

Belka protège Strelka. Belka obéit au moindre ordre de Strelka. Belka a autorité sur ses frères et sœurs, comme s'il était leur grand frère. En outre, en tant qu'héritier du nom « Belka », c'est toi, oui c'est toi qui nous commandes tous. Belka dort, Belka s'éveille, Belka court. Belka dort avec Strelka, s'éveille avec Strelka, court avec Strelka. De sa cachette, Belka regarde les gangs mafieux se tirer dessus, leurs voitures noires se faire sauter en l'air à coups de roquette dans la ville à l'aube. Il sait, Belka, que les humains ne savent pas que c'est la guérilla des chiens qui attise la guerre des humains. Il sait, Belka, que les humains, avec leur manie de toujours chercher un ennemi humain, ne tirent pas spontanément sur un chien, ne tireront pas non plus sur Strelka, parce que Strelka est un chien, mais aussi parce que, pour les humains, Strelka a l'apparence d'une simple petite fille. Belka dit que c'est pour ça qu'ils se font tuer par Strelka sans rien comprendre, qu'ils ne comprennent jamais rien à rien jusqu'à leur mort. Pourtant les chiens, les chiens, les chiens sont de plus en plus nombreux dans la ville. Belka le sent. Comme réflexion, ça reste très informel, certes, mais c'est comme si tous les frères chiens d'Eurasie faisaient le chemin jusqu'ici, sur cette terre de l'Extrême-Orient russe, comme s'ils avaient entrepris un Grand Voyage.

Les humains commettent une grossière erreur.

Les chiens envahissent la ville, ils errent dans tous les sens, dans tous les temps.

Les chiens sont invisibles. Même ceux qui se sont entraînés à fond comme des professionnels jusqu'à ce que les techniques de guérilla urbaine imprègnent la moelle de leurs os.

Le matin, des hurlements à la lune se répondent. L'écho répète. Les chiens arrivent. Les chiens arrivent. Les chiens arrivent. De la taïga proche, des villages de montagne à des dizaines de kilomètres de là, de l'autre rive de l'Amour. De l'endroit où les nobles russes versèrent leur sang au XIXe siècle. Peu à peu, petit à petit, ils se rassemblent. Mais, en réalité, seuls trois avions ont fait un grand voyage. Trois appareils d'une compagnie aérienne privée venus à la queue leu leu de Moscou se posent à l'aéroport. Les chiens possèdent un atavisme de chien. Alors les chiens ont réagi aux hurlements de leurs congénères, c'est normal. De même, les humains ont… Les mafias ne peuvent échapper à leur atavisme mafieux. Un atavisme qui les pousse à mettre le pied dans la moindre faille dès qu'ils en voient une et à chercher à phagocyter toute organisation autre, à s'approprier son territoire : les trois avions transportent deux cent vingt hommes appartenant à la plus puissante force de Russie, une organisation aux immenses ramifications, organisation internationale même, qui sait lancer la patte jusque dans l'ex-Europe de l'Est. Ils comptent sur leur nombre pour calmer tout ça d'un seul coup. Ils jouent de l'autorité que suggère leur réputation. On se calme, hé, les petites frappes ! La face cachée de la Russie, c'est nous qui contrôlons ! Les médias de tout le continent eurasiatique ont été préparés à faire rugir leur réputation. Depuis trois jours, déjà.

Le moment de leur entrée en scène a été parfaitement étudié.

Dans la journée, pendant deux heures, c'est l'enfer. L'enfer pour les gangs mafieux. Puis une heure de pause. Une heure de pause pour les chiens. Jusqu'au soir, on entend juste quelques coups de feu sporadiques, style guerre des gangs pépère. Soudain, la scène change. On avait Strelka, Belka et six chiens, et dix minutes plus tard, on a Strelka, Belka et cinq chiens. Numéro 114 est morte. Une sœur de Belka est morte. On avait Strelka, Belka et cinq chiens, et deux minutes plus tard, on a Strelka, Belka et trois chiens. Numéro 46 et numéro 113 sont morts. Un frère et une sœur de Belka morts. Strelka aboie. La vieille dit quelque chose en russe à toute vitesse : Planquez-vous ! Planquez-vous ! On avait Strelka, Belka et trois chiens, et une minute plus tard on a Strelka, Belka et un chien. Numéro 44 et numéro 45 sont morts. Strelka aboie encore, Belka regarde.

L'ennemi a changé.

L'ennemi s'est rendu compte qu'il y avait une insurrection canine.

En tout cas, dans cette ville les chiens ne sont plus transparents.

Les humains n'hésitent plus à tirer sur les chiens.

Belka voit les uniformes militaires du groupe de plusieurs dizaines d'humains qui ont commencé à se déployer. Ils n'appartiennent pas aux mafias, ils portent des casques pare-balles type jet, tenues camouflage, fusils d'assaut à baïonnette repliable. Ils sont décidément trop différents des mafieux. Puis Belka voit. Il voit son frère numéro 48 se faire tuer d'une balle. Il a poussé un petit cri. Belka l'a entendu. Belka doit protéger Strelka. Puisque les chiens ne sont plus invisibles, Strelka non plus. Cet ennemi-là n'aura aucune hésitation à se débarrasser de Strelka.

C'est la même odeur, sent Belka. Pas la même odeur de race animale, mais la même odeur de soldat, sent Belka. Il a raison. L'ennemi appartient aux forces spéciales de sécurité de la Fédération de Russie, et les forces de sécurité de la Fédération de Russie, l'actuelle police secrète russe, sont effectivement les héritières du KGB soviétique. Cette section-ci a pour mission le maintien de l'ordre à l'intérieur des frontières de la Fédération de Russie. La lutte antiterroriste. C'est elle qui va nettoyer. Nettoyer les chiens. La révolution canine. Un tour de table des cadres supérieurs des forces de sécurité intérieure de la Fédération de Russie, composé d'ex-dirigeants du KGB d'avant sa réforme structurelle, a permis de faire remarquer que les chiens qui se rassemblaient dans cette ville opéraient selon des modalités qui rappelaient fortement les techniques de combat de S. Les chefs d'unité concernés ont transmis les documents afférents à leurs troupes. Les troupes, mises au courant en amont, ont ainsi pu se mettre très rapidement au nettoyage des chiens. Exécution immédiate. En quatorze minutes à peine à compter du début de l'intervention, il reste Strelka, Belka et zéro autre chien.

Au même moment, dans un autre district de la ville, les membres des forces spéciales descendent d'un véhicule blindé à huit roues et massacrent les chiens. Ils tentent de sélectionner les chiens qui déploient les meilleures capacités, pour les éliminer jusqu'au dernier. Pour cette raison, ils opèrent à pied. Un humain se mêle à leur groupe. Il se mêle à eux en chantonnant. Autour de son ventre, il a une ceinture d'explosifs. Il tient le dispositif de mise à feu à la main.

Il chante gaiement, il appuie sur le bouton.

Zéro moins deux heures.

Le vieux dit : Tiens, voilà la proposition de négociation !

Zéro moins une heure.

Le vieux informe l'otage que des deux injections qu'il vient de faire, la première est un relaxant qui aide à faire parler. La seconde, tu vas être surpris, c'est le virus de la rage. Il explique très gentiment à l'otage comment, à l'époque, l'URSS avait développé des armes bactériologiques. Le vieux dit à l'otage qu'il va devoir répéter l'injection plusieurs fois, pour que l'effet hypnotique du relaxant soit maximum. Avec toi, j'ai attrapé un vrai poisson ! Vous avez manœuvré pour faire débarquer deux cent vingt hommes armés et prendre la ville, hein, et maintenant tu es venu me voir pour négocier avec un atout maître en main, hein ? Tu t'es dit que tu allais doubler le commandant de l'unité et négocier en ton nom propre, pas vrai ? Tu es quoi dans ton organisation, numéro trois ? Ou numéro quatre peut-être ? Responsable de la caisse, hein. C'est marrant de voir l'instinct de la mafia voler à mon secours, finalement. Le vieux dit : Tu as voulu réussir un bon coup, hein ? Le vieux dit : Je vous attendais, les gens comme vous, ceux qui trafiquent avec les politiques, et ça, tu vois, c'est un sérum antirabique, regarde. Le vieux explique très gentiment le temps d'incubation du virus, trente jours, mais après ça, une fois que la maladie est déclarée, alors il n'y a plus rien à faire, tu passes par angoisses, peur, agressivité, hallucinations et mort par paralysie générale. Le vieux dit : J'ai juste besoin des documents qui expliquent par où passe l'argent. Le vieux dit : Juste de quoi lancer un scandale contre le cabinet du président de la République.

Zéro moins dix minutes.

Le vieux dit : Voilà de quoi faire tomber du jour au lendemain les huit qui tiennent les rênes du pouvoir politique. Le vieux dit : Tout est prêt pour balancer l'info dans les médias occidentaux. Une toute petite pichenette du dehors et tout le système actuel s'effondrera d'un seul coup, pas vrai ? La voilà, la vraie révolution. Pas l'autre truc de l'été 1991 à Moscou, non. Moi, je vais déclencher la révolution rien qu'avec les chiens. Le vieux dit : Mais les chiens ne pouvaient pas se cacher à Moscou. Trop grand pour cacher les chiens. Trop mégalopole. Mais ici… Tu vois de quoi je parle, je suppose. Pas vrai ? C'est vrai, je suis fou, oui.

Zéro moins une minute.

Le vieux avait enfermé son poisson dans une chambre d'un hôtel de treize étages. Le chef des deux cent vingt mafieux, dans une chambre au douzième étage. Il y avait bien une fenêtre, mais évidemment le rideau était tiré. En revanche on entendait les bruits. Même si l'épais vitrage étouffait les bruits courants, le bruit d'un hélicoptère militaire qui survole la ville, cela s'entend. Le vieux se lève.

La vitre explose. Le verre vole en éclats sous une pluie de balles tirées de l'extérieur. Le rideau se déchire. Ils sont rapides, se dit le vieux. Plus rapides que je n'aurais… mais il n'a pas le temps d'aller au bout de sa pensée.

Zéro.

Le corps du vieux, déjà cadavre, continue à se faire cribler de balles.

Mille neuf cent quatre-vingt-dix

Hé, les chiens ! Où êtes-vous ?

Au début de l'été 1990, vous êtes dans un abattoir. Vous êtes dans une mer de sang. Avant, vous apparteniez à S, mais vous avez tous été abattus, tous sauf un. Celui qui reste lève les yeux sur quelqu'un. Un regard loyal, vers celui qui se trouve au sommet de la pyramide de l'autorité. Vers le personnage qu'on appelle le directeur ou général…

Il a bien vieilli.

C'est la patrie soviétique, dit-il. Il s'adresse au chien : Ordre de la patrie soviétique, dit-il. Nous avons reçu l'ordre de nous saborder. Nous devons disparaître, pour que jamais nous ne soyons découverts.

Le vieil homme tient un revolver à la main, dirige le canon vers le chien.

Le chien n'a pas un frisson. Il écoute le vieux.

Une odeur nauséabonde environne l'homme et le chien. La mort innombrable et une énorme quantité de sang.

Le vieux regarde le chien sans faire un geste.

Le chien s'appelle… le chien s'appelle… Le nom de ce chien mâle est Belka.

L'organisme est défait, dit le vieux.

— Tu as compris ?

Wouff, répond Belka.

A cet instant-là, les larmes coulent de ses yeux, au vieux. Sa main droite, celle qui tient le revolver, tremble. Je, dit-il. Je… je… je.

Wouff, dit le vieux.

— A partir de maintenant, je suis fou, dit-il à Belka. Et toi, tu vas vivre.

« Alors Belka, tu n'aboies plus ? »

Hé, les chiens ! O chiens, voici où vous êtes.

Vous avez échappé au siège de la ville. Strelka, Belka, la vieille, Ichiko, Niko et une dizaine de chiens ont pu fuir. Mais à l'aube suivante, Ichiko et Niko ont intercepté un missile et ont sauté avec leur moto. L'ordre de la chasse aux chiens a été donné dans la métropole de l'Extrême-Orient russe et un peu moins de quatre mille chiens, y compris des chiens qui n'avaient absolument rien à voir, ont été massacrés. Au troisième jour de la poursuite, le groupe de Strelka n'est plus composé que de Strelka, parfois Strelka déguisée en minorité chinoise de Russie ou en minorité coréenne de Russie ou en minorité mongole de Russie, Belka déguisé en chien domestique normal, et la vieille. Dans un certain sens, c'est plus facile. Mais il leur reste un objet. La mappemonde. Dans une isba abandonnée entre la taïga et les marécages, la vieille a remis la mappemonde à Strelka. Strelka l'a prise et a réfléchi à ce que cela pouvait signifier. Elle s'est dit qu'elle devait lui demander où elle comptait fuir. Strelka a fait tourner la mappemonde.

Il faut sortir de Russie.

Quitter l'Eurasie.

Un instant, elle a commencé à montrer le Japon, puis s'est reprise. Trop nul. Elle a fait bouger son doigt de Sakhaline à travers la mer d'Okhotsk, le long de la presqu'île du Kamtchatka. Vers l'est. Toujours plus vers l'est, jusqu'à sortir des limites de l'Eurasie. Mais l'Amérique, non, ça ne va pas. Dans ces pays qui parlent anglais, c'est des putain de chiants, décide Strelka. Le bout de son doigt montre juste un vague point, à l'est du Kamtchatka.

Des îles entre la mer de Béring et l'océan Pacifique.

La vieille a compris.

Vous êtes montés dans un train. Vous avez traversé la mer. Le compte bancaire que le vieux utilisait n'avait pas été fermé, pour l'argent cela n'a pas posé de problèmes. De Sakhaline au Kamtchatka, vous avez loué un charter à huit places.

Trois semaines plus tard, vous avez débarqué dans une île. Celle-ci fait encore partie du territoire russe. Dans le Pacifique. Au sud-est de la presqu'île du Kamtchatka. Vous y êtes arrivés en à peine vingt-trente minutes, à bord d'un bateau de pêche parti d'un petit village du bord de mer. Vous avez mis pied sur l'île. L'île est déserte, mais plusieurs bâtiments en bois s'y trouvent. C'est une usine en ruines. Une conserverie de poisson qui fut même restaurée avec des capitaux japonais après la guerre russo-japonaise, paraît-il. On y produisait du crabe et du saumon en boîte. Bref, on y transformait toute la production de la pêche arctique. Là, pendant trois mois, vous vous préparez.

Oui, vous. D'abord toi, Strelka. Tu regardes la vieille qui prépare un tas de choses. Tu la regardes faire, tu as confiance. Dans un premier temps, vous êtes là, sur cette île déserte que vous avez réussi à atteindre en trichant sur votre profil. La vieille achète d'abord des vivres au village de la presqu'île. Puis prépare le bateau. Toi et Belka aussi, vous faites plusieurs fois l'aller-retour au village, où vous vous êtes aperçus que les habitants possédaient de nombreux chiens de traîneau. Vous achetez sept chiots, choisis par la vieille.

Puis il y a tous les préparatifs nécessaires avant de larguer les amarres.

Tout est fait clandestinement.

Je te demande : Où on va ? Et tu réponds : Au paradis des chiens pas chiants. Et toi tu es qui ? je te demande. Alors tu réponds : Moi, c'est moi, connard !

Et maintenant, l'autre toi.

Tu es debout sur la côte est de l'île, le regard vers le large, destination l'autre côté du brouillard. L'autre chien te pose une question. En japonais, voilà ce qu'elle te demande :

— Alors Belka, tu n'aboies plus ?

Alors vous traverserez la mer. Ensuite, vous tuerez le XXe siècle. Dans l'île des brouillards, vous bâtirez un paradis rien que pour les chiens, puis vous adresserez une déclaration de guerre au XXIe siècle.

Achevé d'imprimer
sur les presses de
de l'imprimerie
Jouve - France

Dépôt légal : février 2012